BASTEI
LÜBBE
TASCHENBUCH

Weitere Titel der Autorin:

So nah der Tod

Über die Autorin:

Thea Falken ist das Pseudonym der Autorin Astrid Freese, die 1969 in Sachsen geboren wurde. Nach Lehre, Studium der Betriebswirtschaft und Familienzuwachs arbeitete sie als Datenerfasserin und schrieb zahlreiche Geschichten für ihre Tochter. Die erste Veröffentlichung ließ nicht lange auf sich warten. Mittlerweile hat sie über ein Dutzend Romane in unterschiedlichen Genres veröffentlicht.

THEA FALKEN

SO NAH DIE ANGST

THRILLER

BASTEI
LÜBBE
TASCHENBUCH

BASTEI LÜBBE TASCHENBUCH
Band 17934

Dieser Titel ist auch als E-Book erschienen

MIX
Papier aus verantwortungsvollen Quellen
FSC® C014496

Originalausgabe

Dieses Werk wurde vermittelt durch die litmedia.agency, Offenburg.

Textredaktion: Sandra Lode, Speyer
Umschlaggestaltung: Manuela Städele-Monverde
Unter Verwendung von Motiven von © shutterstock: Preussmedia | hanohiki
Satz: hanseatenSatz-bremen, Bremen
Gesetzt aus der Adobe Garamond Pro
Druck und Verarbeitung: GGP Media GmbH, Pößneck
Printed in Germany
ISBN 978-3-404-17934-3

2 4 5 3 1

Sie finden uns im Internet unter
www.luebbe.de
Bitte beachten Sie auch: www.lesejury.de

Prolog

Wach auf.

Du musst aufwachen!

Träge wie eine flüssige Wachsblase in einer Lavalampe sickerte der Gedanke in die Tiefen meines traumlosen Schlafs.

Wach endlich auf!

Ich stöhnte und versuchte, mich auf die Seite zu drehen – nur schaffte ich es nicht. Alles an mir fühlte sich verdammt schwer an. Meine Beine, meine Arme, meine Augenlider. Vermutlich war es noch mitten in der Nacht. Vielleicht eins, oder etwas später.

Gott, ich sollte abends wirklich nicht mehr so lange lesen. Ich musste um sechs raus.

Doch wenn es erst um eins war, konnte ich das drängende »*Wach auf*« getrost ignorieren und noch fünf Stunden schlafen.

Der Gedanke entlockte mir ein Geräusch, das sich wie ein zufriedenes Grunzen anhörte. Fünf Stunden … wie himmlisch! Glücklich versuchte ich erneut, mich auf die Seite zu drehen. Ich schlief nie auf dem Rücken, deshalb hatte ich mir ja dieses tolle Seitenschläferkissen gekauft.

Das nicht da war, wo es sein sollte.

Neben mir.

Dort war …

Keine Decke.

Kein langes Kissen.

Sondern kalte Luft, die über meine Haut strich.

Fröstelnd streckte ich die Finger aus. Bloß nicht die Augen aufmachen. Wenn ich das tat, meldete sich garantiert auch noch meine Blase, und an weiterschlafen war in der nächsten halben Stunde nicht mehr zu denken.

Wiederholt registrierte ich einen kalten Luftzug, der über meine verschwitzte Haut strich.

Verdammt, wo war meine Decke? Und warum war es derart kühl in meinem Schlafzimmer?

Verwirrt runzelte ich die Stirn.

Und wieso trage ich kein Nachthemd?

Und was zum Henker stinkt hier so?

Im gleichen Augenblick bohrte sich das helle Klappern von Metall in meine Ohren.

Erschrocken keuchte ich auf.

Was ist das?

Ich öffnete nun doch die Augen, allerdings nur einen winzigen Spalt. Denn das Licht einer trüben Glühbirne blendete mich. Ich blinzelte und sog modrige, nach verfaulten Essensresten, Urin und Dreck riechende Luft in meine Lungen.

Wo bin ich?

Nicht in meinem Bett!

Der Gedanke brachte mich dazu, die Lider vollständig zu öffnen.

Der perverse Gestank verursachte ein flaues Gefühl in meinem Magen. Übelkeit stieg in mir hoch, und ich fürchtete, dass ich mich übergeben würde – bis neben mir erneut das metallische Klappern erklang.

Ich drehte den Kopf und riss die Augen weit auf, als ich begriff, dass ich nackt an einen verrosteten Seziertisch gefesselt war.

Ich wollte schreien, doch kein Laut kam über meine Lippen.

Entsetzt bemerkte ich, warum ich sie nicht öffnen konnte. Sie waren zugenäht worden. Ich fühlte plötzlich den Schmerz jedes einzelnen Einstichs, ja selbst den rauen Faden, den der Irre beim Zunähen verwendet hatte. Der Irre, der neben mir stand. Mit einer Totenkopfmaske vor dem Gesicht und einem Skalpell in der Hand, das er von einem blutbesudelten Beistelltisch genommen hatte, um es mir unter die Augen zu halten.

Oh mein Gott!

»Mhmmmmmmmmmmmm!« Ich zerrte an den Kabelbindern, die meine Arme und Beine an den Tisch fesselten. Der Kunststoff schnitt in mein Fleisch, Schmerz raste mir bis zu den Schultern und den Oberschenkeln hinauf. Ein Schmerz, der sich verglichen mit dem, was mich erwartete, vermutlich wie ein Pikser in den Finger anfühlte.

»Bitte, lass mich gehen«, wollte ich rufen – nur konnte ich nicht.

Er lachte, und ich wünschte mir, dass er mir das Skalpell tief ins Herz rammen würde. Ein schneller Tod, der mir die Qualen ersparen würde, die ich in seinen wässrig blauen Augen sah.

Wie viel Schmerz kann ein Mensch ertragen, bevor sein Körper den Notschalter betätigt?

Ich wollte die Antwort nicht wissen. Doch als der Irre die Schneide des Skalpells an meine Brustwarze setzte, ahnte ich, dass ich sie am eigenen Leib erfahren würde.

Ein dumpfes Poltern, das von nebenan zu kommen schien, ließ ihn innehalten. Die Glühbirne über mir flackerte ein paarmal und erlosch schließlich. Gnädige Dunkelheit senkte sich über mich und ersparte mir den Anblick des blutverschmierten Beistelltischs, auf dem neben diversen verrosteten Messern noch Instrumente lagen, die aussahen, als gehörten sie Dr. Frankenstein.

In der Hoffnung, dass die Polizei den Strom gekappt hatte und im nächsten Augenblick hereinstürmen würde, strampelte ich aus Leibeskräften – und fiel auf den Boden. Auf einen weichen Boden.

Verwirrt betrachtete ich sekundenlang meine nicht gefesselten Unterarme, ehe ich über einen dicken Teppich tastete. Ich fühlte Fasern unter meinen Fingern und eine Wolldecke zwischen meinen Beinen.

Blinzelnd fand ich mich in meinem Wohnzimmer wieder.

Zwischen dem Sofa und dem kleinen Couchtisch, auf dem der Thriller lag, in dem ich am Abend gelesen hatte. Daneben glänzte ein leeres Glas im Licht meiner Leselampe. Offenbar war mir mein Lieblingswein zu Kopf gestiegen. Oder meine Bettlektüre.

Zischend atmete ich aus, gleich darauf hallte mein leises Lachen durch den Raum. Zuerst klang es etwas unsicher, dann glücklich.

»Himmel, Arsch und Zwirn. Was für ein verrückter Traum«, stöhnte ich und strich mir eine Haarsträhne aus der schweißnassen Stirn. Danach entwirrte ich meine Beine aus der Sofadecke. Zugegebenermaßen war das ein irrer Albtraum gewesen, aber immerhin nur ein …

Ein dumpfes Poltern, das aus meinem Flur zu kommen schien, unterbrach meine Gedanken. Es war das gleiche Geräusch, das mich aus dem perfiden Traum gerissen hatte.

Wieso höre ich es schon wieder?

Träume ich doch noch?

Die Fragen schossen wie Gewehrkugeln durch meinen Kopf und wühlten sich durch die Reste meines Albtraums, bis sie die Erkenntnis freilegten, dass ich hellwach war.

Ich hielt die Luft an und lauschte in die Stille, die auf beinahe unheimliche Weise durchs Haus kroch.

Nichts.

Ich lauschte noch einmal fünf Sekunden.

Wieder nichts.

Nur das gleichmäßige Ticken der Uhr über der Anbauwand links neben mir.

Langsam entwich die angehaltene Luft meinen Lungen. Dann fuhr ich zusammen, als hätte mir jemand eine Faust in die Magengrube gerammt.

Im Flur ertönte ein Knarzen. Laut und deutlich. Ein Knarzen, das mir vertraut war, seit ich zurückdenken konnte. Nur eine einzige Schwelle im Haus knarrte, die zur Küche. Und das, seit meine Eltern den Altbau vor knapp fünfundzwanzig Jahren gekauft hatten.

Jemand ist in meinem Haus.

Vor Angst bekam ich kaum Luft. Meine Hand bebte, als ich das Handy vom Couchtisch nahm und hochschnellte. Gott sei Dank gehorchten mir meine Muskeln. Zumindest die in den Beinen. Meine Finger jedoch zitterten derart, dass ich mehrere Anläufe benötigte, um mein S6 zu aktivieren.

Das Display wurde hell, als ich auf nackten Sohlen zur Anbauwand schlich. Während mein Vater ein Waffennarr gewesen war, reihte sich in den Schrankfächern eine bunte Mischung von Souvenirs aneinander, die meine Mutter in aller Herren Länder gekauft hatte. Mein Blick raste über die Andenken, die wegzuwerfen ich nach dem Tod meiner Eltern nicht übers Herz gebracht hatte. Sie waren Staubfänger, doch jetzt war ich froh über die Sammelleidenschaft meiner Mutter.

Besonders über den schmalen, in einem bestickten Lederetui steckenden Brieföffner, den sie auf irgendeinem Basar in Mexiko ergattert hatte.

Ich hatte ihn nur ein einziges Mal benutzt, um einen Brief zu öffnen, und dabei fast die Kuppe meines Daumens abgetrennt. Seitdem lag er ganz hinten im Fach der lateinamerikanischen Souvenirs.

Ich nahm den Brieföffner vom Regal, zog ihn aus der Lederscheide und lauschte erneut.

Stille erfüllte das alte Haus, in dem ich aufgewachsen war.

Für fünf oder vielleicht acht Sekunden hielt ich abermals die Luft an – doch ich hörte nur das Ticken der Wohnzimmeruhr.

Der Atem entwich in einem Zug meinem Mund.

Gott sei Dank.

Hier ist niemand. Das hast du dir nur eingebildet. Vermutlich wegen des verrückten Traums.

Welcher Dieb würde sich auch ein altes Haus mit windschiefem Gartentürchen und verrostetem Peugeot in der Einfahrt zum Ausrauben aussuchen? Das war doch idioti…

Plötzlich hallte das Knarzen erneut durch den Flur, und meine Finger krampften sich um den Griff des Brieföffners.

Da ist doch jemand.

Du musst die Polizei rufen.

Schnell tippte ich drei Zahlen in mein Smartphone. Während es im Hörer klingelte, schlich ich zur Wohnzimmertür und lehnte mich dort an die Wand. Mein Herz pochte derart laut, dass das Klopfen in meinen Ohren widerhallte und ich fürchtete, nichts zu verstehen, obwohl ich das Telefon fest ans Ohr presste.

»Polizeinotrufzentrale, guten Morgen.«

»Laura Rissmann«, wisperte ich und spähte um die Ecke in den Flur. Das Licht der Straßenlaterne von gegenüber fiel wie immer durch das Glas der Haustür und erhellte den vorderen Bereich bis hin zur Wohnzimmertür. »Ich glaube da … da ist jemand in meinem Haus.«

Unvermittelt fehlte mir die Kraft, den Arm oben zu halten. Meine Hand mit dem Handy sank herunter, als ich die beiden Objekte sah, die mitten auf dem Flurteppich lagen.

Das kann nicht sein.

Oh bitte, nein. Das ist ein böser Traum.

In dem ich die Frau von der Notrufzentrale wie aus weiter Ferne etwas sagen hörte.

Und in dem sich der Schatten eines Menschen langsam durch meinen Flur bewegte.

Ein spitzer Schrei entfuhr mir. Ich schlug die Hand auf den Mund und ritzte mir dabei mit dem vergessenen Brieföffner die Wange auf.

»Können Sie mir sagen, wo Sie sind?«, fragte die Frau, als der Schatten die Gegenstände auf meinem Flurläufer erreichte.

Die weiße Rose.

Und den blutigen Hammer.

»Helfen Sie mir«, keuchte ich, während sich eine brutale Erkenntnis aus meinen Achterbahn fahrenden Gedanken herauskristallisierte.

Ich werde sterben.

Jetzt!

Und ich weiß auch genau, wie.

Nein! Nein, nein, nein. Heftig schüttelte ich den Kopf. *Ich schlafe noch. So wie vorhin.*

Ja, genau. Erleichtert blinzelte ich. Das war nur ein weiterer böser Traum.

Kaum hatte sich diese Idee in meinen Kopf geschlichen, tönte eine rasselnde Stimme durch den Flur. Und mit jedem unheilschweren Wort, das der Fremde sprach, zerbarst meine Hoffnung, noch zu schlafen, in tausend Scherben.

»Süße Laura, wie findest du die Rose und den blutigen Hammer? Ist es so, wie du es dir vorgestellt hast?«

Um Himmels willen, schrie alles in mir stumm, als der Schatten näher rückte.

»Ich habe mir große Mühe gegeben, alles so zu arrangieren, wie du es vorgesehen hast.«

Aber doch nicht für mich!

»Sag etwas, Laura.« Ein Rascheln erklang, gefolgt von einem perfiden Lachen. »Ach komm, süße, kleine Laura. Lass dich nicht bitten. Ich weiß, dass du im Wohnzimmer bist.«

Leben kam in mich. Der letzte verzweifelte Versuch, mich zu retten. »Helfen Sie mir«, schrie ich in der Hoffnung, dass die Frau von der Notrufzentrale noch in der Leitung war. »Schnell, bitte.«

»Laura, Laura.« Der Schatten schüttelte den Kopf. »Du weißt doch besser als ich, was jetzt passieren wird.«

Nacktes Grauen packte mich, als ich begriff, dass jede Hilfe zu spät kommen würde.

Alles würde schnell gehen.

In fünf Minuten werde ich tot sein.

»Bitte nicht«, flehte ich und stolperte mit zitternden Beinen in den Flur. Nur ein Gedanke blieb in meinem Kopf haften. Ich musste es irgendwie nach oben in mein Schlafzimmer schaffen. In der obersten Schublade meines Nachtschranks lag eine Schreckschusspistole meines Vaters, die Reizgasmunition verschoss. »Bitte, ich tue alles, was Sie wollen.«

Der Schatten, der sich als schwarz gekleideter Mann mit Totenkopfmaske und Baseballschläger in der Hand entpuppte, lachte laut. »Genau deswegen bin ich hier, liebste Laura. Denn ich will, dass du stirbst. Jetzt.«

1. Kapitel

Nina Sandner
Berlin, 18. September, ein paar Stunden zuvor

»Endlich erwisch ich dich mal allein«, sagte eine Stimme hinter mir, von der ich gehofft hatte, sie hier nicht zu hören.

Kurz überlegte ich, so zu tun, als hätte ich Sabine wegen des Lärms, der über die Dachterrasse des Amano Hotels hallte, nicht verstanden. Doch der kindische Gedanke hielt sich nur für einen Augenblick in meinem Kopf. Eine Journalistin, vor allem eine wie Sabine Witt, drehte sich nicht um und ging, nur weil sie ignoriert wurde.

»Hallo, Sabine«, sagte ich. Mit einem wehmütigen Gefühl riss ich den Blick vom Fernsehturm los, dem man sich Auge in Auge gegenübersah, wenn man an der Rooftop-Bar des Amano Hotels stand, und drehte mich zu ihr. »Wir haben uns ja ewig nicht mehr gesehen.«

»Was nicht an mir liegt. Du gehst mir aus dem Weg.«

Wozu ich allen Grund hatte, doch ich hütete mich, das laut auszusprechen. Weil Sabine diesen Satz praktisch verkörperte, der in jeder Krimiserie mindestens einmal fiel: *Alles, was Sie sagen, kann und wird gegen Sie verwendet werden.*

»Ich arbeite viel«, redete ich mich heraus.

»Natürlich tust du das. Du warst schon immer ein Workaholic.« Mit einem Lächeln, das ebenso ehrlich wirkte wie das eines Kindes, schob sie sich neben mich an die Bar. »Aber jetzt sitzt du nicht an deinem Schreibtisch und kannst daher mit mir ein Glas Champagner trinken.«

Ich unterdrückte ein Gähnen und blickte auf meine Armbanduhr. »Ein anderes Mal gern, Sabine. Ich wollte gerade nach Hause …«

»Papperlapapp, jetzt doch noch nicht«, unterbrach sie mich. »Die Feier hat schließlich gerade erst richtig angefangen.« Sie stellte ein gut gefülltes Sektglas auf den Tresen, schob es in meine Richtung und lehnte sich an das Holz. Dabei strahlte sie einen Elan aus, der mir irgendwann an diesem sich endlos hinziehenden Abend verloren gegangen war.

Ich spürte einen Anflug von Neid, als ich vergeblich in ihrem schmalen Gesicht nach Anzeichen der Müdigkeit suchte, die mich vor zwei Stunden dazu veranlasst hatte, von Wein auf Kaffee umzusteigen. Ich entdeckte zwar ein paar feine Fältchen um ihre braunen Augen, jedoch keine Ermüdung.

»Du willst doch deinen Verleger nicht beleidigen, indem du die Party zu seinem sechzigsten Geburtstag schon verlässt, oder?«, fügte Sabine hinzu.

Ihr provokantes *Oder* hielt mich nicht von einem Gähnen hinter vorgehaltener Hand ab. Danach unterdrückte ich ein Stöhnen. Denn sie sah mit ihren achtundvierzig besser aus, als ich mich im Augenblick fühlte. Was daran liegen konnte, dass ich seit fast vierundzwanzig Stunden auf den Beinen war, oder daran, dass solche Partys einfach nicht mein Ding waren.

Sabine hob ihr Glas. »Auf deinen nächsten Bestseller.« Sie lächelte breit und prostete mir zu. Und ich geriet in Versuchung, ihr diese Herzlichkeit tatsächlich zu glauben. Denn sie wirkte wärmend, ehrlich und auch ansteckend.

»Danke«, erwiderte ich. Dabei musste ich an die Überschrift ihres letzten Artikels über mich denken. *Nina Sandner, eine schreibende Witzfigur, die aus dem Dreck ihrer psychosomatischen Störungen Millionen scheffelt.*

Okay, das war beim besten Willen nicht das Schlimmste, was je über mich geschrieben worden war. Deshalb und aus tausend anderen Gründen sollte ich darüberstehen, es abhaken.

Oft konnte ich das auch. Aber manchmal, so wie in diesem Fall, nicht. Weil ich einmal an unsere Freundschaft geglaubt hatte.

»Warum hast du das getan?«, hatte ich sie nach dem Erscheinen des Artikels gefragt.

Sie hatte lapidar mit den Schultern gezuckt. »Ich bin Journalistin. Das ist mein Job.«

»Es ist dein Job, unsere Freundschaft mit Füßen zu treten?«

Sie hatte gelacht. Laut und schallend. Was nicht das war, was ich erwartet hatte, nachdem wir seit einem halben Jahr auf meiner Couch sitzend Schnulzen guckten und dabei Vanilleeis aus der Packung löffelten. Und das jeden zweiten Samstag im Monat.

Sie hatte mehrfach geblinzelt, als wäre sie vollkommen überrascht. »Freundschaft? Was kann ich dafür, wenn du in unsere Fernsehabende Freundschaft hineininterpretierst? Ich habe dir nie verheimlicht, dass ich Feuilletonredakteurin der *Spree Aktuell* bin.«

Ihr Lachen hatte mich noch verfolgt, als ich das Café am Alex verließ, und hallte selbst dann noch in meinen Ohren wider, als ich dreißig Minuten später meine Haustür in Dahlem hinter mir ins Schloss schob.

»Kein Problem«, sagte Sabine und holte mich damit ins Hier und Jetzt zurück. »Dafür musst du mir doch nicht danken. Du schreibst schließlich diese tollen Krimis, die Millionen begeistern.«

Ich zwang mich zu einem aufrichtigen Lächeln, das mich bis ins Innerste schmerzte. Aber Fehler mussten wehtun, damit man sie nicht wiederholte. »Das ist lieb von dir.«

Trotz der beinahe fünfundzwanzig Jahre Altersunterschied zwischen uns hatte ich geglaubt, wir wären Freundinnen. Auch dann noch, als ich erfuhr, dass sie für die *Spree Aktuell* arbeitete. Schließlich ging nicht jeder Journalist über Leichen, dachte ich jedenfalls damals noch.

Sabine schob sich ein weiteres Stückchen näher, dabei schien mich ihr Blick zu erdolchen. »Hör auf, mir Honig ums Maul zu schmieren. Ich weiß, dass du das nicht ehrlich meinst, nur verstehe ich nicht, warum du wütend auf mich bist. Denn wenn wir uns mal die Mühe machen und uns die Fakten anschauen, wird klar, dass du mir deine Karriere verdankst.«

Vor Überraschung stockte mir der Atem. Ich war bisher davon ausgegangen, dass ich die meinem Agenten und meinem Verlag verdankte. Und der ordentlichen Portion Glück, die man für einen Bestseller brauchte. Philipp meinte zwar, er hätte damit nichts zu tun, sondern nur ich selbst, aber das stimmte nicht. Meine Krimis waren nicht anders als die vieler anderer Autoren, die bei jeder Veröffentlichung auf den großen Durchbruch hofften – der nicht kam.

»Wie meinst du das?«

Sabine zählte einen Finger an ihrer Hand ab. »Erstens: Jeder meiner Leser hatte nach Erscheinen meines letzten Artikels über dich Mitleid mit dir. Zweitens: Alle haben sie danach deine Bücher gekauft.« Sie holte tief Luft, um dann etwas zu flüstern, was sich wie Faustschläge in meine Magengrube anfühlte: »Die Lügengeschichte, dass du mit sechs allein zehn Stunden in einem finsteren Keller eingesperrt warst, war *die* Werbung für dich, die dich ganz groß rausgebracht hat. Und das wusstest du genau, als du mir diese erfundene Story erzählt hast, nicht wahr, meine Liebe?«

Ich tastete nach der Kante des Tresens und schloss die Finger darum. Mein Magen schmerzte unvermittelt, als hätte mir Sabine tatsächlich ihre Faust hineingerammt.

Ich wollte, doch ich konnte ihr nicht sagen, wie sehr ich mir wünschte, es wäre eine Lügengeschichte. Ein Hirngespinst. Weil mich dann meine Vergangenheit nicht Tag und Nacht verfolgen würde. Diese eine Entscheidung, die mich verändert hatte. Die mein Leben verändert hatte.

»Du hast recht«, flüsterte ich und hörte in meinen Erinnerungen, wie ich die alte Kellertreppe hinabstieg.

Ich war sechs, vielleicht ahnte ich deshalb nicht, was für ein Albtraum dort unten in der Dunkelheit auf mich wartete. Ich verschwendete keinen Gedanken an die Gefahr, in die ich mich begab. Sicher, meine Hände, mit denen ich meinen Stoffbären Winnie Puuh umklammerte, waren vor Aufregung ganz feucht. Denn ich musste nur noch ein paar Schritte gehen, dann durfte ich endlich mit den großen Kindern in unserer Straße spielen.

Sobald ich meinen Namen mit Kreide an die Wand des Kellers geschrieben hatte, gehörte ich nicht mehr zu den Kleinen. Zu denen, die weinten, wenn sie hinfielen, oder zu denen, die Angst in der Dunkelheit hatten. Dann war ich endlich groß.

Ein Windzug ließ die alten Fenster des leeren Gebäudes klappern, bauschte mein Kleid und warf irgendwo über mir eine Tür ins Schloss. Erschrocken fuhr ich herum und hätte fast meinen Beschützer aus den Händen verloren. Ich drückte Puuh noch fester an mich und schmiegte mein Gesicht in sein weiches Fell. »Das war nur der Wind«, wisperte ich und stieg die nächste Stufe hinab. »Wir brauchen keine Angst zu haben. Die anderen Kinder haben das auch alle gemacht.«

Das hatte mir Justin von nebenan erzählt. Dass er sieben gewesen war, als er mit einem Stück Kreide in den Keller der alten Fabrik hinabgestiegen war und seinen vollständigen Namen an eine Wand geschrieben hatte.

»Ich bin erst sechseinhalb«, flüsterte ich Puuh ins Ohr und stieg die letzten beiden Stufen hinunter. »Aber du bist ja bei mir.« Mein starker Freund Puuh, ohne den ich nirgendwo hinging. Außer in die Schule, weil ich nicht wie Eva gehänselt werden wollte, die im Ranzen ihren Hasi versteckte.

Vor Aufregung schluckte ich trocken. »Da ist die Tür, von der Justin erzählt hat. Siehst du sie?« Fenster klapperten über mir, und ein paar Laubblätter segelten die Treppe hinab. »Da hinein müssen wir.«

In diese Dunkelheit. *Vor der ich solche Angst habe.*

Tränen stiegen mir in die Augen, aber ich wischte mir entschlossen das Gesicht am Ärmel meines Kleides trocken. Ich durfte nicht weinen. Schon gar nicht jetzt, wo ich bald zu den Großen gehörte.

»Ich brauch keine Angst zu haben, stimmt's?«, hauchte ich mit bebenden Lippen. »Weil ich dich und die hier habe.« Ich tastete nach der Taschenlampe, die ich aus Papas Nachtschränkchen genommen und in der Tasche meines Kleides versteckt hatte. »Gleich ist es hell, dann schreibe ich ganz fix meinen Namen an die Wand. Du wirst sehen, in einer Minute sind wir wieder oben.« Meine feuchten Finger rutschten vom Schalter der Taschenlampe ab. »Und Marie und Tobias können uns nicht mehr wegschicken, wenn wir mit ihnen spielen wollen.«

Und vielleicht lässt mich Papa dann auch allein zur Schule gehen.

Licht flammte auf und erhellte den Keller. Erleichtert schniefte ich und ging auf die große verwitterte Holztür mit dem altmodischen Riegel zu, den ich von Opas Schuppen kannte. Er drückte ihn immer hoch, wenn er den Rasenmäher holte, und verschloss ihn dann später mit einem Vorhängeschloss.

Dreck, von der Decke herabgefallener Putz und vertrocknete Blätter knirschten unter meinen Schuhen. Käfer huschten in die Dunkelheit, und irgendwo hinter mir hörte ich viele kleine Krallen über den Boden kratzen.

»Mäuse«, wisperte ich erschrocken und fuhr herum. Der Lichtkegel meiner Taschenlampe erfasste schwarze Knopfaugen und graues Fell, bevor ich einen langen Schwanz zwischen Steinen verschwinden sah.

Ratten!

Oh nein!

Vor Angst stieß ich einen spitzen Schrei aus, und die Taschenlampe rutschte mir aus den Fingern. Sie kullerte über den Boden, und ihr Licht erfasste ein paar weitere schwarze Knopfaugen.

»Das ist der böse Rattenkönig mit seiner Armee.« Erst gestern Abend hatte ich *Der Nussknackerprinz* geguckt, während Papa und Mama in der Küche stritten.

Zitternd drehte ich mich um, rannte auf die Holztür zu, riss sie auf und stolperte in den dunklen Raum, in dem es furchtbar stank.

Erneut schrie ich auf, als hinter mir ein Knall ertönte. Die Tür war gegen die Wand gestoßen. Puuh an mich pressend, fuhr ich mit weit aufgerissenen Augen herum. Im schwindenden Licht der Taschenlampe sah ich gerade noch, wie die Holztür, die offenbar an der Wand abgeprallt war, ins Schloss fiel. Dann hörte ich ein seltsames metallisches Schaben, und einen Augenblick später hüllte Puuh und mich vollkommene Dunkelheit ein.

Gellend schrie ich auf und erstarrte in der Finsternis, die sich wie Mauern auf mich zubewegte. Mein Schrei hallte an den Wänden wieder, während ich mich nicht zu bewegen wagte. Bis etwas über meine Füße trippelte.

Kleine Krallen.

Vor lauter Angst rannte ich zur Tür, knallte in der Dunkelheit gegen das Holz und stieß mir den Kopf. Bunte Sterne tanzten vor meinen Augen, wie die, die manchmal im Traumland zu mir kamen. Von der guten Fee, die ihren Zauberstab für mich schwang.

Aber ich schlief nicht. Ganz deutlich sah ich durch eine kleine Lücke zwischen den Holzlatten Licht von draußen. Von meiner Taschenlampe? Oder war jemand gekommen, um mir zu helfen?

»Ich bin hier«, rief ich und rüttelte an der Tür. Wieder und wieder. Viele, viele Male grub ich meine Finger in das Holz und klopfte dagegen, bevor ich begriff, dass ich allein in dieser Finsternis gefangen war.

Dass ich vollkommen allein war und niemand wusste, wo ich hingegangen war.

Meine Lippen bebten, als ich in die Gegenwart zurückfand.

Ich holte tief Luft und vertrieb die Erinnerungen an jene Stunden im Keller. Meistens gelang es mir, das Trauma mit einer Art Nebel zu umhüllen, wenn ich wie jetzt unter Menschen war. Sobald ich jedoch allein in meinem Bett lag, verflüchtigte sich die Nebelbank und entließ die Erinnerung aus dem diffusen Gefängnis, das ich für sie geschaffen hatte.

Sabine lehnte nach wie vor neben mir am Tresen. Sie nippte an ihrem Sektglas und schien rundherum mit sich zufrieden zu sein. Vermutlich hatte ich während meines Erinnerungstrips etwas von dem überhört, was sie noch zu mir gesagt hatte. Allerdings war ich darüber nicht wirklich traurig. Mein Magen schmerzte ohnehin noch von ihren Schlägen.

»Ich bin dir für alles, was du für mich getan hast, sehr dankbar«, zwang ich mich zu sagen. Es gab viel, was ich stattdessen sagen könnte. Fragen, auf die ich mir von ihr eine Antwort erhoffte. Nur wollte ich nicht noch einmal hören, dass ich mir unsere Freundschaft nur eingebildet hatte.

Ich nahm einen tiefen Atemzug und schluckte die Worte herunter. Keins von ihnen würde etwas ändern. Weder daran, dass Sabine das schlimmste Erlebnis meiner Kindheit in ihrer Zeitung ausgeschlachtet hatte, noch ihre Meinung, dass ich jenes Trauma frei erfunden hätte. Wahrscheinlich würde auch meine Beteuerung, dass ich das Mitleid ihrer Leser nie wollte, nichts ändern. Weil Sabine vermutlich meine Gefühle nicht verstand, derentwegen ich nach Erscheinen des Artikels tagelang das Haus nicht verlassen hatte.

Die Scham, als erwachsene Frau unter Achluophobie zu leiden – unter der Angst vor der Dunkelheit. Ich wusste nicht, wie viele Leser Sabine hatte. Nur spielte das auch keine Rolle für meine Verlegenheit. Niemand las gern in der Zeitung, wie verrückt er war. Wie durchgeknallt. Und ich musste mit der Gewissheit leben, dass alle Leser des Artikels über meine Phobie Bescheid wussten.

Als wäre alles völlig normal – und das war es in Sabines Augen sicherlich –, zwinkerte sie mir verschwörerisch zu. »Umfasst deine Dankbarkeit auch eine kleine Information?«, fragte sie lächelnd.

»Welche?«, wollte ich misstrauisch wissen.

»Ob das Gerücht der Wahrheit entspricht, natürlich.«

»Von welchem Gerücht sprichst du?«

»Ich habe gehört, dass dein erster Bestseller jetzt verfilmt werden soll. Stimmt das?« Sie strich sich eine blond gefärbte Locke hinters Ohr, in dem ein Smaragd-Ohrring funkelte. Die Farbe des Juwels passte perfekt zu ihrem hautengen Etuikleid, das ihre Traumfigur betonte.

Ich lachte verhalten und nippte an meinem Glas. Der Champagner schmeckte leicht säuerlich und prickelte unangenehm auf meiner Zunge. »Nein«, log ich, denn die Unterschriften auf dem Lizenzvertrag waren noch nicht mal richtig trocken. »Wo hast du das denn gehört?«

Sie verdrehte die Augen. »Ach komm schon, streite es nicht ab. Die Spatzen pfeifen es ja praktisch von den Dächern, dass Marcus Bernstein deinen Krimi unbedingt haben wollte.« Sie beugte sich zu meinem Ohr. »Ist er wirklich so, wie alle behaupten?«

»Gut aussehend, charmant, heiß?«, fasste ich zusammen, was in den Boulevardzeitungen über Bernstein geschrieben wurde. Danach schnippte ich einen Krümel von meiner schwarzen Stoffhose, der sich dorthin verirrt haben musste, als ich vorhin ein paar Salzstangen gegessen hatte. »Möglicherweise«, murmelte ich, wurde jedoch von einem Klingeln unterbrochen.

»Oh Mist, da muss ich rangehen.« Sabine öffnete ihre schwarze Clutch und nahm ihr Handy heraus. »Entschuldigst du mich kurz? Aber lauf nicht weg, okay? Ich bin gleich wieder da.«

Ich sah ihr nach, als sie in eine ruhigere Ecke der Dachterrasse eilte, um dort zu telefonieren. Dabei fiel mir auf, dass schon einige der Loungesessel frei waren. Im Gegensatz zu Sabines Meinung neigte sich die Party dem Ende entgegen.

Glücklicherweise.

Grund genug für mich, endlich nach Hause zu gehen.

Ich griff nach meiner Tasse und trank sie in kleinen Schlucken leer. Dabei schweiften meine Gedanken zu Bernstein. Ich hatte ihn erst einmal getroffen. In seiner Villa, vor rund drei Monaten. Er war Mitte dreißig und der aufstrebende Stern am deutschen Filmhimmel. Doch er drehte sich in seinen Entscheidungen auch wie eine Wetterfahne im Wind. Was der Grund für meine Bitte um ein Treffen gewesen war.

Ein paar Wochen vor unserer Begegnung wollte er unbedingt den Bestseller-Thriller meines Agenten verfilmen. Er hatte ihn gelesen und war von dem Buch völlig begeistert gewesen. Philipp Grunenwald, mein Agent, war vor Freude völlig aus dem Häuschen, und ich hatte mich mit ihm gefreut. Lagen doch seine Schreiberfolge Jahrzehnte zurück. Und dann, kurz vor Unterzeichnung des Lizenzvertrags, machte Bernstein einen Rückzieher. Einfach so entschied er sich um und verkündete, dass er meinen ersten Krimi statt Philipps Thriller verfilmen wolle.

Bis heute konnte ich mich nicht wirklich über Bernsteins Entscheidung freuen. Ich hatte alles versucht, um ihn bei unserem Treffen umzustimmen, weil ich wusste, wie traurig Philipp seit der Bekanntgabe des Regisseurs war. Mein Agent sagte zwar nichts und verbarg seinen Kummer, doch ich kannte ihn besser.

Er war es, der nach Sabine Witts Artikel über mich mitten in der Nacht mit einem großen Becher Schokoladeneis und einer Packung Kleenex bei mir aufgetaucht war und meine Tränen getrocknet hatte. Wäre Philipp nicht gewesen, wäre ich vielleicht meinen ersten Impuls gefolgt, nie wieder einen Roman zu schreiben. Aber er blieb bei mir und half mir, vom Boden aufzustehen, wo Sabine mich hingetreten hatte.

Er behauptete damals, als mein Agent wäre es sein Job, sich um mich zu kümmern. Das behauptete er auch dann, wenn ich ihn nachts aus dem Bett klingelte, weil ich an einer Stelle meines aktuellen Manuskripts nicht weiterkam. Aber das war nur die halbe Wahrheit. Ich war für ihn die Tochter, die er nicht hatte. Und ich ließ zu, dass er sich beinahe wie ein Vater um mich kümmerte, weil ich meinen seit sieben Jahren schmerzlich vermisste.

Noch heute, wenn ich die Augen schloss, sah ich mich mit bebender Hand eine weiße Lilie auf den Sarg meines Vaters legen. Seit ich zurückdenken konnte, hatte ich ihn aus Angst angefleht, sein Motorrad zu verkaufen. Diese getunte Höllenmaschine, auf die er sich stets setzte, wenn es zu Hause Krach gab.

Dann zog er seine Lederklamotten an, strich mir übers Haar und versprach mir, bald zurück zu sein. Sobald die Wohnungstür hinter ihm zufiel, lehnte ich mich gegen das Holz und wartete auf meinen Vater, bis er zurückkam. Meine Mutter hingegen sah mich nicht einmal an, wenn ich sie bat, sich nicht immer mit ihm zu streiten. Sie zündete sich eine Zigarette in der Küche an, goss sich ein Glas Wein ein und telefonierte mit ihrer Freundin.

An jenem Tag, als die Polizei bei uns klingelte, war ich im Flur eingeschlafen, während meine Mutter ihren Koffer im Schlafzimmer packte. Doch das erfuhr ich erst eine Stunde nach der Beerdigung meines Vaters. Dass sie uns verlassen wollte, weil sie einen neuen Kerl hatte.

»Hier steckst du also.« Philipps Stimme holte mich in die Wirklichkeit zurück. Er lehnte sich wie noch vor wenigen Minuten Sabine Witt neben mich an die Bar und stellte sein Whiskyglas auf den Tresen. Dabei fiel sein Blick auf die inzwischen leere Tasse in meiner Hand.

»Ich dachte, du wärst schon nach Hause gefahren.«

Er blinzelte verwirrt. »Um die Uhrzeit? Im Gegensatz zu dir liebe ich Partys.«

»Und warum kümmerst du dich dann erst jetzt wieder um

mich?«, fragte ich mit einem kleinen Lachen in der Stimme. Seit wir nach meiner Lesung im Amano angekommen waren, hatte er mich der Partymeute überlassen.

Er seufzte. »Weil ich wollte, dass du dich amüsierst und nicht immer über die Arbeit sprichst. Aber wie ich sehe, hat mein Plan nicht funktioniert. Auf einer Party Kaffee zu trinken, ist wieder mal typisch für dich.« Lachend strich er sich durch sein immer noch volles mokkafarbenes Haar. Mit seiner leicht schiefen Nase und seinem kantigen Gesicht war er ein Mann, nach dem sich nicht viele Frauen auf der Straße umdrehten. Allerdings besaß er weit mehr Herz und Verstand als dieser George-Clooney-Verschnitt Bernstein.

»Du weißt doch, in meinen Schreibphasen trinke ich so gut wie keinen Alkohol.« Vor allem dann nicht, wenn ein Abgabetermin näher rückte.

»Wie war deine Lesung im Schlosspark Theater?«, fragte Philipp.

Ich knuffte ihn gegen den Oberarm. »Das weißt du doch, du warst dabei.«

»Ich wollte es von dir hören.«

»Wie immer.« Ich grinste schief. »Lampenfieber wirkt sich nicht gut auf meinen Puls aus. Und auch nicht auf meine Zunge. Dreimal hab ich mich verlesen.«

»Was niemand mitbekommen hat.«

Ich lachte leise. »Einer der anwesenden Blogger wird meine Verleser schon erwähnen.«

»Apropos Blogger.« Philipp stützte den Ellbogen auf den Tresen und legte den Kopf in seine Hand. Irgendwie wirkte er dadurch wie ein Schuljunge, der verträumt vor sich hin blickte. »Wie war die anschließende Gesprächsrunde?«

Ich spürte, wie sich meine Schultern anspannten und mein Blick einen Punkt hinter Philipp fixierte. »Informativ.«

»Ach komm …«, begann er, doch ich unterbrach ihn.

»Sie hassen mich.«

»Das ist nicht wahr, und das weißt du. Du musst nur etwas lockerer werden.«

»Auch. Aber ich habe einen von ihnen beim Plagiieren erwischt. Ich glaube, das schwebt immer irgendwie zwischen uns.«

Philipp seufzte. »Du hast einen Blogger überführt, stimmt. Aber zum einen ist das schon ein Jahr her. Und zum anderen darfst du dir deswegen nicht mehr deinen hübschen Kopf zerbrechen. Denn die Sache ist längst Geschichte. Niemand spricht mehr darüber.«

»Was nicht heißt, dass die Angelegenheit vergessen ist.«

»Ist sie«, erwiderte Philipp mit einem scharfen Unterton. »Du hast nichts Falsches getan.«

»Ach ja?« Ich senkte den Blick und musterte meine schwarzen High Heels. »Und warum fühlt es sich dann so an?«

Philipp legte einen Finger unter mein Kinn und hob meinen Kopf an, bis ich ihm in die Augen sah. »Nicht du hast plagiiert, sondern er. Das darfst du nicht vergessen. Und jetzt reden wir nie wieder über diese Sache, okay? Diese Schuldgefühle, die du da auf deine zarten Schultern lädst, sollte er haben, nicht du. Einverstanden?«

»Okay«, murmelte ich und sah zu Sabine, die nach wie vor telefonierte. Für mich war die Party vorbei. Deshalb reichte ich dem Barkeeper mein noch immer gut gefülltes Sektglas und gab ihm die Kaffeetasse. »Zeit für mich, zu gehen.«

Philipp bot mir seinen Arm. »Ich bring dich zum Taxi.«

»Das ist lieb, aber das musst du nicht. Ein Spaziergang wird mir guttun.«

Er bekam große Augen. »Um die Uhrzeit?«, fragte er, was jedoch eher nach *»Bist du völlig verrückt?«* klang. »Du brauchst mindestens zwei Stunden bis nach Hause.«

Vermutlich zweieinhalb, wenn ich die knapp dreizehn Kilometer laufen würde. »Ich will nur ein Stück gehen, danach nehm ich mir ein Taxi, versprochen. Ich muss meinen Kopf frei bekommen«, antwortete ich und schlängelte mich zwischen den restlichen Partygästen hindurch zum Ausgang. Philipp folgte mir die halbe Treppe hinab, wo ich an einer mobilen Garderobe meinen Mantel aufgehängt hatte.

»Dann spring meinetwegen in deinen Pool und schwimm ein paar Runden. Aber jetzt zu laufen, wäre Selbstmord«, protestierte er und half mir in meinen Trenchcoat. Lächelnd eilte ich die paar Stufen bis zum Fahrstuhl hinab. Dabei griff ich in meine Manteltasche, in der ich das Pfefferspray aufbewahrte. Ich zog es heraus, drehte mich zu Philipp und hielt es ihm unter die Nase. »Ohne das hier gehe ich doch nicht aus dem …«

Ich verstummte, denn sein Blick verließ mein Gesicht und folgte einem Stück Papier, das mir offenbar aus der Tasche gefallen war. Es segelte vor mir zu Boden und rutschte dann über den Teppich bis vor seine Füße. »Was ist das?«

Irritiert verengte ich die Augen. »Sieht wie ein Polaroidfoto aus.« Aber was hatte es in meiner Manteltasche verloren?

Mein Handy begann zu klingeln, während ich mich bückte, das Foto aufhob und umdrehte. Von einer Sekunde auf die andere verschwamm alles um mich herum, und Angst kroch mir wie eine Ameisenkolonie über die Haut. Ich hörte das Klingeln nur noch wie durch Watte gefiltert, als ich die Worte auf dem Bild las.

In schnörkellosen Druckbuchstaben stand unter dem Foto eines offenen Grabes:

Ich wünschte, du lägst dort.

2. Kapitel

Als das Taxi in die Altensteinstraße bog, legte Philipp eine Hand auf meine. »Kleines, ist alles okay? Du zitterst ja.«

»Mir geht's gut«, murmelte ich und bemerkte, dass ich an den Knöpfen meines Trenchcoats nestelte. Wegen des dummen Polaroids, das mich völlig aus der Bahn geworfen hatte.

Meine Hand bebte, als ich mir eine Haarsträhne aus dem Gesicht strich. »Es ist alles gut«, flüsterte ich, weil ich bemerkte, dass mir Philipp nicht glaubte. »Mach dir keine Sorgen, okay?«

Sein Blick sprach Bände, dennoch bezahlte er ohne ein weiteres Wort den Taxifahrer, während ich aus dem Wagen stieg. Trotz der milden achtzehn Grad wickelte ich mich fester in meinen Mantel und ging auf mein Gartentürchen zu. Davor blieb ich stehen und drehte mich zu Philipp um.

»Du hättest das Taxi nicht wegschicken sollen. Die paar Schritte durch den Vorgarten bis zur Tür schaff ich schon.« Und dann … dann konnte ich die DVD von Dan Browns *Illuminati* einlegen, mich auf dem Sofa in eine warme Decke wickeln und bei meinem Lieblingsfilm das Polaroid vergessen.

Hoffentlich.

»Nichts da«, lehnte Philipp zum dritten Mal ab, seit er mir auf der Fahrt hierher gesagt hatte, dass er mich ins Haus begleiten wollte. »Wir wissen immer noch nicht, wer dein irrer Stalker ist, ich würde aber auf den Blogger tippen.« Eine gewisse Schärfe lag in seiner Stimme, was vermutlich daran lag, dass er diese Vermutung nicht zum ersten Mal äußerte. Und jedes Mal hatte ich mich geweigert, ihm den Namen des Bloggers zu verraten, weil ich es gewesen war, die ihn in Verruf gebracht hatte. Okay, nur in Bloggerkreisen, wirklich öffentlich hatte ich ihn des *Abschrei-*

bens nicht bezichtigt. Trotzdem hatte ich Schuldgefühle, aber durfte ich deswegen noch länger schweigen? Eigentlich nicht. Ich musste die Sache endlich beenden, jedoch auf meine Weise.

»Nina, er war auf der Party, um das Foto in deine Manteltasche zu schmuggeln.«

»Ich weiß.«

Philipps Gesicht verdunkelte sich. »Das heißt, dass du nirgendwo mehr sicher bist. Noch ein Grund mehr, dich ins Haus zu begleiten.«

Ich seufzte.

»Was?«, fragte er scharf, ehe ich etwas erwidern konnte.

»Schon gut.« Abwehrend hob ich die Hände. »Du hast gewonnen. Ich sag nichts mehr, okay?«

»Dein Glück.« Er grinste breit. »Ich hätte eh keine Ruhe gegeben.«

»Ich weiß.« Lächelnd hakte ich mich bei ihm unter. »Danke. Für alles.«

»Unsinn, das ist reiner Selbstschutz. Du bist sozusagen mein bestes Pferd im Stall. Das hütet man wie einen Schatz.«

»Du vergleichst mich mit einem Araber?«

Er legte den Kopf schief. »Das sind edle Tiere.«

»Trotzdem vergleichst du mich mit einem Pferd. Ich weiß noch nicht genau, wie ich das auffassen soll.«

»So, wie ich es gesagt habe.« Er öffnete das gusseiserne Gartentürchen und ließ mir den Vortritt. Sensoren erfassten meine Anwesenheit, und Licht flammte auf. Ich hatte keine Alarmanlage im Haus, dafür jede Menge Bewegungsmelder. Im Garten, auf dem Dachboden, im Keller, überall. Wegen des dunklen Geheimnisses, das Sabine in ihrer Zeitung ausgeschlachtet hatte.

Philipp trat vor mich. »Du bist mein Schatz, das weißt du doch.«

»Gollum, Gollum.« Ich grinste und nahm einen tiefen Atemzug. Die Luft roch nach Herbst und Regen. Und irgendwie nach

Erleichterung. Nach meiner Erleichterung. Ich fühlte mich besser, weil Philipp bei mir war.

Er schaffte es immer wieder, mich zu beruhigen. Mit simplen Worten oder Gesten. »Ich bin froh, dass du hier bist.«

»Das freut mich zu hören. Denn ich hätte dich auch unter Protest bis ins Haus begleitet.« Mitten auf dem gepflasterten Weg zur Haustür hielt er mich fest. »Gleich morgen früh melden wir das der Polizei. Du kannst den Irren nicht mehr länger unter den Teppich kehren.«

»Wen kümmert dort ein Stalker?«

Philipp griff nach meinen Oberarmen und schüttelte mich. »Nina, das in deiner Tasche ist eine Todesdrohung. Die auf die leichte Schulter zu nehmen grenzt an …«

»Wahnsinn?«

»Das wollte ich nicht sagen, sondern Selbstmord. Bislang hat er dir nur widerwärtige Briefe geschrieben, aber das jetzt …« Er suchte nach Worten. »Nur obszön zu sein, genügt ihm offenbar nicht mehr. Er will mehr.«

Ich schluckte trocken, denn Philipp hatte recht. Bislang hatte sich der Stalker damit begnügt, mir Drohbriefe mit einer grotesken Ansammlung von Schimpfwörtern zu schicken. Er hatte mir bereits mehrfach gedroht, aber noch nie auf diese Weise.

»Vielleicht sollte ich die Sache in die eigenen Hände nehmen?«

»Du willst mit ihm reden? Ist das dein Ernst?«

Ich nickte, langsam. Denn ich fühlte mit jeder Faser, dass Philipp mit meinem Plan nicht einverstanden war.

»Das wirst du nicht, schon gar nicht allein. Der Typ ist gefährlich.«

Offenbar war er tatsächlich gefährlicher, als wir, oder besser gesagt ich, bislang angenommen hatten.

Philipp sah mich bittend an. »Wir gehen morgen zur Polizei. Das hätten wir schon längst tun sollen. Bevor …« Er brach ab und schloss fest den Mund, doch ich ahnte die Worte, die er beinah angefügt hätte.

Bevor es zu spät ist.

Ein eisiger Schauder lief mir über den Rücken. »Okay«, flüsterte ich, kramte aus meiner Handtasche den Schlüssel und ging die wenigen Stufen zur Haustür hinauf. Dabei fiel es mir schwer, mich nicht umzudrehen, um zu prüfen, ob der Stalker uns beobachtete. Von der gegenüberliegenden Straßenseite, aus einem parkenden Auto heraus oder von einem der Bäume am Straßenrand.

Ich zog die Schultern hoch und schloss die Haustür auf. Meine Worte von vor sechs Monaten, als der erste Zettel in meinem Briefkasten lag, hallten in mir wider. *»Das ist nur ein dummer Scherz.«*

Philipp hatte mich damals bereits gewarnt, die Angelegenheit nicht als Spaß abzutun, doch ich hatte seine Worte abgewehrt. Weil ich von Anfang an den Blogger hinter dem Stalker vermutet hatte, doch ich konnte ihn wegen meiner Schuldgefühle nicht anzeigen. Ich versteckte mich wegen dieser Gewissensbisse hinter der Hoffnung, er würde von allein aufhören, denn ich war doch nur eine Schriftstellerin, die nichts anderes als Schreiben im Kopf hatte.

»Du bist eine Bestsellerautorin«, hörte ich Philipp in meinen Gedanken erwidern, als das Licht im Flur automatisch anging und ich meinen Schlüsselbund an den Haken rechts von mir hängte. »Da sind Neider vorprogrammiert. So was gibt's nicht nur in deinen Krimis, sondern auch im wahren Leben.«

Am Anfang glaubte er noch an einen Neider, und ich beließ es dabei. Denn ich wollte mich nicht wegen eines Stalkers sorgen, den ich selbst zu verantworten hatte. Doch meine Hoffnung, dass er aufhören würde, wenn ich nichts unternahm, erfüllte sich nicht. Der Ton in seinen Briefen wurde immer drohender, und ich vergrub mich daraufhin mehr und mehr in meine Bücher.

Weil sie mich von meinen Schuldgefühlen ablenkten. Stattdessen hätte ich schon damals mit Philipp über meine Vermutung reden sollen oder mit meiner Freundin Anna, die gleichzeitig meine Lektorin war. Beide waren die einzige Familie, die ich hatte, obwohl meine Mutter in Berlin wohnte. In einer schicken Villa, deren Nebenkosten zusammen mit ihren Wettschulden ihr Vermögen schneller aufgebraucht hatten, als sich ein Schwamm mit Wasser vollsaugen konnte.

Ein Geräusch schreckte mich aus meinen Gedanken.

Es klang wie das Piepsen meines Anrufbeantworters, gefolgt von einem scharfen Einatmen.

Ich blinzelte und blickte auf. Hin zu Philipp, der unbemerkt von mir das Haus betreten hatte und an mir vorbei zu meiner Flurgarderobe gegangen war. Seine Hand schwebte über meinem Anrufbeantworter auf dem Garderobenschrank.

»Hast du meine Nachrichten abgehört?«, fragte ich irritiert.

»Ich weiß, das hätte ich nicht tun sollen, aber …« Er stockte kurz. »Nina, es ist etwas passiert.«

»Was?« Etwas Kaltes strich mir über den Rücken. Ich wusste nicht, ob es ein Windzug war, der durch die offene Tür hereinwehte, oder ein Schauder, der mich bei Philipps Anblick erfasste. Denn in seinem Gesicht bewegte sich kein Muskel. Er blinzelte nicht und zuckte auch nicht mit einem Mundwinkel. Wie eine Statue stand er da.

»Was ist los?«, wisperte ich, denn mein Hals verengte sich ganz plötzlich. Ich eilte zu Philipp und legte ihm eine Hand auf den Oberarm.

Er zuckte zusammen. »Tim hat angerufen, weil er dich auf dem Handy nicht erreichen konnte. Anna ist noch nicht nach Hause gekommen.«

Er sprach so leise, dass ich einen Augenblick benötigte, um die Worte zu verstehen.

»Wieso nicht?« Meine Brust verengte sich aus Sorge. »Haben

sich Anna und Tim gestritten?« Das wäre nicht das erste Mal. Doch dann kam sie zu mir und schlief ein paar Tage im Gästezimmer. Um den Kopf frei zu bekommen, sagte sie dann immer. Anna war total lieb, aber auch hitzköpfig und sturer als ein Esel.

»Tim meinte, Anna hätte ihn von der Party aus angerufen und gesagt, sie würde sich noch kurz mit einer Bekannten treffen und käme dann gleich nach Hause. Doch sie kam nicht. Nun wollte er wissen, ob sie bei dir ist.«

»Aber sie hat doch schon gegen elf die Party verlassen«, rief ich.

Philipps Hand sank herab. »Sie war schon weg, als wir am Hotel angekommen sind, möchte ich meinen.«

Stimmt. Großer Gott! Dann müsste sie längst zu Hause sein. »Ich muss sie anrufen.«

Philipp nickte und drehte sich zu mir. »Mach das, ich check nur noch mal deine …« Mitten im Satz brach er ab und wurde blass, was ich auf Annas Verschwinden schob. »Was … ist das?«, stammelte er.

Ich hörte zwar seine Worte, doch mein Kopf war mit der Frage beschäftigt, ob Tim bereits die Polizei verständigt hatte, während ich in meiner Handtasche nach dem Handy kramte.

»Nina, was zum Henker ist das?«

»Was denn?«, fragte ich zerstreut, denn ich fand in dem Wirrwarr meiner Tasche mein iPhone nicht.

Er griff nach meinem Ellbogen und drehte mich, bis ich ins Wohnzimmer sehen konnte. »Das meine ich.«

Das Blut gefror mir in den Adern.

Nichts stand mehr an seinem Platz.

Zeitschriften, Bücher, Sofakissen, Kerzenständer … alles lag in einem wilden Durcheinander auf dem Fußboden. Auf meinem cremefarbenen Teppich, den in der Mitte rote Flecken zierten.

»Ist das …?«, begann Philipp.

»Nein«, unterbrach ich ihn und schüttelte energisch den Kopf. »Das ist kein Blut«, fügte ich keuchend hinzu. »Sag es. Dass das kein Blut ist.« Doch dann schmeckte ich es, als ich durch den Mund einatmete. Ein Würgreflex auslösendes Aroma von Verwesung vermischt mit Blut legte sich auf meine Zunge.

Mein Magen überschlug sich.

»Ruf die Polizei!« In Philipp kam Leben, während ich durch mehrmaliges Schlucken versuchte, das Salzstangen-Kaffee-Gemisch im Bauch zu behalten.

»Beeil dich.« Er schob mich rechter Hand in meine Küche, wo eins meiner schnurlosen Telefone in der Ladestation neben der Spüle stand, und drückte es mir in die Hand.

»Wer …?« Wer um Himmels willen tat so etwas?

Philipp hörte mich nicht mehr, denn er hatte sich bereits umgedreht und eilte zurück in den Flur. Aber ich kannte die Antwort auf meine Frage auch so.

»Bevor es zu spät ist.«

Mit bebenden Fingern wählte ich den Notruf. Philipps Schritte verhallten im Flur, und ich umklammerte das Telefon fester, aus Angst, es könnte mir aus der Hand fallen.

Hatte ich zu lange mit der Anzeige gegen meinen Stalker gewartet?

Hast du, denn wie du siehst, ist er sehr krank.

»Polizeinotrufzentr…«

Ein Scheppern hallte durchs Wohnzimmer, dem ein erstickter Hilferuf folgte.

Schreck fuhr mir in die Glieder. »Philipp?«

Stille.

»Philipp!« Ich rannte aus der Küche, im gleichen Moment erlosch das Licht.

Dunkelheit hüllte mich ein.

»Nina Sandner, Altensteinstraße«, wollte ich rufen, doch die Worte blieben mir in der Kehle stecken.

Nackte Angst kroch mir durch die Venen.

Das Telefon glitt mir wie damals die Taschenlampe aus den Fingern und rutschte über den Boden.

»Bitte, wir brauchen Hilfe.« Ich legte alle Kraft, zu der ich im Moment in der Lage war, in meine Stimme. In der Hoffnung, dass die Frau in der Notrufzentrale mich trotzdem hörte. Doch es kam nur ein Flüstern über meine Lippen. »Nina San…«

Da roch ich es.

Diesen süßlichen Geruch.

Finger, hart wie Stahlseile, packten meinen Nacken. Weicher Stoff berührte mein Gesicht, wurde auf meine Nase und meinen Mund gedrückt.

»Nein, bitte nicht«, wollte ich rufen, doch meine Stimme versagte.

Unbarmherzig drückten die Finger zu, und ich spürte den Körper eines Mannes an meinem Rücken.

Des Mannes, der mir ein mit Chloroform getränktes Tuch aufs Gesicht presste.

Mit meinem letzten klaren Gedanken schickte ich ein Stoßgebet in den Himmel, dass dieser Albtraum vorbei sein würde, wenn ich erwachte.

Aber niemand erhörte mich.

3. Kapitel

Eric Weinsheim
18. September, 6:55 Uhr

Das große weiße Schild an der schmalen Gartentür ließ mich mitten in der Bewegung erstarren.

Vorsicht, bissiger Hund

Wie magisch zogen die Worte meinen Blick an. Was an den Bildern in meinem Kopf liegen konnte, die mir einen süßen braun-weiß-schwarzen Beaglewelpen zeigten, der heute auf den Tag zwanzig Wochen alt geworden war.

Luna als bissig zu bezeichnen konnte auch nur dem Anwalt Schrägstrich Freund meiner Ex-Frau einfallen. Die kleine Fellnase hatte außer fressen, schlafen und toben nur noch kuscheln mit ihrem sechs Jahre alten Frauchen im Kopf. Meine Tochter Nele liebte Luna abgöttisch, und Luna war seit drei Wochen dort, wo Nele war. Abgesehen von den Stunden, die ihr Frauchen in der Schule verbrachte. Luna hasste diese Zeit inbrünstig und ließ ihren Frust an jedem Schuh aus, den sie im Haus fand.

Kopfschüttelnd öffnete ich das Gartentürchen, an dem bis vor einem Jahr noch Familie Weinsheim gestanden hatte. Jetzt war aus der *Familie* ein *Kathrin* geworden und ein Schild mit der Aufschrift: *Vorsicht, bissiger Hund.*

Sonnenstrahlen brachen durch die Zweige der alten Linde, während ich durch den kleinen Vorgarten auf das Backsteinhaus mit den weißen Fensterläden zuging. Vor vier Jahren hatte ich am stärksten Ast der Steinlinde eine Schaukel für Nele befestigt. Sie hing noch dort, aber meine Tochter schaukelte nicht mehr.

Ich stieg die Stufen zur Haustür hinauf, doch diese flog auf, bevor ich die Klingel betätigen konnte.

»Tausend Dank, dass du Nele in die Schule bringst«, rief Kathrin und schlüpfte in eine schwarze Kostümjacke. »Pechmann meinte, ich soll sofort ins Büro kommen. Gott, ich hoffe nur, dass er nicht wieder was Dummes angestellt hat.«

Ich nickte, mehr gelang mir nicht. Sie an diesem Montagmorgen unverhofft zu sehen, und dann auch noch in schwarzen High Heels und einem fünf Zentimeter über den Knien endenden engen Rock, raubte mir für einen Augenblick die Stimme.

Kathrin fuhr sich mit den Fingern durch ihre langen blonden Locken. Das tat sie immer, wenn sie nervös oder gestresst war. Der Anruf ihres Assistenten musste sie kalt erwischt haben.

»Guten Morgen«, sagte ich etwas verspätet, als sie diverse Utensilien in ihre Handtasche packte, und lehnte mich an den Türrahmen. »Das ist kein Problem, das weißt du doch. Nele ist auch meine Tochter.«

Ihrem Handy folgten mehrere Kugelschreiber, zwei Müsliriegel, Taschentücher, ein Kosmetiktäschchen, Deoroller, Regenschirm und ein Notizbuch. Brauchte Frau das wirklich alles?

»Ja, natürlich«, nuschelte Kathrin. »Aber es ist gegen unsere Abmachung.«

Gegen deine Abmachung. Die angeblich gut für Nele war. Damit sie lernte, sich an Regeln zu halten. Was, gelinde gesagt, völliger Schwachsinn war. Meine viel zu kluge Tochter war die einzige Vernünftige in dieser Familie … Ex-Familie.

Der Grund für Kathrins Abmachung war Neles Abneigung gegen Georg von Haberstrohm, Fachanwalt für Erbrecht, mit einer Finca auf Gran Canaria. Damit sich beide *anfreunden* konnten, sollte ich etwas in den Hintergrund treten und mit Nele zwischen unseren Vater-Tochter-Wochenenden nur noch telefonieren.

Als Kathrin mit dieser Bitte an mich herantrat, appellierte sie an meine Vernunft, doch die schaltete sich naturgegeben aus, wenn es um meine Tochter ging. Meine Ex erwischte mich dann mit dem Vorwurf, dass Neles Abneigung gegen Georg von mir auf meine Tochter abgefärbt hätte. Was, so musste ich zugeben, stimmte. Nele mochte den Neuen ihrer Mutter, bis sie mitbekam, dass er vorhatte, meinen Platz einzunehmen.

»Wo steckt Nele eigentlich?«, fragte ich und verdrehte die Augen, als Kathrin versuchte, den Reißverschluss ihrer randvollen Handtasche zu schließen.

»Im Bad. Sie kommt gleich.« Kathrin pustete sich eine Locke aus dem Gesicht, was meine Gedanken kurzfristig zu einem Abend vor sieben Jahren zurückwandern ließ.

»Du willst das Kinderzimmer blau und rosa streichen?«, hörte ich sie in meiner Erinnerung fragen.

Ich setzte den Farbroller unterhalb der Decke an und sah zu ihr. Mit einem bunten Tuch hatte sie ihr Haar zurückgebunden, weiße Farbkleckse zierten ihre Nase. Ihre Latzhose verbarg den kleinen Babybauch, auf den ich so gern die Hand legte, wenn sie sich an mich kuschelte.

»Ja, klar. Rosa Streifen für ein Mädchen und blaue für einen Jungen«, erwiderte ich.

Die Augen verdrehend tauchte Kathrin einen Finger in den blauen Farbeimer, trat neben mich und malte eine Schlangenlinie auf meinen Oberarm. »Du könntest aber auch eine Seite rosa streichen, und ich male blaue Blumen an die Wand. Und die andere Seite streichst du blau.«

»Und dann?« Ich lehnte den Roller an die Wand und zog meine Frau an mich. »Malst du darauf rosa Fußbälle?«

Sie lachte, und ich zog ihr das bunte Tuch vom Kopf. Denn ich mochte es, wenn ihr eine Locke frech vor den Augen auf und ab wippte. »Nein, ich male ein paar rosa Schäfchenwolken als Bordüre an die Wand.«

»Sehr männlich«, grummelte ich.

Sie schmiegte sich an mich. »Vielleicht sollten wir doch fragen, was es wird?«, murmelte sie und wickelte sich eine Haarsträhne um den Finger, den sie in den Farbeimer getaucht hatte.

»Es wird ein Mädchen.«

»Warum glaubst du das?«

Ich lachte leise. »Weil wir uns auf keinen Jungennamen einigen können.«

Sie stöhnte und legte eine Hand auf ihren Bauch. »Dann sollte ich statt der blauen Blumen lieber blaue Bälle malen. So wie sie tritt, wird sie Kapitänin der deutschen Frauenfußballnationalmannschaft.«

»Gut, dann mal schon mal einen Weltmeisterpokal zwischen die Bälle.«

Ein auf der Straße hupendes Auto riss mich aus meiner Erinnerung. Ich fuhr mir durchs Haar und sah zu Kathrin. Sie hatte den Reißverschluss ihrer Handtasche inzwischen zubekommen und ihre Locken zu einem Zopf gebunden.

Damals, vor sieben Jahren, hatte sie mir vertraut. Und damals gab es nicht diese Kluft zwischen uns, die mich jetzt daran hinderte, sie an mich zu ziehen und zu küssen.

Kathrin sah in den Spiegel neben der Garderobe. Ich könnte ihr sagen, dass sie hübsch aussah, aber ich wollte nicht hier, wo Nele jeden Augenblick aus dem Bad kommen konnte, einen Streit vom Zaun brechen.

»Packst du bitte noch Neles Schulbrote ein? Die liegen auf dem Küchentisch.«

»Mach ich.«

Kathrin griff nach ihrer Handtasche und ihrem Autoschlüssel. Dann trat sie vor mich, stellte sich auf die Zehenspitzen und gab mir einen Kuss auf die Wange. »Danke.«

Meine erste Reaktion war, den Arm zu heben, um ihn um sie zu legen. Ich konnte mich zwar in letzter Sekunde davon abhalten, sie zu umarmen, aber nicht von meinen Worten. »Du siehst gut aus.« Was nicht einmal annähernd dem entsprach, was ich eigentlich sagen wollte. Oder besser, was ich in dieser Situation sagen *sollte*. Schließlich war ich nur hier, um meine Tochter zur Schule zu bringen, und nicht, um meine Ex-Frau zu einem Date abzuholen.

Doch ihre Lippen auf meiner Haut zu spüren war nicht gerade hilfreich beim Denken. Ihr Duft in meiner Nase tat sein Übriges.

»Du auch.« Sie legte ihre Hand an meine Wange, und ich Idiot hielt den Atem an. Weil ich glaubte, in ihren Augen etwas zu sehen, was seit vielen Monaten nicht mehr da war. »Tut mir leid, ich muss los. Gott, ich hoffe, Pechmann hat nicht wieder Termine durcheinandergebracht.«

Was nicht das erste Mal wäre, und der Grund dafür war, dass er nie länger als sechs Monate einen Job behielt. Bis auf seinen jetzigen. Wegen seiner hervorragenden Kontakte in der Szene hatte ihn Kathrin als Assistenten eingestellt. Ihr Auftragsbuch als Eventmanagerin quoll seitdem über. Aber Stars mochten es überhaupt nicht, wenn nicht alles nach ihren Wünschen verlief.

Kathrin ließ den Arm sinken und trat zurück. Und ich konnte nicht anders, als ihr hinterherzuschauen, während sie die Stufen hinabeilte. Es war Ewigkeiten her, dass ich diesen Anblick genießen konnte, ohne dass mich das laute Räuspern ihres Anwalts Schrägstrich Freundes daran erinnerte, dass er jetzt mit dieser Frau ins Bett ging, die einmal meine gewesen war.

»Papa!«

Ich schaffte es, den Blick rechtzeitig vom knackigen Hintern meiner Ex-Frau zu lösen und mich umzudrehen, ehe mir Nele in die ausgebreiteten Arme sprang. »Guten Morgen, Kätzchen. Bereit für die Schule?«

Ein braun-weiß-schwarzer Fellball hüpfte bellend an meinen Beinen hoch, während Nele ihre schmalen Arme um meinen

Nacken schlang und mir einen dicken Schmatzer auf die Nasenspitze drückte. »Mama hat noch Kaffee übrig gelassen. Magst du welchen?«

Täuschte ich mich, oder war das der kindliche Versuch einer Ablenkung? »Ich hatte schon welchen, danke.« Was eine glatte Lüge war. Denn Kathrins Anruf mit der Bitte, Nele zur Schule zu bringen, hatte mich unter der Dusche erreicht. Inzwischen waren die Wassertropfen auf meinem Rücken getrocknet, jedoch beschwerte sich mein Magen über das verpasste Frühstück.

»Mama sagt, wir sollen deine Schulbrote nicht vergessen.« Ich stellte meine Tochter auf die Beine, was Luna zum Anlass nahm, ihrem Frauchen einen rosa Quietscheball vor die Füße zu legen.

Mein Handy begann zu zwitschern, während Nele hinter vorgehaltener Hand trocken hustete. Dabei sah sie zu Luna, die schwanzwedelnd dem Ball hinterhersprang.

»Papa, ich glaub, mir geht's heute nicht so gut«, nuschelte sie und sah mich mit feuchten Augen und einem Blick an, der einen Granitblock erweicht hätte. Ganz klar, sie wollte bei Luna bleiben, und ich musste nun über meinen Schatten springen, ob ich wollte oder nicht. Denn Nele einen Wunsch abzuschlagen lag mir einfach nicht.

Ich nahm meine Tochter auf den Arm und legte mein Handy ans Ohr. »Weinsheim.«

»Guten Morgen, Chef. Wir haben einen neuen Fall«, sagte meine Kollegin, als ich ins Haus ging. Luna folgte uns schwanzwedelnd mit ihrem Quietscheball. »Ich bin in fünf Minuten bei Ihnen.«

»Guten Morgen, Reuss«, erwiderte ich und schloss die Haustür. »Können Sie mich von meiner Ex-Frau abholen?«

Falls Julie überrascht war, verbarg sie das gut, denn sie ging mit keinem Wort darauf ein. »In zehn Minuten bin ich bei Ihnen.«

»Danke. Würden Sie bitte einen Moment am Telefon bleiben? Ich muss noch kurz was mit meiner Tochter klären«, sagte ich und ging in die Küche, wo ich Nele auf den Tisch setzte, der noch wie zu meiner Zeit unter dem Fenster stand.

»Mach ich, Chef.«

»Danke«, entgegnete ich und prüfte Neles Stirn, die kalt war. Anschließend zog ich mir einen Stuhl heran, auf den ich mich fallen ließ.

»Kannst du dich noch an den Nachmittag letztes Jahr erinnern, als wir beide auf der Hollywoodschaukel im Garten Erdbeereis gegessen haben?«, fragte ich.

Nele nickte und senkte den Kopf. »Ja, Papa.«

Ich nahm ihre kleinen Hände in meine, weil es mir das Herz zerriss. Es war mein letzter Tag in diesem Haus gewesen. Hier bei ihr, bei meiner Familie. »Auch daran, was du mir versprochen hast?«

»Dich niemals anzulügen«, wisperte sie. Danach hob sie ruckartig ihren Kopf. »Aber Luna ist immer so traurig, wenn ich in der Schule bin«, rief sie mit sich überschlagender Stimme. »Sie mag es nicht, allein zu sein. Bitte, bitte, Papa, nur dieses eine Mal. Ich sag auch Mama nichts, versprochen.«

Das glaubte ich Nele aufs Wort. Das Problem war, dass meine Ex-Frau alles herausfand. Früher oder später. Meist früher, als mir lieb war.

Ich lächelte sanft und strich meiner Tochter über das blonde Haar, das sie von ihrer Mutter geerbt hatte. »Luna liebt dich und möchte den ganzen Tag mit dir verbringen.« So wie ich, aber das sprach ich nicht aus. »Doch sie wird sich daran gewöhnen, dass es Zeiten gibt, in denen sie allein hier ist. Dann wird sie auf das Haus aufpassen, während du in der Schule fleißig lernst. Und wenn du nach Hause kommst, könnt ihr beide spielen, toben und all die schönen Dinge tun, die euch Spaß machen. Einverstanden?«

Zögernd nickte Nele.

»Sie freut sich doch bestimmt immer wie verrückt, wenn du nach Hause kommst. Oder?«

Ein zaghaftes Lächeln erschien auf ihrem zarten Gesicht. »Ja, sehr.«

Ich stand auf und hob meine Tochter auf die Arme. »Weil sie dich nicht vergisst, wenn du in der Schule bist. Sich zu lieben, bedeutet auch manchmal, voneinander getrennt sein zu müssen.«

»So wie bei uns?«, fragte Nele und kuschelte ihren Kopf an meine Schulter. »Dich vermisse ich nämlich auch immer.«

Ich biss die Zähne fest aufeinander, bevor mir Tränen in die Augen traten, und nickte. »Ja, genau so.«

Nele drückte mir einen Kuss auf die Wange und rutschte an mir hinab zu Boden. »Ich hol meinen Ranzen«, rief sie und rannte aus der Küche. Dicht gefolgt von der bellenden Luna, die noch vor Nele die Treppe in den ersten Stock erreichte.

Ich legte mein Handy ans Ohr. »Reuss, sind Sie noch da?«

»Ich bin in fünf Minuten bei Ihnen.«

»Kommen Sie bitte zur Regenbogen-Grundschule.« Ich sah aus dem Fenster zur Linde. »Wer ist das Opfer?«

»Laura Rissmann, fünfundzwanzig, alleinstehend. Sekretärin bei einem Transportunternehmen. Ihre Eltern starben vor zwei beziehungsweise drei Jahren, Geschwister hat sie keine.« Reuss holte tief Luft. »Chef, Laura Rissmann hat kurz vor ihrem Tod den Notruf gewählt und der Kollegin genau geschildert, wie ihr Killer sie ermorden wird.«

»Wie bitte?«

Reuss seufzte. »Sie haben richtig gehört. Sie wusste, wie sie sterben würde. Die Kollegen haben sie auch so gefunden, wie sie es während ihres Notrufs geschildert hat. Der Täter hat ihr erst mit einem Baseballschläger das rechte Schienbein gebrochen, damit sie nicht mehr weglaufen kann. Und dann hat er ihr die

Kehle aufgeschlitzt. Sie ist verblutet, ehe die Beamten bei ihr eintrafen.«

»Woher hat sie gewusst, wie sie sterben wird?«

»Das wissen wir nicht. Wir wissen jedoch, dass sie nicht die Erste war, die den Tathergang am Telefon geschildert hat.«

Ich runzelte die Stirn. »Was heißt das?«

»Es gab in der vergangenen Woche noch zwei derartige Anrufe bei der Notrufzentrale, doch die Kollegen haben an den möglichen Tatorten nie Leichen oder Spuren eines Gewaltverbrechens gefunden. Daher haben sie die Anrufe als Scherze abgetan.«

»Was sie offensichtlich nicht waren.«

»Sieht so aus.«

»Wer sind die beiden anderen?«

»Patrick Haneke, zweiundzwanzig, aus Dresden, studiert hier in Berlin. Und Tobias Rotschild, einundzwanzig, studiert ebenfalls in Berlin, kommt aus Langenhagen bei Hannover.«

Hinter mir erklang ein Poltern, als Nele zusammen mit Luna die Treppe hinablief. »Haneke und Rotschild sollen aufs LKA kommen, ich muss mit ihnen reden. Zuvor will ich allerdings ihre Aussagen auf meinem Schreibtisch haben.«

Für ein paar Augenblicke drang Schweigen aus dem Hörer, das von einem Räuspern abgelöst wurde. Ich wartete weitere drei Sekunden auf das übliche *»Geht klar«* meiner Kollegin, das nicht kam.

»Chef, da wäre noch eine Sache«, sagte Reuss stattdessen mit einer Stimme, bei der sich meine Nackenhaare aufrichteten.

»Welche?«

»Sowohl Rotschild als auch Haneke sind gestern als vermisst gemeldet worden.«

Ich runzelte die Stirn. »Seit wann werden beide genau vermisst?«

»Vermutlich seit ihren Anrufen. Genaueres klären wir noch.«

»Genaueres klären wir noch?«, fragte ich verwirrt, ehe mir einfiel, was Reuss zu den möglichen beiden anderen Tatorten gesagt hatte. Dass die Kollegen dort keine Anzeichen von Gewaltverbrechen gefunden hatten, weshalb sie die Notrufe als Scherze abtaten.

Ich zählte von zehn an rückwärts, aber ich hätte vermutlich bei tausend beginnen sollen, um mich vor meinen nächsten Worten zu beruhigen. »Reuss, sagen Sie mir, dass die Beamten mit Haneke und Rotschild gesprochen haben, bevor sie ihre Anrufe als Scherze abgetan haben.«

Als meine Kollegin antwortete, schloss ich fassungslos die Augen. »Nein, haben sie nicht.«

»Verdammt, Reuss, wollen Sie mir damit sagen, dass beide Anrufer nach ihren Notrufen verschwunden sind und die Kollegen davon nichts mitbekommen haben, weil sie Feierabend machen wollten? Oder keinen Bock auf lästigen Papierkram hatten?«, brüllte ich in den Hörer. Natürlich wusste ich, wie schwer dieser Job war. Stress, unzählige Überstunden, seelische Abgründe und menschliches Leid … All das hinterließ in jedem von uns Spuren. Nicht solche, die mit Fußabdrücken im Sand vergleichbar waren. Denn diese verwitterten oder wurden von einer Welle weggespült.

Die Spuren in unseren Seelen waren wie Fußabdrücke im aushärtenden Beton. Festgehalten für die kleine Ewigkeit, die unser Leben dauerte. Und manchmal auch darüber hinaus.

»Papa, was ist denn los? Warum bist du auf Julie böse?«

Neles Stimme hinter mir brachte mich zur Besinnung. Sie stand in der Küchentür und blickte erschrocken zu mir auf. »Ich bin nicht auf Julie böse, Kätzchen«, entgegnete ich, ging zu ihr und strich ihr übers Haar. »Lauf und zieh schon mal deine Schuhe an, ich komme gleich.«

»Ja, Papa.«

Ich wartete, bis Nele mit Luna im Flur war, bevor ich das

Telefon wieder ans Ohr presste. »Tut mir leid, Reuss. Ich wollte Sie nicht anbrüllen.«

»Schon okay, ich verstehe Sie. Wir hätten schon vergangene Woche mit den Ermittlungen beginnen können. Und …«

»Laura Rissmann könnte vielleicht noch am Leben sein«, ergänzte ich.

»Ja«, erwiderte Reuss mit unverhohlener Wut in der Stimme.

»Nun, um die Verantwortlichen kümmern wir uns, wenn der Täter hinter Schloss und Riegel sitzt. Jetzt müssen wir einen Mord, möglicherweise sogar drei aufklären. Oberkommissar Bauer soll Hanekes Kommilitonen befragen und sich in seiner Wohnung umsehen, und Oberkommissar Schiefer soll alles zu Rotschild herausfinden. Wir müssen wissen, wann genau die Studenten verschwunden sind. Ob nach ihren Notrufen oder erst später und was sie bis dahin gemacht haben. Ach, und Reuss, schicken Sie die KT zu den beiden möglichen Tatorten. Vielleicht findet die Spurensicherung noch was Brauchbares.« Woran ich zwar nicht glaubte, aber die Hoffnung starb bekanntlich zuletzt.

»Geht klar, Chef.«

»Ich bin fertig, Papa«, rief Nele aus dem Flur.

»Wir reden nachher weiter«, sagte ich zu Reuss, legte auf und griff mir vor dem Hinausgehen aus der Küche noch die Schulbrote meiner Tochter. Ich ging zu ihr, verpackte die Brotdose in ihrem Ranzen und drückte Nele an mich. Weil ich das jetzt brauchte. Ihre Umarmung und ihr Atem an meinem Hals. Ich hatte schon zu viel Grauen gesehen und in zu viele dunkle Abgründe geblickt, um nicht irgendwo in mir Risse davongetragen zu haben. Risse, die Nele nicht heilen konnte. Aber ihr süßes Lächeln half mir, diese für kurze Zeit zu vergessen.

4. Kapitel

Zwanzig Minuten später stieg ich zu Reuss ins Auto. Sie trug schwarze Jeans, schwarze Stiefel und eine schwarze Lederjacke zu einer weißen Bluse und einem frischen Lächeln in den Mundwinkeln.

Wir waren bereits seit zehn Wochen Partner, und schon allein dafür, dass sie es so lange mit mir ausgehalten hatte, verdiente sie neben einem Orden die Frage, die mich seit einer Weile beschäftigte. Ich wollte sie erst näher kennenlernen, um einschätzen zu können, ob ich mit der Frage zu weit ging. Allerdings konnte ich sie bei Julies Anblick nicht mehr zurückhalten. »Wer ist der Glückliche?«

Reuss blinzelte überrascht. »Sie reden weder vom Opfer noch vom Täter, nehme ich an.«

Ich lächelte, schloss die Tür und lehnte mich in den Sitz. »Sie sind immer gut gelaunt, selbst nach einer kurzen Nacht von nur drei oder vier Stunden. Auch die Differenzen mit Ihrer Mutter radieren Ihr Lächeln nicht von Ihrem Gesicht, obwohl Sie beide mindestens einmal in der Woche am Telefon aneinandergeraten und diese Streits Ihnen nahegehen.« Ich legte den Gurt an und ließ meine Hand auf dem Verschluss liegen. »Dann wären da noch unsere regelmäßigen Besuche im Kaffeehaus *GROSZ*. Während ich mich eisern an meiner Kaffeetasse festhalte und die verführerischen Torten ignoriere, futtern Sie sich durch die ganzen Leckereien, haben aber trotzdem abgenommen. Nun ja, und dann wäre da noch zu erwähnen, dass Sie seit zehn Wochen geduldig meine Launen ertragen, was in der Summe nur einen Schluss zulässt.«

»Der da wäre?«

Ich sah sie nicht zum ersten Mal blass werden, aber diesmal spürte ich ihr Erschrecken geradezu auf meiner Haut brennen. Ging ich mit dieser persönlichen Frage doch zu weit? Warum? Jede Pore ihres Körpers strahlte ihre Emotionen aus. »Dass Sie verliebt sind.«

Sekundenlang sah mich Reuss an, ohne zu blinzeln. »Ihr Name ist Lucy.«

Vor Überraschung stockte mir der Atem. Ich hatte mit vielem gerechnet, allerdings nicht mit einer *Sie*.

Während ich noch darüber nachdachte, welche unserer Kolleginnen Lucy hieß, startete Reuss den Wagen.

»Chef?«

»Ja?«

»Analysieren Sie mich nie wieder, okay?«

»Sind Ihnen persönliche Fragen unangenehm?« Ich hatte sie nicht so eingeschätzt, nur deshalb hielt ich meine Erkenntnis nicht zurück.

Reuss schüttelte den Kopf. »Keineswegs. Sie können mich alles fragen.«

»Aber?«

Sie gluckste, was mich erneut aus dem Konzept brachte. »Frauen mögen es nicht, wenn sie durchschaubar wie Glas sind.«

So was Ähnliches hatte mir Kathrin auch schon mal gesagt, daher nickte ich. »Ich geb mir Mühe.«

»Mehr wollte ich nicht hören.« Sie fuhr den Wagen vom Parkplatz der Schule, was meine Gedanken zu unserem neuen Fall zurücklenkte.

»Was wissen wir noch über Haneke und Rotschild?«

Meine Kollegin sah zu ihrem Notizblock, der in der Ablage der Mittelkonsole lag. »Rotschild studiert an der Freien Uni Berlin Literaturwissenschaft, Haneke an der Humboldt Deutsche Literatur.«

»Ein bisschen zu viel Literatur, um ein Zufall zu sein«, schlussfolgerte ich, als Reuss den Wagen auf die Schlossstraße lenkte. »Hat Laura Rissmann ebenfalls Literatur studiert?«

»Soweit wir bisher wissen, nicht.«

»Überprüft das genauer.« Denn falls nicht, musste es eine andere Verbindung zwischen den Opfern geben.

»Was wissen Sie noch über Laura Rissmann?«

»Ihre Mutter starb vor knapp drei Jahren bei einem Busunfall in Polen, ihr Vater überlebte schwer verletzt und lag dann lange Zeit im Koma. Fünf Monate später ist er aufgewacht, um am Tag der Entlassung aus dem Krankenhaus an einem Schlaganfall zu sterben.«

»Oh Mann.«

Reuss nickte. »Kann man so sagen.«

»Hatte Laura Rissmann einen Freund?«

»Vermutlich nicht. Zumindest steht auf ihrer Facebook-Seite, dass sie Single ist.«

»Was postet sie auf der Seite?«

»Alle paar Wochen mal ein Naturfoto, sonst nichts. Keine Urlaubs- oder Kätzchenbilder.«

»Auch keine näheren Informationen zu ihrer Person?«

»Nein.«

»Okay. Haben Bauer und Schiefer rausgefunden, wieso die Studenten erst jetzt als vermisst gemeldet worden sind?«

»Haben sie. Peary hat sich mit Hanekes Mitbewohner unterhalten.« – Peary war Oberkommissar Bauers Spitzname, den er seiner Vorliebe für Birnen zu verdanken hatte. – »Er war eine Woche krank und deshalb zu Hause in Wittenberg. Als er gestern Abend zurückkam und von einem Kommilitonen erfuhr, dass Haneke die komplette letzte Woche nicht beim Unterricht gewesen war, rief er erst dessen Eltern an und gab danach eine Vermisstenanzeige auf.« Reuss wechselte die Spur und setzte den Blinker, um nach links abzubiegen. »Peary ist noch dabei, rauszufinden, wer Haneke als Letztes gesehen hat und wo. Danach sieht er sich in seiner Studentenwohnung um.«

»Gut. Was wissen wir über das mögliche zweite Opfer?«

»Oberkommissar Schiefer hat sich mit dessen Freundin unterhalten. Sie war es, die gestern Abend die Vermisstenanzeige aufgegeben hat. Laut ihrer Aussage soll Rotschild am Donnerstagmorgen ihre Wohnung gegen 0:45 Uhr nach einem Streit verlassen haben, um zur Straßenbahnhaltestelle Marzahner Promenade zu laufen. Sie meinte, es wäre typisch für ihn, sich ein bis zwei Tage nach einer Auseinandersetzung nicht zu melden. Meist steht er jedoch am nächsten Tag bei ihr vor der Tür, diesmal ging er allerdings nicht mal ans Handy. Sie ist daraufhin am Sonntag zu seiner Wohnung gefahren, doch seine Mitbewohner hatten ihn auch seit Tagen nicht mehr gesehen. Deshalb hat sie mit seiner Mutter und seinem Bruder telefoniert, aber niemand wusste, wo Rotschild steckt.«

»Kann er möglicherweise irgendwo untergetaucht sein, um sich abzureagieren?«

»Die Freundin meint, er wäre zwar cholerisch veranlagt, würde sich aber immer innerhalb weniger Stunden fangen. Wenn er wütend ist, schließt er sich in sein Zimmer ein und schreibt oder fährt zu seinem Bruder, der wohl auch sein einziger Freund ist.«

»Was schreibt Rotschild?«

»Belletristik. Postapokalyptische Science-Fiction und Krimis, um genau zu sein.«

»Für einen Publikumsverlag?«

»Für zwei Kleinverlage«, antwortete Reuss und sah zu mir. »Was denken Sie?«

»Dass wir uns die Mitschnitte der Notrufe anhören sollten. Haben Sie sie?«

»Ja.« Reuss deutete auf ihr Handy, das ebenfalls in der Mittelkonsole lag. Ich nahm es aus der Ablage und aktivierte es.

»Der erste Anrufer ist Patrick Haneke«, informierte sie mich, bevor ich auf Play drückte.

»Polizeinotrufzentrale, guten Abend«, hörte ich einen männlichen Kollegen sagen.

»Helfen Sie mir«, keuchte Haneke mit einer Stimme, die vor Angst zu versagen drohte. »Er wird mich gleich umbringen.«

»Wie bitte?« Der Kollege klang, als müsste er sich um Haltung bemühen. In der polizeilichen Notrufzentrale gingen genug Anrufe von Betrunkenen ein, die sich perfide Scherze erlaubten. Daher war es oft nicht leicht, echte Notrufe von Streichen zu unterscheiden.

»Bitte, Sie müssen kommen, bevor es zu spät ist«, schrie Haneke außer sich. Zwischendurch keuchte er, offenbar rannte er um sein Leben. »Er ist hier irgendwo und wird mich gleich mit drei Messerstichen in die Lunge töten. Und … und er wird das Messer in meinem Rücken umdrehen.« Haneke schluchzte jetzt. »Oh Gott, ich flehe Sie an, helfen Sie mir.«

Reuss und ich wechselten einen Blick, während leises Rauschen aus ihrem Handy drang.

»Woher wissen Sie, dass Sie durch drei Messerstiche sterben werden?«, fragte der Kollege in der Notrufzentrale, und ich hörte an den Pausen zwischen seinen Worten, dass er entweder die Augen verwirrt zusammenkniff oder sie verdrehte. Was ich verstehen konnte. Welches Opfer wusste denn schon vor dem Mord genau, wie es sterben würde?

»Weil er alles so hergerichtet hat.« Hanekes Atem ging jetzt pfeifend. Er schien immer schneller zu rennen. »Bitte, kommen Sie schnell.«

»Wie heißen Sie?«

»Patrick Haneke.«

»Können Sie mir sagen, wo Sie sich befinden?«

»Im Tiergarten.«

»Wo genau dort?«

»Im Rosengarten, nahe beim Flora-Denkmal. Oh bitte, helfen Sie mir. Schnell. Ich ... ich hab nur noch drei Minuten zu leben.«

»Die Beamten sind unterwegs«, hörte ich den Kollegen sagen, doch seine Worte wurden von einem sich wiederholenden Piepsen untermalt, das aus dem Lautsprecher des Handys drang.

Haneke hatte aufgelegt.

Oder sein möglicher Mörder.

Ich drückte die Stopptaste. »Wann ging der Notruf ein?«, fragte ich und bemerkte erst, als meine Worte im Wageninneren verklangen, dass ich durch meine zusammengebissenen Zähne gesprochen hatte. Es geschah nicht oft, dass man als Ermittler beinahe live bei einem Mord dabei war.

»Vergangenen Sonntag, um 23:58 Uhr.«

»Wieso war Haneke um die Uhrzeit im Tiergarten? Wohnt er in der Nähe?«

»Nein. Er wohnt in einem Studentenwohnheim in der Coppistraße.«

Ich zog mein Handy aus der Jackentasche und wählte Pearys Nummer. »Oberkommissar Bauer.«

»Guten Morgen.«

»Moin, Chef.«

»Kennen Sie den Mitschnitt von Hanekes Notruf?«

»Ja.«

Gut, dann musste ich mein Anliegen nicht groß erklären. »Hat einer von Hanekes Kommilitonen eine Ahnung, warum er während seines Notrufs im Tiergarten unterwegs war?«

»Nein, keiner. Aber Haneke war auch ein verschlossener Typ, der kaum Freunde hatte. Er verbrachte den Großteil seiner Freizeit in Bibliotheken.«

»Und sein Mitbewohner?«

»Sie haben sich eine Wohnung geteilt, Freunde waren sie deshalb nicht. Gießberg meinte, er hätte sich bloß auf das Arrangement mit Haneke eingelassen, weil er sein Zimmer fast nur zum Schlafen nutzte.«

»Waren Sie schon in der Wohnung?«

»Bin dorthin unterwegs.«

»Gut. Melden Sie sich, wenn es was Neues gibt.«

»Geht klar«, erwiderte Peary und legte auf.

Ich sah zu Reuss. »Wann waren die Kollegen vor Ort?«

»Vier Minuten später, aber sie haben nichts gefunden.«

»Kein Blut?«

»Nicht einen Tropfen. Und auch sonst nichts, was auf ein Verbrechen hindeuten würde.« Sie hielt an einer Ampel. »Bei drei Messerstichen in die Lunge bleiben Blutspritzer nicht aus. Es sei denn, der Täter hat drei Messer verwendet und diese im Körper des Opfers zurückgelassen, um die Wunden mit ihnen zu verschließen. Trotzdem ist es unwahrscheinlich, dass gar kein Blut geflossen ist.«

Ich nickte. »Und dann spielte die Zeit eine entscheidende Rolle. Der Täter hatte nur vier kurze Minuten, um das Opfer zu töten. Danach musste er die Spuren beseitigen, was nach meinem Dafürhalten bis zum Eintreffen der Beamten unmöglich gewesen ist.«

»Die Leiche musste er auch noch fortschaffen«, fügte meine Kollegin hinzu.

»Die Frage ist, warum er sie nicht wie in Laura Rissmanns Fall liegen gelassen hat.« Nachdenklich sah ich aus der Frontscheibe zur Straße. »Für mich ergibt das alles eher einen Sinn, wenn er Haneke nicht im Tiergarten getötet, sondern ihn von dort entführt hat. Das würde auch erklären, warum die Kollegen keine sichtbaren Spuren eines Gewaltverbrechens gefunden haben.« Ich ließ meinen Zeigefinger über dem Handy meiner Kollegin schweben. Über dem Play-Symbol auf dem Bildschirm. »Der Täter weiß, dass es ohne sichtbare Spuren eines Gewaltverbrechens keine Ermittlungen geben wird.«

»Weil er ungestört weitermorden will?«

»Wollte«, verbesserte ich. »Denn dadurch, dass er Laura Rissmanns Leiche liegen gelassen hat, hat sich alles geändert. Ich denke, er war vorher noch nicht bereit, sich zu offenbaren.«

»Aber jetzt ist er es? Was hat sich in dieser einen Woche geändert?«

»Möglicherweise war Laura Rissmann seine eigentliche Zielperson. Oder die Kollegen waren schneller bei ihr, als er kalkuliert hatte, und ihm blieb keine Zeit mehr, ihre Leiche wegzubringen.« Ich schwieg kurz. »Wir können allerdings auch davon ausgehen, dass er nach den möglichen Morden an Haneke und Rotschild selbstsicherer geworden ist.«

»Wir müssen den oder die Ablageorte finden. Ohne Leichen keine Verbrechen.« Ihr Blick hielt meinen fest. »Vielleicht irren wir uns aber auch, und sie leben noch.«

Ihre Hoffnung, dass die Vermissten noch lebten, verschloss mir den Mund, ehe ich meine Gedanken laut aussprach. Eins stand zumindest fest. Haneke hatte Todesangst gehabt und an das geglaubt, was er sagte. Dass er gleich sterben würde.

»Denkbar«, zwang ich mich zu sagen, jedoch bemerkte ich in den Augen meiner Kollegin, dass sie mir meine Notlüge nicht abkaufte. Ich seufzte, als hinter uns ein Hupen erklang. Die Ampel, an der wir hielten, war auf Grün gesprungen. Reuss gab Gas, und ich nutzte die Gelegenheit, um auf Play zu drücken.

»Polizeinotrufzentrale, guten Morgen.«

»Rotschild«, hörte ich einen jungen Mann sagen, der offenbar erkältet war. Er keuchte und schniefte gleichzeitig. »Tobias Rotschild. Sie müssen mir helfen.«

»Wo befinden Sie sich?«

»Straßenbahnhaltestelle Marzahner Promenade.« Laut zog er die Nase hoch, dann schluchzte er wie meine Tochter vor einer Stunde, als ich ihr gesagt hatte, dass sie in die Schule gehen musste. »Ich sehe ihn nicht, aber ich weiß, dass er hier ist.«

»Wer, Herr Rotschild?«

»Dieses verfickte Arschloch, das mir gleich ein Messer ins Herz rammen wird.«

»Wie bitte?«, fragte die Frau in der Notrufzentrale mit einer Stimme, die zwischen Unglauben und Entsetzen schwankte.

»In fünf Minuten wird mir dieses Schwein das Licht ausblasen. Haben Sie's jetzt kapiert?« Er keuchte heftiger, scheinbar rannte er.

»Bitte, beruhigen Sie sich«, erwiderte die Kollegin. Sie klang pikiert, aber auch besorgt. »Und sagen Sie mir genau, was los ist.«

»Verdammt, hören Sie mir nicht zu?« Rotschild schrie, jedoch zitterte seine Stimme. Er war einer Panik nahe. »Meine Uhr tickt. Also hieven Sie Ihren fetten Arsch aus Ihrem Sessel, und schicken Sie Bullen hierher. Ansonsten können Sie mich in viereinhalb Minuten vom Pflaster abkratzen.«

»Die Kollegen sind unterwegs«, erwiderte die Frau, ruhiger als noch vor einem Augenblick. Sie schien zu dem gleichen Schluss wie ich gekommen zu sein. »Bitte sagen Sie mir, was Sie sehen und wie Sie darauf kommen, dass Sie gleich ermordet werden.«

Motorengeräusche drangen aus dem Hörer, dann Stille.

»Herr Rotschild?«

Ein dumpfes Geräusch erklang, dem ein gedämpfter Hilferuf folgte.

»Herr Rotschild, sind Sie noch da?« Die Frau in der Notrufzentrale klang nun nervös.

Die Bremsen einer Straßenbahn quietschten, Schritte auf regenfeuchtem Pflaster waren zu hören, dann drang das Besetztzeichen aus dem Hörer.

»Er hatte schreckliche Angst«, sagte Reuss leise, als ich die Aufnahme stoppte.

»Wann ging der Notruf ein?«

»Am Donnerstag, um ein Uhr morgens. Die Kollegen waren

knapp fünf Minuten später vor Ort und fanden wieder nichts. Kein Blut, keine Leiche, geschweige denn Spuren eines Kampfes. Und niemand hat was gesehen.« Reuss wechselte die Spur. »Was ich nicht verstehe, ist, wieso sich Haneke und Rotschild nicht gewehrt haben.«

»Vielleicht haben sie das ja.«

Verblüffung zeichnete sich in dem Blaugrau ihrer Augen ab, als sie kurz zu mir sah. »Aber dann hätten die Kollegen etwas finden müssen.«

»Nicht, wenn der Täter klug vorgegangen ist.«

Die Verwirrung meiner Kollegin stieg. »Aber er hatte das Überraschungsmoment nicht auf seiner Seite. Beide wussten, was passieren würde.«

»Und beide waren einer Panik nahe. Sie haben den Notruf gewählt und waren dadurch abgelenkt. Diese Momente muss er ausgenutzt haben.«

Reuss nickte. »Was bedeutet, dass er bereits an den Tatorten war. Und er brauchte ein Auto, um die Opfer wegzubringen.«

»Definitiv. Jedoch hat keiner der Anrufer den Täter beschrieben. Rotschild sagte, er sieht ihn nicht, weiß allerdings, dass er da ist.«

»Aber wenn ich weiß, dass ich sterben werde, warum sage ich dann nicht, wer mein Mörder sein wird?«, überlegte Reuss laut.

»Weil ich seinen Namen nicht kenne.«

»Er war maskiert?«

»Vorstellbar. Doch dann bleibt immer noch die Frage offen, woher Haneke und Rotschild wussten, wie sie sterben werden.«

Reuss zog die Unterlippe mit den Zähnen in den Mund. »Durch eine Todesdrohung«, schlussfolgerte sie schließlich. »›Ich töte dich um 1:05 Uhr am Donnerstagmorgen durch einen Messerstich ins Herz.‹«

»Das würde ihre Panik erklären«, erwiderte ich nachdenklich. »Doch wie haben sie diese Drohungen erhalten? Und wie hat der

Täter es angestellt, in der Kürze der Zeit keine Spuren zu hinterlassen – falls er sie doch ermordet hat?«

Reuss schwieg für etwa zehn Sekunden. »Vielleicht ist es gar nicht so, wie wir denken.«

»Sondern?«

»Es waren doch Scherzanrufe von Haneke und Rotschild. Und jetzt sind sie einfach nur untergetaucht. Abgehauen.«

»Wozu sollten sie derartige Anrufe machen?«, fragte ich, obwohl mein Magen eine gänzlich andere Antwort formulieren wollte. Ich glaubte nicht an die Theorie von Scherzanrufen. Dazu hatten beide viel zu viel Angst gehabt.

»Um zu testen, wie lange die Kollegen benötigen, bis sie vor Ort sind.«

»Diese Annahme würde Sinn ergeben, wenn Laura Rissmann im Tiergarten oder an dieser Straßenbahnhaltestelle ermordet worden wäre. Sie wurde jedoch in ihrem Haus getötet, das sich nicht in der Nähe der beiden anderen möglichen Tatorte befindet.«

Verdrossen verzog Reuss den Mund, während sie an der nächsten Ampel hielt. »Was bedeuten die Anrufe dann?«

Statt ihr zu antworten, drückte ich das Play-Symbol auf ihrem Handy.

»Polizeinotrufzentrale, guten Morgen.«

»Laura Rissmann«, wisperte eine junge Frau. »Ich glaube da … da ist jemand in meinem Haus.«

Gleich darauf erklang ein dumpfes Poltern, als wäre ihr das Telefon aus der Hand gefallen.

»Können Sie mir sagen, wo Sie sind?«

Stille drang drohend aus dem Hörer.

»Frau Rissmann, hören Sie mich?«, fragte die Kollegin in der Notrufzentrale.

Als keine Antwort kam, erhob sie die Stimme. »Hallo? Sind Sie noch da?«

»Helfen Sie mir«, schrie Laura Rissmann wie aus weiter Ferne. Vermutlich hatte ich recht, und das Handy war ihr vor Schreck aus den Fingern gerutscht.

»Können Sie mir sagen, wo Sie sich befinden?«

Kaum hatte die Kollegin ausgesprochen, drückte ich auf Stopp. »Hast du das gehört?«, fragte ich. Ein kleiner Teil von mir registrierte, dass ich unvermittelt zum Du übergegangen war. Doch der Rest von mir versuchte, die seltsamen Geräusche im Hintergrund der Aufzeichnung zu analysieren.

»Was?«

Ich spulte kurz zurück und schloss die Augen, als die Stimme der Kollegin aus der Notrufzentrale erneut aus dem Lautsprecher drang. »Können Sie mir sagen, wo Sie sich befinden?«

Kurz darauf riss ich die Lider auf. »Da spricht noch jemand anderes.«

Reuss nickte. »Aber er ist zu weit weg, und die Stimme ist verstellt.«

»Als würde er eine Atemmaske oder was Ähnliches tragen.«

»Da ist es wieder«, flüsterte Reuss und beugte sich ein Stück näher zu mir. »Aber ich verstehe nicht, was er sagt.«

Bis auf ein paar bedeutungslose Fetzen verstand ich leider auch nichts.

»Helfen Sie mir«, schrie Laura Rissmann plötzlich. »Schnell, bitte.«

»Die Aufnahmen müssen in die KT«, sagte ich und deutete nach vorn, da die Ampel auf Grün geschaltet hatte.

»Bitte nicht«, hörten wir Laura Rissmann flehen, als Reuss anfuhr. »Bitte, ich tue alles, was Sie wollen.«

»Sie sagt nicht seinen Namen.« Reuss bog rechts ab. »Also kennt sie ihn nicht.«

»Oder *erkennt* ihn nicht, weil er maskiert ist«, fügte ich hinzu.

»Nein, nicht. Bitte, Sie müssen mir nicht das rechte Schienbein brechen. Bitte, bitte. Legen Sie den Baseballschläger weg, und lassen Sie uns reden.«

Ich drückte auf die Stopptaste. »Seine Vorgehensweise ist bei Laura Rissmann wieder eine andere. Haneke und Rotschild haben keine gebrochenen Knochen erwähnt.«

»Und keinen Baseballschläger.«

»Den auch nicht. Das Einzige, was bei allen dreien gleich war, waren die Notrufe. Sie gehören zum Ritual des Täters«, sinnierte ich.

»Wir haben es mit einem Serienkiller zu tun?«

»Davon gehe ich derzeit aus.«

»Aber warum lässt er seine Opfer anrufen und geht dadurch ein erhöhtes Risiko ein? Die Kollegen könnten auch schneller vor Ort sein, als er denkt.«

»Die Gefahr, erwischt zu werden, erhöht definitiv den Adrenalinspiegel. Vielleicht ist er ein Adrenalinjunkie, oder der Auslöser für seine Morde hat was mit den Anrufen zu tun. In Laura Rissmanns Fall könnte die Zeit für ihn zu knapp geworden sein. Gut möglich, dass nur deshalb ihre Leiche gefunden wurde«, erwiderte ich und drückte das Play-Symbol auf dem Handy.

»Frau Rissmann, halten Sie durch. Die Kollegen sind gleich bei Ihnen«, sagte die Frau von der Notrufzentrale. Gleich darauf hallte Laura Rissmanns Schmerzensschrei durch das Wageninnere. Der Täter hatte offenbar mit dem Baseballschläger zugeschlagen.

»Oh Gott, bitte«, weinte sie. »Lassen Sie mich am Leben. Bitte, bitte, Sie müssen mir nicht die Kehle aufschneiden.«

»Nur noch eine Minute, Frau Rissmann. Dann ist Hilfe bei Ihnen«, sagte die Frau in der Notrufzentrale mit einer Stimme, die ihr Entsetzen nicht verbarg. »Halten Sie durch, ich bin bei Ihnen. Sie sind nicht allein, hören Sie?«

»Neeeeeeeeiiiiiin«, schrie Laura Rissmann gellend – dann brach die Verbindung ab.

Einen Augenblick später setzte Reuss den Blinker und fuhr in eine Parklücke. Sie verkrampfte die Hände um das Lenkrad und drehte den Kopf zur Fahrertür, doch ich sah es. Die Blässe auf ihrem Gesicht und die Tränen in ihren Augen.

Behutsam löste ich die Finger ihrer rechten Hand vom Steuer und nahm sie in meine. »Es ist gut«, sagte ich leise. Weil ich wusste, wie es in ihr aussah. Denn ich fühlte es auch. Das Entsetzen, das mit der Wut Hand in Hand ging. Und dazu die Hilflosigkeit im Angesicht dessen, was wir gerade gehört hatten.

»Ist es nicht.« Reuss schluchzte leise. »Dieses elende Schwein.«

»Wir werden ihn finden und dort hinbringen, wo er hingehört.«

»Sie hat ihn angefleht. Viele Male.« Sie verkrampfte die Finger um meine, dann blickte sie zu mir. »Ich weiß, dass es dumm von mir ist, den Fall so nah an mich heranzulassen. Aber ...«

Ich drückte ihre Hand. »Ist es, doch es ist gleichzeitig auch menschlich.«

»Das bringt Laura Rissmann nicht wieder zurück.«

»Nein, allerdings bringt es dieses Schwein hinter Gitter. Halten Sie an den Gefühlen fest. Denn sie sind ein Teil des Motors, der uns antreibt.«

Ein schiefes Lächeln huschte über ihr Gesicht. »Das Du gefiel mir besser.«

Ich fischte ein unbenutztes Taschentuch aus meiner Jeans und reichte es ihr. »Mir auch.«

Kurz darauf fädelte Reuss den BMW in den Verkehr ein, und ich wählte die Nummer der Kriminaltechnik, damit diese die drei Anrufe unter die Lupe nahm. Falls die KT die Stimme des Täters nicht entzerren konnte, war es ihr vielleicht möglich, herauszufiltern, was er gesagt hatte.

5. Kapitel

Ich löste den Gurt, als Reuss am Straßenrand hielt, und sah zu dem alten Haus mit windschiefem Gartentürchen, neben dem wir parkten. »Der Mord im Tiergarten um Mitternacht war wahrscheinlich sein erster. Er geschah zwar an einem öffentlichen Ort, aber im Schutz der Dunkelheit und zu einer Zeit, wo kaum Menschen im Park unterwegs sind. Diese Tat war ein Testlauf für ihn und für unsere Kollegen.«

»Ob er es schafft, das Opfer in unter vier Minuten zu töten und die Leiche wegzuschaffen beziehungsweise Haneke zu entführen?«

Ich nickte und stieg wie Reuss aus.

»Der Mord an der Straßenbahnhaltestelle war da schon riskanter. Er hätte von einem Passanten gesehen werden können«, sagte sie.

»Die erste Tat hat ihn mutiger werden lassen. Denn alles ist so abgelaufen, wie er es geplant hatte. Vermutlich hat er aus einem Versteck heraus die eintreffenden Kollegen beobachtet.«

»Du meinst, er ist noch hier?« Reuss hob die Hand schützend vor die Augen und sah sich zwischen all den Gaffern um.

»Vermutlich nicht, aber er war ganz sicher hier, als die Kollegen eintrafen.« Ich warf die Autotür ins Schloss und blickte mich um. Die meisten Häuser stammten aus DDR-Zeiten und waren vierzig und mehr Jahre alt. In den Auffahrten standen Klein- bis Mittelklassewagen, niemand besaß einen übermäßig hohen Zaun.

Hier wohnten Leute mit einem normalen Einkommen, die sich ihr Wohneigentum vermutlich vom Mund abgespart hatten. Das verband die Menschen in dieser Straße. Viele kannten sich sicher seit Jahren, duzten sich womöglich auch und grillten im Sommer gemeinsam.

Dass meine Theorie nicht so weit hergeholt war, bewiesen die vielen Blumen neben Laura Rissmanns Gartentürchen. Zwischen ihnen brannten Grabkerzen, und ich entdeckte ein paar Fotos von ihr. Sie war eine hübsche junge Frau gewesen, mit langem kaffeebraunem Haar und einem süßen Grübchen im rechten Mundwinkel.

»Geben Sie sich keine Mühe«, sagte ich zu Reuss, da sich meine Kollegin noch immer in der Menschenmenge umsah. »Er ist längst verschwunden.«

»Jemand könnte ihn aber gesehen haben.« Sie ging neben mir her auf das Absperrband zu, hinter dem ein uniformierter Beamter stand.

»Guten Morgen, Frau Kommissarin«, grüßte Volker mit einem Lächeln, das nach meiner Meinung eher in eine Bar oder einen Club gehörte, und hob das Absperrband für uns an.

Ich hielt Reuss auf, bevor sie sich duckte. »Befragst du die Nachbarn?«

»Das hat Eisfeld schon erledigt.« Volker zückte mit einem angedeuteten Grinsen einen Notizblock. »Er ist hier vor über einer Stunde aufgetaucht, und ich war so frei, für euch ein paar Notizen zu machen.«

Was zum Henker hatte mein Chef hier verloren?

»Er wohnt nur ein paar Straßen weiter«, sagte Reuss leise und schüttelte den Kopf, als ich den Mund öffnete.

Es war weiß Gott kein Geheimnis, dass die Spannungen zwischen Eisfeld und mir immer stärker wurden und sich irgendwann in einem heftigen Gewitter entladen könnten. Bislang hatten mein Chef und ich jedes Mal, bevor es so weit kam, vernünftigerweise die Kurve gekriegt. Aber es war durchaus vorstellbar, dass einer von uns bei einem nächsten Streit jede Vernunft vergessen könnte. Daher gingen wir uns, so gut wir konnten, aus dem Weg.

Ich holte tief Luft, bevor ich Reuss folgte und mich unter dem Absperrband hindurchduckte. »Was hast du für uns mitgeschrieben?«

»Eisfeld hat mit jedem Einzelnen gesprochen, bis auf die Familie gegenüber. Da öffnet niemand.« Volker blätterte durch die Seiten. »Das Haus gehört Martina und Marcus Lamprecht. Sie haben es erst vor drei Wochen gekauft und sind noch nicht eingezogen. Laut der Aussage ihrer Nachbarin, Frau Bettina Hase, sind sie noch am Renovieren.«

»Hat jemand etwas gehört oder einen Fremden gesehen?«

»Frau Hase meinte, sie hätte gegen fünf Uhr morgens Schreie gehört. Sie schränkte jedoch ein, dass ihr Mann mal wieder vor dem Fernseher eingeschlafen war und irgendeine Krimiserie lief, als sie ihn geweckt hat.«

»Der Notruf ging um 4:54 Uhr bei der Zentrale ein«, warf Reuss ein. »Sie könnte also Laura Rissmann gehört haben.«

»Warum sind wir dann erst um kurz vor sieben informiert worden?«, fragte ich.

»Eisfeld«, hüstelte Reuss hinter vorgehaltener Hand. »Er wollte den Fall selbst bearbeiten.«

»Wieso das? Kannte er das Opfer?« Dann wäre sein Wunsch verständlich, aber er war mit den Vorschriften besser vertraut als ich. Noch bevor er mit den Ermittlungen begonnen hätte, wäre er von dem Mordfall abgezogen worden.

»Nein. Die Aussagen der Nachbarn aufzunehmen hat ihn wohl daran erinnert, wie es früher war. Bevor er zum Schreibtischtäter wurde.«

»Aha«, knurrte ich. »Wer hat ihn zur Vernunft gebracht?«

»Peary. Dafür hat er allerdings fast eine Stunde benötigt.«

Ich riss mich zusammen, bevor ich mitten auf der Straße meiner Wut über Eisfelds Ermittler-Vergangenheitstrip Luft machte. Der uns über eine Stunde wertvolle Zeit gekostet hatte. »Okay, machen wir weiter.«

»Auf der Straße wäre laut Frau Hase alles ruhig gewesen«, fuhr Volker fort, mir war jedoch klar, dass er kein Wort von der Unterhaltung zwischen Reuss und mir verpasst hatte.

»Wo wohnt sie?«, fragte Reuss.

Er deutete auf das gelb getünchte Haus neben dem von Familie Lamprecht. »Das Schlafzimmer befindet sich auf der rechten Seite.«

»Hat sie durch die Scheibe gesehen oder das Fenster geöffnet?«, wollte ich wissen.

»Sie hat durch das gekippte Fenster auf die Straße gesehen.«

Reuss verdrehte die Augen. »Ausgehend von dem Winkel, konnte sie das Haus des Opfers nicht sehen.«

»Nein«, bestätigte Volker.

»Sonst ist niemandem etwas aufgefallen?«, hakte ich nach.

Volker las in seinen Notizen. »Frau Erika Müller, die linke Nachbarin des Opfers, meint, dass Laura Rissmann vielleicht einen Freund hätte. Sie wäre abends oft unterwegs gewesen, und sie hätte Rissmann bei der Gartenarbeit einmal während eines Telefonats belauscht, das sie auf der Terrasse geführt hat.« Volker räusperte sich. »Ich zitiere: ›lauter widerliches Sex-Zeugs‹.«

Ich hob die Augenbrauen. »BDSM?«

Er schüttelte den Kopf. »Eher nicht. Es ging um die Stellung und ob ein Kondom verwendet werden soll oder nicht.«

»Nun«, sinnierte Reuss, »dann hatten sie mit hoher Wahrscheinlichkeit keinen Telefonsex.«

Volker grinste eine Spur zu schmierig für meinen Geschmack. »Vermutlich nicht.«

»Danke«, sagte ich und wandte mich ab.

»Immer gern«, rief mir Volker hinterher, als Reuss und ich nebeneinander zur Haustür gingen. Dabei stieg mir ihr Duft in die Nase. Er erinnerte mich an Reinheit, Frische und den Sommer. Ich mochte ihn.

»Da die Kondomfrage noch nicht geklärt war, bezog sich

das Telefongespräch auf zukünftigen Sex«, dachte ich laut nach. »Hast du schon mal im Vorfeld mit deinem Partner die Stellung besprochen? Am Telefon?«

Wir betraten den Flur, dessen Teppich hier und da Abnutzungserscheinungen aufwies. Die dunklen Möbel zierte eine dünne Staubschicht, und an der Garderobe hing eine Regenjacke neben einem dicken armeegrünen Parka mit passendem Schal.

Kathrin hatte je nach Jahreszeit die Jacken immer ausgetauscht. Aus Platzgründen. Aber der Parka von Laura Rissmann hing seit vergangenem Winter hier. Was bedeutete, dass sie wenig Besuch hatte und vermutlich auch keinen Freund. Zumindest keinen, der bei ihr übernachtete. Andernfalls hätte sie für seine Jacke Platz an der Garderobe geschaffen.

Ich sah zu Reuss, weil meine Partnerin ungewöhnlich still war. Eine feine Röte überzog ihre Wangen, die darauf hindeutete, dass sie über meine Worte noch immer nachdachte.

»Meine Frage war eher rhetorischer Natur«, fügte ich hinzu, weil ich sie nicht in Verlegenheit bringen wollte. Obwohl ihr die zarte Röte stand.

Reuss nickte ein paar Leuten der Spurensicherung zu. »Du meinst, es ging nicht um Sex, der das Opfer persönlich betraf?«

Gut erkannt. »Vermutlich nicht.«

»Wen dann?«

»Da bin ich noch nicht sicher«, antwortete ich und ging zur Treppe, die in den ersten Stock hinaufführte. »Wir kennen bisher eine einzige Verbindung zwischen den beiden ersten Opfern. Daher liegt es nahe, dass auch Laura Rissmann etwas mit Literatur zu tun hatte.«

Während ich die Stufen hinaufstieg, hörte ich die Schreie des Opfers und ihr Flehen, sie am Leben zu lassen, in meinem Geist wieder und wieder. Ein gnadenloses Echo der Tat, das Zorn in mir entfachte.

Ich wich einem zerbrochenen Blumentopf aus, dessen Erde sich über die obersten Treppenstufen verteilte. Vermutlich hatte das Opfer die Zimmerpflanze nach dem Täter geworfen, doch ohne Erfolg.

»Hallo, Christian«, sagte ich, als ich auf dem Absatz oben ankam, und nickte dem Rechtsmediziner zu, der neben der zugedeckten Leiche kniete.

Er sah kurz zu mir auf und knurrte etwas Unverständliches, was ich als »Guten Morgen, auch schon da?« interpretierte. Die dunklen Ränder unter seinen Augen sahen aus, als wären sie eintätowiert worden. Von seinem Job und den sechzig Lebensjahren, die inzwischen auf seinen Schultern lasteten.

»Was hast du für uns?«

»Entgegen der Annahme des Opfers hat er ihr nicht die rechte Tibia, sondern den Corpus fibulae, also den Wadenbeinschaft gebrochen. Mit dem Schläger dort«, antwortete er und deutete zu einem Beweismittelbeutel an der Wand, in dem sich ein gewöhnlicher Baseballschläger befand. »Danach hatte er leichtes Spiel mit ihr«, fügte Christian knurrend hinzu und hob die Plane ein Stück an. »Sie ist innerhalb kürzester Zeit verblutet, nachdem er ihr die Halsschlagadern aufgeschnitten hat. Ich tippe auf ein Teppichmesser.«

Sie lag mit dem Rücken auf dem Teppich, ihre toten braunen Augen starrten hinauf zur Decke. In die ewige Dunkelheit, die auf jeden von uns wartete.

Ein Ziehen erfasste meinen Magen, als ich neben der Leiche in die Hocke ging. Trotz meiner Dienstjahre, die sich in Momenten wie diesen wie Beton auf meiner Brust anfühlten, konnte ich diesen Blick nicht ertragen. Bei jedem Opfer brannte er sich in meine Seele und fügte ihr einen weiteren Riss zu.

Feuchte Erde hatte sich in Laura Rissmanns langem Haar verfangen. Ihr schmales, zartes Gesicht wies auf der linken Seite eine kleine, nicht besonders tiefe Schnittverletzung auf, und an ihrer Stirn entdeckte ich eine kleine Prellung. »Und diese Wunden?«

»Ich glaube nicht, dass sie ihr vom Täter zugefügt wurden. Denn sie hat ansonsten keine weiteren Verletzungen, bis auf die tödliche natürlich.« Der Doc zog die Plane tiefer, und in mir stieg Wut wie Gallensäure die Speiseröhre hinauf.

»Er ist Rechtshänder«, sagte Christian, was ich nur am Rande mitbekam.

Der Schnitt an ihrem Hals war tief und verlief in fast gerader Linie. Der Täter hatte nicht eine Sekunde gezögert, als er ihr die Kehle aufschnitt. Und er hatte ihren Kopf in den Nacken gerissen, andernfalls würde die Wunde anders verlaufen. »Hat sie auf dem Rücken gelegen, als du hier angekommen bist?«

»Nein, auf dem Bauch.«

Ich richtete mich auf und sah die Treppe hinab. »Er hat ihr unten im Flur das Bein gebrochen und sie dann vor sich her auf allen vieren die Stufen hinaufkriechen lassen.«

Reuss nickte. »Weil er hier oben nicht genug Platz zum Ausholen für den Baseballschläger gehabt hätte.«

»Richtig.« Mein Blick blieb auf dem Teppich haften. »Als sie oben ankam, hat sie die Zimmerpflanze nach ihm geworfen, die neben dem Geländer stand.« Ich wies zu dem runden Abdruck, der im Teppich vor einem Sideboard zurückgeblieben war. »Besser gesagt, sie hat versucht, die Pflanze nach ihm zu werfen. Doch in ihrer Panik ist ihr der Blumentopf aus den Fingern gerutscht und hat sie selbst getroffen.« Was die Platzwunde an ihrer Stirn erklärte.

»Wir haben diesen Brieföffner unten auf der Treppe gefunden«, sagte eine Frau von der KT und trat aus dem Schlafzimmer. Sie hielt einen Beweismittelbeutel hoch, in dem ein dolchartiger, mit Blut bespritzter Gegenstand lag. »Warum hat sie sich damit nicht gewehrt? Er ist scharf.«

»Hat sie vermutlich«, erwiderte ich und betrachtete die

Schnittwunde in Laura Rissmanns Gesicht. Hatte sie sich am Ende mit dem Brieföffner selbst verletzt? »Aber nachdem ihr der Täter das Wadenbein gebrochen hatte, kam sie nicht mehr an ihn heran.«

»Aber warum wollte sie überhaupt in den ersten Stock?«

»Vermutlich wegen der Schreckschusspistole«, antwortete die Kollegin von der KT und hielt einen weiteren Beweismittelbeutel in die Luft. »Die lag im Nachtschrank des Opfers.«

»Zurück konnte sie nicht mehr, nachdem er ihr das Bein gebrochen hatte«, sinnierte Reuss. »Sie konnte es nicht mehr belasten, daher brauchte sie beide Hände und musste deshalb den Brieföffner fallen lassen. Er war sowieso nutzlos für sie. Der Täter hat hinter ihr aufgeragt, sie lag am Boden. Vielleicht hat sie den Brieföffner auch nach dem Täter geworfen, statt ihn einfach wegzuwerfen. Aber ihr Mörder ist dem Geschoss mühelos ausgewichen. Danach griff sie in ihrer Verzweiflung zum Blumentopf und verletzte sich am Ende selbst.«

»Als sie oben ankam, hat sie sich wahrscheinlich am Geländer hochgezogen«, sagte ich und deutete zu dem kleinen Sideboard, das zwischen Treppe und Schlafzimmer stand. Die braune Tischdecke war verrutscht, der Bilderrahmen und eine schmale Vase aus Kristall darauf waren umgekippt. »So wie es aussieht, hat sie es geschafft, die Decke ein Stück zu sich zu ziehen. Vermutlich wollte sie nach der Vase greifen und sie als Waffe benutzen. Doch dazu ist es nicht mehr gekommen. Der Täter muss sie vorher erreicht haben. Er hat ihr von hinten in die Haare gegriffen und ihren Kopf in den Nacken gezogen. Danach hat er ihr die Kehle aufgeschnitten. Sie hatte keine Chance.«

»Anschließend hat er sie wie Müll fallen lassen und ist geflohen«, sagte Reuss, und ich bemerkte, dass sie ihre Hände zu Fäusten ballte. »Wohl wissend, dass sie verbluten würde, ehe Hilfe eintrifft.«

»An der Hintertür haben wir Einbruchspuren entdeckt,

und sie stand offen, als die Beamten hier eintrafen.« Schäfter, der Teamleiter der KT, trat aus dem Schlafzimmer und nickte Reuss und mir zu. Sein weißer Overall knisterte bei jedem Schritt. »Aber bislang haben wir nur Fingerabdrücke des Opfers sichergestellt. Sowohl am Geländer als auch am Brieföffner.«

»Und am Baseballschläger?«

Schäfter schüttelte den Kopf, dabei legte er einen Beweismittelbeutel mit einer externen Festplatte neben die anderen Tüten. »Er ist sauber. Der Täter hat Handschuhe getragen.«

»Habt ihr irgendwas Ungewöhnliches gefunden?«, fragte ich.

»Ja. Eine weiße Rose und einen blutigen Hammer mitten im Flur des Opfers. Auf beides kann ich mir keinen Reim machen.«

Reuss und ich wechselten einen Blick. »Könnte das Opfer die Rose und den Hammer fallen gelassen haben?«

»Unwahrscheinlich. Sie lagen fein säuberlich nebeneinander, als hätte jemand beides auf den Teppich gelegt. Und auf dem Griff des Hammers befinden sich keine Fingerabdrücke. Ich schick euch nachher die Fotos.« Schäfter nickte Reuss kurz lächelnd zu, und in dem Moment, in dem sie zurücklächelte, begriff ich, dass Lucy nicht existierte. Meine Kollegin wollte mich mit der Behauptung, eine Freundin zu haben, auf eine falsche Fährte locken, doch warum?

Schäfter und Reuss mochten sich, das war offensichtlich, aber zwischen ihnen lief nichts. Ich hätte zwar nie vermutet, dass dieser Bad-Boy-Nerd mit einer Frau glücklich sein könnte, dennoch war Schäfter seit fast zwei Jahren verheiratet und hatte ein Kind. Er war es nicht, in den sich Reuss verliebt hatte, da war ich sicher. Denn ihre Mutter hatte die Familie wegen eines anderen Kerls verlassen, als Julie acht Jahre alt gewesen war. Sie würde sich nie in eine Beziehung drängen, schon gar nicht in eine, aus der ein Kind hervorgegangen war.

»Die Rose und der Hammer könnten die Todesdrohung sein,

von der wir ausgehen, dass sie jedes Opfer erhalten hat«, überlegte ich laut. »Aber die Nachricht ist verschlüsselt, es ist ja kein Zettel, auf dem steht, wie und wann der Täter seine Opfer töten wird. Bleibt die Frage, woher Laura Rissmann wusste, wie sie diese Drohung zu lesen …« Sich nähernde Schritte hinter mir auf der Treppe ließen mich verstummen.

»Wir haben etwas gefunden.«

Ich drehte mich um und entdeckte eine Frau im Overall der Spurensicherung, die auf halber Treppe stehen geblieben war und einen Laptop in den Händen hielt. »So wie es aussieht, hat der Täter den Dokumentenordner des Opfers gelöscht, jedoch nicht ihren Browserverlauf.«

»Wo war der Laptop?«

»In der Küche.«

Ich sah zu Reuss. »Das heißt, er hat seelenruhig in der Küche gesessen und die Daten gelöscht, während das Opfer im Wohnzimmer geschlafen hat?«

»Das hat nicht lange gedauert, je nachdem, wie groß der Ordner war«, sagte die Frau.

»Wie lange ungefähr?«

Sie wiegte den Kopf. »Maximal zehn Minuten, aber ich schätze, es war höchstens eine. Der Laptop ist etwa ein Jahr alt, und sie hatte kaum Daten oben, daher sollte es selbst mit einem gründlichen Löschprogramm nicht länger als fünf Minuten gedauert haben.«

»Hat er das Programm aus dem Internet gezogen?«, fragte ich.

»Nein, darauf habe ich keine Hinweise gefunden. Ich denke, er hat es auf einem Stick mitgebracht.«

Ich nickte. »Was haben Sie noch für uns?«

»Ich habe mir den Browserverlauf angesehen und herausgefunden, dass das Opfer ein paar kürzere Romane veröffentlicht hat und einen Bücher-Blog betreibt. In ihrem letzten Eintrag auf dem Blog schrieb sie gestern, dass sie sich auf das persönliche Gespräch mit Nina Sandner nach der Lesung freut.«

»Die Krimiautorin Nina Sandner?«, fragte Reuss.

Die Frau nickte.

»Kennst du sie?« Ich sah zu meiner Kollegin, die sich umwandte und ins Schlafzimmer eilte. Sie blieb vor dem Nachttisch des Opfers stehen, streifte sich einen Gummihandschuh über und hielt ein Buch hoch.

Der Dornenmörder von Nina Sandner, las ich auf dem Einband.

»Ich hab jedes ihrer Bücher gelesen.« Reuss legte den Roman zurück. »Und ich weiß, dass Nina Sandner gestern Abend eine Lesung im Schlosspark Theater hatte.«

»Woher?«, wollte ich wissen.

»Weil ich eine Karte dafür hatte, aber wegen meiner Mutter nicht hingehen konnte.«

Aufgrund ihres seltsamen Gesichtsausdrucks, der eine Mischung aus Enttäuschung, Frustration und Sorge war, beschloss ich, nicht weiter nachzuhaken. Irgendwann, wenn Reuss dazu bereit war, würde sie sich mir anvertrauen. Denn alles deutete darauf hin, dass zwischen Julie und ihrer Mutter mehr vorgefallen war, als ich bislang wusste. Weit mehr als der Kummer eines kleinen Mädchens, dessen Mutter wegen eines anderen Typen die Familie verlassen hatte.

Reuss atmete ein paarmal tief drurch. »Nina Sandner könnte die Letzte gewesen sein, die Laura Rissmann lebend gesehen hat.«

Ich nickte, nahm mein Handy aus der Jackentasche und wählte Pearys Nummer. Mit der Hand auf der Sprechmuschel wandte ich mich an Reuss. »Frag Schiefer, ob Rotschild eine Karte für die Lesung hatte und ob sein Laptop und sein Smartphone gefunden wurden.« Der Täter hatte den Dokumentenordner von Laura Rissmann gelöscht. Vermutlich, weil er befürchtete, dass dort sein Name auftauchte oder wir über die Ordner eine Verbindung zu ihm herstellen könnten.

Reuss nickte, zückte ihr Handy, und ich legte meins ans Ohr. Es klingelte noch einmal im Hörer, bevor Pearys Stimme erklang.

»Oberkommissar Bauer.«

»Haben Sie bei Haneke Romane von Nina Sandner gefunden?«

»Der Name ist mir nicht aufgefallen, aber das ist auch kein Wunder. Haneke hat mehr Bücher als Klamotten im Schrank«, knurrte Peary. »Moment, ich sehe mal nach.« Ich hörte ihn schnaufen und dazwischen leise Namen murmeln. Offenbar stand er vor Hanekes Bücherregal und las die Autorennamen vor. »Ja, hier. Fünf Bücher. Es sind vier Krimis und … ein Fantasyroman.«

Obwohl Reuss neben mir mit Schiefer telefonierte, hörte ich klar und deutlich Pearys Abneigung bei dem Wort Fantasy heraus. Alles Übersinnliche oder Fantastische war für ihn völliger Unsinn, weshalb er mir wegen meines Büchergeschmacks den Spitznamen »Agent Mulder« verliehen hatte.

»Taucht in Hanekes Terminkalender der Name Nina Sandner auf?«

»Er hat keinen Kalender. Zumindest hab ich im Zimmer keinen aus Papier gefunden, und sein Laptop ist verschwunden.«

Verdammt. »Und sein Handy?«, fragte ich hoffnungsvoll.

»Ebenfalls verschwunden.«

»Fragen Sie seine Kommilitonen und die Eltern, ob er gestern zur Lesung von Nina Sandner ins Schlosspark Theater gehen wollte.«

»Geht klar.«

»Was sagen seine Kommilitonen sonst noch über ihn?«

»Sie beschreiben ihn als ehrgeizig, gewissenhaft und …«, Peary stockte kurz, »etwas schrullig.«

»Was genau bedeutet das?«

»Er ist ein Einzelgänger, ein Büchernarr und schreibt in jeder freien Minute.«

Ich hielt inne. »Hat er auch was veröffentlicht?«

»Hat er. Einen Roman bei einem Kleinverlag, der laut seines Mitbewohners gut bei den Lesern angekommen ist.«

»Fragen Sie nach, ob sich Haneke, Rotschild und Rissmann kennen.« Beziehungsweise kannten.

»Sein Mitbewohner meint, Haneke hätte Rotschild und Rissmann nie erwähnt.«

»Graben Sie tiefer«, wies ich ihn an. »Und sagen Sie mir Bescheid, wenn Sie mehr herausfinden.« Ich beendete das Gespräch und sah zu Reuss. »Sind Rotschilds Handy und Laptop ebenfalls verschwunden?«

Sie nickte. »Seine Freundin sagt, er hätte beides bei sich gehabt, als er ihre Wohnung verließ.«

»Das hatte ich befürchtet. Dass der Täter die Handys und Laptops mitgenommen hat oder, wie in Laura Rissmanns Fall, Ordner gelöscht hat, beweist, dass Haneke, Rotschild und das Opfer ihn kannten. Sie hatten Kontakt mit ihm.«

»Warum hat er dann den Laptop des Opfers nicht auch mitgenommen?«

Eine gute Frage. Ich blickte zu der Frau von der Spurensicherung.

»Können Sie die gelöschten Ordner wiederherstellen?«

»Das kommt darauf an, ob der Täter ein spezielles Löschprogramm verwendet hat, aber ich werde es versuchen.«

»Danke«, entgegnete ich und sah zu Reuss.

»Was denkst du?«

»Dass es einen Grund dafür gibt, weshalb der Täter den Laptop des Opfers nicht mitgenommen hat.«

»Du glaubst, er hat für uns darauf eine Nachricht zurückgelassen?«

Ich neigte den Kopf. »Entweder das, oder er will durch den Laptop eine falsche Fährte legen.«

»Und wenn er geschnappt werden will und die Spur uns zu ihm führt?«

»Auch denkbar. Auf jeden Fall hat er den Laptop nicht einfach so vergessen. Denn es hat ihn etwas Zeit gekostet, die Daten zu löschen.« Ich sah die Treppe hinab. »Laura Rissmann trägt kein Nachthemd, und ihr Bett ist unbenutzt.«

»Alles deutet darauf hin, dass sie auf dem Sofa geschlafen hat«, warf Schäfter ein. »Auf dem Couchtisch liegt ein Buch neben einem leeren Weinglas, und auf dem Teppich vor dem Sofa haben wir eine Decke gefunden. Den Brieföffner hat sie vermutlich aus der Anbauwand genommen.«

»Und er ist durch ihr Haus geschlichen und hat in der Küche die Daten gelöscht, während das Opfer auf dem Sofa lag und schlief.«

»Vielleicht war das sein erster Fehler«, murmelte ich, jedoch hatte ich nicht viel Hoffnung, dass das wirklich der Fall war. Der Täter war zu abgebrüht und zu organisiert, um aus Schusseligkeit einen Fehler zu begehen. Sofern er uns tatsächlich eine Nachricht auf dem Laptop hinterlassen hatte, war sie von ihm geplant.

»Wusste die Freundin von Rotschild, ob er zu Nina Sandners Lesung gehen wollte?«, fragte ich.

Reuss blinzelte aufgrund meines Themenwechsels. Sie fing sich jedoch rasch und schüttelte den Kopf. »Er hatte keine Karte. Aber er besitzt alle Romane von Sandner.«

Ich kniff die Augen zusammen. »Das scheint unsere Verbindung zu sein. Alle drei Opfer waren Autoren, Einzelgänger und Fans von Nina Sandner.«

Reuss nickte. »Es wird Zeit, dass wir uns mit ihr unterhalten.«

»Ja, das sehe ich auch so.«

6. Kapitel

Kennen Sie das? Sie liegen nachts wach und zählen die Scherben, aus denen Ihr Leben besteht? Manche dieser Bruchstücke sind scharfkantig, andere sind porös und zerbröseln, sobald Ihre Erinnerungshand danach greifen will. Und dann gibt es noch die Fragmente, die nebulös sind wie Dunstschwaden in einer Waschküche, andere hingegen sind so klar wie der Himmel im Mai.

Früher einmal habe ich versucht, all die Scherben wie ein Puzzle zusammenzusetzen. Schließlich ist es mein Leben, und ich sollte darauf sehen können wie auf ein Bild. Ein Bild, das aus Abertausenden von Szenen besteht und zusammengesetzt das ergibt, was wir unsere Vergangenheit nennen. Unsere Biografie, die uns letztlich werden ließ, wie wir heute sind. Aber niemand sagt einem, wie man ein Leben zusammensetzen soll, das nur aus Scherben besteht. Aus Teilstücken, deren Ränder nicht zueinanderpassen wollen.

Ich weiß nicht, ob ich die fehlenden Fragmente einfach vergessen habe. Oder ob ich sie womöglich sogar vergessen wollte. Ich weiß nur, dass ich irgendwann einmal einem dieser Bruchstücke die Nummer eins verliehen habe. Denn wenn ich mein Leben schon nicht wie ein Puzzle zusammensetzen kann, dann wollte ich die Teile wenigstens in die richtige Reihenfolge bringen. Sortiert nach Jahren und verpackt in den Schubläden meiner Erinnerungsbibliothek.

Meine erste Erinnerung ist vermutlich keine wirkliche Erinnerung.

Ich war drei, als Mama mir in dem kleinen Kiosk am Bahnhof ein Eis kaufte, mir einen Kuss auf die Stirn gab und sich vor den nächsten Zug warf.

Wahrscheinlicher ist, dass mir irgendwer davon erzählt hatte. Später, nachdem ich nachts nicht mehr eingenässt habe. Oder noch später, nachdem ich von der Bäckersfrau die Wahrheit erfahren hatte.

Sie erzählte sie mir an einem hitzerekordverdächtigen Sommertag, an dem ich mit kratzigen Socken und zwei Mark in der Tasche die einzige Bäckerei im Ort betrat, um Brötchen zu kaufen. Die Tür stand weit offen, und ein paar Wespen umschwirrten den Apfelkuchen in der Auslage. Aus einem alten Radio im Regal plätscherte der neueste Titel der Puhdys, und die Frau vom Bäcker wischte sich mit einem fettigen Handtuch den Schweiß von der Stirn.

»Sechs Brötchen bitte«, sagte ich und legte das Geld auf die Theke. Ich musste mich auf die Zehenspitzen stellen und den Arm ganz weit ausstrecken, um die Plastikschale zu erreichen. Meine Schwester Anke meinte immer, dass mir selbst in vier Jahren noch Babyklamotten passen würden und Papa daher mit mir viel Geld sparen könnte. Ich fand das nicht komisch, ihre Freunde schon.

»Ihr bekommt wohl heute Besuch?«, fragte die Bäckersfrau und verpackte die Brötchen in eine Tüte.

»Tante Karin kommt«, antwortete ich und musste heftig schlucken. Weil Papa deswegen grillen wollte. Das erste Mal in diesem Jahr.

»Da darfst du wohl heute ein ganzes Brötchen essen?«

Nach der Frage begann mein Magen sofort zu knurren. »Ich weiß nicht«, entgegnete ich wahrheitsgemäß. Normalerweise mussten Anke und ich uns ein Brötchen teilen. Papa hatte nicht viel Geld. »Ich hoffe es aber.«

Die Bäckersfrau lächelte, während hinter mir zwei Frauen das Geschäft betraten. »Vielleicht bringt ja die Schwester deiner Mama ihren Kartoffelsalat mit. Ich hab mir sagen lassen, dass er sehr lecker schmeckt.«

»Ich glaube nicht. Sie will nur die letzten Kisten mit Mamas Sachen holen.« Die, die Papa wegschmeißen wollte. Fotos von Mama und Karin, Kinderzeichnungen, Puppensachen … Mädchenkram eben, den Anke nicht haben wollte. Mich hatte Papa nicht gefragt,

aber vielleicht würde das ja Tante Karin irgendwann tun. Denn ich hätte gern ein Bild von Mama. Eins für mein Zimmer, das ich auf meinen Nachttisch stellen konnte.

»Das ist traurig«, meinte die Bäckersfrau und reichte mir mein Wechselgeld über die Theke. »Dass deine Mama so früh gehen musste.«

»Gott hat sie zu sich gerufen«, wiederholte ich die Worte des Pfarrers, die er jede Woche sagte, wenn ich bei ihm war und wegen Mama weinte.

»So kann man es auch auslegen«, murmelte die Bäckersfrau. »Oder so, wie es dein Papa sagt.«

Ich horchte auf. »Was sagt Papa denn?«

Sie seufzte laut. »Geh schnell nach Hause, ja? Dein Papa wartet bestimmt schon auf dich.«

Ich nahm die Brötchen, verabschiedete mich und lief aus der Bäckerei. Doch als ich die Treppe hinabgelaufen war, huschte ich zum Fahrradständer und presste mich dort an die Wand.

»Gott hat sie zu sich gerufen, so ein Quatsch«, hörte ich eine der Frauen sagen.

»Es ist besser für das Kind, das zu glauben, als dass es hört, was der eigene Vater dazu sagt.«

»Was denn?«, wollte die andere Frau wissen.

Die Bäckersfrau sprach jetzt leiser. »Mir tut es in der Seele weh, jedes Mal, wenn ich Paul das sagen höre. Aber vielleicht steckt ja doch ein Körnchen Wahrheit drin, wer weiß das schon.« Sie senkte weiter die Stimme, weshalb ich mich noch fester an die Hauswand presste. »Das eigene Kind soll Marie in den Wahnsinn getrieben haben. Weil es vom Tag der Geburt an nur geschrien hätte. Irgendwann hätte Marie das nicht mehr ertragen – keine Mutter der Welt könne das auf Dauer –, und deswegen hätte sie sich das Leben genommen, behauptet Paul.«

Ich weiß nicht mehr, wie lange ich noch dort an der Wand gelehnt stand. Ich weiß auch nicht mehr, wie ich nach Hause gekom-

men bin. Weinend und appetitlos. An diesem Abend aß ich kein Brötchen mehr und auch keinen Kartoffelsalat. Die Worte der Bäckersfrau hatten sich so sehr in mein Bewusstsein gebrannt, dass sie mich regelrecht brandmarkten.

Erst später, in den Nächten, in denen ich schlaflos die Scherben meines Lebens zählte, wurde mir klar, dass meine Welt bereits mit drei Jahren in einzelne Stücke zerbrochen war. In Fragmente, die nie mehr zusammenpassen wollten, weil ich an jenem Tag vor vielen Jahrzehnten meine Mutter so lange angebettelt hatte, bis sie mich mitnahm.

Aber damals – damals begriff ich nicht, dass mich mein Vater mit drei zum Mörder erklärte. Zum Mörder meiner eigenen Mutter. Ich begriff allerdings, dass ich etwas ganz, ganz Schlimmes getan hatte, als ich auf die Welt kam. Etwas, was ich niemals wiedergutmachen konnte.

7. Kapitel

Nina Sandner

Der Albtraum begann jedes Mal mit dem gleichen Gefühl. Mit dieser bleischweren Hilflosigkeit, die sich auf mich legte wie eine Decke aus Stahlbeton. Sie nahm mir den Atem und die Möglichkeit, mich zu bewegen. Ich konnte nicht schreien, und ich konnte nicht davonlaufen. Ich konnte nur machtlos zusehen, wie mich diese alles umfassende Dunkelheit umzingelte. Wie sie Meter für Meter näherrückte.

Unaufhaltsam, undurchsichtig, unüberwindlich.

Und dann, wenn die Schwärze mich eingeholt hatte, kam die Panik. Sie bohrte sich in mich wie vergiftete Pfeilspitzen. Immer tiefer hinab in mein Inneres, bis sie reinste Angst in mir zurückließ.

Du wirst hier sterben.

Bald.

In diesem rabenschwarzen Keller, in dem ich wieder sechs Jahre alt war, wo es nur mich, Puuh und entsetzliche Furcht gab.

Ich war allein. Niemand hörte mich klopfen. Niemand hörte mich rufen. Niemand hörte mich weinen.

Bis auf Puuh, ein paar Ratten und Mäuse.

»Papa«, flüsterte ich und hämmerte an die Holztür. »Bitte, Papa, ich bin auch ganz lieb. Ich verspreche es. Bitte, bitte, hol mich hier raus.«

Schluchzend drückte ich mich an die Tür. Es war so entsetzlich dunkel hier. »Papa, hilf mir. Ich hab Angst«, flehte ich. Vor den Monstern in der Finsternis. Sie waren da, ich fühlte es.

»Papa!« Ich drückte mich noch fester an das alte Holz und

presste Puuh an mich. Meinen besten Freund, den mir der Weihnachtsmann vor drei Jahren gebracht hatte. Ich wollte Puuh ansehen, wie ich es stets tat, wenn ich mich fürchtete. Denn er lächelte immer. Und dann hatte ich keine Angst mehr. Jedoch konnte ich sein Gesicht nicht sehen. Ich konnte gar nichts sehen, nicht mal meine Hände vor den Augen.

Die grauenhafte Dunkelheit war überall um mich herum. Auf meinen Armen, auf meinem Haar, auf meinem Rücken. Ich versuchte es, doch ich konnte mich einfach nicht vor ihr verstecken.

Manchmal, wenn Papa abends das Licht ausschaltete und aus meinem Schrank komische Geräusche drangen, zog ich meine Zudecke über den Kopf und versteckte mich mit Puuh darunter.

Aber hier hatte ich keine Decke. Ich hatte nur Puuh und mein Kleid.

»Papa, ich bin im Keller«, rief ich und kratzte wieder am Holz der Tür. So fest ich konnte, obwohl meine Finger furchtbar wehtaten. Ganz vorn, an den Spitzen, da wo die Nägel waren, die Papa jede Woche einmal schnitt.

»Bitte, ich will nach Hause.« Ich weinte wieder. Dicke Tränen, die über mein Gesicht liefen und in Puuhs Fell tropften. »Ich will doch nur nach Hause«, wisperte ich, weil mein Hals schmerzte, als hätte ich seit Tagen einen schlimmen Husten.

So einen Husten wie letztes Jahr an meinem Geburtstag. Da musste ich ins Krankenhaus, und Papa durfte nicht zu mir ins Zimmer. Nur Ärzte und Schwestern mit Tüchern vor Nase und Mund. Das sah komisch aus, aber ich konnte trotzdem nicht lachen. Weil ich Papa ganz furchtbar vermisste. So wie jetzt, nur hier war es schlimmer. Im Krankenhaus durfte ich ihn wenigstens durch die Scheibe sehen. Er hatte wie ich eine rote Nase und konnte nicht reden, weil er auch krank war. Deshalb musste er draußen bleiben, bis es uns besser ging.

»Papa«, flüsterte ich weinend und vergrub mein Gesicht in Puuhs Fell. Er war bei mir. So wie damals im Krankenhaus. Da hatte ich auch manchmal geweint, wenn keine Schwester im Zimmer war.

»Ich werde das nie wieder tun«, versprach ich Puuh leise, weil mein Hals ganz doll schmerzte. Ebenso wie meine Hände, mein Bauch und mein Kopf.

Viele Male kratzte ich an der Tür. Puuhs Fell war schon ganz nass von meinen Tränen. Aber niemand kam. Ich hörte nur den Wind oben an Fenstern rütteln.

»Papa, ich hab so schlimmen Durst.« Meine Zunge fühlte sich komisch an. Irgendwie dick und trocken.

Ich kratzte am Holz und flehte um einen Schluck Wasser, bis ich kein Wort mehr sagen konnte. Bis ich so weit war, dass ich dem bösen Ralph von nebenan, der mich im vergangenen Jahr einmal verhauen hatte, weil ich ihm mein Taschengeld nicht geben wollte, Puuh für etwas Wasser gegeben hätte. Für einen einzigen Schluck. Aber das habe ich Puuh nie erzählt.

Denn als ich so weit war, meinen besten Freund für etwas Wasser herzugeben, hörte ich sie. Die Schritte auf der Treppe. Ganz viele Schritte.

»Nina? Nina!«

»Papa«, schrie ich aus Leibeskräften, doch nur ein leises Krächzen hallte durch den Keller. »Hier, ich bin hier.«

»Nina, meine Kleine, wo bist du?«

Ich weinte, weil er mich nicht hörte, und klopfte an die Tür. Das Holz tat so weh auf meiner Haut.

»Oh, Gott sei Dank, sie ist hier«, rief Papa, und dann quietschte der Riegel der Tür. Blendende Helligkeit stach mir in die Augen. Ich wollte sie offen lassen, wollte meinen Papa ansehen, weil ich ihn so schrecklich vermisst hatte, aber sie tränten schlimm.

Er nahm mich auf die Arme und küsste mich. Wieder und

wieder. Und ich presste die Augen zusammen und schmiegte mich an ihn. Er war bei mir. Mein Papa war bei mir und hatte mich gefunden. Puuh und ich waren nicht mehr allein.

Viele Menschen umringten uns. Ich hörte ihre Stimmen, ich hörte ihr Lachen und ihr Jubeln, weil sie mich gefunden hatten. Mama war nicht dabei, aber Justin und sogar der böse Ralph. Er hat mich danach nie wieder verhauen.

Es dauerte, ehe mich das Licht der vielen Fahrzeuge, die auf dem Hof standen, nicht mehr blendete. Die Feuerwehr war da, ein Krankenwagen und sogar die Polizei. Alle hatten sie nach mir gesucht, erzählte mir Ralph später, nachdem ich aus dem Krankenhaus entlassen wurde.

Papa legte mich auf eine Trage, und eine Ärztin gab mir Wasser.

Kaltes, klares Wasser, das so wunderbar …

… süß auf meiner Zunge schmeckte.

Stopp. Süß?

Das Wasser hatte köstlich geschmeckt, daran konnte ich mich erinnern. Aber nicht süß.

Das war neu.

Ich schluckte und konzentrierte mich auf den Geschmack in meinem Mund. Was immer ich getrunken oder gegessen hatte, es war jedenfalls kein Wasser gewesen.

Die Erkenntnis ließ mich die Augen aufschlagen. Doch ich sah …

… nichts. Nur tiefste Schwärze, die mich einhüllte wie eine Decke.

Der Atem stockte mir in der Kehle.

Warum war es so entsetzlich dunkel?

Genauso wie damals in diesem Keller.

Hatte ich gestern Abend die elektrischen Jalousien meines Schlafzimmers vollständig heruntergefahren? Das tat ich normalerweise nie. Durch die Spalten der Lamellen fiel immer etwas

Licht der Straßenlaterne von gegenüber auf mein Bett. Damit ich mich sicher fühlte. Damit ich ruhig schlafen konnte.

Ich bewegte den Kopf ein wenig nach rechts. In die Richtung, in der sich mein Flur befand, wo zwei Nachtlichter etwas Helligkeit spendeten.

Spenden sollten, korrigierte ich, als nicht der kleinste helle Fleck die pechschwarze Dunkelheit um mich herum durchbrach.

Hatte es einen Stromausfall gegeben?

Der Gedanke vertrieb jeden Rest von Müdigkeit aus meinen Gliedern. Alle Muskeln in mir spannten sich an, als ich zu meinem Nachttisch griff, auf dem nicht nur mein Handy lag, sondern auch eine Taschenlampe und zwei LED-Kerzen.

Für einen Fall wie diesen.

Mein Puls begann zu rasen, obwohl ich versuchte, die Finsternis um mich herum zu ignorieren.

Bleib ruhig, gleich ist es vorbei. Gleich hast du dein Handy in der Hand.

Ich keuchte auf, als meine Finger ins Leere griffen. Da war kein Nachttisch, da war nur Luft neben mir. Luft, die seltsam modrig roch.

Mit einem Schlag realisierte ich, dass ich nicht in meinem Bett lag. Denn ich spürte etwas Hartes unter mir. Uneben und kalt.

Angst griff mit eisigen Händen nach mir.

Wo bin ich?

Ich tastete über den Boden, der sich rissig und porös anfühlte. Wie alter Beton. Was bedeutete, dass ich mich nicht einmal in meinem Schlafzimmer befand.

Eine Sekunde nach dieser Erkenntnis kam die Erinnerung.

An das Blut in meinem Wohnzimmer, an Philipp, der nachsehen wollte und dann um Hilfe gerufen hatte. Und an das mit Chloroform getränkte Tuch auf meinem Mund.

Jemand hatte mich betäubt.

Oh mein Gott! Wo war ich? Und wer hatte mich betäubt und wozu?

Die Fragen ließen nur einen Schluss zu. Einen, der mich panisch rückwärtsrutschen ließ, bis mein Rücken gegen etwas Hartes stieß. Etwas, was kurz klappernd nachgab und ein Gefühl in mir heraufbeschwor, das ich nie vergessen würde. Ich lehnte an einer Holztür. An einer wie jener, an der ich mir vor achtzehn Jahren die Hände blutig gekratzt hatte.

Ich wollte mich umdrehen, an die Tür hämmern und schreien. Doch ich konnte nicht einmal den kleinen Finger bewegen. Sekundenlang, oder minutenlang, ich wusste es nicht, saß ich wie versteinert da und atmete die absolute Schwärze um mich herum tief in meine Lungen.

Du träumst.

Das ist nur ein Albtraum, versuchte ich mich zu beruhigen.

Den hattest du schon oft. Gleich wirst du daraus erwachen. Schweißgebadet, aber in deinem Bett liegend. Du musst nur die Augen öffnen.

Und ich tat es. Viele Male und kniff mir dabei in den Arm, bis der Schmerz die entsetzliche Einsicht in mir reifen ließ, dass ich nicht schlief. Dass ich hellwach war.

»Was hast du mit mir vor?«, fragte ich in die Dunkelheit, wusste jedoch nicht, woher ich die Kraft zum Sprechen nahm. Ich wusste auch nicht, warum ich nicht um Hilfe schrie oder weshalb ich ausgerechnet diese Worte sagte. Auf die ich keine Antwort erwartete. Weil ich nicht glaubte, dass mich jemand hörte.

Denn damals, vor achtzehn Jahren, hatte das auch keiner getan. Sooft ich auch um Hilfe gerufen hatte, niemand hatte mich gehört.

Ein lautes Knacken erklang über mir, und mir entfuhr vor Schreck ein kurzer, spitzer Schrei. »Oh, wie schön, du bist wach«, sagte eine computerverzerrte Stimme. »Dann können die Spiele ja beginnen.«

8. Kapitel

Licht flammte über mir auf, und zum ersten Mal seit jenem Kindheitstrauma wünschte ich mir vollkommene Dunkelheit. Unwissende Dunkelheit, die hinter ihrer Schwärze den Ort verbergen würde, an dem ich mich befand.

In einem alten Keller.

In einem wie dem, an dessen Wand ich mit sechs meinen Namen schreiben wollte, um mit den großen Kindern spielen zu können.

Nicht schon wieder, bitte!

»Wer bist du, und warum hast du mich hierhergebracht?« Hierher, in diesen kleinen Kellerraum, von dessen Decke neben einer einzelnen schwachen Glühbirne in ihrer Fassung auch Spinnweben und zwei ultramoderne Markenlautsprecher herabhingen.

Meine Worte hallten von den kahlen Ziegelsteinwänden wider, von denen Putz heruntergerieselt war und sich auf dem Betonboden mit Dreck und jeder Menge Unrat zu kleinen Müllbergen vereinte. Berge, die diesen modrigen Geruch verbreiteten, den ich wahrgenommen hatte.

Keuchend atmete ich an dem in meiner Kehle steckenden Angstschrei vorbei und rappelte mich auf die Füße. Meine Hände zitterten, als ich die Arme fröstelnd um mich schlang und die Tür vor mir entdeckte.

Die grüne Stahltür, die sich genau gegenüber von mir befand und meinen Blick förmlich anzog. Sie tilgte alles aus meinem Kopf und ließ nur einen Gedanken in mir zurück: *Du kommst hier raus.* Durch diese Tür, die Rettung versprach. Einen Fluchtweg, der den Impuls in mir weckte, loszurennen.

Ich stolperte fast über meine Füße, die in eleganten schwarzen High Heels steckten. Partyschuhe, wie ich sie nannte. Die zehn Zentimeter hohen Absätze klackerten auf dem Beton, das Licht der Glühbirne brach sich in den Zirkon-Steinen, die die Riemchen zierten.

»Glaubst du ernsthaft, ich hätte vergessen, die Tür abzuschließen? Hältst du mich für so dumm?« Die computerverzerrte Stimme über mir stoppte mich, ehe ich die Hand auf die Klinke gelegt hatte.

Oh Gott! Bitte sag mir, dass ich träume. Dass ich nicht entführt worden bin.

»Sag schon! Hältst du mich für derart bescheuert?«

Meine Nerven oder meine Furcht, ich wusste es nicht genau, gingen mit mir durch wie Pferde, die sich einem Wolf gegenübersahen. Aber im Gegensatz zu den Pferden konnte ich nicht fliehen, ich konnte nirgendwo hin. Ich war hier eingesperrt worden. Von einem Irren, der weiß Gott was mit mir plante.

»Wer bist du, und warum hast du mich hierhergebracht?«, schrie ich und hörte, wie meine Panik von den Wänden widerhallte. Sie haftete an jeder Silbe, an jedem Wort, das über meine bebenden Lippen kam. »Bitte, lass mich hier raus. Bitte!«

»Es klingt so schön, wenn du bitte sagst.«

Das kann nicht wahr sein! »Was willst du? Dass ich bettle?« Tränenblind sah ich hinauf zu einem Lautsprecher. Er hing rechts von mir an einer Kette, die es in jedem Baumarkt zu kaufen gab, von der Decke. »Lass mich gehen. Bitte!«, wiederholte ich und rüttelte an der Tür. Die Klinke ließ sich nach unten drücken, aber mehr geschah auch nicht.

Er hatte mich hier tatsächlich eingeschlossen. Ich war allein. So wie damals.

Eisige Kälte bohrte sich wie Injektionsnadeln in meine Haut.

Ich bin allein mit diesem Irren.

Ich bin ihm ausgeliefert.

Meine Hand glitt kraftlos von der Klinke. Denn da war es wieder. Dieses erdrückende Gefühl der Hilflosigkeit, das mich wie eine Decke aus Beton unter sich begrub.

Ich bin allein, hallte es in meinem Kopf wider. *Allein.*

»Lass mich nach Hause gehen«, flehte ich beinahe tonlos und schlang frierend die Arme fest um mich. »Bitte!«

»Vielleicht klappt es ja, wenn du noch einmal bitte sagst.«

»Bi…«

Wach endlich auf, stoppte mich eine innere Stimme. *Er verhöhnt dich nur! Oder denkst du ernsthaft, er lässt dich frei, wenn du flehst?*

Ich denke im Moment gar nicht. Ich bin damit beschäftigt, mein Leben zu retten.

Eben, das ist das Problem! Er braucht dich nur in einen dummen Keller einzusperren, und schon drehst du durch. Willst du hier raus? Dann bekämpfe deine Angst, und setz endlich deinen Verstand ein. Denn er hat das getan, als er das hier geplant hat.

Ich kann nicht. Ich bin ganz allein.

Bist du nicht. Dieser Arsch ist auch irgendwo. Vielleicht hockt er gerade hinter einer dieser Mauern und vergnügt sich bei der Schmierenkomödie, die du ihm bietest.

Du meinst …? Mein Blick glitt hinauf in eine der Ecken. Ich sah keine Reflexion, die darauf hindeutete, dass sich Licht in Glas spiegelte. Aber der Gedanke, dass der Irre im Keller Kameras installiert hatte, war logisch.

Ich schloss die Augen und atmete langsam, in dem Versuch, meine Panik zu besiegen, ein und aus. Wieder und noch einmal. Mein Puls beruhigte sich nicht, jedoch klärte das Selbstgespräch den von meiner Phobie ausgelösten Nebel in meinem Kopf.

Trocken schluckte ich, strich mir eine Haarsträhne aus der Stirn und drehte mich um. Wieder hämmerte das Klackern meiner Pfennigabsätze durch mein Gefängnis, aber diesmal langsamer. Während ich zurück zur Holztür ging, besah ich meine

Hände. Ich bemerkte, dass meine Finger bebten, und auch, dass kleine Steine und Holzsplitter an meinen schweißnassen Handflächen klebten. Aber erst, als mein Blick meine Handgelenke erfasste, begriff ich, warum ich sie intensiv musterte.

Närrin!

Weder meine Hände noch meine Füße waren gefesselt. Nicht, weil er das vergessen hatte, sondern weil es nicht notwendig war.

Den Fehler, ihn zu unterschätzen, durfte ich nicht noch einmal machen. Er hatte mich zu Hause überwältigt. Philipp und mi…

Oh Gott, Philipp! »Was hast du mit meinem Agenten gemacht?«

Bitte, lass Philipp noch am Leben sein. Bitte!

»Du sorgst dich um deinen Agenten? Um diesen Schwachkopf?«

»Er ist kein Schwachkopf!«, protestierte ich, drehte mich um und sah hinauf zu einem der Lautsprecher. Wer saß am anderen Ende? »Er ist ein wundervoller Mensch.«

»So wie du?«

Woher kennst du mich, und warum hasst du mich? »Das hab ich nicht gesagt.« Als keine Reaktion kam, schluckte ich hart, um die Tränen zu vertreiben, die sich in meine Augen drängten.

»Wer bist du?«, fragte ich mit einer Stimme, die kurz davor war, zu versagen. »Warum hast du mich entführt?«

»Wer ich bin, ist uninteressant«, hallte es durch den Keller. »Und weshalb ich dich entführt habe, das sagte ich dir bereits.«

Dann können die Spiele ja beginnen.

Spiele? Großer Gott!

Alles in mir schien zu erfrieren. Unter einer dicken Eisschicht, die sich ausbreitete, bis sie die tiefsten Ebenen meiner Seele erreichte.

Du bist allein mit einem Irren.

Mit einem Psychopathen, der dich gefangen hält, weil er mit dir spielen will.

Blankes Entsetzen raubte mir die Kraft in den Beinen. Ich sank gegen die Tür, an der ich vorhin gelehnt hatte, und konnte nicht verhindern, dass meine Knie unter mir nachgaben. Ich rutschte am Holz hinab und spürte, wie sich Splitter durch meine dünne Bluse in meinen Rücken bohrten.

»Was für Spiele?«, wisperte ich beinah tonlos. Mit ineinander verkrampften Händen, den tränentrüben Blick auf einen Lautsprecher gerichtet.

Jetzt sag schon, welche Spiele du mit mir spielen willst, schrie ich im Inneren, als die Antwort ausblieb. Laut, widerspenstig, unbeugsam. Das war der Teil von mir, der dem Kommenden ins Gesicht sehen wollte. Um ihm die Stirn zu bieten. Aber der Rest von mir sehnte sich nach einer Decke. Nach der Zudecke, die ich mir als Kind über den Kopf gezogen hatte, wenn aus meinem Schrank seltsame Geräusche drangen.

Zeig ihm keine Angst. Um Himmels willen, zeig ihm bloß keine Angst.

Der Gedanke, so vernünftig er auch war, ließ ein irrsinniges Lachen in meiner Kehle kribbeln. *Dieser Sadist sitzt an den Hebeln. Er hält mein Leben in seinen perversen Händen, schon vergessen?*

Dann ändere die Situation!

Ein Kichern, das mir durch und durch ging, drang aus den Lautsprechern. »Offenbar bist du genauso ungeduldig wie ich. Gut, das ist sehr gut. Das erspart uns das ganze idiotische Vorspiel, von dem ich ausging, dass wir es noch eine Weile spielen würden.«

»Vorspiel?« Meine Stimme hatte an Festigkeit gewonnen. Aber nur, weil ich in diesem Moment links neben mir einen Verschlag mit einer Holztür und einem Schloss entdeckte. Ein Schloss, das ich vielleicht mit einer Haarnadel knacken könnte.

»Nicht das, an was du denkst«, lachte die Stimme über mir. »Nein, ich spreche von diesem: ›Bitte, oh bitte, lass mich hier raus. Ich habe Geld. Ganz viel Geld, und ich zahle dir alles, was du willst.‹«

Ein Schauder rann mir die Wirbelsäule hinab. Ich ahnte die Antwort, trotzdem musste ich fragen. »Es geht dir also nicht um Geld?«

»Gut erkannt. Und jetzt solltest du mich brav fragen, um was es mir geht.«

Widerstand regte sich in mir. Oder war es meine Angst, die instinktiv einen Ausweg suchte? »Und wenn nicht?«

Geräusche hallten in meinem Gefängnis wider, die sich schmerzhaft in meine Ohren gruben. Ein computerverzerrtes, hysterisch klingendes Lachen, das mich an Wahnsinn erinnerte.

Oh Gott! Ich muss hier raus.

»Du allein bestimmst den Preis, der am Ende auf dich wartet. Ob es das Siegertreppchen sein wird oder der Schmerz, obliegt ganz dir.«

Willst du mir echt weismachen, dass du fair spielen wirst?

Druck baute sich hinter meinen Augen auf. Der Druck von Tränen, die ich in einer Ecke sitzend weinen wollte.

Zeig ihm keine Angst, hallte es in mir nach, als ich schniefte. *Er darf nicht wissen, wie es in dir aussieht, denn er wird deine Furcht gegen dich verwenden.*

Mehrmals schluckte ich hart und versuchte, mich zu sammeln. Versuchte, meine Panik in den Griff zu bekommen, was sich als ebenso unmöglich herausstellte, wie ohne Sauerstoffflasche unter Wasser zu atmen. Manche mochten Angst als irrational bezeichnen. Aber um sein Leben zu fürchten, war ein natürlicher Überlebensinstinkt.

Ich brauchte ein paar Anläufe, ehe ich es schaffte, mich auf die Knie zu rappeln und an der Holztür hochzuziehen. Die, wie ich vermutete, von außen mit einem Riegel versperrt worden war. Mit einem Riegel wie dem, der mich vor achtzehn Jahren zehn Stunden in eine Hölle aus Panik und Finsternis gesperrt hatte.

Ich keuchte leise, als sich ein Holzsplitter tief in meinen Zeigefinger grub. Ein kurzer Schmerz durchzuckte mich. Einer, der nicht zu vergleichen war mit den furchtbaren Schmerzen schlimmer Krankheiten, die das Leben aus ihren Opfern fraßen. Aber dennoch ein Brennen, das meine Erinnerungen an damals wachhielt.

»Was hast du mit meinem Agenten gemacht?«, wiederholte ich meine Frage von vorhin und sah zu dem Verschlag links neben mir. Rote Flecken auf dem Betonboden führten genau dorthin.

Ein Beben erfasste meine Beine. Ich war unverletzt, soweit ich das beurteilen konnte. Was bedeutete, diese Blutspur zum Verschlag konnte nur …

»Philipp!«, rief ich und rannte schwankend los. Vor der Holztür aus einzelnen Streben ging ich in die Knie und klammerte die Hände um zwei Latten. »Philipp, bitte, sag was! Geht's dir gut?« Ich rüttelte an der Tür. Wieder und wieder, doch ich hörte nur meinen keuchenden Atem. »Philipp!«

Die nackte Glühbirne beleuchtete einen schmalen Streifen Beton hinter der Tür, auf dem ich weitere Blutspritzer ausmachte. »Was hast du ihm angetan?«, schrie ich und rüttelte am Schloss.

»Oh, wie rührend«, schnarrte es über mir. »Da kommen mir gleich die Tränen.«

»Er ist wie ein Vater für mich«, sagte ich mit bebenden Lippen. »Er ist mein Freund und Mentor.« Und ich liebte ihn. Nicht auf die Weise, wie Philipps Frau seit Jahren vermutete. Wir hatten keine Affäre. Was wir hatten, würde sie vermutlich nie verstehen. Weil ich es auch nicht richtig begriff.

Als er mich auf der Straße fand, hatte ich mit meinem Leben

abgeschlossen. Drei Monate waren seit dem Tod meines Vaters vergangen. Zwölf beschissene Wochen, in denen ich im Dreck Berlins vergeblich versucht hatte, zu vergessen, dass meine Mutter am Tag der Beerdigung meines Vaters erneut ihre Koffer gepackt hatte, um mit mir zu ihrem Neuen zu ziehen, den ich von da an Daddy nennen sollte.

In jener Nacht packte ich meinen Rucksack und floh auf die Straße. Floh vor dem Wissen, dass meine eigene Mutter meinen Vater und mich hasste. Weil wir sie daran gehindert hatten, jemand zu sein. Jemand, der Partys bis zum nächsten Morgen feierte und Canapés auf Vernissagen aß.

»Warum bist du hier?«, fragte mich Philipp, als er mich zwischen Müllcontainern neben dem Bahnhof Zoo sitzend fand.

»Um zu vergessen«, antwortete ich, obwohl ich ihm eigentlich sagen wollte, dass er sich verpissen sollte. Doch etwas an ihm hinderte mich daran. Nicht sein feiner Wollmantel. Auch nicht sein blütenweißes Hemd oder der Seidenschlips mit goldener Anstecknadel. Es war etwas in seinem Blick, das mich an meinen Vater erinnerte.

Er trat näher. Näher zu dem Elend, vor dem die meisten Menschen die Augen verschlossen. »Wenn ich dir fünfzig Euro gebe, was machst du dann mit dem Geld?«

Ich deutete zu der Frau, die hinter mir zusammengekauert auf Zeitungen lag. »Ich kaufe für Bella Medizin.«

»Drogen?«, hakte er nach und kam noch einen Schritt näher. Sein Mut, sich dieser Trostlosigkeit zu stellen, rang mir Bewunderung ab.

»Bella hat Asthma.«

Er hockte sich vor mich. »Du gehörst nicht hierher.«

»Die meisten tun das nicht.«

»Da magst du recht haben.« Er griff in seine Manteltasche und nahm seine Geldbörse heraus.

»Ich könnte sie dir jetzt klauen und wegrennen.« Ich deutete zu seiner Brieftasche, die gut gefüllt aussah. Sie war aus dem gleichen feinen schwarzen Leder wie die, die ich meinem Vater nach meiner ersten Veröffentlichung gekauft hatte. Da war ich fünfzehn. Ein knappes Jahr später starb mein Vater.

»Könntest du. Du kannst mir aber auch zuhören.«

Entsetzt, weil ihn meine Worte nicht auf die gewünschte Weise erschreckt hatten, sprang ich auf. Der Typ musste geistig minderbemittelt sein, ausgerechnet hier sein Portemonnaie zu zücken. »Bist du lebensmüde?«, fauchte ich. »Steck das Ding weg, oder willst du ein Messer zwischen den Rippen spüren?«

»Nein, ich bin nicht scharf darauf zu sterben. Aber ich glaube daran, dass du nicht bist wie die meisten Menschen hier.« Er lächelte, und ich begriff, dass er es ernst meinte.

»Was willst du für das Geld?«, fragte ich mit eisiger Stimme. »Ich werde garantiert nicht die Beine für dich …«

Er winkte ab. »Nein, nicht das, woran du denkst.« Sein Blick suchte meinen. »Wenn ich ein Escortmädchen will, bestell ich mir eins.«

Natürlich. Ich verdrehte die Augen. »Komm zum Punkt.«

»Komm mit mir.«

Ich versteifte mich. »Wozu?«

»Du brauchst ein Zuhause, und ich biete dir eins.«

Was? »Na klar doch! Verschwinde, Perversling. Und nimm dein Geld mit.«

Aber das tat er nicht. Er ging, zuvor legte er mir jedoch die fünfzig Euro auf meine Zeitung. Und dann, dann kam er jeden zweiten Tag. Einen Monat lang. Bis ich ihm vertraute und es nie bereuen sollte.

»Philipp!« Ich rüttelte erneut an der Tür, doch vergeblich. Ich sah Staub im trüben Licht der Glühbirne tänzeln und so etwas wie einen menschlichen Umriss, dort, wo das Halbdunkel des Verschlags in vollkommene Schwärze überging.

Meine Hände rutschten von den Holzstreben, und ich blickte

hinauf zu einem Lautsprecher. Ich sah zwar keine Kameras, aber wenn ich der Irre wäre, hätte ich hier welche installiert.

»Lebt Philipp noch?«, fragte ich atemlos. Mein Herz schien sich ebenso vor Angst zu verkrampfen wie jeder Muskel in mir. Ich hatte etwas Unverzeihliches getan, indem ich ihn in Gefahr gebracht hatte.

»Ich habe bei ihm etwas mehr Chloroform benötigt als bei dir.«

Philipp lebt!

Die Erleichterung raubte mir für einen Moment jede Kraft. Ich sank auf den schmutzigen Boden und betrachtete mit Tränen in den Augen den Dreck vor mir.

Es gibt noch Hoffnung!

Welche denn?

Du bist nicht allein. Zu zweit könnt ihr …

»Aber … es geht ihm nicht gut«, fügte die computerverzerrte Stimme hinzu.

»Was hast du mit ihm gemacht?«

Stille füllte nach meinen Worten den Keller. Eine unheimliche Stille, die ich nicht ertrug. Ich sprang auf, ballte die Fäuste und sah zu einem Lautsprecher hinauf. »Du Scheißkerl, sag mir endlich, was du mit meinem Freund gemacht hast. Oder ich schwöre, dass mein Gesicht das Letzte ist, was du siehst.«

Ich spürte, wie sich ein Schweißtropfen von meinem Nacken löste und meine Wirbelsäule hinabrann. Dabei hörte ich ein leises Lachen über mir. Eins von der Art, das man sich am liebsten von der Haut schrubben würde, aber nicht konnte.

»So aggressiv? Das ist gut, kleine Wildkatze, ja, sehr gut. Denn dann werden die nächsten Tage nicht langweilig für mich.«

Tage?!

Der Gedanke, dass ich diesem Verrückten hier unten tagelang hilflos ausgeliefert sein könnte, trieb mich an die Schwelle zur Panik. Ich biss mir fest auf die Unterlippe, um nicht zu schreien, bis ich Blut schmeckte. Der metallisch-süße Geschmack brachte mich zur Besinnung.

Luft!

Hier drinnen gab es kein Fenster, aber von irgendwo musste Luft hereinkommen. Und Luft bedeutete vielleicht ein Fenster zur Außenwelt.

Närrin!, schalt ich mich und rannte zu der Holztür, an der ich vorhin gelehnt hatte. *Warum hast du daran nicht schon vorher gedacht?*

Vor der Tür fiel ich auf die Knie und streckte meinen Arm aus, bis ich meine Finger in den Spalt zwischen Tür und Betonboden schieben konnte.

Etwas Kühles strich über meine Haut.

Zugluft!

Na bitte.

Ich fuhr hoch, rüttelte an der Tür und tat das, was ich gleich nach meinem Aufwachen hätte tun sollen. »Hilfe!«, schrie ich aus Leibeskräften. »Hilfe, ich bin entführt worden und werde …«

Etwas knackte über mir, dann ging das Licht aus.

Vollkommene Dunkelheit senkte sich über mich. Hüllte mich wie damals ein, als ich ebenso wie jetzt an einer verschlossenen Holztür mit Riegel lehnte und stundenlang Todesängste ausstehen musste.

Mich erneut in Dunkelheit wiederzufinden ließ mich meine Selbstbeherrschung und die Hoffnung verlieren. Beides ging in meinem nackten Entsetzen unter wie leckgeschlagene Schiffe.

Ich schrie. Spitz, panisch und schrill.

Meine Todesangst hallte wie ein verfluchtes Echo durch die Kammer. Die Todesangst von damals, die ich nie vergessen hatte, und die von jetzt. Tränen rannen mir übers Gesicht, die ich nicht wegwischen konnte, weil ich wie erstarrt war. In dieser schrecklichen, pervertierten Phobie, für die ich mich inbrünstig hasste.

Du bist eine Memme.

Meine Mutter hatte diese Worte an jenem Abend zu mir gesagt, als ich aus dem Krankenhaus entlassen wurde und meinen Vater bat, das Licht in meinem Zimmer anzulassen. Er nickte und ging in die Küche, wo er nicht hörte, was meine Mutter danach zu mir sagte.

Memme, immer wieder *Memme*. Der böse Ralph, der jetzt gar nicht mehr böse war, hatte das Justin früher oft hinterhergerufen, wenn er geweint hatte.

Memme, wiederholte meine Mutter. Sie lehnte mit vor der Brust verschränkten Armen an der Wand neben meinem Schreibtisch.

»Das bin ich nicht«, schluchzte ich und grub die Finger in die Zudecke. Sie lachte. Laut und schrill, bis mein Vater ins Zimmer zurückkam und Nachtlichter um mich herum aufstellte.

Noch Stunden später hörte ich meine Mutter in der Küche mit meinem Vater streiten. Und ich hörte, wie sie sagte, dass sie sich in Grund und Boden schämen würde. Für mich und mein Weichei von Vater.

Ich sank auf den Betonboden und biss zitternd in meinen Unterarm. Fest, bis Schmerz durch mich hindurchraste und die Erinnerung von damals vertrieb.

Reiß dich zusammen. Du hast die Berliner Gosse überlebt, also schaffst du das hier auch! Du musst.

Für Philipp.

Er gehört vermutlich in ein Krankenhaus.

Ich wischte mir mit dem Arm das Gesicht trocken, strich eine Strähne meines langen Haares aus der Stirn und stand auf. »Ich hab verstanden«, sagte ich laut. »Du kannst das Licht wieder einschalten.«

»Hast du, ja?«

»Du bestrafst mich mit Dunkelheit, wenn ich um Hilfe rufe.«

Ein computerverzerrtes Lachen trieb mir einen kalten Schauder über den Rücken. »Du kapierst schnell. Das ist gut. Aber ich fürchte, so schnell kannst du mich nicht milde stimmen.«

Ich schluckte trocken. Stellte er sich das unter spielen vor? Dass ich ihn anflehte? Um etwas Licht? »Was soll ich tun?«

»Die Frage der Fragen, nicht wahr?«

»Du hast gesagt, dass die Spiele jetzt beginnen können«, erwiderte ich und wunderte mich, dass ich überhaupt einen Ton herausbrachte. Allein das Wort Spiele jagte Bilder durch meinen Kopf, bei denen mir vor Angst der kalte Schweiß ausbrach.

»Ganz recht.« Er schwieg einen Moment, in dem ich begriff, dass er intelligenter war, als er mir mit Sätzen, wie *»Du kapierst schnell«* weismachen wollte. Sie waren sein Versuch, seine Bildung herunterzuspielen. Aber warum?

Ein Klicken hinter mir riss mich aus meinen Gedanken. Ich fuhr herum und hörte gleichzeitig etwas quietschen, was meine Nackenhärchen aufrichtete.

Die Tür, sie bewegt sich!

Vor Schreck wich ich zurück. Kam er jetzt? Hier rein, in diesen dunklen Keller, in dem ich nicht mal die Hand vor Augen sah?

»Was willst du?« Meine Stimme klang piepsig. So furchtbar mein Kellergefängnis auch war, es vermittelte trotzdem einen Hauch von Sicherheit. Weil er, dieser irre Psychopath, da draußen war. Fern von mir, durch Mauern und eine dünne Holztür von mir getrennt.

Die keinen Riegel, sondern ein elektronisches Schloss besaß. Das er gerade geöffnet hatte.

Ich presste eine Hand auf den Mund, denn mein keuchender Atem verhinderte, dass ich irgendetwas anderes hörte. Etwas wie seine sich nähernden Schritte zum Beispiel.

Ich wich noch einen Meter zurück. *Wo bist du?*

Stand er bereits hinter mir? Mit einem Messer?

Ich fuhr herum und versuchte zu lauschen. Mein Atem ging

inzwischen stoßweise, und mein Blut rauschte viel zu laut in meinen Ohren.

Mit einer Hand tastete ich in die Dunkelheit, die andere presste ich an meine Brust. So wie damals Puuh. Meinen einzigen Trost, der mir in all den schrecklichen Stunden geholfen hatte, nicht wahnsinnig vor Angst zu werden.

»Was willst du?«, schrie ich und spürte, wie Entsetzen mit kalten Händen nach mir griff. Es zog mich zu dieser Schwelle der Panik, von der es kein Zurück mehr gab, wenn man sie einmal überschritten hatte. Weil man sich dann nicht mehr dagegen wehren konnte, dass Grauen in die Seele eindrang, um sich darin für immer zu verankern.

»Wo bist du?«, wisperte ich und fuhr herum. In dem Moment erklang vor mir ein lautes Scheppern. Nur eine Sekunde später trat ich über jene Schwelle in den Raum, in dem Vernunft und Logik von schierer Todesangst ausradiert wurden.

9. Kapitel

Eric Weinsheim
18. September, 9:47 Uhr

»Was weißt du über Nina Sandner?«, fragte ich Reuss, die hinterm Steuer saß.

»Nur das, was in ihrer Kurzvita in den Büchern steht und …« Sie zog die Schultern hoch. »Na ja, und das, was ich in Zeitungsartikeln über sie gelesen habe.«

In Frauenzeitschriften, wie ich vermutete. »Und was stand drin?«

Meine Frage lenkte ihren Blick kurzfristig zum Seitenfenster, und ihr Oberkörper schien sich zu verkrampfen. Was immer sie auch in diesen Artikeln gelesen hatte, es hatte ihr nicht gefallen.

Ich nippte an meinem Kaffee, den ich auf halber Strecke zu Nina Sandners Haus in einer Bäckerei gekauft hatte. Der Latte macchiato meiner Partnerin stand noch unberührt in der Halterung in der Mittelkonsole.

»Sie wollte schon schreiben, als ihr Vater ihr die ersten Gutenachtgeschichten vorgelesen hat.« Reuss setzte den Blinker und bog links auf die Schwendenerstraße in Dahlem ein, die kurz hinter dem Botanischen Garten die Altensteinstraße kreuzte.

»Ihr Vater? Was ist mit der Mutter?«

Sie verzog den Mund. »Das Verhältnis zwischen beiden scheint … schwierig zu sein.«

»Definiere schwierig.«

»Kann ich nicht, da es eine Vermutung ist.«

»Die auf welcher Tatsache beruht?«

»Auf der, dass Nina Sandner ihre Mutter so gut wie nie erwähnt.«

Ich nippte erneut am Kaffee und sah zu Reuss, die ihre Finger fest ums Lenkrad geschlossen hatte. Das Verhältnis zu ihrer eigenen Mutter war ebenfalls angespannt, wenn nicht sogar schwierig. Sie verzieh ihrer Mutter nicht, dass sie die Familie wegen eines anderen Kerls verlassen hatte, kurz nachdem bei ihrem ältesten Bruder Sascha Multiple Sklerose festgestellt wurde. Acht Jahre später starb er in Julies Armen.

»Ist die Ehe geschieden?«

»Nein. Der Vater starb bei einem Motorradunfall ein knappes Jahr nach Sandners erster Veröffentlichung. Damals schrieb sie noch Fantasy, nach dem Tod ihres Vaters schrieb sie ein paar Jahre nicht und veröffentlichte dann nur noch Krimis.«

Reuss bog nach links ab und sah für einen Augenblick zu mir. Ich entdeckte so etwas wie Bewunderung in ihren Augen, die ich nicht zuordnen konnte. »In der ersten Klasse wurde bei ihr Legasthenie diagnostiziert.«

Ich blinzelte überrascht. »Sie hat eine Lese-Rechtschreib-Schwäche?«

»Ja.«

Daher kam Julies Wertschätzung für diese Autorin. Denn offenbar hatte Sandner trotz dieser Schwäche an ihrem Traum, Schriftstellerin zu werden, festgehalten. Sie musste über einen eisernen Willen verfügen. Ohne den hätte sie die unzähligen Stunden, in denen sie lesen und schreiben geübt haben musste, nicht überstanden.

Meine Kollegin bog nach links in die Altensteinstraße und trat auf die Bremse.

»Was …?«

Nur wenige Meter vor uns flackerte Blaulicht über den Asphalt und die Bäume in Nina Sandners Vorgarten.

Ich hatte bereits meinen Kaffee abgestellt und den Gurt

gelöst, als Reuss den Wagen am Straßenrand parkte. »Was ist passiert?«, fragte ich den uniformierten Beamten hinterm Absperrband, nachdem ich ausgestiegen war. Ich zeigte ihm meinen Dienstausweis, daraufhin tippte er kurz an seine Mütze.

»Ihr seid aber heute schnell«, erwiderte er und grüßte Reuss mit einem Nicken. »Wir haben euch und die Spurensicherung doch gerade erst angefordert.«

»Das beantwortet nicht meine Fr…«, grollte ich, schaffte es aber, mich zu unterbrechen. Im gleichen Moment begriff ich, weshalb ich Volker vorhin angeschnauzt hatte. Und warum ich kurz davor war, auch den Polizisten vor mir anzubrüllen. *Er macht nur seinen Job und gehört bestimmt nicht zu denen, die den Mist mit Haneke und Rotschild verzapft haben. Zu denen, die Rotschilds und Rissmanns Todesurteil unterschrieben haben, als sie Hanekes Notruf als Scherz abtaten.* Nur deshalb hatten wir nicht schon vergangenen Montag mit den Ermittlungen begonnen. Nur deshalb mussten Rotschild – wahrscheinlich – und Rissmann sterben.

Vorausgesetzt, dass wir den Täter bis letzten Mittwoch hinter Gitter gebracht hätten.

Aber selbst wenn nicht, wären wir schon auf seiner Spur gewesen, anstatt wie jetzt bei null anzufangen – nachdem er vermutlich bereits drei Menschen getötet hatte.

Ich brauchte mehrere tiefe Atemzüge, bevor ich es schaffte, meine Frage von eben ruhig zu wiederholen. »Was ist passiert?«

»Nina Sandner ist verschwunden.« Der Beamte hob das Absperrband und ließ uns durch. »Ihre Mutter hat vor knapp dreißig Minuten die offene Eingangstür und das Blut im Wohnzimmer entdeckt und den Notruf gewählt. Sie wollte mit ihrer Tochter frühstücken.«

»Das war vor sechsunddreißig Minuten, junger Mann«, rief eine schlanke, hochgewachsene Frau im rosafarbenen Kostüm, die im Vorgarten neben einer Konifere auftauchte. Demonstrativ blickte sie auf ihre goldene Armbanduhr. »Vor genau sechsunddreißig Minuten, verstehen Sie?«

Der Kollege neben mir stöhnte und blickte hinauf in den Himmel. »Womit hab ich das heute verdient?«, fragte er kaum hörbar. »Sie hört einfach nicht auf zu zetern.«

»Soll ich das für Sie buchstabieren, junger Mann? Vor sechsunddreißig Minuten.«

»Bitte, Frau …«, begann ich, doch sie ignorierte mich, obwohl ich laut sprach.

»Und was tun Sie?«, redete sie sich weiter in Rage. »Die Polizei – Ihr Freund und Helfer. Dass ich nicht lache. Sie stehen immer noch hier rum und tun rein gar nichts.« Sie klopfte auf ihre Cartier-Uhr, schulterte ihre weiße Handtasche und stemmte die Fäuste in die schmalen Hüften.

»Zu behaupten, dass sie stinksauer ist, wäre die Untertreibung des Jahrhunderts«, wisperte der Beamte und blickte hilfesuchend zu mir. »Sie will einfach nicht verstehen, dass die Spuren gesichert werden müssen. Aber wäre sie nicht so unvernünftig gewesen, wären wir längst fertig.«

»Wie meinen Sie das?«, fragte Reuss.

»Sie ist immer wieder ins Haus gerannt und hat jedes Zimmer abgesucht, obwohl wir sie mehrmals gebeten haben, draußen zu warten. Und obwohl wir ihr erklärt haben, dass die Sicherung der Spuren entscheidend für die Ermittlungen ist.«

»Und trotzdem blieb sie nicht draußen?« Der Blick meiner Kollegin wurde nachdenklich, als er zu Nina Sandners Mutter glitt.

»Erst als ich ihr gedroht habe, sie wegen Behinderung der Justiz festzunehmen.«

»Eine solche Straftat gibt es in Deutschland nicht«, sagte Reuss.

Der Beamte grinste. »Das wissen Sie und ich – aber Nina Sandners Mutter nicht.«

Ich setzte eine strenge Miene auf, obwohl mir nach Lachen war.

»Tut mir leid, aber ich hatte keine Wahl«, redete sich der junge Polizist heraus. »Selbst, als ich die Haustür bewacht habe, damit mein Partner das Haus nach Nina Sandner absuchen kann, hat sie sich über die offene Terrassentür oder den Keller Zutritt verschafft.«

»Hat sie gesagt, warum sie das tut?«, fragte ich.

»Nein. Ich vermute, sie hoffte, ihre Tochter irgendwo zu finden. Aber wir haben alles abgesucht. Nina Sandner ist nicht hier, und sie geht auch nicht ans Handy.«

»Deuten die Spuren im Haus auf ein Gewaltverbrechen hin?«

»Definitiv. Der Täter hat den Strom gekappt, im Wohnzimmer gibt es Kampfspuren, und auf dem Teppich befindet sich Blut.«

»Achtunddreißig Minuten«, rief Nina Sandners Mutter mit unüberhörbarer Wut in der Stimme durch den Vorgarten. Ich sah zu ihr, und während ich versuchte, eine Erklärung für ihr Mutter-Tochter-Frühstücks-Outfit zu finden, kam sie auf ihren zehn Zentimeter hohen Absätzen den Weg zu uns gelaufen. Ihr Gesichtsausdruck spiegelte eine Mischung aus Abscheu und Frustration wider.

Bei jedem ihrer Schritte wippten ein paar blonde Locken, die sich aus ihrer eleganten Hochsteckfrisur gelöst hatten, vor ihren Augen auf und ab. Ihre Kleidung und ihr gekonnt aufgetragenes Make-up ließen in mir schließlich die Vermutung keimen, dass sie am Vormittag noch einen wichtigen Termin haben musste. Der Schmuck, den sie angelegt hatte, unterstrich meine Annahme. In ihren Ohren funkelten Diamanten von mindestens einem Karat. Das dazu passende Collier hatte sicher mehr gekostet, als mir von meinem Brötchengeber Monat für Monat aufs Konto überwiesen wurde.

Zwei Meter vor Reuss und mir blieb sie stehen, ließ den Blick über mich und meine Partnerin gleiten und verzog den Mund. »Und wer zum Teufel sind Sie?«

Ich hielt ihr meinen Dienstausweis unter die gepuderte Nase. »Kriminalhauptkommissar Weinsheim, LKA. Bitte sagen Sie mir, wer Sie sind.«

»Melanie Aeckersberg.« Sie hob ihr Kinn noch ein Stück höher. »Ich bin Nina Sandners Mutter.«

»Aeckersberg?«, fragte Reuss mit einem seltsamen Nachhall in der Stimme. Sie kannte den Nachnamen offenbar, mir sagte er nichts.

»Ganz recht.« Melanie strich sich eine der in der Morgensonne golden schimmernden Locken aus der Stirn. »Peter Aeckersberg ist mein geschiedener Mann.«

»Schönheitschirurg«, erklärte mir Reuss. Offenbar hatte sie die Fragezeichen auf meiner Stirn richtig gedeutet. »Er besitzt mehrere Kliniken in Berlin, München und an der Nordsee.«

»Jeder, der etwas auf sich hält, lässt sich von Peter operieren«, fügte Melanie an und trat einen Schritt auf mich zu. Dabei verheimlichte ihr Designerkostüm nicht, dass sie viel Zeit in einem Fitnessstudio verbrachte.

Eingehend musterte sie mein Gesicht und krauste die Nase. »Die Falten um Ihre Augen zaubert er im Handumdrehen weg. Dann sehen Sie gleich zehn Jahre jünger und viel freundlicher aus.«

Ich schob meinen Dienstausweis zurück in mein zerknittertes Jackett, dessen Falten mir ebenso wenig Sorgen bereiteten wie die schmalen Linien um meine Augen. »Sie waren mit Ihrer Tochter zum Frühstück verabredet?«

Mein Themenwechsel löste ein Zucken in Melanie Aeckersbergs Mundwinkeln aus. »Verabredet waren wir nicht«, räumte sie ein und zupfte an ihrem Ohrläppchen. »Ich dachte nur, es wäre eine gute Idee, nachdem wir uns vierzehn Tage nicht gesehen haben.«

Aha. Was nur die halbe Wahrheit war, so vehement, wie sie an ihrem Ohrläppchen zupfte. »Würden Sie meiner Kollegin bitte alles schildern, was passiert ist? Ich sehe mir unterdessen das Haus an.«

Ihr Blick schien mich plötzlich zu durchbohren. »Herr Kommissar …«

»Hauptkommissar«, verbesserte ich, was an ihrem stechenden Blick keinen Deut änderte.

»Ich habe einen wichtigen Termin bei meinem Anwalt, den ich nicht versäumen darf.«

»Ihre Tochter ist verschwunden«, meldete sich Reuss zu Wort und sah zu mir. Für einen Moment verdunkelte Missfallen ihre Augen, bevor sie sich über die Stirn strich und mir zunickte. »Besorgt Sie das nicht? Oder verschwindet Nina öfter mal für eine Weile?«

Frau Aeckersberg lachte schrill. »Mit sechs Jahren ist sie zum ersten Mal abgehauen. Ein Großaufgebot von Freiwilligen, Polizei und Feuerwehrleuten hat sie zehn Stunden gesucht, aber meine Tochter saß in einem Keller und hat mit ihrem Plüschbären gespielt. Typisch für sie. Alle Welt macht sich Sorgen, und sie spielt Verstecken.«

Ich runzelte die Stirn, ebenso wie meine Kollegin. Zehn Stunden? Meine Tochter würde es keine fünf Minuten allein in einem dunklen Keller aushalten.

»Und nach dem Tod ihres Vaters ist sie noch mal abgehauen. Hat mich einfach allein gelassen. Wochenlang hab ich sie gesucht, und dann bekomme ich einen Anruf von diesem Grunenwald, dass sie bei ihm wohnt.« Sie brach ab, fischte aus ihrer Versace-Handtasche ein Päckchen Zigaretten und zündete sich eine an. Während sie den Rauch tief inhalierte, blickte sie zur schicken Villa ihrer Tochter. »Ja klar, Grunenwald hat die richtigen Kontakte, ich nicht. Ich war ja vor meiner zweiten Ehe nur eine einfache Sprechstundenhilfe. Aber Grunenwald hat Nina den ersten Bestseller ermöglicht. Verstehen Sie, worauf ich hinauswill?«

»Philipp Grunenwald?«, hakte Reuss nach. »Ihr Agent?«

»Ich glaube ja nicht, dass er nur ihr Agent ist.«

»Was ist er denn Ihrer Meinung nach noch?«, fragte ich.

Ihr Blick durchbohrte mich erneut. »Du meine Güte, wo haben Sie denn Ihren Abschluss gemacht? Oder kann jeder Schulabbrecher heutzutage Kommissar werden?«

Rote Flecken tauchten auf den Wangen meiner Kollegin auf, als sie tief Luft holte und den Mund öffnete.

Bevor Reuss Sandners Mutter zurechtwies und ihr sagte, dass Beamtenbeleidigung durchaus mit einem Jahr Freiheitsentzug geahndet werden konnte, schüttelte ich den Kopf. »Frau Aeckersberg, ich kann aus Ihren Worten viele Schlüsse ziehen und meiner Fantasie freien Lauf lassen. Daher frage ich Sie ein zweites Mal, was genau soll Ihrer Meinung nach Herr Grunenwald noch für Ihre Tochter sein?«

»Sie hüpft mit ihm ins Bett«, erklärte sie und zog erneut an ihrer Zigarette. »War das deutlich?«

»Durchaus«, entgegnete ich und lächelte freundlich. Was Frau Aeckersberg gründlich durcheinanderzubringen schien. Denn sie blinzelte mich verwirrt an, ehe sie den Blick senkte.

»Ich sehe mir jetzt das Haus Ihrer Tochter an, und meine Kollegin wird Ihre Zeugenaussage aufnehmen.«

Sie nickte stumm, und ich registrierte, dass Reuss grinste, als ich mich abwandte und den Kollegen zu mir winkte, der wieder am Absperrband stand.

»Wie ist der aktuelle Stand?«, fragte ich und durchquerte mit ihm eilig den Vorgarten.

»Frau Sandners Bett ist unbenutzt, im Wohnzimmer herrscht das reinste Chaos, und die Terrassentür stand genauso offen wie die Eingangstür, als wir hier eintrafen. Auf der Terrasse liegen mehrere zerbrochene Blumentöpfe und umgekippte Gartenstühle. Sandners Handtasche und ihr Handy fehlen. Wir haben mehrmals versucht, sie anzurufen, aber es ist ausgeschaltet.«

Alle Opfer hatten bislang den Notruf gewählt, bevor sie entweder verschwanden oder, wie in Laura Rissmanns Fall, ermordet wurden. »Hat Sandner die 110 verständigt?«

»Nicht dass ich wüsste.«

»Doch, hat sie.« Ein junger uniformierter Beamter trat aus der circa hundert Jahre alten Villa. In seiner in einer sauberen Mülltüte steckenden rechten Hand hielt er ein schnurloses Telefon. Zwei weitere Mülltüten hatte er sich über die Schuhe gestülpt und mit Kabelbindern über den Knöcheln festgezurrt. »Ich habe bei den Kollegen nachgefragt. Um zwei Uhr sechzehn ging der Notruf einer jungen Frau von einer unbekannten Nummer ein, der nicht zurückverfolgt werden konnte und kurz darauf unterbrochen wurde.«

»Geben Sie eine Vermisstenfahndung nach Nina Sandner raus.«

»Schon erledigt.«

»Okay«, erwiderte ich und deutete auf das Telefon in seiner Hand. »Die Rufnummer ist unterdrückt?«

»Ja.«

»Verdammt«, fluchte ich und kickte einen Stein beiseite, der klappernd über den gepflasterten Weg rollte. »Wo lag das Telefon?«

»Im Flur.«

»Zeigen Sie's mir.«

Er nickte und wollte ins Haus laufen, doch ich hielt ihn auf. »Haben Sie noch ein Paar für mich?«, fragte ich und deutete auf seine Mülltütenschuhe.

»Natürlich.« Er griff in die Innentasche seiner Jacke und beförderte eine kleine weiße Rolle nebst Kabelbindern ans Tageslicht. Ich schlüpfte in meine neuen Schuhe.

»Wie ist Ihr Name?«

»Birk Hamann.« Er tippte an seine Mütze, unter der kurze schwarze Haarsträhnen hervorlugten, während ich ihm in den Flur folgte. »Greenhorn und Fußballnarr.«

Ich grinste. »Alle wichtigen Informationen in zwei Sätzen. Den Telegrammstil beherrschen Sie schon mal.«

»Ja, Sir.«

»Mein Name ist Weinsheim.«

»Ja, Sir.« Er feixte wie ein Schuljunge und wurde dann schlagartig ernst. »Hier neben dem Schirmständer hat das Telefon gelegen.« Hamann deutete zu einer Stelle, die sich schräg gegenüber der Küche befand und auf die er ein unbenutztes Papiertaschentuch gelegt hatte. Als Markierung.

»Legen Sie es bitte wieder hin«, sagte ich und verkniff mir eine Bemerkung darüber, dass von einem Tatort nichts entfernt werden durfte, solange die KT noch nicht durch war. Hamann wusste das, worauf das Taschentuch auf dem Boden hinwies, jedoch hatte er sich wegen seiner Suche nach Nina Sandner dagegen entschieden.

»Ihr Bett ist unbenutzt?«

»Ja.« Hamann deutete zur Garderobe, an der nur eine dünne Regenjacke neben einem schwarzen Blazer hing. »Keine Handtasche, kein Handy.«

Ein Raubüberfall, der schieflief? Ich sah zur Haustür, an der ich keine Einbruchsspuren entdeckte. Genauso wenig wie eine Alarmanlage neben der Tür. Offenbar hatte Sandner keine Angst davor, überfallen zu werden. Warum nicht? »Was ist mit den Fenstern?«

»Intakt, allerdings steht die Terrassentür offen.«

»Mhmm«, murmelte ich und musterte den Fußboden, den cremeweiße Fliesen bedeckten, über die das Telefon durchaus in die Ecke gerutscht sein konnte. Allerdings nur, wenn Sandner es hier hatte fallen lassen. Das Haus war nicht barrierefrei erbaut worden, überall befanden sich in den Türen Schwellen. »Was können Sie mir über Nina Sandner sagen?«

Ich sah mich im Flur um, der eher die Bezeichnung Eingangshalle verdiente. Neben den üblichen Garderobenschränken entdeckte ich noch drei Sonne-Strand-Palmen-Gemälde auf Leinwänden und mehrere Bewegungsmelder. Einer befand sich neben der Tür zum Keller unter der Treppe. Einen zweiten entdeckte ich gegenüber der Haustür, und ein dritter erfasste die Küche und das Arbeitszimmer. Beide Räume lagen nebeneinander, wobei man durch die Fenster des Arbeitszimmers nach vorn in den Vorgarten schauen konnte.

»Sie leidet offenbar unter Achluophobie.« Hamann wies zu zwei Nachtlichtern, die in Steckdosen steckten, und zu den an Lampen angeschlossenen Bewegungsmeldern über unseren Köpfen. »Die gibt es überall im Haus und im Garten. Neben unzähligen LED-Kerzen.«

Gut erkannt. »Haben Sie die Nachricht abgehört?«, fragte ich und wies zu der Eins auf dem Anrufbeantworter.

»Ja, Sir. Der Anruf stammt von einem gewissen Tim, der Frau Sandner mitteilt, dass eine gewisse Anna nicht nach Hause gekommen ist.«

Noch eine vermisste Person? »Rufen Sie bei den Kollegen an und erkundigen Sie sich, ob schon eine Vermisstenanzeige aufgegeben wurde. Ich brauche Namen und Adresse.«

»Ja, Sir.«

Reuss betrat den Flur, als Hamann mit seinem Handy am Ohr aus dem Haus eilte. »Eisfeld und Schiefer sind auf dem Weg in die Rechtsmedizin«, informierte sie mich und schob ihr Smartphone in die Jackentasche. »Oder willst du …?«

»Nein, schon okay«, unterbrach ich sie. Ich musste nicht unbedingt bei der Obduktion dabei sein. Die, an denen ich bisher teilgenommen hatte, reichten mir für mein restliches Leben. »Was sagt Frau Aeckersberg?«

»Dass sie gleich, nachdem sie die offene Eingangstür entdeckt hätte, die 110 gewählt hat.«

»Aber du glaubst ihr nicht?«

»Sie hat mir während unserer Unterhaltung siebenmal versichert, im Haus nichts berührt oder verändert zu haben. Ein bisschen zu oft für meinen Geschmack. Außerdem hat sie mich mehrfach gebeten, ins Haus gehen zu dürfen. Mit der Begründung, ihre Tochter finden zu wollen. Aber ich denke, sie sucht etwas anderes.«

»Etwas, was wir nicht sehen oder vor ihr finden sollen?«

Reuss nickte.

»Demzufolge könnte das Chaos im Wohnzimmer auch von ihr angerichtet worden sein.«

»Oder sie hat es vergrößert«, ergänzte Reuss.

»Was hältst du von ihr?«

»Das, was sie tatsächlich im Haus zu finden hofft, ist ihr wichtiger als ihre Tochter. Daher fällt es mir schwer, ihr zu glauben, dass es ihr um Nina geht, denn sie wirkt nicht sehr besorgt auf mich.«

»Zumindest scheint sich deine Annahme zu bestätigten, dass das Mutter-Tochter-Verhältnis angespannt ist. Doch wenn es so problematisch ist, taucht man dann einfach so zum Frühstück vor der Tür der Tochter auf? Ohne Absprache?«

»Meine Mutter würde nicht auf eine solche Idee kommen. Weil die Gefahr besteht, dass sie die fünf Kilometer, die wir auseinander wohnen, umsonst auf sich nimmt.«

»Mhmm«, murmelte ich und blickte vom am Boden liegenden Telefon zur offen stehenden Eingangstür, an der es keine Einbruchsspuren gab. Hatte Nina Sandner ihrem Entführer die Tür geöffnet? Mitten in der Nacht? Dann müsste sie ihn gut kennen. Einen Fremden hätte sie nicht hereingelassen.

Zumindest keinen Mann. Bei einer Frau, die um Hilfe gebeten hatte, sah die Sache anders aus. In einem solchen Fall waren viele Menschen bereit, auch nachts einer Fremden die Haustür zu öffnen.

Aber warum stand zusätzlich die Terrassentür offen?

Reuss trat zu mir. »Was denkst du?«

»Vor der geöffneten Terrassentür liegen mehrere zerbrochene Blumentöpfe und umgekippte Gartenstühle«, sagte ich nachdenklich. »Wenn sich der Kampf im Wohnzimmer und auf der Terrasse ereignet hat, warum hat Sandner dann nicht um Hilfe gerufen?«

»Die Hälfte aller Opfer tut das nicht«, erwiderte Reuss.

»Oder sie konnte es nicht«, murmelte ich und betrat die Küche, die fast so groß wie mein Wohnzimmer war. Schon nach einem Blick auf die moderne Einrichtung wusste ich, dass Kathrin von der glänzenden weißen Designerküche begeistert gewesen wäre. Ich hörte sie im Geist Worte wie *formschön, harmonisch und dennoch absolut funktional* sagen. Dabei ahnte ich, dass ihr besonders die Edelstahlstreifen auf den Möbeln gefallen hätten, die sie als ein Zeichen für die Hochwertigkeit dieser Küche bezeichnet hätte. »Der Traum jeder Frau in Weiß und Edelstahl«, murmelte ich und kassierte dafür von Reuss einen fragenden Blick, in den sich ein Hauch feministischer Schärfe mischte.

»So hab ich das nicht gemeint«, wehrte ich ab. Ich hatte meiner Ex-Frau zwar gern beim Kochen zugesehen, aber ausschließlich an den Herd gehörten Frauen für mich nicht. »Ein halbes Jahr, bevor Kathrin und ich uns getrennt haben, wollte sie eine neue Küche. Wochenlang hat sie mich von einem Kücheneinrichter zum nächsten geschleppt und mir vorgeschwärmt, warum es diese und keine andere sein muss.«

Humor flackerte in den Augen meiner Kollegin auf. »Lass mich raten, ein Lamborghini wäre dich billiger gekommen?«

»So ungefähr«, grummelte ich und wies zur Anrichte. »Was fällt dir auf?«

»Nina Sandner mag exotische Blumen.« Reuss deutete zu den vielen Vasen, die verteilt auf den Arbeitsplatten, dem Tresen und dem langen Esstisch unter der Fensterfront standen. »Und sie hat eindeutig Angst vor der Dunkelheit.«

Allein im vorderen Bereich der Küche steckten drei Nachtlichter in Steckdosen. »Du wusstest davon?«

»Ja.«

»Woher?« Ich trat vor die Spüle, neben der zwischen zwei Blumenvasen eine leere Telefonladestation stand.

»Aus einem Zeitungsartikel von Sabine Witt. Sie schreibt für die *Spree Aktuell.*«

Ich runzelte die Stirn. »Solche Ängste sind normalerweise nichts, was die Betroffenen lautstark ausposaunen. Die meisten Menschen schämen sich für ihre Phobie und reden oft nur mit ihrem Partner, den Eltern oder einem Psychologen darüber. Wieso hat Sandner ausgerechnet mit einer Journalistin über ihre Angst gesprochen?«

»Vielleicht hat sie das nicht. Möglicherweise ist Witt irgendwie dahintergekommen.«

Raschelnde Schritte im Flur ließen mich aufblicken. Hamann blieb vor der Küchentür stehen. Dicht gefolgt von Hauptkommissarin Ilka Brewitz. Sie grinste mich an, und ich musste an Single Malt und David Bowie denken. Vielleicht wurde es mal wieder Zeit für einen Abend mit ihr im TiER.

»Ich war auf halbem Weg hierher, als ich erfahren hab, dass ihr euch den Fall unter die Nägel gerissen habt.« Ihr Lächeln verließ ihr Gesicht ebenso schnell, wie es aufgetaucht war. Ilka war das genaue Gegenteil einer Frohnatur und eigentlich auch das Gegenteil von Kathrin. Warum ich damals mit ihr ins TiER gegangen war, wusste ich bis heute nicht. »Habt ihr nicht schon genug zu tun?«

»Ich fürchte, die Fälle gehören zusammen«, antwortete ich.

»Okay.« Sie strich sich eine Strähne ihres schwarzen Haares

hinters Ohr. »Wenn ich schon mal da bin, kann ich auch was tun. Wie kann ich euch unter die Arme greifen?«

»Was sagt Eisfeld dazu?«

Sie zuckte mit den Schultern. »Solange er davon nichts weiß, kann er nichts sagen, oder?«

»Ilka …«, begann ich, wurde jedoch von ihr unterbrochen.

»Mach es nicht immer so kompliziert, Eric. Raus mit der Sprache, habt ihr schon mit den Nachbarn gesprochen?«

»Nein.«

Sie lächelte. »Na bitte, das war doch gar nicht so schwer. Also, wenn Eisfeld fragt, dann sag ich ihm, mich hätte ein Nachbar angesprochen, kaum dass ich aus dem Auto gestiegen bin. Einverstanden?«

Ich wollte nicht, dass sie Ärger mit unserem Chef bekam. Es genügte, wenn ich auf seiner Abschussliste stand. Allerdings wusste ich genau, dass Ilka ihren eigenen Kopf hatte. »Okay, dann befragst du die Nachbarn. Aber nimm Polizeimeister Hamann mit.«

Hamann strahlte. »Danke, Sir.«

Ich stöhnte lautlos. »Was haben Sie von den Kollegen erfahren?«

»Ein gewisser Tim Carius hat heute Nacht seine Frau Anna als vermisst gemeldet.« Er reichte mir einen Zettel mit der Adresse von Carius und dessen Handynummer. »Ich habe mit ihm telefoniert. Er sagte mir, dass seine Frau von einer Party im Amano Hotel Mitte nicht nach Hause gekommen ist. Sie wollte sich nur noch kurz mit einer Bekannten treffen und dann gleich nach Hause kommen, aber das ist sie nicht.«

»Weiß er, wer die Bekannte ist?«

»Nein.«

»Er war also nicht mir ihr auf dieser Party?«, überlegte ich laut.

Hamann schüttelte den Kopf. »Er war nicht eingeladen.

Sandners Verleger hat seinen Geburtstag gestern auf der Dachterrasse des Hotels gefeiert.«

»Ist Anna Carius auch Schriftstellerin?«

»Nein, sie ist die Lektorin von Sandner.«

Ich hörte, wie Reuss hinter mir vor Überraschung laut einatmete, ich hingegen schob die Hände in die Taschen meiner Jeans. Der Einbruch in Sandners Haus – falls es denn einer war, was ich bezweifelte – hätte durchaus nichts mit dem Mord an Laura Rissmann und den verschwundenen Studenten zu tun haben können.

Allerdings bestätigte sich auch hier, dass es keine Zufälle gab. So, wie es sich jetzt für mich darstellte, war vermutlich nicht Rissmann, sondern Sandner das eigentliche Ziel des Täters. Bei ihr hatte er seinen Modus Operandi erneut geändert. Sandners Notruf war von ihm unterbrochen worden, als er den Strom gekappt hatte. Warum? Bisher war ich davon ausgegangen, dass diese Anrufe der Opfer zu seiner Fantasie gehörten. »Hat Anna Carius einen Notruf getätigt?«

»Nein. Sie hat ihren Mann gegen 22:30 Uhr angerufen und ihm gesagt, dass sie nach dem Treffen gleich nach Hause kommen würde. Doch da ist sie nicht angekommen.«

»Wollte sie mit einem Taxi fahren?«, fragte Reuss.

»Ja.«

»Was hat Tim Carius noch gesagt?«, hakte ich nach.

»Nur, dass er bei allen Bekannten seiner Frau angerufen hat, doch keiner weiß, wo sie ist. Auch versucht er seitdem, seine Frau auf dem Handy zu erreichen, allerdings scheint das ausgeschaltet zu sein.«

»Weiß er, wo seine Frau verabredet war?«

»Das hat sie nicht gesagt, nur dass es nicht lange dauern würde.«

»Findet das heraus«, erwiderte ich und nickte ihm anerkennend zu.

»Gute Arbeit.« Eigentlich dürfte ich ihn nicht loben, sondern müsste ihm das Fell über die Ohren ziehen. Jedoch hatte Hamann eine Menge detektivisches Gespür gezeigt, und ich wollte ihn ermutigen, aus seinem Talent später einen guten Kommissar zu formen.

Hamanns Brust schwoll vor Stolz an. »Danke, Sir.«

Ich sah zu Reuss und gab ihr den Zettel mit der Handynummer. »Ich brauche ein Foto von Anna Carius, und ihr Mann soll aufs LKA kommen und dort mit Oberkommissar Bauer sprechen.«

»Ich richte es ihm aus.« Reuss zückte ihr Smartphone und ging in den hinteren Bereich der Küche.

Während sie telefonierte, wandte ich mich an Ilka. »Befrag die Nachbarn auch zu Sandners Mutter.«

»Verdächtigst du sie?«

»Frau Aeckersberg verbirgt etwas.«

Ilka nickte, zückte ihren Notizblock und verschwand mit Hamann aus dem Haus.

Gefolgt von Reuss ging ich von der Küche ins Wohnzimmer. Nachdem sie ihr Telefonat beendet hatte, musterte sie wie ich die blutigen Flecken auf dem Teppich. »Ich bin kein Promi, trotzdem wäre es mir peinlich, wenn eine Journalistin meine Phobie für alle lesbar in einer Zeitung ausschlachten würde«, sagte ich und nahm damit den Gesprächsfaden von vorhin wieder auf.

»Mir auch«, gestand sie und sah nachdenklich zu mir.

Etwas in ihrem Blick machte mir klar, dass sie Bescheid wusste. »Woher weißt du es?«

»Dass du Flugangst hast?«, hakte sie nach, während ich zu den auf dem Boden verteilten Sofakissen, Zeitschriften und Büchern sah, zwischen denen die Blätter mehrerer umgekippter Zimmerpflanzen herausschauten, die ursprünglich vor der breiten Fensterfront gestanden haben mussten. »Von unserem ersten gemeinsamen Fall im Flughafen Tegel.«

Ich lächelte matt. »Die Leiche auf dem Kofferband.«

Reuss nickte. »Du hast jedes Mal die Rechte zur Faust geballt, wenn eine Maschine gestartet oder gelandet ist.«

»Ich hasse Flugzeuge«, erwiderte ich aus tiefstem Herzen und runzelte die Stirn. »Wenn Sandner im Wohnzimmer angegriffen worden ist, wie ist dann das Telefon neben die Garderobe gelangt?«

Julies Blick folgte meinem zur Türschwelle. »Sie muss im Flur gewesen sein. Das Telefon wäre andernfalls nicht über die Schwelle bis zum Schirmständer gerutscht.«

»Richtig. Aber gesetzt den Fall, er hat sie durch den Flur bis hierher zum Teppich verfolgt und sie da überwältigt, warum liegen dann Sofakissen und die Pflanzen auf dem Boden? Das ergibt keinen Sinn. Wenn sie sich von ihrem Angreifer befreien konnte, nachdem er sie hier verletzt hat, und über die Terrassentür zu entkommen versucht hätte, dann …«

»Würde es eine Blutspur geben«, beendete Reuss meinen Satz. »Die es nicht gibt.«

»Auch nicht auf der Terrasse?«

Reuss trat vor die Fensterfront und sah hinaus. »Nein.«

Ich blickte zum Flur. »Was ich nicht verstehe, wieso hat sie überhaupt das Telefon aus der Küche geholt?«

»Vielleicht ist sie von Geräuschen im Wohnzimmer aus dem Schlaf gerissen worden?«

»Denkbar. Aber wo war sie? Ihr Bett ist unberührt, und aufgrund ihrer Angst vor der Dunkelheit würde sie nie im Leben nachts ihr Handy oder ihr Telefon aus den Augen lassen.«

»Möglicherweise hat sie am PC gesessen und geschrieben«, sagte Reuss und ging durch den Flur ins Arbeitszimmer. Ich folgte ihr und blieb im Türrahmen stehen. »Nein, hier war sie nicht. Der Computer ist heruntergefahren. Also passt meine Theorie, sie wäre beim Schreiben eingeschlafen, nicht.«

»Alles würde Sinn ergeben, wenn sie erst nach Hause gekommen ist«, überlegte ich laut. »Von dieser Party im Amano Hotel.« Ich wies zur offenen Haustür. »Und zwar nicht allein. Ihr Begleiter ist ins Wohnzimmer gegangen, um den möglichen Einbrecher zu stellen, und Sandner lief in die Küche, um das Telefon zu holen.«

Reuss ging an mir vorbei in den Flur und kniff die Augen zusammen. »Warum hat sie nicht ihr Handy benutzt?«

Eine gute Frage, auf die ich im Moment nur eine logische Antwort hatte. »Weil der Akku leer war?«

»Der Täter hat beide überwältigt, Sandners Begleiter wurde dabei verletzt«, überlegte Reuss und deutete zu den blutigen Flecken auf dem Teppich.

»So sieht es aus.« Aber wer war der Begleiter oder die Begleiterin? Anna Carius? Hatte sie sich mit Nina Sandner getroffen, und waren dann beide zu Sandners Haus gefahren? Wo der Täter dann zwei Frauen überwältigt hatte? Die Spuren deuteten auf einen brutalen Kampf hin, was eher auf einen Mann schließen ließ. Oder auf zwei Frauen, die gemeinsam um ihr Leben kämpften. Aber wenn Carius Sandner nach Hause begleitet hatte, warum hatte sie das nicht ihrem Mann mitgeteilt?

»Ist Sandner verheiratet, oder hat sie einen Freund?«

»Nicht verheiratet, keine Kinder. Sie lebt sehr zurückgezogen. Soweit ich weiß, hat sie ein enges Verhältnis zu ihrem Agenten Philipp Grunenwald von der Agentur Pachali. Witt deutete damals in ihrem Artikel an, dass zwischen den beiden was laufen könnte, doch ...«

»Du glaubst nicht daran«, vollendete ich ihren Satz.

»Ich habe beide vor einem Jahr auf einer Lesung von Sandner erlebt.« Reuss schüttelte den Kopf. »Sie gehen vertraut miteinander um, aber eher wie Vater und Tochter. Da ist nicht mehr als Freundschaft zwischen ihnen.«

»Okay. Also kein Freund?«

»Wenn, dann hat sie ihn geheim gehalten.«

Vor uns auf der Treppe erklangen knisternde Schritte. Die Geräusche wurden durch die Schutzkleidung der Neuankömmlinge verursacht. Schäfter betrat zusammen mit seinem Team das Haus. »Nehmen Sie alles auseinander«, sagte ich zu ihm, als er vor Reuss und mir stehen blieb. »Ich glaube, Nina Sandner ist noch am Leben. Ich brauche etwas, um sie zu finden.«

Schäfter nickte. »Alles klar.« Er stellte seinen Koffer ab und klatschte in die in Handschuhen steckenden Hände. »Also los, Leute. Lasst uns anfangen.«

Ich ging mit Reuss zur Haustür. »Warum glaubst du, dass Sandner noch am Leben ist?«, fragte sie.

»Mein Bauchgefühl sagt mir, dass sie sein eigentliches Ziel war.«

Reuss atmete tief ein. »Und die anderen Vermissten?«

Mein Blick schweifte zu Sandners Zaun und verlor sich dann zwischen den Zweigen einer Linde, die am Straßenrand wuchs. Zwei Männer – vermutlich drei, wenn ich Sandners Begleiter mitrechnete – und zwei Frauen wurden vermisst. Haneke, Rotschild, Carius, Sandner plus ihr möglicher Begleiter. Fünf Personen, die, wenn der Täter sie nicht ruhigstellen oder irgendwo sicher einsperren konnte, eine Gefahr für ihn darstellten. Es sei denn, er hatte einen Hebel, durch den er alle zwingen konnte, keinen Fluchtversuch zu unternehmen.

Aber so oder so benötigte er ein Versteck. Abgelegen, wo er kommen und gehen konnte, ohne Aufmerksamkeit zu erregen.

»Wenn ich mit meiner Vermutung recht habe, dass Sandner sein eigentliches Ziel war, gibt es für den Scheißkerl kaum einen Grund, die anderen am Leben zu lassen«, sagte ich leise. Dabei verschwieg ich, dass eine geringe Chance bestand, dass er die Vermissten noch nicht getötet hatte.

Die Chance war allerdings vom Grund für die Entführungen abhängig. Geldforderungen waren nicht eingegangen und auch sonst keine Forderungen. Daher drängte sich mir immer mehr der Gedanke auf, dass wir es hier mit einem Psychopathen Schrägstrich Sadisten zu tun hatten. Einem Sadisten, der die Opfer entführt hatte, um sie an einem ruhigen Ort zu quälen. Oder um sie als Druckmittel gegen Sandner zu verwenden. Beide Möglichkeiten bedeuteten für die Vermissten furchtbare Schmerzen und schreckliches Leid.

»Und wenn es unabhängige Verbrechen sind?« Reuss zog die Stirn in Falten. »Alles hier ist anders. Sie hat den Tathergang nicht bei der Notrufzentrale geschildert, auf ihrem Wohnzimmerteppich befindet sich Blut, und dann das durch einen Kampf hinterlassene Chaos.« Julie folgte mir zur Haustür hinaus und prallte beinah gegen mich, als ich auf dem Treppenabsatz plötzlich stehen blieb.

»Auch die Entführung von Anna Carius ist anders abgelaufen. Und dafür gibt es nach meiner Meinung zwei Gründe. Durch die vorhergehenden Morde – wenn es denn drei sind, was ich befürchte – ist er oder sie selbstsicherer geworden, und er kennt Anna plus Nina persönlich.«

»Sie? Der Täter könnte eine Frau sein?«

Wenn ja, müsste die Frau körperlich fit sein. Um Laura Rissmann das Wadenbein zu brechen, brauchte es eine gewisse Kraft. Und natürlich auch, um die Leichen in einen Kofferraum beziehungsweise auf die Rückbank eines Autos zu legen. Hinzu kam das Zeitproblem. Er oder sie musste sich beeilen, was eigentlich auf einen Mann hinweisen würde, der die Kraft hatte, die Opfer hochzuheben und wegzubringen.

Aber da waren noch die verstellte Stimme und die Psychospielchen, die der Täter mit seinen Opfern trieb. Spiele, die sie in Panik versetzten und durch die er die Oberhand über sie gewann. Was einen Mann als Täter nicht ausschloss, das traf jedoch auch auf eine Frau zu.

»Bislang ist die Frage, ob der Täter männlich oder weiblich ist, meiner Meinung nach noch unklar. Das Motiv hat jedoch eindeutig einen persönlichen Charakter, der irgendwie mit Nina Sandner im Zusammenhang steht.«

»Neid auf ihre Erfolge?«

»Vorstellbar.«

»Aber wozu entführt er dann die Studenten und Anna Carius und ermordet Laura Rissmann?«

»Ich fürchte, sie sind dem Täter nur ins Auge gefallen, weil sie Fans von Sandner sind und wegen ihrer Schreibleidenschaft.« Doch wie passte da Anna Carius hinein?

Ich bemerkte, dass sich meine Kollegin versteifte. »Sandner hat eine große Fangemeinde.«

Ich wusste, was sie andeuten wollte, und schüttelte den Kopf. »Der Täter hat, was er wollte. Ich denke, keiner von Sandners Fans ist noch in Gefahr.«

»Außer sie selbst.«

»Ja, das befürchte ich.«

»Und wenn nicht nur Sandner, sondern auch Anna Carius sein Ziel war?«

»Durchaus denkbar.« Ich schwieg kurz. »Ich brauche Peary im LKA. Er muss so viel wie möglich über die Opfer herausfinden. Ich fürchte, wir haben nicht mehr viel Zeit, um die Vermissten lebend zu finden.«

Reuss zückte ihr Handy. »Okay.«

»Fahr mich zu Neles Grundschule, dort parkt mein Wagen. Ich rede mit Philipp Grunenwald und danach mit Sandners Verleger. Du hörst dich im Amano Hotel um und bei den Taxiunternehmen. Finde heraus, welche Taxiunternehmen Carius und Sandner benutzt haben und wohin sie das Taxi jeweils gefahren hat.«

»Mach ich«, erwiderte Reuss, als ich mein iPhone aus der Jackentasche nahm und die Agentur Pachali in die Google-Suchmaske eingab. »Er oder sie kann das unmöglich allein getan haben.«

»Ich glaube nicht, dass es einen Komplizen gibt.« Ich folgte ihr zum Gartentor und ging neben ihr her zum Fußgängerweg. »Dem Täter geht es um persönliche Rache. Die er akribisch geplant hat.« Ich ließ die Hand sinken und sah noch einmal zurück zu Sandners Villa. »Hast du irgendwo Brötchen im Haus gesehen?«

»Welche Brötchen?« Reuss verengte irritiert die Augen.

»Wenn ich unerwartet bei jemandem zum Frühstück auftauche, gehe ich vorher zum Bäcker. Du nicht?«

»Ich auch«, pflichtete sie mir bei.

»Frau Aeckersberg wollte mit ihrer Tochter frühstücken, nicht wahr? Aber wo sind die Brötchen abgeblieben, die sie mitgebracht hat, da sie ja überraschend aufgetaucht ist? Bei dem Blutfleck im Wohnzimmer hätte ich erwartet, die Semmeln verstreut im Flur zu finden, weil ihr die Tüte vor Schreck aus der Hand gefallen ist. Aber da liegen keine. Und ich habe auch keine vor der Haustür oder in der Küche gesehen.«

»Ich auch nicht«, erwiderte Reuss. »Sie hat also gelogen, was den Grund ihres Hierseins betrifft.«

»Hat sie. Fragt sich nur, wobei sie uns noch alles angelogen hat.«

10. Kapitel

Die Literaturagentur Pachali befand sich in einem Gründerzeithaus in der Friedrichstraße Ecke Kochstraße. Regale voller Bücher, flauschige graue Auslegware und eine aufgelöste Mittvierzigerin mit schulterlangen rotbraunen Haaren erwarteten mich, als ich die Agentur betrat.

»Erzähl mir nicht einen solchen Schwachsinn«, fauchte die Frau, während ich die Tür hinter mir schloss. Sie stand fünf Meter von mir entfernt mitten im Flur vor einem Mann, der gut einen Kopf größer als sie war. Ich schätzte ihn auf etwa sechzig. Schuld daran waren nicht nur die silbergrauen Strähnen, die sein ehemals blondes Haar durchzogen, sondern auch die zahlreichen Fältchen rund um seine wachen blauen Augen. Er trug einen eleganten rauchgrauen Einreiher zu einer goldenen Rolex am Handgelenk und handgefertigten schwarzen Plain Derbys an den Füßen. Nur die Zigarettenschachtel, von der eine Ecke aus seiner Brusttasche herauslugte, passte nicht ganz zu seinem eleganten Auftreten.

»Elisa, bitte, beruhig …«

Mit einem energischen Kopfschütteln unterbrach sie ihn. »Ich frage dich nur noch ein einziges Mal: Wo ist mein Mann?«

Ihr Gesprächspartner seufzte, richtete sich auf und bemerkte mich in diesem Moment. »Was kann ich für Sie tun?«

»Wage es nicht, mir den Rücken zu kehren, Hajo!«, rief die Frau.

»Kriminalhauptkommissar Weinsheim, LKA«, stellte ich mich vor und zeigte ihm meinen Dienstausweis.

»LKA?«, kreischte die Frau. »Was hast du angestellt, Hajo?«

»Bitte, beruhige dich. Es wird sich bestimmt alles aufklären«, erwiderte er und kam dann die wenigen Schritte zu mir. »Hajo Pachali«, stellte er sich vor und schüttelte meine Hand. »Was kann ich für Sie tun?«

»Ich würde mich gern mit Philipp Grunenwald unterhalten. Ist er hier?«

»Also doch! Ich wusste, dass da was nicht stimmt.« Mit hochrotem Gesicht kam die Frau auf uns zu. Sie trug ein elegantes schwarzes Etuikleid, High Heels mit extrem hohen Pfennigabsätzen und eine schmale silberfarbene Handtasche, die sie sich energisch unter eine Achsel klemmte. »Ich bin Philipps Ehefrau Elisa Grunenwald. Was ist mit meinem Mann?«

»Warum fragen Sie?«, wollte ich wissen.

»Weil er nach der Party gestern nicht nach Hause gekommen ist, deshalb.«

Elisa Grunenwalds Worte bekräftigten meine Theorie, dass Sandner von ihrem Agenten nach Hause begleitet und dort vom Täter niedergeschlagen und entführt worden war. »Ist das schon öfter vorgekommen?«, fragte ich dennoch.

Zahlreiche Fältchen bildeten sich auf Elisa Grunenwalds Stirn, als sie misstrauisch die Augen zusammenkniff. Was ihrer Schönheit nichts anhaben konnte. Obwohl ich sie auf Mitte vierzig schätzte, besaß sie dieses gewisse Etwas, nach dem sich Mann gern umsah. »Was wollen Sie damit sagen?«

»Ist es normal, dass Ihr Ehemann nach Partys nicht nach Hause kommt?«, konkretisierte ich meine Frage, ohne auf ihre einzugehen.

»Nein.« Elisa Grunenwald schniefte, fischte ein besticktes Taschentuch aus ihrer Handtasche und betupfte sich damit die Augen. »Das ist alles ihre Schuld.«

»Wen meinen Sie?«

»Nina Sandner.« Sie schnaubte kräftig ins Taschentuch und schluchzte danach erneut. »Sie hat Philipp den Kopf verdreht. Er redet nur noch von ihr.«

Im Augenwinkel bemerkte ich, dass sich Pachali ein wenig genervt durchs Haar fuhr. Offenbar hörte er diesen Vorwurf nicht zum ersten Mal. »Elisa, ich bitte dich, nicht jetzt.«

»Einer muss es ja mal öffentlich aussprechen.«

»Du weißt, dass da nichts ist«, sagte Pachali ernst. »Sie sind gute Freunde, weiter nichts.«

»Ach ja? Und wo sind Philipp und die Sandner dann? Ich habe beide mehrfach angerufen, aber keiner geht ans Telefon. Wahrscheinlich amüsieren sie sich gerade auf Ibiza oder sind auf die Malediven geflogen.«

»Können wir uns irgendwo in Ruhe unterhalten?«, fragte ich, als Elisa Grunenwald Luft holte. Danach überzog ihr Gesicht eine tiefe Röte, und ihre Augen nahmen einen verdächtigen Schimmer an. Dennoch irritierte mich irgendetwas in ihrem Blick. Dieser Hauch von Gleichgültigkeit, der so gar nicht zu einer Ehefrau passen wollte, die sich um ihren Mann sorgte.

»Natürlich, bitte folgen Sie mir.« Pachali ging an zwei Regalen, gefüllt mit Bestsellern, vorbei zu einer Echtholztür. Hinter dieser befand sich ein Büro in der Größe meines Wohnzimmers, mit Blick zur U-Bahnstation Checkpoint Charlie.

Pachali wies auf ein hellbraunes Ledersofa, das flankiert von einer Bar und einer Zimmerpalme links von uns stand. »Bitte, setzen Sie sich doch. Kann ich Ihnen etwas zu trinken anbieten?«

»Nein, danke«, lehnte ich ab und sank auf das Sofa. »Waren Nina Sandner und Philipp Grunenwald gestern Abend auf der gleichen Party?«

»Ja«, antwortete Pachali. »Ninas Verleger ist sechzig geworden und hat seinen Geburtstag auf der Dachterrasse des Amano Hotels gefeiert.«

»Ist es möglich, dass er Nina Sandner nach Hause gebracht hat?« Ich sah zu Frau Grunenwald, die mir gegenüber in einen Sessel gesunken war und dort ein paar Haarsträhnen in ihre Stirn zupfte.

»Es sähe ihm zumindest ähnlich«, ereiferte sie sich, ohne ihr Zupfen zu unterbrechen. »Sie ist ihm wichtiger als alles andere auf dieser Welt.«

»Nina Sandner hatte gestern Abend auch eine Lesung im Schlosspark Theater, oder?«, hakte ich nach.

»Hatte sie«, stimmte mir Pachali zu. »Nina wollte nach dem Gespräch mit den Bloggern zur Party fahren.« Er lehnte sich neben Frau Grunenwald in seinem Sessel zurück. »Aber warum fragen Sie das alles? Ist etwas passiert?«

»Es ist das passiert, was ich schon seit Langem befürchte. Sie sind durchgebrannt«, warf Elisa ein und öffnete ihre schmale Handtasche. Sie nahm ihr Handy heraus und aktivierte es. Nach einem Blick aufs Display verzog sie den Mund und scrollte durch ihre Facebook-Privatnachrichten.

Kurzfristig sah ich Kathrin an Elisas Stelle sitzen und fragte mich, wie sich meine Ex verhalten würde. Uns trennte jetzt ein Scheidungsurteil, das in irgendeiner meiner Küchenschubladen vor sich hin schlummerte. Dazu kamen ein Anwalt mit einer Finca auf Gran Canaria und die beschissene Kugel, die sich wenige Zentimeter über meinem Herzen in meine Brust gebohrt hatte. Sie hatte mich nicht getötet, mir jedoch das genommen, was mir neben meinem Job am wichtigsten war.

Trotzdem war ich sicher, dass Kathrin nicht in aller Ruhe ihre PNs durchgesehen hätte, wenn ich nach einer Party nicht nach Hause gekommen wäre. Noch bevor der erste Sonnenstrahl die Spitze des Fernsehturms berührt hätte, wäre sie zur Polizei gegangen.

»Es gibt Anzeichen dafür, dass Nina Sandner heute Nacht aus ihrem Haus entführt worden ist«, sagte ich und ließ weder Pachali noch Elisa Grunenwald aus den Augen.

Während sich auf Pachalis Gesicht blankes Entsetzen abzeichnete, sah sie nicht einmal von ihrem Handy auf.

Was mich nicht überraschte. Die Ehe der Grunenwalds war

offenbar mit einigen Problemen belastet. Die nächsten Worte von Elisa verblüfften mich allerdings.

»Sie sollten nicht alles glauben, was Sie sehen.«

Ich hob die Augenbrauen. »Wie bitte?«

In aller Ruhe deaktivierte sie ihr Handy, während Pachali sichtlich um Fassung rang. »Sie vergessen eins, die Sandner ist eine Bestseller-Krimiautorin. Ich halte sie zwar für durchgeknallt, aber das ändert nichts daran, dass sie über genug Fantasie verfügt, um eine Entführung zu inszenieren.«

»Warum sollte sie das tun?«

»Ist das nicht offensichtlich?«

»Nicht für mich.«

»Für mich auch nicht«, warf Hajo Pachali mit blassem Gesicht ein. »Nina würde so etwas nie tun, und das weißt du auch.«

»Ach wirklich?«, rief Elisa. »Woher? Seit sie in unserem Leben aufgetaucht ist, geht meine Ehe den Bach runter.«

Für einen kurzen Augenblick senkte Pachali beschämt den Blick. »Elisa, ich bitte dich. Was soll denn der Kriminalbeamte denken, wenn du …«

»Wenn ich wütend auf deinen Goldesel bin?« Elisa betupfte sich erneut die Augen. »Ja, verdammt, das bin ich. Philipp hat sie auf der Straße aufgelesen, und ich hab ihr ein Zuhause gegeben. Und zum Dank hintergeht sie mich?«

»Das würde sie nie tun, und das weißt du auch. Sie liebt dich«, versuchte er, Elisa zu beschwichtigen. »Nina hat damals, nach dem Tod ihres Vaters, eine schwere Zeit durchgemacht«, wandte er sich an mich. »Ihre Mutter wollte kurz nach der Beerdigung zu Aeckersberg ziehen, was Nina nicht verkraftet hat. Sie riss von zu Hause aus und lebte ein paar Monate auf der Straße, wo Philipp sie schließlich fand. Zwei Jahre später erschien ihr erster Bestseller-Krimi.«

So viel zu Melanie Aeckersbergs Behauptung, ihre Tochter

wäre eine Ausreißerin. Nina hatte den Tod des geliebten Vaters noch nicht verarbeitet gehabt, als ihre Mutter zu ihrem Schönheitschirurgen gezogen war. Das war nichts, was ein Teenager so eben mal wegsteckte.

»Der Krimi, der jetzt sogar verfilmt werden soll«, warf Elisa ein. »Mein Gott, Hajo, siehst du es denn nicht?«

Überrascht blinzelte er. »Was denn?«

»Nina ist alles, was Philipp je wollte«, ereiferte sie sich. »Durch sie kann er seinen Traum vom Erfolg miterleben. Was habe ich denn schon zu bieten?«

Pachali seufzte. Leise, aber lang anhaltend, was in mir den Verdacht bestätigte, dass er Elisas Rede schon öfter gehört hatte. »Du bist eine wundervolle Frau, Elisa.«

»Ja, ja.« Sie winkte ab. Danach schien sie in ihrem Sessel zusammenzusinken.

»Sie finden doch Nina und Philipp?«, wandte sich Pachali an mich. »Bitte glauben Sie mir, wenn ich Ihnen sage, dass Nina eine Entführung nie inszenieren würde.«

Ich lehnte mich nach vorn. »Hätte Frau Sandner denn einen Grund dazu?«

»Nein, natürlich nicht.« Er warf einen langen Blick zu Elisa, die auf ihre ineinander verschränkten Hände starrte. »Philipp und Nina sind nur Freunde.«

Alles an ihm, einschließlich seiner Mimik, wies darauf hin, dass er überzeugt von dem war, was er sagte.

»Wann haben Sie Frau Sandner und Herrn Grunenwald das letzte Mal gesehen?«

»Auf der Party. Sie sind gegen dreiundzwanzig Uhr angekommen.«

»Wissen Sie, wann Frau Sandner die Party verlassen hat und ob sie von Herrn Grunenwald begleitet wurde?«

Pachali schüttelte den Kopf. »Tut mir leid, nein. Ich bin gegen ein Uhr heute Morgen nach Hause gefahren. Da stand Nina noch an der Bar, und Philipp hat sich mit ihrem Verleger unterhalten.«

»Hat sie mit jemandem gesprochen?«

»Nein. Soweit ich mich erinnere, stand sie dort allein und hat Kaffee getrunken. Nina ist keine Partygängerin, müssen Sie wissen. Für viele Menschen ist Einsamkeit schwer zu ertragen. Nina hingegen flüchtet mehrmals im Jahr aus Berlin, wenn ihr die Stadt zu laut und zu eng wird. Sie besitzt eine Almhütte irgendwo in der Steiermark, wohin sie sich wochenlang zurückzieht und schreibt.«

Nicht schlecht. Finanzielle Sorgen musste sich Sandner augenscheinlich nicht machen. Und trotzdem hatte der Entführer keine Lösegeldforderung gestellt. Um Geld ging es ihm also nicht.

»Hat sie gestern Abend anders auf Sie gewirkt?«, fragte ich in dem Moment, als mein Handy piepste. Peary hatte mir nicht nur ein Foto der vermissten Anna Carius geschickt, sondern auch je eins von Nina Sandner, Tobias Rotschild und Patrick Haneke.

Während ich mein Handy in der Jackentasche verstaute, schüttelte Pachali den Kopf. »Nina war müde, aber anders? Nein, ich denke nicht.«

»Haben Sie Frau Carius mit einem Taxi wegfahren sehen?«

»Anna?« Pachali runzelte nachdenklich die Stirn. »Nein. Ich weiß allerdings, dass sie die Bar vor halb elf verlassen hat.«

»War sie allein?«

»Ja.«

»Haben Philipp Grunenwald oder Anna Carius gestern Abend auf Sie anders gewirkt als sonst?«

»Nicht dass ich wüsste. Philipp war wie immer ernst. Er kann nicht einmal auf Partys die Arbeit Arbeit sein lassen. Und Anna …« Er kratzte sich am Kinn. »Sie hatte etwas zu tief ins Glas geschaut, möchte ich meinen. Ihr Gang war leicht unsicher, als sie die Party verließ. Aber warum fragen Sie das alles?«

»Weil Frau Carius nicht nach Hause gekommen ist.«

»Mein Gott«, wisperte er. »Wollen Sie mir damit sagen, dass Nina, Anna *und* Philipp verschwunden sind?«

Ich nickte. »So sieht es derzeit aus.«

»Hast du das gehört?«, flüsterte Pachali und sah zu Elisa, die in den vergangenen Minuten auffällig still gewesen war. Irgendetwas beschäftigte sie, doch ich bezweifelte, dass es die mögliche Entführung ihres Mannes war.

»Nein, was denn?«

»Frau Grunenwald, wann haben Sie Ihren Mann zum letzten Mal gesehen beziehungsweise mit ihm gesprochen?«

Sie blinzelte mehrfach, als hätten wir sie aus trüben Gedanken gerissen. »Gestern Abend. Er hat vor neunzehn Uhr unser Haus verlassen, um mit dem Auto zu Ninas Lesung zu fahren.«

»Telefoniert haben Sie danach nicht mehr?«

»Nein.«

»Wie lange ging die Lesung von Nina Sandner?«, wandte ich mich an Hajo Pachali.

»Sie hat etwa eine Stunde gelesen und dann noch Fragen aus dem Publikum beantwortet und Bücher signiert, das anschließende Gespräch mit den Bloggern war kurz nach 22:30 Uhr beendet.«

»Gibt es jemanden, der Nina Sandner oder Anna Carius würde schaden wollen?«, fragte ich und sah zu Elisa Grunenwald. Sie zuckte mit keiner Wimper, und ich fragte mich, welchen Gedanken sie im Augenblick nachhing. Sie wirkte nicht übermäßig besorgt, eher nachdenklich.

»Na ja.« Hajo Pachali kratzte sich wiederholt am Kinn. »Es gibt solche und solche Fans, wissen Sie. Die meisten begnügen sich mit einem signierten Lesezeichen und einem Foto. Aber manche …«

»Ja?«

»Seit knapp acht Monaten bekommt Nina seltsame Briefe.«

Er erhob sich, ging zu seinem Schreibtisch und öffnete ihn. »Am Anfang stand nur widerliches Zeugs drin, aber inzwischen gesellen sich auch Fotos von ihr und Drohungen dazu.«

»Welcher Art?«

Pachali nahm eine Akte aus einer Schublade und kam zu uns. »Die Fotos zeigen, dass er sie beobachtet. Beim Einkaufen, in der U-Bahn, einfach überall. Die Drohungen reichen von einer gebrochenen Nase bis hin … zu Morddrohungen.« Er setzte sich und reichte mir die Akte. »Jedenfalls liest sich für mich der Satz *›Ich habe bereits einen Anzug für deine Beerdigung gekauft‹* wie eine Morddrohung. Den letzten Brief hab ich am Freitag auf dem Tresen unseres Empfangs gefunden. Das war seine erste Todesdrohung. Und bevor Sie fragen, nein, wir haben keine Überwachungskameras, und niemand hat ihn gesehen.«

Das war weniger gut. »Hat Nina Sandner den Stalker angezeigt?«

»Nein. Worüber Philipp und ich nicht glücklich waren. Wir haben sie mehrfach gedrängt, aber Nina meinte, dass er sich irgendwann beruhigen würde.«

Verdammt! Ich unterdrückte ein Kopfschütteln über Sandners Leichtsinnigkeit. Ich ahnte allerdings, warum sie keine Anzeige erstattet hatte. In den wenigsten Fällen führten diese zu einer Anklage und noch seltener zu einer Verurteilung. Trotzdem war es fahrlässig von Sandner gewesen, keine Anzeige zu erstatten. Denn dem Stalker genügte es nicht, *nur* Informationen über sie zu sammeln. Durch die Briefe hatte er Kontakt zu ihr aufgenommen. Er glaubte fest daran, dass das Objekt seiner Begierde ihm etwas schuldete. Etwas, das nur in seiner kranken Fantasie existierte, etwas, das sich in seiner narzisstischen Einbildung zuspitzte. Dass er nun zu Drohungen überging, bewies, dass er gefährlich und bereit zum Handeln war.

»Hat Sandner vor den Briefen eine Beziehung beendet?«

»Nein.« Pachali rutschte auf dem Sessel hin und her und wirkte dadurch plötzlich nervös.

»Sie kennen den Stalker oder haben eine Vermutung, wer er sein könnte?« Meine Annahme war ein Schuss ins Blaue, die auf Pachalis verändertem Verhalten basierte.

»Vor einem Jahr hat Nina einen Blogger beim Plagiieren erwischt. Sie hat das nicht an die große Glocke gehängt, sondern nur in Bloggerkreisen in den sozialen Medien etwas dazu geschrieben. Aber sie hat ihm eindeutig zu verstehen gegeben, dass sie an die Öffentlichkeit gehen würde, falls sie ihn noch mal dabei ertappt.«

»Wie ist sein Name?«

Pachali biss die Zähne fest aufeinander. »Den hat sie mir nicht verraten, obwohl ich sie mehrmals danach gefragt habe.« Er neigte den Kopf zur Seite und sprang schließlich auf. »Ich glaube jedoch, dass es einer von denen ist, mit denen Nina seit Jahren enger zusammenarbeitet.«

»Warum vermuten Sie das?«, fragte ich, während Pachali erneut zu seinem Schreibtisch ging.

Er fuhr sich ungelenk durchs Haar, bevor er auf seinen Bürostuhl sank und den Computer aktivierte. »Weil Nina den Stalker nicht angezeigt hat. Und trotz Philipps und meiner Warnungen hat sie die Angelegenheit immer herunterzuspielen versucht. Ich vermute, dass sie ihn kennt oder glaubt, ihn zu kennen.«

Ich nickte, während der Drucker hinter Pachali eine Seite ausspuckte. Mit dieser kehrte er zum Sofa zurück und reichte sie mir. Ich überflog das Blatt, auf dem sechsunddreißig Namen und Kontaktdaten standen. Unter ihnen entdeckte ich aber weder Rotschild noch Haneke oder Rissmann.

»Danke«, sagte ich und erhob mich. Aus meiner Jackentasche nahm ich meine Visitenkarte und reichte sie Pachali. »Bitte melden Sie sich bei uns, falls Ihnen noch etwas einfällt.«

»Das werde ich.«

Im gleichen Moment sprang Elisa auf. »Was ist mit Philipp?«

Ich zögerte kurz. »Das kann ich noch nicht mit Bestimmtheit sagen«, erwiderte ich ausweichend. Noch war meine Vermutung, dass er zusammen mit Sandner entführt worden war, eine Theorie. Und die würde es bleiben, solange ich keine Beweise dafür hatte, dass Grunenwald Nina Sandner nach Hause begleitet hatte und beide dann gekidnappt worden waren.

Elisa erstarrte in ihrer Bewegung. »Heißt das etwa, dass Sie bis dahin nichts unternehmen, um Philipp und Nina zu finden?«

Überrascht sah ich zu ihr. Was war aus ihrer Meinung geworden, dass Sandner ihre Entführung inszeniert hatte? Oder aus der Theorie, dass sich beide auf Ibiza vergnügten? »Das wollte ich damit nicht andeuten.«

Ihr Blick bohrte sich herausfordernd in meinen. »Was dann?«

»Dass ich meinen Job machen werde, um herausfinden, was passiert ist. Aber dazu benötige ich Ihre Hilfe.« Ich trat vor Elisa Grunenwald, ohne zu blinzeln. »Hätten Sie für mich ein Foto von Ihrem Ehemann?«

»Natürlich.« Sie kramte in ihrer Handtasche und fischte aus ihrem Portemonnaie ein Passfoto. »Bitte.«

»Danke. Und bitte melden Sie sich bei uns, falls Sie etwas von Ihrem Mann oder Nina Sandner hören. Oder wenn Ihnen noch etwas einfällt, was uns weiterhelfen könnte.«

»Das mache …«

Das Zwitschern meines Handys unterbrach Elisa Grunenwald. »Entschuldigen Sie mich«, sagte ich, verabschiedete mich von beiden und eilte in den Flur.

»Weinsheim.«

»Der Rezeptionist des Hotels hat für Anna Carius kurz vor halb elf ein Taxi bestellt«, sagte Reuss, während ich den Flur durchquerte. »Danach hat sie das Amano verlassen. Zehn Minuten später kam der Taxifahrer ins Hotel und hat nach seinem Fahrgast gefragt.«

»Hat das Hotel Überwachungskameras?«, fragte ich und ging aus der Agentur.

»Nur in der Lobby. Auf den Bändern sieht man, wie Carius allein um 22:26 Uhr telefonierend das Hotel verlässt. Vermutlich hat sie da ihren Ehemann angerufen.«

»Möglich ist, dass der Täter mit einem Auto vorgefahren und sie arglos zu ihm eingestiegen ist. Weil der Fahrer die Bekannte war, mit der sie sich treffen wollte«, überlegte ich laut. »Wir müssen herausfinden, wer diese Bekannte ist.«

»Wir sind dran, aber bislang haben wir nichts zu ihr.«

Verdammt. »Ist Peary schon wieder im LKA?«

»Ja.«

»Gut. Er soll die Überwachungskameras der Umgebung checken«, wies ich an und öffnete die Eingangstür. »Hast du schon das Taxiunternehmen gefunden, das Sandner genutzt hat?«

»Ja, ich bin auf dem Weg zur Zentrale von Berlin Taxi Schmiedel. Der Einsatzleiter hat mir bestätigt, dass ein Taxi von ihnen gestern zu der Zeit, als Sandner das Hotel verließ, eine Fahrt vom Amano hatte. Er konnte den Fahrer telefonisch nicht erreichen, aber seine Schicht fängt in fünfzehn Minuten an.«

»Okay«, entgegnete ich und überquerte den Fußgängerweg. Eine junge Frau mit Selfistick und buntem Minikleid trat mir in den Weg. Sie nahm von ihrer Umgebung nichts wahr, außer dem, was ihre Handykamera aufnahm.

Ich wich ihr aus und sah hinauf in den wolkenlosen Himmel. Für Mitte September meinte es der Sommer mit über fünfundzwanzig Grad ziemlich gut.

»Ich schick dir gleich ein Foto von Grunenwald, vielleicht erkennt ihn der Taxifahrer. Besprechung ist um eins«, fügte ich hinzu, öffnete den Wagen und stieg ein.

»Alles klar«, erwiderte Reuss und beendete das Gespräch.

Kurz darauf schickte ich ihr per WhatsApp das Bild und legte danach den Ausdruck mit den Bloggernamen auf den Beifahrersitz. Ich fotografierte diesen und die letzten Briefe des Stalkers. Die Bilder sandte ich Peary und wählte anschließend seine Nummer. Während das Freizeichen durchs Wageninnere hallte, startete ich meinen Porsche-Uropa.

Es knackte im Hörer. »Chef?«

»Ich habe Ihnen eine Namensliste geschickt. Vergleichen Sie die mit den Mails und den Privatnachrichten von Sandners Computer. Sie hat einen Stalker.«

»Wie ernst?«

»In seinem letzten Brief stand, dass er sich bereits einen Anzug für ihre Beerdigung gekauft hat.«

»Er könnte also hinter der Entführung stecken.«

»Durchaus.« Ich fädelte den Wagen in den Verkehr ein. »Hat die KT schon was zu dem Blut auf dem Wohnzimmerteppich?«

»Es ist menschlich und stammt von einem Mann.«

»Geben Sie eine Vermisstenfahndung nach Philipp Grunenwald heraus. Er ist nach der Party nicht nach Hause gekommen und vermutlich derjenige, der Sandner begleitet hat. Und schicken Sie die Fotos von allen Vermissten an die Presse und die sozialen Medien. Vielleicht hat irgendwer etwas gesehen.«

»Auch das von Nina Sandner?«

Ich schwieg kurz. »Ja, vor allem das. Sie ist zwar kein Schauspielersternchen, aber sie hat eine große Fangemeinde.« Fans, die jeden Grashalm nach ihr umdrehen würden.

»Mit Sandners Foto in der Presse treten Sie einen gewaltigen Stein los, Chef.«

»Das ist mir bewusst«, erwiderte ich und hielt an der nächsten Ampel. Die Anrufe aus denen der Spinner und Möchtegerninformanten herauszufiltern, die wirkliche Hinweise enthielten, könnte sich durchaus als Sisyphusarbeit herausstellen. »Aber die Zeit ist gegen uns, und wir haben nicht viele Möglichkeiten.«

»Wir brauchen die richterlichen Beschlüsse, Chef.«

Ich stöhnte lautlos. Übersetzt bedeuteten seine Worte, dass

ich meine Beziehung zur Staatsanwaltschaft nutzen sollte. »Ich kümmere mich darum.« Der Sandkastenfreund meines Vaters half mir immer, jedoch hatte jeder meiner Anrufe bei Anton einen Preis.

»Geht klar«, erwiderte Peary. Danach hörte ich ihn etwas murmeln, als hielte er das Telefon vom Ohr weg.

»Bauer?«

»Moment«, entgegnete er, dann hörte ich ihn im Hintergrund mit jemand anderem reden.

»Sind Sie sicher?«, fragte er wie aus weiter Ferne. Die Antwort der anderen Person verstand ich nicht. Jedoch sollte ich sie gleich erfahren.

»Chef?«

»Ja?«

»Die KT hat auf dem T-Shirt des Opfers fremde Haare sichergestellt. Sie stammen von einer Frau und sind blond.«

»Wo genau wurden sie gefunden?«

»Hinten.«

»Also auf dem Rücken?«

»Ja.«

Der Täter hatte Laura Rissmann von hinten gepackt und ihr dann die Kehle aufgeschnitten. Die Haare konnten daher von der Kleidung des Killers auf Laura Rissmann übertragen worden sein.

»Wie lang sind die Haare?«

»Mittellang.«

Frau Aeckersberg tauchte vor meinem geistigen Auge auf. Sie hatte ihr Haar hochgesteckt, daher konnte ich die Länge nur schätzen. Eine Hochsteckfrisur bedeutete allerdings, dass ihre Haare nicht kurz waren.

»Haben wir die DNA in der Datenbank?«

»Die Suche läuft noch.«

»Geben Sie mir Bescheid, wenn die Ergebnisse da sind, und

ich will die Vorgeschichte zu Sandners Mutter, Melanie Aeckersberg, wissen.«

»Ich nehme an, sie ist blond.«

»Ist sie, und sie hat etwas zu verbergen. Finden Sie alles zu ihr raus, was möglich ist. Ich will wissen, wann sie sich das letzte Mal die Nase gepudert hat.«

»Die … was?« Peary verschluckte sich und musste husten.

»Ich brauche Beweise, dass sie das Opfer, Haneke, Carius und Rotschild kennt. Liefern Sie mir irgendwas.« Ein Mutter-Tochter-Streit mochte vielleicht der Grund für Sandners Entführung sein. Nur blieb es mir ein Rätsel, wie Laura Rissmann, Haneke, Rotschild und Carius da hineinpassten. Philipp Grunenwald hingegen war nur zur falschen Zeit am falschen Ort gewesen. Um keinen Zeugen zurückzulassen, war dem Täter nichts anderes übrig geblieben, als Grunenwald ebenfalls zu kidnappen. Was bedeutete, er war noch am Leben. Andernfalls hätte der Entführer ihn gleich in Sandners Haus getötet.

11. Kapitel

Nina Sandner

Eine nie gekannte Angst fesselte meine Füße an den Boden. Ich starrte in die pechschwarze Dunkelheit und erwartete jeden Moment ein Messer in meiner Brust.

Oder die Nadel einer Spritze mit unbekanntem Inhalt in meinem Hals.

Was willst du von mir?, schrie alles in mir stumm. Ich musste die Antwort wissen, denn meine Fantasie zeigte mir zu viele blutige Dinge, die er mit mir vorhaben könnte.

Danach. Nachdem er den Inhalt der Spritze in meine Adern befördert hatte.

Drogen, die mich wehrlos machten.

Oder ein Betäubungsmittel.

Die Liste der Möglichkeiten war beinah endlos lang und reichte von Schlafmitteln bis hin zu tödlichen Toxinen.

Warum jetzt?, wisperte meine innere Stimme. *Er hätte dir bereits eine Injektion verabreichen können, als du geschlafen hast.*

Weil ihn meine Panik aufgeilt? Meine beschissene Phobie?

Die er wie beobachtet?

Mein Kopf ruckte hoch, doch ich suchte vergeblich in der Dunkelheit nach einem blinkenden roten Lämpchen oder der Reflexion einer Kameralinse. Was meiner Überzeugung, dass er wenigstens eine Infrarotkamera hier installiert hatte, keinen Abbruch tat.

Sitzt du noch hinter deinem beschissenen Monitor und beobachtest mich von dort aus?

Finde es heraus, forderte mich meine innere Stimme auf, die offensichtlich die Einzige von uns war, die sich noch etwas Vernunft bewahrt hatte.

»Warum hast du die Tür geöffnet?«, fragte ich das, was mir als Erstes in den Sinn kam. Meine Stimme hallte in meinem Gefängnis wider, wie die verrosteten Scharniere einer alten Schleusentür. Deshalb dauerte es einen Moment, ehe ich die Geräusche bemerkte, die sich wie zur Untermalung einer spannungsgeladenen Filmszene in die Musik mischten.

Ein Röcheln, dem ein Husten folgte.

Ich schrak so sehr zusammen, dass sich alle Härchen an meinem Körper aufrichteten.

Da atmete jemand. Und dieser Jemand befand sich in meiner Nähe. Alarmiert schlang ich schützend die Arme um meinen Oberkörper und lauschte auf knirschenden Beton unter Schuhsohlen.

Stattdessen hörte ich ein Keuchen.

Und meinen Namen.

»Nina?«

»Philipp!«, rief ich und stolperte in die Dunkelheit. Hin zu dem leisen Husten, das aus dem Verschlag kam. »Oh Gott, Philipp, geht es dir gut?«

Um nicht gegen eine Wand zu stoßen, hob ich die Hände.

»Nein.« Er hustete wieder und atmete röchelnd ein. So als wäre seine Lunge vollkommen verschleimt.

Oder als hätte ihm jemand ein Messer in die Brust gerammt.

»Wo … wo sind wir?«, fragte er kaum hörbar.

»Ich weiß es nicht«, antwortete ich tränenblind und tastete mich vorwärts, bis meine Finger gegen rauen Putz stießen. »Es ist meine Schuld. Ich hätte wegen des Stalkers auf dich hören …«

Ein entsetzliches Husten unterbrach mich, dann knackten die Lautsprecher in den Ecken der Kammer.

»Das ist ja alles sehr rührselig, aber ich an deiner Stelle würde die ihm verbleibende Zeit nicht mit solchem Gewäsch verschwenden.«

»Er muss ins Krankenhaus«, schrie ich hinauf, als ich Holz unter meinen Fingern spürte. »Lass ihn frei, bitte!«

»Nina?«, hörte ich Philipp zwischen keuchenden Atemgeräuschen wispern.

»Ich bringe dich hier raus, das verspreche ich«, schwor ich ihm und ging vor der Holztür in die Knie. »Ich tue alles, damit du in ein Krankenhaus kommst.«

»Was … was ist hier los?«, röchelte Philipp.

»Es liegt an dir, ob er überleben wird«, sagte die verzerrte Stimme über mir. »Du kannst ihn retten.«

»Warum tust du das?«, rief ich und blinzelte die Tränen aus meinen Augen. Doch ein neuer Schwall floss mir die Wangen hinab, als aus dem Verschlag ein gequältes Husten, gefolgt von einem Knistern drang, das klang, als würde Philipp auf einer Matratze aus bröselndem Laub liegen. »Was haben wir dir getan?«

»Er ist mir egal.«

Die Worte packten mich wie stählerne Hände und schüttelten mich durch.

Philipp ist für dieses Schwein nur ein Kollateralschaden.

Nein, auf keinen Fall. Das werde ich nicht zulassen. »Dann sag mir endlich, was ich tun soll, um ihn zu retten.«

»Vor der Tür wartet ein Geschenk auf dich«, sagte die verzerrte Stimme. »Du solltest es gut nutzen.«

»Um was zu tun?«

Ein grauenhaftes Kichern durchdrang den Keller. »Eine gute Frage, nicht wahr? Okay, ich werde sie dir beantworten.«

Aber nicht, weil du so großmütig bist. Sondern weil es das ist, worauf du gewartet hast, du widerliches Schwein!

»Vor der Tür liegt eine Schachtel mit vier Maxi-Streichhölzern …« Er brach ab, und in der kurzen Stille hörte ich Philipp nach mir rufen.

»Nina, wo … bist du?«, keuchte er kaum verständlich. »Ich kann … nichts sehen. Was … ist mit … Augen?«

Mitleid senkte sich bleischwer in mein Herz. Gefolgt von unbändiger Wut. »Jetzt sag schon. Was soll ich mit den Streichhölzern tun?«

»Sie klug einsetzen«, kam die lakonische Antwort.

»Nina, was … meinen Augen?«

»Alles wird gut«, wisperte ich. »Mach dir keine Sorgen. Ich hol dich hier raus.« Hoffnung festigte meine Stimme und meine Finger um die Latten der Tür. Philipp brauchte diese Hoffnung. Für den nächsten Atemzug. Und den übernächsten. »Halt durch. Bitte.«

»Willst du dich mit ihm unterhalten oder deine Aufgabe endlich angehen?«

»Dann sag, was ich tun soll«, schrie ich hinauf. Dabei war mir klar, dass es meine Angst um Philipp war, die mir den Mut verlieh, derart mit unserem Kidnapper umzuspringen.

Er hält dich hin.

Weil er es genießt.

Ja, das tut er. Denn er hat dich dort, wo er dich haben wollte.

»Bitte«, fügte ich mit einem Flehen hinzu. Und wesentlich leiser als zuvor. Denn mir war durchaus klar, dass der Mistkerl an den Hebeln saß und Philipp meine Frechheit, ihn anzuschreien, bezahlen lassen könnte.

»Schon besser«, sagte er großspurig. »Also gut, dann werde ich es dir verraten. Nicht weit von deinem Geschenk entfernt befindet sich eine Luke im Boden. Dahinein musst du steigen. Aber keine Sorge, ich habe eine Leiter für dich in das Loch gelassen.«

Das Loch? Mein Gott!

»Früher wurde darin Schmuggelware versteckt, jetzt warten dort zwei Päckchen auf dich.«

Päckchen? Das war es? Dieser Scheißkerl hatte mich wegen zwei simplen Päckchen verschleppt?

»Für eins von beiden musst du dich entscheiden«, fuhr er mit einem Lachen in der Stimme fort. »Beide sehen gleich aus, und beide wiegen annähernd gleich viel.«

»Wie soll ich mich da entscheiden?«

Er gluckste. »Das ist ja der Spaß. Du hast eine Fifty-fifty-Chance, dir mit dem richtigen Paket Licht zu erkaufen und deinen Agenten zu retten.«

Was?

»Aber bringst du das falsche Paket herauf, werdet ihr beide die Konsequenzen tragen, klar?«, fügte er scharf an, was selbst durch die Computerverzerrung deutlich zu hören war. »Und wenn du auch nur versuchst, eins zu öffnen oder irgendwie hineinzusehen, töte ich Philipp auf der Stelle, hast du verstanden?«

»Ja«, wisperte ich und versuchte dabei den Gedanken, dass der Typ völlig irre war, mit aller Macht zu verdrängen.

Ich kann nicht glauben, dass das hier wirklich passiert.

»Worauf wartest du?«

Nicht seine spöttische Frage, sondern das gequälte Husten im Verschlag, das bis in die kleinste meiner Zellen Schmerz schickte, verlieh mir die Kraft, in der pechschwarzen Finsternis einen Fuß vor den nächsten zu setzen.

12. Kapitel

Kurz nach dem Erscheinen von Sabine Witts Artikel über mich hatte Philipp Furcht einmal mit schädlichen Schimmelpilzen verglichen. Jede Angst, die tief in uns schlummert, so sagte er, würde ihr feines, mit bloßem Auge nicht erkennbares Geflecht aus Hyphen in unsere Seele treiben und dort unentdeckt weiterwuchern, bis es zu spät war.

Denn immer dann, wenn die Auswirkungen von Schadpilzen erkennbar wurden, hatten deren Sporen oder Ausscheidungsprodukte bereits großen Schaden angerichtet. Einen Schaden, der oft irreparabel war.

Mit zusammengebissenen Zähnen tastete ich mich vom Verschlag durch die Schwärze bis zu der Holztür, die der Irre vorhin geöffnet hatte. Dabei wurde mir bei jedem Schritt deutlicher bewusst, dass mein Kidnapper nicht diesen Aufwand auf sich genommen hatte, nur damit ich zwei Päckchen aus einem dunklen Loch nach oben holte.

Ich wusste nicht, was er plante. Aber ich begriff, dass am Ende der Aufgaben die Wahrscheinlichkeit hoch war, dass die Hyphen meiner Angst meine Seele durchwurzeln und von innen heraus vergiften könnten. Es blieb nur eine Frage offen.

Wie toxisch die Auswirkungen auf mich sein würden.

Meine Hand tastete ins Leere und berührte gleich darauf Holz. Eine Latte der Tür. Dahinter, im Gang mit der Luke, sollte mein *Geschenk* am Boden liegen. Eine Schachtel mit gerade mal vier Maxi-Streichhölzern, die bei jedem flüstergleichen Windhauch erlöschen könnten.

Ich öffnete die Holztür weiter und schloss meine Finger um eine der Streben. Dabei schob ich vorsichtig einen Fuß nach vorn. Mein Gefängnis hatte ich bei Licht gesehen. Das, was vor der Tür war, nicht.

Ich versuchte, den Gedanken nicht an mich heranzulassen, dass beim nächsten Schritt ein bodenloser Abgrund auf mich wartete. Aber ich konnte es nicht verhindern. Dass ich zusammenfuhr, als hätte mich jemand unter Strom gesetzt. Ich spürte das Fallen körperlich. Fühlte, wie Luft gegen meinen Rücken prallte und mir mein Haar ins Gesicht wehte, aber meinen Fall nicht abbremsen konnte.

»Nicht«, wisperte ich, um die Sinnestäuschung zu vertreiben, und krallte die Finger fester um die Strebe. Kleine Splitter bohrten sich in meine Haut, dennoch ließ ich nicht los. Denn der kurze Schmerz zerriss die schreckliche Illusion, die meine Angst vor einem Fehltritt in mir heraufbeschworen hatte.

Mein Puls pochte stakkatoartig in meinen Adern, als ich den zweiten Fuß nach vorn schob. Dreck, Putz und kleine Steine knirschten unter meinen Pumps. Mir brach der Schweiß aus allen Poren und klebte meine Bluse an meinen Körper.

Was war vor mir?

Oder neben mir?

Ich versuchte zu lauschen, hörte jedoch nur meinen eigenen pfeifenden Atem und das Adrenalin, das hinter meiner Stirn wild klopfte.

Er könnte hier sein.

Nur ein paar Zentimeter von dir entfernt, und du würdest ihn nicht sehen.

Ich schluckte hart und spürte, wie sich meine Muskeln im Nacken verkrampften. Es kostete mich eine blutige Lippe, in die ich meine Zähne grub, um mich davon abzuhalten, mit meiner linken Hand in die Dunkelheit zu greifen. Wie damals, als ich mit meinen Freunden Blinde Kuh gespielt hatte. Nur dass da die Augenbinde wenigstens einen Lichtstreifen durchgelassen hatte.

Jetzt gab es nichts als Schwärze um mich herum.

Ich zwang mich zum nächsten Schritt und stellte erleichtert fest, dass sich unter meinen Füßen noch immer rissiger Beton befand.

Leise räusperte ich mich. »Wohin soll ich mich wenden? Nach links oder rechts?«

Ich hoffte auf eine Antwort, damit ich sicher sein konnte, dass er sich nicht in meiner unmittelbaren Nähe befand. Aber ich glaubte nicht daran, dass er mir helfen würde. Weil es vermutlich zu seiner Fantasie gehörte, mich dabei zu beobachten, wie ich blindlings durch seinen Keller tappte. Nur was zum Henker hatte er davon?

Ich tastete mich zur nächsten Strebe der Tür und zog meinen Fuß hinterher.

»Geh einfach geradeaus weiter.«

Ich hielt die Luft an, als seine Stimme von oben zu mir herabhallte und wünschte mir, die Echoortung einer Fledermaus zu besitzen. Sosehr ich auch den Kopf hin und her drehte, ich konnte nicht ausmachen, wie groß der Raum oder Gang war, in dem ich mich nun befand.

Plötzlich jedoch erstarrte ich.

Du halluzinierst, wisperte meine innere Stimme. *Da ist nichts. Das bildest du dir ein.*

Was meinen Blick nicht daran hinderte, sich an dem kleinen hellgrünen Punkt links neben mir festzusaugen.

Gott, war das eine Wohltat.

Dieser helle kleine Fleck, der die Dunkelheit um sich herum vertrieb. Nur wenige Zentimeter, die nicht ausreichten, damit ich mir ein Bild von diesem Kellerraum machen konnte. Aber ich erkannte, dass mir meine furchtdurchtränkte Psyche keinen Streich spielte.

Eine kleine LED-Lampe hinter einer Verblendung strahlte das grüne Licht aus und gehörte zu dem elektronischen Schloss neben der Holztür. Meine Erleichterung hielt jedoch nur für einen Sekundenbruchteil an. Denn im nächsten Moment griff ich ins Leere. Ich hatte das Ende der Tür erreicht und musste jetzt ohne ihren Halt weitergehen.

Sogleich vergewisserte ich mich, dass das grüne Licht noch da war. Den Blick fest auf die LED gerichtet, schob ich meine Füße Zentimeter für Zentimeter vorwärts, bis ich gegen etwas stieß, das klappernd vor mir wegrutschte.

Ich ging in die Knie und tastete über den Boden. Ekel kroch mir durch den Magen, als meine Finger etwas Weiches, Glitschiges berührten.

Mein völlig überdrehtes Gehirn zeigte mir Bilder von sich windenden Maden auf einem vergammelten Stück Fleisch. Würgend schob ich meine Hand weiter. Lose Steine, feiner Putz und etwas Undefinierbares berührten meine Haut, ehe ich sie ertastete. Die Schachtel, in die der Irre vier Maxi-Streichhölzer für mich gelegt hatte.

Ich nahm sie hoch und hätte sie beinah wie Puuh damals an meine Brust gedrückt.

Licht.

Du hältst Licht in den Händen.

Meine Finger zitterten, als ich die Schachtel aufschob und einen langen hölzernen Stab herausnahm.

Ungelenk und mit rasendem Puls richtete ich mich auf. *Mach jetzt bloß keinen Fehler*, hallte es in meinem Kopf wider, als ich das Zündholz über die Reibefläche der Schachtel rieb. Funken flogen, dann flammte Licht vor mir auf.

Geblendet schloss ich kurz die Lider, dabei durchströmte Glück meine Venen wie ein beschwipster Bienenschwarm. Was in meiner Lage völlig irrational war. Dennoch konnte ich einen Augenblick lang nichts anderes tun, als die flackernde Flamme an dem langen Hölzchen anzusehen, das ich mit spitzen Fingern nach oben hielt.

Feuer hat eine hypnotisierende Wirkung, hörte ich meinen Vater in meiner Erinnerung sagen. Damals war ich fünf gewesen und hatte in die Kerzen unseres Adventskranzes gestarrt. Was ich lange Zeit danach nicht wieder getan hatte, denn seine Worte jagten mir Angst ein. Schließlich war mein Vater Feuerwehrmann, und ich wusste, dass es ihm manchmal nicht gelang, Menschen aus ihren brennenden Wohnungen zu befreien. Viele Jahre glaubte ich, dass er sie nicht retten konnte, weil das Feuer seine Opfer hypnotisierte, bis sie verbrannten. Erst mit elf, beim Rösten von Marshmallows über einem Feuerkorb im Garten meiner Großeltern, begriff ich, was er eigentlich gemeint hatte.

Vorsichtig hob ich das Streichholz an und sah mich um. Das Licht flackerte über die gleichen kahlen Ziegelwände, die auch mein vorheriges Gefängnis ausgemacht hatten. Mit einem Unterschied. Ich befand mich in einem rechteckigen Raum, der mich an einen Gang erinnerte. Nur die von ihm abzweigenden Türen fehlten.

Ich hob die Hand noch ein Stück höher, in der Hoffnung, dass der Lichtschein so das Ende des Gangs erreichen würde. Zunächst konnte ich nichts weiter als Mauern erkennen, sah man von dem Metallregal ab, das sich rechts von mir aus der Dunkelheit schälte. Es enthielt zu meiner Enttäuschung keine Taschenlampe und auch keinen Werkzeugkasten. Auch keine Putzlappen oder Stoffreste, aus denen ich mir zusammen mit einem Stab eine Fackel hätte basteln können.

Dafür reihten sich ein buntes Sammelsurium von Schlauchanschlüssen plus verschieden lange Reste von Wasserschläuchen aneinander. Offenbar war meinem Entführer die Bewässerung seines Gartens wichtig.

Direkt neben dem Regal hing eine Zeichnung an der Wand, die meinen Puls seltsamerweise in die Höhe trieb. Allerdings konnte ich in dem Augenblick, wo ich sie entdeckte, nicht sagen, warum.

Was ist das?

Im trüber werdenden Licht betrachtete ich die säuberlich gezeichneten Linien auf der Skizze, die mich aufgrund der Maßangaben und des ausgefüllten Schriftfeldes in der rechten unteren Ecke an eine technische Zeichnung erinnerte.

Von was?

Einem Schrank?

Ich beugte mich nach vorn und kniff die Augen zusammen. Nein, es handelte sich eher um ein schmales Bücherregal, jedoch fehlten die Böden. Dafür entdeckte ich neben dem eigenartigen Regal noch eine weitere Zeichnung von einem Teil, das wie eine Rückwand aussah. Eine Rückwand, die paradoxerweise viel größer als das eigentliche Regal war, wenn mich meine Augen nicht täusch…

»Das ist kein Rückenteil, sondern ein Deckel«, flüsterte ich und fühlte, wie sich schlagartig alles in mir versteifte.

Ist das der Deckel für eine Truhe?

Die wäre aber sehr lang und sehr schmal, wisperte meine innere Stimme. *Und wo am Unterbau befindet sich die Möglichkeit zum Befestigen des Deckels? Eine Truhe ist schließlich nur dann eine Truhe, wenn der Deckel klappbar ist, nicht wahr?*

Mein Atem stockte.

Denn da war nichts. Die Kiste war glatt, wie bei einem …

»Oh Gott«, entfuhr es mir, als ich erkannte, was die Zeichnung darstellte. »Das ist keine Truhe. Das ist ein Sarg.«

Im gleichen Moment erreichte die Streichholzflamme meine Finger. Ein spitzer Schrei entfuhr mir, und ich ließ den Stummel des Hölzchens los.

Brennend fiel es herunter und versank in der bodenlosen Öffnung, die sich direkt vor mir befand. Ich erkannte noch die obersten Streben einer selbst gezimmerten, aus unbearbeiteten Baumstämmen und Ästen bestehenden Leiter, bevor das Streichholz erlosch. Finsternis quoll zusammen mit einem perversen süßlichen Geruch aus dem Abgrund. Die Mixtur schlängelte sich an meinem Körper immer schneller in die Höhe und brachte ein Geräusch mit sich, das mir durch Mark und Bein ging.

Den abgehackten Hilferuf eines Wesens, dessen Stimme kaum noch etwas Menschliches an sich hatte.

13. Kapitel

Eric Weinsheim
18. September, 11:38 Uhr

Als ich das Büro von Sandners Verleger betrat, erhob sich Mathias Röder hinter seinem Schreibtisch. Was ich jedoch nur im Augenwinkel bemerkte. Ich hatte schon so manche Büros gesehen, doch dieses schaffte es, dass ich für einen Augenblick wie erstarrt im Türrahmen stehen blieb.

Nirgendwo entdeckte ich das Grün einer Zimmerpflanze. Nicht einmal ein Kaktus lenkte von der im Raum vorherrschenden braunen Farbe ab, die mir das Atmen erschwerte, als würde sie den Sauerstoff aus dem Büro saugen. Auch vor den bodentiefen Fenstern rechts von mir fehlte jegliches Grün. Dafür flankierten dunkelbraune Samtvorhänge die breiten Terrassentüren, durch die ich einen Blick auf den Fernsehturm erhaschen konnte.

Auf der gegenüberliegenden Seite der Fenster zierten goldgerahmte abstrakte Gemälde eine ansonsten schmucklose, weiß gestrichene Wand. Vor dieser stand ein ausladendes, braunes Ledersofa mit einem ebenso wuchtigen Couchtisch, auf dem nicht ein Staubfussel lag. Gegenüber der Tür brannte Licht in vier Vitrinen, in denen sich Bestseller dicht an dicht drängten. Doch das Kernstück des Büros war definitiv der Schreibtisch, den Sandners Verleger sich gerade anschickte, zu umrunden.

Der Schreibtisch hatte durchaus Ähnlichkeit mit dem Resolute Desk im Oval Office des Weißen Hauses. Vielleicht war er auch tatsächlich eine dunklere Nachbildung des berühmten Möbelstücks, das bis auf drei Präsidenten alle anderen genutzt hatten, seit die britische Königin Victoria es Rutherford B. Hayes geschenkt hatte. Die zahlreichen Schnitzereien des Schreibtischs wirkten alt und exzellent gearbeitet, waren jedoch für meinen Geschmack etwas zu auffällig und zu verspielt.

Ein dicker, brauner Teppich dämpfte meine Schritte, als ich ein paar Meter in den Raum hineinging, der jeder Stimmungskanone die Laune verderben könnte.

»Hauptkommissar Weinsheim«, sagte Mathias Röder und blieb vor mir stehen. Der Leiter des mittelgroßen Publikumsverlags, der sich seit der Gründung im vorletzten Jahrhundert in Familienbesitz befand, reichte mir die Hand. Dabei musterte er mich gleichzeitig über den Rand seiner schwarzen Brille hinweg eingehend. »Haben Sie Nina, Philipp und Anna gefunden?«

Sandners Verleger war etwa so groß wie ich. Er trug einen schmucklosen schwarzen Anzug und eine Krawatte in gleicher Farbe zu einem faltenfreien weißen Hemd, das sich eng an seinen runden Bauch schmiegte. Sein Aftershave stieg mir in die Nase. Dior, wenn mich mein Geruchssinn nicht täuschte.

»Nein«, erwiderte ich und ließ ohne ein Zucken im Gesicht zu, dass mir Röder beim Händeschütteln beinahe den Arm auskugelte.

»Wie kann ich Ihnen helfen?«, fragte er und wies zum Ledersofa. Dabei entdeckte ich in seinem linken Ohr ein kleines Loch. Offenbar hatte er dort früher einen Ohrstecker getragen.

»Können Sie mir sagen, mit wem Frau Sandner gestern Abend Ihre Party verlassen hat?«

»Mit ihrem Agenten.« Röder ging zum Sofa und setzte sich. »Grunenwald hat sich noch schnell von mir verabschiedet, bevor beide gegangen sind.«

Ich sank neben ihm auf das Leder. Ich hatte eigentlich keinen

Zweifel mehr daran, dass Grunenwald Sandners mysteriöser Begleiter war, dennoch hakte ich nach. »Haben Sie beide gemeinsam in ein Taxi steigen sehen?«

»Nein. Ich habe noch die letzten Gäste verabschiedet und bin dann nach Hause gefahren.«

»Wirkten Nina, Anna oder Philipp gestern anders auf Sie als sonst?«

»Nicht dass ich wüsste.« Röder lehnte sich lässig zurück und schlug ein Bein über das andere. »Aber ich habe ehrlich gesagt auch nicht besonders auf die drei geachtet. Es waren über hundertfünfzig Gäste auf der Party.«

»Wissen Sie, ob Anna mit einem Begleiter das Hotel verlassen hat?«

»Sie ist allein gekommen und gegangen.« Sein Blick verließ plötzlich mein Gesicht und sank auf den blitzblank polierten Couchtisch.

»Wieso sind Sie sich da sicher?«

Röder verzog den Mund. »Auf einer Weihnachtsfeier vor ein paar Jahren kam es zwischen ihr und ihrem Mann zu einem heftigen Streit. Anna trinkt selten Alkohol, aber auf Partys ...« Er ließ den Satz unvollendet, zuckte jedoch mit den Schultern.

»Da trinkt sie gern mal ein Glas mehr.«

»Genau. Aber das gefällt Tim nicht. Seither bringt sie ihn nicht mehr mit.«

»Sagen Ihnen die Namen Laura Rissmann, Patrick Haneke und Tobias Rotschild etwas?«

Nachdenklich kniff Röder die Augen zusammen. »Tut mir leid, nein.«

»Wäre es möglich, dass Frau Carius sie kennt?«

»Das wäre durchaus möglich, wenn die drei Autoren sind und sich bei uns mit einem Manuskript beworben haben.«

»Sie sind Schriftsteller.«

Röders Blick kehrte auf mein Gesicht zurück. »Haben die

drei etwas mit der Entführung von Anna, Philipp und Nina zu tun?«

»Sie sind ebenfalls Opfer«, erwiderte ich. »Wäre es möglich, dass Sie mir einen Blick in die Unterlagen von Frau Carius ermöglichen?«

Röder verkrampfte sich. »Haben Sie einen richterlichen Beschluss?«

»Nein, habe ich nicht. Aber ich bin sicher, dass ich ihn in einer Stunde in den Händen halten könnte.«

»Bitte.« Röder hob die Arme, als würde ich ihm eine Waffe an die Stirn halten. »Verstehen Sie mich nicht falsch. Ich würde Ihnen gern helfen. Jedoch befinden sich auf Annas Computer auch persönliche Daten unserer Autoren.«

»Mich interessiert nur, ob die Namen Rissmann, Haneke oder Rotschild in Annas Mails auftauchen. Oder irgendwo anders.«

Röder musterte mich sekundenlang, dann sprang er auf. »Okay, ich mache Ihnen einen Vorschlag. Ich durchsuche Annas Unterlagen und melde mich bei Ihnen, wenn ich die Namen dort finde. Sind Sie damit einverstanden?«

Sein Angebot würde ihm Zeit verschaffen, alles zu Rissmann, Haneke und Rotschild zu löschen, was sich möglicherweise auf Annas Computer befand. Allerdings lagen gegen Röder keine Verdachtsmomente vor, und ich hatte im Augenblick keine andere Wahl, als ihm zu vertrauen.

Ich erhob mich ebenfalls und reichte ihm meine Karte. »Vielen Dank.«

»Gern.« Er kugelte mir beim Händeschütteln erneut fast den Arm aus und begleitete mich danach zur Tür. »Finden Sie Nina, Anna und Philipp – und das Schwein, das die drei entführt hat. Der Mistkerl gehört hinter Gitter.«

»Ich gebe mein Bestes«, erwiderte ich und verließ Röders Büro, ohne einen letzten Blick in den Raum zu werfen. Im Vorraum atmete ich tief durch und wünschte mich für einen Herzschlag an den Strand einer exotischen Insel. Ich war weiß Gott kein Blumennarr, aber noch weniger mochte ich dunkle Räume. In ihnen fiel mir das Atmen schwer.

Röders Sekretärin lächelte mir zu, als ich gegenüber ihrem Schreibtisch ans Fenster trat und mein Handy aus der Jacke nahm. Ich gab eine Nummer ins Tastenfeld ein, die ich auswendig kannte, obwohl ich sie selten brauchte.

»Eric«, sagte Anton Hartmund, nachdem er das Gespräch angenommen hatte. »Wo brennt's?«

»Kann ich nicht einfach mal so anrufen?«, fragte ich den besten Freund meines Vaters aus Sandkastenzeiten.

Er lachte schallend. »Du vergisst, dass ich dich auf meinen Armen gewiegt habe, als du noch in die Windeln gemacht hast.«

Ich stöhnte. »Also gut, wenn du mich so fragst: Ich brauche mehrere richterliche Beschlüsse. Es brennt, Anton.«

»Das tut es immer, wenn du meine Nummer wählst. Ich kümmere mich darum.«

»Danke.«

»Danke mir nicht zu früh, denn ich habe eine Bedingung.«

Alarmglocken begannen in mir zu schrillen. Die Cohibas, die mir mein Vater vererbt hatte, sah ich im Geist bereits den Besitzer wechseln. Daher überraschte mich Antons Antwort völlig.

»Ich erwarte dich am Samstag zum Essen bei uns zu Hause.«

Samstag? Ich durchforstete meinen Kopf, jedoch wollte mir partout nicht einfallen, was an dem Tag war. Anton hatte im März Geburtstag, seine Frau im Oktober.

»Ich komme gern, aber verrate mir doch bitte den Grund.«

»Du bist der Kommissar. Finde es raus«, erwiderte Anton lachend und legte auf.

Hochzeitstag?

Der Gedanke hallte in mir nach, als mein Handy zu zwitschern begann. Die Nummer, die auf dem Display angezeigt wurde, war mir unbekannt.

»Kriminalhauptkommissar Weinsheim.«

»Sollte ich jetzt enttäuscht sein, dass du dir noch nicht mal meine neue Handynummer besorgt hast?«

»Ilka?«, fragte ich verblüfft.

Sie lachte leise. »Ich wollte dir nur sagen, dass ich seit jenem Abend keinen Single Malt mehr getrunken habe.«

»Ich auch nicht«, gestand ich. »Aber deswegen rufst du nicht an, schätze ich.«

»Ich habe gerade beschlossen, dass ich heute nach Dienstschluss ins TiER gehen werde.«

Ich stöhnte unterdrückt. Offenbar hatte Ilka entschieden, nicht mehr auf meinen Rückruf zu warten. Ich hatte ihre Worte am Morgen nach dem TiER nicht vergessen. *»Wenn du mal wieder eisgekühlten Whisky trinken willst, dann ruf mich an.«*

Ihr zu sagen, dass es kompliziert wäre – oder kompliziert werden könnte, wollte ich uns beiden nicht antun. Daher hatte ich jedes Mal das Telefon wieder aus der Hand gelegt, wenn ich kurz davor war, ihre Nummer zu wählen.

»Was hast du von Sandners Nachbarn erfahren?« Tja, war ich jetzt ein Feigling, weil ich ihr eine Antwort schuldig blieb?

Ilka seufzte. »Niemand hat in der Nacht etwas gesehen oder gehört. Sie haben alle friedlich in ihren Betten gelegen und süß geträumt.«

»Verdammt.«

»Fluchen kannst du nachher, wenn ich ausgesprochen habe.« Sie gluckste.

»Mach's nicht so spannend.«

»Du weißt doch, eine verletzte Frau lässt sich Rache ganz besonders gut schmecken.«

»Raus damit, was hast du noch erfahren?«, forderte ich sie auf.

»Sandners direkter Nachbar, Peter Wieczorek, CEO einer Verpackungsfirma, hat öfter einen Paparazzo in der Linde vor Sandners Grundstück beim Fotografieren beobachtet. Aber bevor du fragst, das hat mir Frau Wieczorek erzählt, ihr Mann ist auf Geschäftsreise in München und kommt vermutlich erst heute Abend oder morgen früh zurück. Je nachdem, wie sein Meeting verläuft.«

»Das war kein Paparazzo, das war mit Sicherheit Sandners Stalker. Konnte Frau Wieczorek ihn beschreiben?«

»Nein. Sie selbst hat ihn nie gesehen. Ihr Mann meinte allerdings, dass er Südeuropäer wäre, vermutlich Italiener.

»Wie kommt er darauf?«

»Weil er immer ein Juventus-Turin-Fanshirt getragen hat.«

»Ich schulde dir was«, sagte ich und eilte zum Fahrstuhl. Der in dem Moment auf der sechsten Etage hielt. Eine junge Frau mit igelkurzem schwarzem Haar trat aus der Kabine, nachdem sich die Tür geöffnet hatte.

»Einen Single Malt zum Beispiel?«, fragte Ilka lachend und legte auf.

Gleich darauf betrat ich den Lift und drückte den Knopf für die Tiefgarage. Keine fünf Minuten später lenkte ich meinen Wagen auf die Straße und wählte Pearys Nummer. Um ihn zu bitten, in der Bloggerliste nach einem Südeuropäer beziehungsweise Italiener zu suchen.

14. Kapitel

Können Sie sich noch an Ihre Zuckertüte erinnern? An das Gefühl in Ihren Händen und an das Gewicht?

Meine Schultüte hinterließ blaue Farbe auf meinen verschwitzten Händen, und der Tüll ganz oben – dort, wo bei den anderen dreißig Kindern, die mit mir eingeschult wurden, süße Kuscheltiere herausschauten, – war eingerissen und stockfleckig. Dennoch strahlte ich übers ganze Gesicht. Denn meine Zuckertüte war unheimlich schwer. So schwer, dass ich Mühe hatte, sie zu halten.

Ich bekam nichts davon mit, was die Lehrerin und die Direktorin sagten. Auch bemerkte ich in dem Moment nicht, dass jeder Stuhl in dem großen Festsaal besetzt war. Weil meine Gedanken ein Jahr zurückwanderten. Zu dem Tag, als Anke in die Schule gekommen war und daheim ihre Zuckertüte ausgepackt hatte. Sie hatte alles auf ihr Bett gelegt. Angefangen von dem Plüschlöwen, der bei ihr oben aus dem Tüll geschaut hatte, über eine große Packung Buntstifte bis hin zu vielen Süßigkeiten. Schokolade, Bonbons und Knusperflocken.

Mehrmals musste ich heftig schlucken. Ich hatte, außer in einem Laden, noch nie so eine Menge Süßigkeiten auf einem Haufen gesehen. Und jetzt – jetzt würde all das mir gehören.

Mit diesem Vorrat könnte ich mich an vielen Abenden – immer dann, wenn Papa Nachrichten sah – in Ankes Zimmer schleichen und mit ihr gemeinsam auf dem Bett sitzend Knusperflocken naschen. Vielleicht würde dann alles wieder wie früher werden. Dass ich mich an sie kuscheln und bis zum Morgen in ihrem Bett schlafen durfte. Seit Mama nicht mehr bei uns war, ließ mich Anke nicht mal mehr in ihr Zimmer.

Während ich mit den anderen Kindern auf der Bühne stand und meine Schultüte fest an die Brust presste, knurrte mein Magen wieder und wieder. Vermutlich, weil ich am Abend zuvor nichts gegessen hatte. Papa hatte mich ohne Essen in den Hühnerstall geschickt, um ihn auszumisten. Gleich nachdem ihm Anke erzählt hatte, dass ich der alten Frau Müller eine Tasse Zucker für ihren Tee geliehen hatte. Anke nannte sie eine Hexe, weil sie einen Buckel und zwei Katzen hatte und an Krücken ging.

Ich hatte keine Angst vor ihr, denn sie war immer lieb zu mir. Sie erzählte mir, dass ihre Enkelin erst in zwei Tagen für sie einkaufen gehen könnte, und da ich wusste, wie scheußlich Tee ohne Zucker schmeckte, gab ich ihn ihr.

Und Papa – Papa wurde deswegen sehr wütend. Nachdem ich den Hühnerstall ausgemistet hatte, schickte er mich ins Bad. Danach durfte ich wieder in die Küche kommen. Aber auf dem Tisch wartete nicht mein Abendbrot auf mich, sondern viele lose Blätter und ein Bleistift.

»Setz dich und schreib«, befahl er mir.

»Bekomme ich dann was zu essen?«, fragte ich hoffnungsvoll und setzte mich auf den Stuhl neben ihm.

Er sah mich an. Lange. Dann lächelte er. »Wenn du in einer Stunde zehn Blätter vorne und hinten ordentlich vollgeschrieben hast, bekommst du eine Scheibe Brot.«

Ich schluckte den Speichel hinunter, doch das bohrende Gefühl in meinem Bauch hörte nicht auf. »Was soll ich schreiben?« Ich konnte meinen Namen noch nicht schreiben, dafür jedoch einen Satz, den mich Papa schon oft hatte schreiben lassen. Immer dann, wenn ich ihn enttäuscht hatte.

Er legte mir einen Stapel karierter Blätter vor die Nase. »Du weißt, was du schreiben sollst.«

Ich nickte, den Tränen nahe. »Ja, Papa.«

»Worauf wartest du dann?« Er stand auf und ließ mich in der Küche allein.

Meine Hände zitterten vom Ausmisten, als ich begann, diesen einen Satz zu schreiben, den Papa liebte. Ich glaube zumindest, dass er ihn liebte, weil er ihn ständig sagte. Und Anke mochte ihn auch. Sie lebte danach, weshalb Papa sehr stolz auf sie war.

Auf mich war er nicht stolz, weil ich den Satz nicht begriff. Aber bald, so hoffte ich, würde sich das ändern. Denn morgen kam ich in die Schule.

Die Buchstaben zitterten über die Linien, als ich wieder und wieder schrieb:

Man bringt es im Leben nur dann zu etwas,
wenn man über Leichen geht.

Unser Familienmotto, sagte Papa, das ihn sein Vater gelehrt hatte. Und sein Vater hätte es von seinem Vater.

Ich wusste, dass ich stolz auf das Motto sein sollte, nur war ich dafür zu müde und zu hungrig. Trotz aller Mühe, die ich mir gab, wollten die Buchstaben einfach nicht auf den Linien bleiben. Als Papa eine Stunde später in die Küche zurückkehrte, hatte ich sieben Blätter geschafft. Sieben Blätter, die ich noch einmal schreiben musste. Ohne Abendessen.

Die große Kuckucksuhr im Wohnzimmer schlug eins, als ich ins Bett gehen durfte. Dass ich jetzt, wo ich die Zuckertüte in den Händen hielt, nicht müde war, lag vermutlich an meiner Aufregung. Der heutige Tag war wie Weihnachten, Ostern und Geburtstag zusammen.

Mein ehemals weißes T-Shirt war von der Farbe, mit der meine Schultüte überpinselt worden war, ganz blau, was die Schuldirektorin zu verwirren schien, denn sie sah mich unentwegt an.

Mich störte die blaue Farbe nicht. Wichtig allein war mir der Inhalt, und den wollte ich so schnell wie möglich auf meinem Bett sortieren.

Daher beeilte ich mich, als wir Kinder endlich die Bühne verlassen und zu unseren Stühlen gehen durften. Hoffentlich war die Fei-

erstunde bald vorbei. Dann würden Papa, Anke, Tante Karin und ich nach Hause fahren und Erdbeertorte essen. Im vergangenen Jahr hatte ich nur ein ganz kleines Stück von Ankes Torte bekommen. Aber das war ja auch ihr Schulanfang.

Auf der letzten Stufe passierte es dann. Vielleicht, weil das Holz rutschig war oder weil ich vor Aufregung über meine eigenen Beine stolperte. Ich verlor den Boden unter den Füßen und stürzte die Treppe hinab. Ohne die schwere Schultüte hätte ich es eventuell geschafft, mich abzufangen. Aber so zog mich das Gewicht der Zuckertüte, die ich fest an meine Brust presste, hinab aufs Parkett.

Ein vielfaches Knacken erklang unter mir, und die locker gebundene Schleife am Tüll löste sich, als ich auf der Zuckertüte landete. Gleichzeitig mit einem merkwürdigen Poltern, das sich übers Parkett von mir wegbewegte, drang mir ein entsetzlicher Gestank in die Nase.

Würgend und völlig entsetzt über mein Missgeschick, rappelte ich mich auf die Beine. Und da hörte ich es. Das Lachen. Von den vielen Kindern, die vor mir auf ihren Stühlen saßen. Sie zeigten auf mich und auf meine zerquetschte Zuckertüte.

Aus der es bestialisch stank.

Nach faulen Eiern.

Tränenblind sah ich zu, wie mehrere ganz gebliebene Eier übers Parkett rollten und aus dem Tüll meiner Schultüte eine gelblich-schleimige Suppe quoll.

Aber meine Zuckertüte enthielt nicht nur Eier. Nein, mein Vater hatte auch all die Blätter, die ich säuberlich in den vergangenen Monaten mit unserem Familienmotto beschrieben hatte, zerknüllt und hineingestopft.

Damit ich zu meinem Schulanfang lernte, dass für Versager wie mich nur faule Eier übrig blieben.

15. Kapitel

Nina Sandner

Es dauerte eine Weile, ehe ich begriff, dass ich für den Moment das einzig Richtige tat. Allerdings ging ich nicht aus logischen Gesichtspunkten in die Knie, sondern weil mich kurzfristig die Kraft in den Beinen verließ, als mich erneut vollkommene Dunkelheit umhüllte.

Nein, bitte nicht.

Die drei verbliebenen Streichhölzer klapperten laut in der Schachtel, während ich diese mit zitternden Fingern aufschob.

Ich brauche Licht.

Die kleine Flamme war alles, woran ich für mehrere Herzschläge denken konnte. Sie war meine Sucht. Die Sucht einer an Achluophobie erkrankten Irren.

Ich redete mir ein, dass ich das Streichholz anzünden wollte, um so schnell wie möglich in den Schacht zu klettern, aus dem neben kalter, modrig-süßlicher Luft nur noch tödliche Stille quoll.

Ein Teil von mir wollte das auch, da war ich mir sicher. Aber der Rest hatte zehn zu eins gegen meine Phobie verloren. In einem Spiel, das achtzehn Jahre vor diesem Augenblick begonnen hatte.

Ich schaffte es endlich, ein Hölzchen mit spitzen Fingern zu greifen. Allein das Gefühl des bearbeiteten Holzes unter meiner Haut wirkte sich wie ACE-Hemmer auf Bluthochdruck aus. Mein Herzschlag und meine Atmung beruhigten sich leicht, und meine Hand zitterte nicht mehr, als ich das Streichholz an die Reibefläche setzte.

»Ganz ruhig«, murmelte ich und hielt vernünftigerweise den Atem an. »Du darfst jetzt keinen Fehler machen.« Denn in der Packung waren nur noch zwei Hölzer.

Mehrere Schweißtropfen rannen mir bei der Erkenntnis über den Rücken. Ich hatte weniger als eine Minute, um in den unbekannten Schacht zu klettern. Vermutlich eher dreißig Sekunden. Mithilfe einer Leiter, die bei dem kurzen Blick, den ich auf sie erhaschen konnte, wenig bis gar nicht vertrauenerweckend auf mich gewirkt hatte. Das weitgehend unbearbeitete Holz schien dem Aussehen nach aus Bismarcks Zeiten zu stammen. Während die Äste, die als Sprossen dienten, von vielen Füßen glatt poliert worden waren, hafteten an den etwa zehn Zentimeter starken Baumstämmen, die als Holme benutzt worden waren, noch Rindenrückstände. Spröde, scharfkantig aussehende tiefrissige Borke, die ich ohne schützende Handschuhe nicht anfassen wollte.

Da unten braucht jemand deine Hilfe.

Philipp auch, fügte ich in Gedanken an und gab mir einen Ruck. Jetzt oder nie. Schnell atmete ich aus und tief wieder ein. Mit angehaltener Luft zog ich das Streichholz über die Reibefläche.

Und da geschah es. Funken stoben davon, eine kleine Flamme brach zischend aus der Kuppe des Hölzchens, und mein Name hallte aus der Tiefe der Öffnung zu mir herauf.

»Nina!«

Vielfach durch die Mauerwände des Schachtes verstärkt, war ich mir sicher, dass der Ruf direkt aus der Hölle kam. Ausgestoßen von einem Wesen, in dessen Stimme so viel Schmerz lag, dass nicht erkennbar war, ob sie einem Mann oder einer Frau gehörte.

Entsetzt schrie ich auf und verlor vor Schreck das Streichholz.

»Nina, bist … du das?« Ein Röcheln untermalte die Worte und klang nach dem Todesschrei einer verwundeten Bestie. »Komm … nicht runter. Hau … ab.«

Die Backsteinwände des Schachtes spielten mit dem *Hau ab* Pingpong. Wieder und wieder hallten die Worte aus der Öffnung, als wären sie auf einer Schallplatte gespeichert worden, die einen Riss an dieser Stelle besaß.

Du musst runtersehen, bevor das Streichholz verglüht!

Ich erstarrte angesichts der Forderung meiner inneren Stimme. Denn trotz aller Logik, die hinter dieser Intention steckte, hallte das *Hau ab* nach wie vor in meinen Ohren wider. Wer auch immer es gerufen hatte, verband damit eine deutliche Warnung.

Nein, das werde ich nicht tun. Es war keine Sturheit, die hinter meiner Weigerung steckte, meiner inneren Stimme zu folgen, sondern Logik verbunden mit Angst. *Hörst du es nicht? Trotz seiner entsetzlichen Schmerzen warnt er mich. Oder sie. Es wäre falsch, jetzt das Gegenteil zu tun.*

In jedem Thriller oder Krimi war das eine miese Idee. Und zu Recht. Wenn man schon gewarnt wurde, dann sollte man auf die Stimme der Vernunft hören.

Du bist ein Hasenfuß. Sieh runter, verdammt! Dir bleibt nicht mehr viel Zeit. Dir nicht und Philipp auch nicht.

Die Erwähnung meines Freundes ließ mich trocken schlucken und die Finger meiner rechten Hand in die steinerne Umrandung der Öffnung krallen. Gott sei Dank kniete ich vor ihr. Bei dem Schreck, der mir vor wenigen Sekunden in die Glieder gefahren war, hätte ich durchaus das Gleichgewicht verlieren und in den Schacht stürzen können.

Du kannst deinen Beinen später dafür danken, dass sie unter dir eingeknickt sind. Jetzt mach schon! Philipp braucht dich.

Tränen traten mir in die Augen. Weil ich ihn in meiner Erinnerung gequält husten hörte und die Blutspur sah, die zu dem Verschlag führte. *Okay, okay*, erwiderte ich und grub angesichts meines stummen Selbstgesprächs die Nägel tiefer in das poröse Gestein.

Als ich es endlich wagte, mich nach vorn zu beugen und in den Schacht zu blicken, musste ich mehrfach schlucken, um meinen Würgreflex zu unterdrücken. Über die Öffnung gebeugt, traf mich der süßliche Gestank, der von unten heraufkam, direkt ins Gesicht.

»Ist das widerlich«, brach es angeekelt aus mir heraus, bevor es mir erneut würgend gelang, meinen Blick zu fokussieren. Auf das brennende Streichholz, das fast den gesamten Weg zum Boden hinter sich gebracht hatte. Dass die kleine Flamme noch brannte, glich einem Wunder, das mir etwa zwei Sekunden schenkte, um mir einen kurzen Überblick zu verschaffen.

»Wer bist du?«, schaffte ich es, mit bebender Stimme zu fragen. Dabei registrierte ich, dass sich der Schachtboden etwa fünf Meter unter mir befand. »Und woher kennst du meinen Namen?«

Das Streichholz erreichte den Boden, der aus dunkler Erde zu bestehen schien. Ich wusste, was passieren würde, dennoch schloss ich die Lider, als Schwärze aus der Tiefe zu mir heraufkroch. Es war eine naive Reaktion, die mir vorgaukeln sollte, dass ich schlief. Was natürlich nicht funktionierte. Allerdings sah ich hinter meinen geschlossenen Lidern die Öffnung mit der alten Leiter deutlich vor mir. Ich müsste nur ein paar Zentimeter nach links rutschen, um einen der Holme fassen zu können.

Ich riss die Augen auf.

Und dann?

Dann kletterst du hinunter.

Nie im Leben. Augenblicklich presste ich die Streichholzschachtel an meine Brust, in der mein Herz wie ein außer Kontrolle geratenes Stampfwerk klopfte. *Das* Hau ab *war doch deutlich, oder nicht?*

War es, aber es ändert nichts daran, dass du ein Päckchen nach oben holen musst. Für Philipp! Hast du das vergessen? Dein Versprechen, ihm zu helfen?

Fest biss ich mir auf die Zunge und nickte dann. *Gut, ich klettere runter, aber nicht ohne Licht*, schränkte ich eine Sekunde später ein.

Du musst, du hast keine andere Wahl. Du brauchst bestimmt ein Streichholz, um die Frau oder den Mann da unten zu finden.

Um dann was zu tun?

Eins nach dem anderen, okay?

Ich konnte nicht glauben, was ich da tat, als ich auf Knien ein Stück nach links rutschte. Nicht etwa, weil ich so heroisch war und dem Wesen unter mir Hilfe leisten wollte, dessen schmerzgeplagte Stimme in mir noch immer nachhallte.

Nein, für mein Handeln gab es eine andere simple Erklärung.

Blut war dicker als Wasser.

Philipp und ich waren nicht verwandt, dennoch war es mein Versprechen ihm gegenüber, das mich nach der Leiter tasten ließ.

»Ich bring dich hier raus, das verspreche ich«, hörte ich mich in meiner Erinnerung schwören. *»Ich tue alles, damit du in ein Krankenhaus kommst.«*

Und deswegen klemmte ich mir die Streichholzschachtel zwischen die Zähne und öffnete die Dornenschließen der Fesselriemchen meiner Valentino-Slingpumps. Dabei musste ich an *Jurassic World* und Claire Dearing denken, die nahe am Abgrund eines Wasserfalls stehend die Ärmel ihrer Bluse hochgekrempelt hatte. Als Zeichen dafür, dass sie bereit für die Suche nach ihren Neffen war. Ihre eleganten Pumps behielt sie aber trotz Wettlauf mit Raptoren, dem Indominus Rex und einem Tyrannosaurus an.

Ich war keine Heldin, und deshalb lagen meine High Heels jetzt irgendwo neben der Schachtöffnung. Falls ich hinabstürzte, und das Risiko war bei der Leiter meiner Meinung nach recht hoch, wollte ich keine Absatzschuhe an den Füßen haben. Davon abgesehen, würde ich in ihnen auch schlecht klettern können.

Die Zeit, darüber nachzudenken, in was ich mit meinen nackten Zehen in der Finsternis alles treten könnte, nahm ich mir aus guten Gründen nicht. Allein die Erinnerung an das Glitschige, in das ich auf der Suche nach der Streichholzschachtel gefasst hatte, könnte mich an Ort und Stelle festkleben.

Während ich mich flach auf den Bauch legte, sah ich zu dem grünen LED-Lämpchen neben der Holztür. Um einen Orientierungspunkt zu haben, wo sich der Schacht im Gang ungefähr befand. Den Blick auf das Licht gerichtet, rutschte ich rückwärts so nah an die Öffnung, bis meine Beine in der Luft baumelten.

Schweiß rann mir über die Stirn, als ich mit beiden Füßen nach einer Sprosse tastete. Nur ein Fehltritt, und ich würde fünf Meter in die Tiefe stürzen.

Der Gedanke trieb noch mehr Schweiß aus meinen Poren. Die Pappschachtel fest zwischen den Zähnen, rutschte ich näher zur Öffnung, bis meine rechte Hand gegen einen Holm der Leiter stieß. Die Borke war morscher, als ich bei meinem kurzen Blick auf sie vermutet hatte. Sie zerbröselte einfach unter meiner Berührung und fiel in die Tiefe. Gleichzeitig fand ich in der Dunkelheit eine Sprosse und stellte die Füße darauf. Das Holz knarzte protestierend und jagte ein flaues Gefühl durch mein Inneres.

Jeden Augenblick erwartete ich, dass die Sprosse unter meinem Gewicht brach, doch als sie nach drei Sekunden immer noch nicht nachgab, fasste ich den Mut, weiter zur Schachtöffnung zu rutschen. Dabei nahm ich den linken Fuß von der Leiter, schloss die Lider und versuchte, mich an den Abstand zwischen den Sprossen zu erinnern. Der recht groß war. Größer jedenfalls als bei meiner Klappleiter zu Hause.

Was die Erklärung dafür sein könnte, dass mein Fuß noch immer in der Luft schwebte, obwohl ich mein Bein streckte, so weit es mir möglich war.

Verdammt, fluchte ich stumm und rutschte noch ein Stück rückwärts. Mittlerweile hing ich bis zur Brust im Schacht.

Holz berührte meinen linken Fuß, und ich griff mit der anderen Hand erleichtert nach einer Sprosse. Bevor ich es mir vielleicht noch anders überlegen konnte, machte ich mich an den Abstieg. Dabei war ich mir sicher, dass ich nicht ohne einen Knochenbruch davonkommen würde. Zumindest nicht ohne Prellungen und Verstauchungen.

Das Knarzen des Holzes brach sich vielfach an den Wänden, die mich an einen alten Brunnen erinnerten. An den zum Beispiel, in den Dan Browns Held Robert Langdon als Kind gestürzt war. Aber ansonsten vernahm ich nichts. Keinen Hilferuf, kein weiteres *Hau ab*. Kam ich zu spät? Oder war die Person, die unter mir um ihr Leben kämpfte, in Ohnmacht gefallen?

Ich hoffte auf Letzteres und kletterte weiter. Nach meiner Einschätzung hatte ich inzwischen fast die Hälfte der Strecke zurückgelegt. Glücklicherweise waren die Abstände zwischen den Sprossen relativ gleich, und sie schienen mehr Gewicht auszuhalten, als ich anfangs glaubte. Vielleicht ließ ich deshalb meine Vorsicht außer Acht und stieg immer schneller hinab.

Oder wegen des undefinierbaren Stöhnens, das jetzt aus der Tiefe zu mir drang.

Sie oder er lebt noch!

Beeil dich!

Ein Knacken unter meinem rechten Fuß kündigte an, dass meine anfängliche Vermutung über die Stabilität der Leiter zutraf. Gleichzeitig hörte ich sie wieder. Die Stimme, deren Klangbild von Schmerz und Angst völlig verzerrt wurde.

Entsetzliche Todesangst, die, verstärkt durch den Schacht, laut an den Wänden als grausames Echo widerhallte.

»Nina, hau ab. Hau ab. Hau … ab. Hau … ab.«

Der Schreck fuhr mir in die Glieder. Genau in dem Augenblick, als die Strebe unter meinen nackten Zehen entzweibrach.

Verängstigt von der Warnung, reagierte ich eine, vielleicht auch zwei Sekunden zu spät.

Weil sich in mir mein Versprechen Philipp gegenüber und mein natürlicher Überlebensinstinkt stritten. Hoch oder runter? Mein Versprechen nagelte mich an Ort und Stelle fest, meine Instinkte rieten zur Flucht.

Zur sofortigen Flucht. Was zur Folge hatte, dass mir die aufeinanderprallenden Gegensätze die Kraft raubten.

Meine Finger erschlafften und rutschten ausgerechnet in dem Moment von der Sprosse, als mein rechter Fuß unvermittelt in der Luft hing. Danach ging alles schnell. Hinterher glaubte ich zwar manchmal, dass der Sekundenbruchteil, den ich in der Luft zu schweben schien, bevor es abwärtsging, eine Ewigkeit dauerte. Denn mir wurde bewusst, woher ich diesen widerlich süßen Geruch kannte, der sich verstärkte, je näher ich dem Boden kam.

Von Tannenbäumen.

Genauer gesagt, von Duftbäumchen fürs Auto.

Und zwar von einer ganzen Menge.

Als ich fiel, verschwand der Gedanke, dass mein Kidnapper mit diesen Bäumchen einen gänzlich anderen Geruch übertünchen wollte, aus meinem Kopf. Mit einem Aufschrei, bei dem ich die Streichhölzer verlor, versuchte ich, nach allem zu greifen, was mir in die Finger kam. Dass ich die Holme erwischte, bemerkte ich, als sich Schmerzen durch meine Handflächen wühlten. Die Borke bröckelte unter meinen Fingern, das darunterliegende Holz war jedoch scharfkantig und ritzte mir die Haut auf. Ich spürte Blut aus den Wunden perlen, das mit Sicherheit eine rote Spur auf den alten Stämmen hinterließ.

Mein Glück war, dass die Leiter leicht schräg stand. Daher rutschte ich an ihr abwärts, bis der Boden meinen Sturz abbremste. Eher, als ich befürchtet hatte.

Es gelang mir zwar, mit beiden Beinen gleichzeitig aufzukommen und meine Füße wie beim Telemark in eine angedeutete Schrittposition zu bringen, um eine halbwegs sichere *Landung* zu bewerkstelligen. Aber kaum berührten meine Zehen den Schachtboden, erkannte ich meinen Irrtum. Dieser bestand nicht aus festgetretener Erde, wie ich anfangs geglaubt hatte. Sondern aus feuchten, halb vermoderten glitschigen Holzbrettern. Noch als ich mit den Armen rudernd um mein Gleichgewicht kämpfte, rutschte mir ein Fuß weg, und ich schlug der Länge nach in den Dreck.

In faulig riechenden Schlamm, der sich wie eine dicke Lasurschicht über die Planken ausbreitete.

Ich schluckte hastig meine Übelkeit hinunter, bevor ich mich übergab und in dieser Dunkelheit vielleicht noch in meinen Mageninhalt hineintrat.

Oder hineintastete.

Meine Nase begann, quälend zu jucken, als ich mich aufrichtete und der Versuchung, die Hände an der Hose sauber zu wischen, erfolgreich widerstand. Jedoch brannte sich der bestialische Gestank um mich herum derart in meine Nase, dass meine Schleimhäute überreagierten. Mit jeder Menge Sekret, das meine Nebenhöhlen verstopfte.

Flach durch den Mund atmend, richtete ich mich auf und rutschte auf der Suche nach den Streichhölzern über die schlammigen Bretter. Keine Sekunde länger wollte ich in dieser allumfassenden Schwärze verbringen.

Was zum Henker ist das hier bloß?

»Früher wurde darin Schmuggelware versteckt, jetzt warten dort zwei Päckchen auf dich«, hallte die Erklärung des Psychopathen in mir wider.

Was für Schmuggelware?

Und wann früher?

Die Fragen verhakten sich in meinem Kopf. Vermutlich, weil dieser nach einer Ablenkung lechzte, um nicht wahnsinnig zu werden.

Meine Finger berührten Pappe, bevor ich Antworten auf die Fragen fand. Erleichterung durchströmte mich wie frische Luft eine Wohnung nach dem Öffnen der Fenster. So lange, bis ich eine einfache Paketschnur unter meiner Haut spürte.

Statt der Streichhölzer hatte ich eins der beiden Päckchen gefunden, das nicht größer als ein Schmuckkästchen war. Ich schloss die linke Hand darum und tastete weiter über das vergammelte Holz, bis ich die zweite Schachtel entdeckte.

Wie mein Kidnapper gesagt hatte, war sie von Größe und Gewicht identisch mit dem ersten Päckchen. Daher schüttelte ich beide, in der Hoffnung, dass mir die aus den Schachteln dringenden Geräusche die Entscheidung erleichtern würden.

Aber außer einem dumpfen Klappern, das ich vermutlich nur hörte, weil jeder Ton vielfach von den Schachtwänden reflektiert wurde, vernahm ich nichts.

»Mist«, schimpfte ich und erschauerte, als mein Fluch von den Steinen zu mir zurückgeschickt wurde.

Als der letzte Ton verhallte, traf ich eine folgenschwere Entscheidung.

Darüber nachzudenken, welches der zwei Kästchen das richtige war, änderte nichts an meiner Fifty-fifty-Chance. Wenn ich die überhaupt hatte. Denn die setzte voraus, dass der Irre fair spielte.

Was ich bezweifelte.

Philipp hingegen lief die Zeit davon. Und ich musste die Person finden, die hier unten um ihr Leben kämpfte.

Hau ab.

Die Warnung spielte in meinem Kopf Tischtennis, als ich das zuletzt gefundene Kästchen zurück auf den Boden legte. Das andere steckte ich in die Gesäßtasche meiner Hose und robbte auf der Suche nach den Streichhölzern über die Planken.

Ich nahm mir vor, mich in einer engen Spirale um die Leiter herumzubewegen. Damit ich meinen einzigen Bezugspunkt bei meiner Suche nicht verlor, wollte ich mich nur so weit von ihr entfernen, dass ich sie gerade noch mit den Fingerspitzen berühren konnte. Irgendwo in diesem Umkreis mussten die Streichhölzer schließlich im Schlamm stecken.

Wiederholt gab der Modder ein schmatzendes Geräusch von sich, wenn ich meine Hände vom Boden hob und ein Stück entfernt wieder aufsetzte. Meine Ekel-Hemmschwelle musste in den zurückliegenden Stunden gestiegen sein, denn nur ein Teil von mir registrierte das Schmatzen. Vordergründig jedoch beschäftigte mich der Gedanke, in dem Schlamm etwas Brauchbares zu finden. Eine Schraube, einen verrosteten Nagel oder vielleicht sogar etwas, das ich als Waffe benutzen könnte.

Doch was auch immer die Leute, denen der Keller einst gehörte, hier geschmuggelt hatten, ich fühlte nichts als Morast und herabgefallene Borke zwischen den Fingern. Bis ich unvermittelt über eine Sohle und rauen Stoff tastete.

Stoff, der offenbar zu einem Sneaker gehörte und die Ferse der Person umspannte, die mich gerufen hatte.

Aber wieso liegt sie auf dem Bauch?

»Bitte nicht erschrecken«, sagte ich wegen des folgenden Echos leise. »Ich tu dir nichts, ich will dir helfen.«

Als eine Reaktion ausblieb, robbte ich näher und lauschte mit zur Seite geneigtem Kopf.

Ich hörte irgendwo ein stetes Rauschen, das von Wasser oder meinem in den Ohren rauschenden Blut stammen könnte. Was ich hingegen nicht hörte, waren andere Atemgeräusche außer meinen eigenen.

»Hörst du mich?«, wisperte ich und tastete vorsichtig weiter. Über eine Jeans, bis ich eine Gesäßtasche unter meinen Fingern spürte. Und wieder tauchte die Frage von eben in meinem Kopf auf.

Wieso zum Henker liegt er auf dem Bauch?

Woher ich mit einem Mal wusste, dass die Person neben mir

ein Mann war, konnte ich nicht sagen. Vielleicht waren es die Sneakers, die die Vermutung in meinen Kopf pflanzten, oder seine weite Jeans, durch die ich seine schlanken Beine nur erahnte.

»Meinen Namen kennst du ja bereits, aber ich deinen nicht. Verrätst du ihn mir?«, fragte ich mit einem seltsamen Unterton. Woher er stammte, wusste ich nicht. Die Lösung offenbarte sich mir auch nicht, als er in dem Schacht zusammen mit meinen Worten widerhallte.

»Bist du auch entführt worden?«

Nichts, keine Reaktion.

Verdammt, ich brauche Licht.

Jetzt.

Denn wie sollte ich ihm helfen, wenn ich nicht sah, was los war? Doch nur eine Sekunde später nahm ich den Gedanken zurück. Unvermittelt wollte ich nicht mehr *sehen*, was los war. Weil meine suchenden Finger die Baumwolle eines feuchten, klebrigen Shirts berührten und anschließend über bloße Haut glitten.

Haut, die von drei tiefen Kerben auf der linken Rückenseite unterbrochen wurde.

»Oh mein Gott«, wisperte ich, als ich schlagartig die Kälte spürte, die von dem Körper neben mir ausging.

Von dem Leichnam.

Ich schrie auf und erbebte unter dem Widerhall meiner Stimme im Schacht.

Weg hier!

Meine inneren Alarmglocken schlugen laut scheppernd an und polten alles in mir auf Flucht. Wie ich es trotz der beklemmenden Gewissheit, in der Finsternis neben einem Toten zu knien, schaffte, nach dem Puls am Hals des Mannes zu tasten, wusste ich nicht. Schauder um Schauder raste mir über den Rücken, als ich nicht mal ein winziges Pochen unter meinen Fingerspitzen fühlte. Nichts, nur schrecklich kalte und sich seltsam anfühlende Haut. Im gleichen Augenblick erreichte meine Panik ihren absoluten Höhepunkt, und ich war sicher, dass mich dieser Moment mein Leben lang bis in den Schlaf hinein verfolgen würde.

Hau ab.

Hau endlich ab.

Die Warnung im Ohr, kroch ich rückwärts, bis ich mit der Schulter schmerzhaft gegen die Leiter stieß. Gleichzeitig begriff ich den Grund für die vielen Duftbäumchen, die irgendwo hier unten hängen mussten.

16. Kapitel

Auf meiner Flucht die Leiter hinauf empfand ich die allumfassende Schwärze um mich herum zum ersten Mal seit Jahren als … angenehm. Denn die Dunkelheit legte sich schützend über das, was ich hinter mir zurückließ. Am Schachtboden, im Schlamm.

Ihn.

Den Mann, der durch drei Messerstiche ins Herz den Tod gefunden hatte. Und danach einfach in den Modder gelegt worden war.

Vergessen, wie ein Stück Abfall.

Vermutlich wurde er eher von oben runtergeworfen, wisperte meine innere Stimme leise.

Ich erschauderte und schloss die Hände fest um die Sprossen. Dabei konnte ich den einen Gedanken nicht verhindern. Diesen sich wie eine Schraube durch mein Gehirn drehenden Gedanken, dass ich sein Schicksal bald teilen würde. Dann, wenn der Irre da oben mit dem Spielen fertig war.

Du kommst hier raus, daran musst du glauben, denn du hast das Päckchen gefunden. Deshalb schafft ihr es. Philipp und du.

Wie?

Indem du die Hoffnung nicht aufgibst.

Gab es noch Hoffnung? Hier, in dieser Finsternis, die ich zusammen mit dem süßlich-schweren Leichengeruch bei jedem Atemzug in meine Lunge sog?

Ich schluchzte und fühlte, wie mein Herz hämmernd mein Blut vermischt mit Angst durch meinen Körper trieb. Schlag um Schlag.

Bumm …

Hau ab.

Bumm … bumm.

Nina … hau ab.

Weshalb war ich in die Tiefe geklettert? Warum hatte ich nicht auf die Warnungen gehört?

Ich griff nach der nächsten Sprosse, von der nur noch die zerbrochenen Reste existierten, und schob mich höher hinauf. Streckte auf der Suche nach der übernächsten Sprosse den rechten Arm immer weiter aus und sprach dabei einen Gedankengang aus, der mich an meinem Verstand zweifeln ließ. »Ich habe mit einem Toten kommuniziert.«

Die Worte, so grotesk sie auch waren, fühlten sich nicht einmal falsch an, während sie mir über die Lippen kamen.

Mit einem Toten kommuniziert? Das ist doch totaler Schwachsinn, und das weißt du auch.

Ich fand endlich die Sprosse und zog mich höher. Immer weiter, als würde in dem Gang über mir die Freiheit warten. Das Ende des Albtraums, in dem ich mich befand.

Wenn es Schwachsinn ist, wer hat dann ›Hau ab‹ *gerufen?*, führte ich mein stummes Selbstgespräch fort. Und das, obwohl ich wusste, dass es nicht der ermordete Mann gewesen sein konnte, der mich gewarnt hatte, denn der war vermutlich schon eine Weile tot.

Nein, es war meine Angst.

Meine beschissene Angst vor der Dunkelheit, die sich durch die Sinnestäuschung manifestiert hatte. Deshalb hatte ich nicht herausfinden können, ob ein Mann oder eine Frau die Warnungen rief. Und deshalb war es jetzt still unter mir. Weil ich abhaute. Und weil jedes Wort, das ich aus der Tiefe zu hören geglaubt hatte, nur in meinem Kopf existiert hatte.

Und wenn du dich irrst? Wenn da doch jemand ist, der deine Hilfe benötigt?

»Nein«, entgegnete ich laut, weil ich damit meiner Meinung

mehr Gewicht verleihen wollte. Und das, obwohl ein kleiner Teil von mir über die Möglichkeit nachdachte, dass es nicht meine beginnenden Wahnvorstellungen waren, die mich die Warnungen hatten hören lassen.

Aber vieles sprach dafür. Dafür, dass ich allmählich verrückt wurde.

Der Irre hatte mich mit meiner schlimmsten Angst konfrontiert.

Nicht nur einmal, sondern mehrfach.

Und indem er mich wiederholt permanenter Dunkelheit aussetzte, grub er mein Trauma immer tiefer in meine Psyche. Dort hinein, wo der Wahnsinn begann.

In den dunklen Labyrinthgängen der Seele, in die man sich niemals vorwagte. Aus Furcht vor dem, was man dort alles versteckt hielt.

Allerdings stand eine Sache fest. Meinen Kidnapper durfte ich nicht unterschätzen. Er war furchtauslösend intelligent, und er kannte mich. Gut genug jedenfalls, um zu wissen, dass er meine Phobie für sein perfides Spiel ausnutzen konnte.

Oder er hat Sabine Witts Artikel gelesen, schränkte meine innere Stimme ein.

Möglich. Aber warum ich?

Wenn du das herausfindest, weißt du vermutlich, wer dein Entführer ist.

Mit zitternden Händen, die steif von der Kälte waren, die ich tief in mir fühlte, griff ich nach der steinernen Umrandung der Schachtöffnung.

Vordergründig waren es nicht die Hyphen meiner Angst, die mir Sorgen bereiteten. Es waren die perfiden Hyphen meines Entführers, die ihr unsichtbares Geflecht bereits in meine Seele gruben.

Sein Wahn zog mich mit, als wäre ich in den Strudel seiner psychischen Störung geraten.

Nicht das Hochholen der Päckchen war sein eigentliches Spiel.

Auch die Fifty-fifty-Chance gehörte nicht dazu.

Das alles war nur die heimtückische Verpackung für sein wirkliches Vorhaben.

Und was hat er vor?

Bevor ich darüber nachdenken konnte, schloss ich die Augen. Ganz fest. Denn erneut hallte mein Name durch die Finsternis.

»Nina!«

Nein, bitte nicht. Nicht schon wieder eine Sinnestäuschung.

»Warum kann ich nichts sehen?«

Ich zog mich aus der Öffnung, rappelte mich auf die Beine und schlang die schmutzigen Finger ineinander, um sie nicht intuitiv auf meine Ohren zu drücken. Durch die sich die Frage wand wie eine Kobra um einen Ast.

Die absolute Verzweiflung in der Stimme trieb Tränen in meine Augen.

»Du bist nicht real«, wisperte ich und knetete meine Finger derart fest, dass die Gelenke knackten. Unter normalen Umständen wäre ich nie auf die Idee gekommen, die Stimme könnte eine Fiktion sein. Eine Halluzination, die meine Phobie in mir heraufbeschwor. Oder meine beginnende Psychose.

Aber hier in diesem Keller entsprach nichts der Normalität.

»Nina, antworte … bitte!«

Das verzweifelte Flehen ging mir durch und durch. Deshalb konnte ich nicht anders. Aufschreiend und nach vorn gebeugt, presste ich die Hände auf die Ohren.

Was geschah hier mit mir? Drehte ich durch?

Du bist nicht verrückt.

Was dann?

Es gibt eine logische Erklärung. Vertrau mir.

Mein Puls überschlug sich beinahe, als ich die Hände von den Ohren nahm und nach links sah. Ich brauchte etwas, an dem ich Halt fand. Etwas, das meine flatternden Nerven beruhigte.

Und sei es ein kleines grünes LED-Lämpchen, das mit seinem Licht ein paar Zentimeter um sich herum die Dunkelheit durchbrach.

Der Atem stockte in meiner Kehle.

Wo ist es?

Ich zwang mich zur Ruhe und blinzelte einige Male, um mich davon zu überzeugen, dass ich die Augen tatsächlich geöffnet hatte. In dieser Schwärze machte es keinen Unterschied, ob die Lider offen oder geschlossen waren.

Aber sosehr ich mich auch anstrengte, nirgendwo entdeckte ich ein kleines grünes Lämpchen.

Nein, nein, nein. Es muss hier sein.

Wiederholt drehte ich den Kopf hin und her. Und spürte es bei jeder Bewegung. Wie die erdrückende Angst in mir wuchs, dass ich in dieser Finsternis völlig die Orientierung verloren haben könnte.

Das ist unmöglich, versuchte mich meine innere Stimme zu beruhigen. *Denn du bist die gleiche Leiter wieder hinaufgestiegen, die du hinabgeklettert bist. Denk an die zerbrochene Sprosse. Die ist der Beweis.*

»Aber das Licht ist nicht da«, wollte ich erwidern – doch da hallte unerwartet ein Schrei zu mir, der mir das Blut in den Adern gefrieren ließ.

»Nina, bist du das? Stehst *du* neben mir?« Und dann lauter: »Nina, warum sagst du nichts? Was ist … los? Ich höre dich doch neben mir atmen!«

Gleichzeitig mit dem Schock rollte die Erkenntnis durch mich hindurch, dass unser Entführer bei Philipp war. Im Verschlag! Und einen Atemzug später begriff ich meinen fatalen Irrtum. Ich war nicht verrückt. Philipp hatte bereits vorhin nach mir gerufen.

»Philipp!«

»Oh Gott sei Dank, Nina. Da bist du ja, aber warum klingst

du, als wärst du weit we… ahhhhh.« Ein Schmerzensschrei hallte aus dem Verschlag. Dann erklang ein Schleifen, das sich anhörte, als würde etwas über Beton gezerrt werden. »Nein, bitte nicht. Sie tun mir weh. Oh Gott, bitte, wer sind Sie, und was wollen Sie von mir?«

»Philipp!«, schrie ich, als ich begriff, dass der Kidnapper meinen besten Freund durch mein Gefängnis zerrte.

Ein markerschütterndes Quietschen tönte durch den Keller, das sich für mich nach lange nicht geölten Scharnieren anhörte.

»Philipp!«, brüllte ich erneut und lief blindlings los. *Die Stahltür! Der Irre hat die Stahltür geöffnet.*

»Nina, hilf mir! Ich weiß nicht …« Ein Schaben, gefolgt von einem Keuchen, begrub Philipps angsterfüllte Stimme unter sich. »… vorhat.«

Grundgütiger, sie kämpfen miteinander, aber Philipp ist verletzt.

»Nina, er will mich fortbringen. Hörst du? Er … sagt, du hast das falsche Päckchen nach oben geholt. Nina, was … was bedeutet das?«

Ohne nachzudenken, lief ich schneller. In dieser Finsternis, die mich uneingeschränkt umgab. Meine Furcht um meinen besten Freund und Vaterersatz gewann haushoch über meine Vernunft. Und übertönte sogar die Warnung meiner inneren Stimme.

Pass auf!

Aber es war zu spät. Etwas verfing sich zwischen meinen Beinen. Etwas, das sich anfühlte wie teilweise skelettierte Finger, die sich um meine Knöchel schlossen.

17. Kapitel

Eric Weinsheim
18. September, 12:53 Uhr

»Wie sieht's aus?«, fragte ich und schob die Tür des Büros mit dem Fuß zu.

Reuss stand bewaffnet mit einem Edding vor dem Whiteboard und schrieb Daten unter die Fotos der Vermissten und des Opfers. Sie sah kurz zu mir, während ich zum Besprechungstisch ging, auf dem die Zeugenaussagen von Laura Rissmanns Nachbarn lagen. Mit etwas Abstand davon stellte ich den Pappkarton mit Kaffeebechern ab und legte die zwei Tüten mit belegten Brötchen daneben.

Obwohl sich Julie gleich wieder der Tafel zuwandte, bemerkte ich einen traurig-frustrierten Zug um ihre Mundwinkel, der immer dann dort auftauchte, wenn sie mit ihrer Mutter telefonierte beziehungsweise telefoniert hatte.

Schiefer saß an seinem Schreibtisch und hatte den Telefonhörer zwischen Ohr und Schulter geklemmt. »Könnten Sie mir die Back-up-Datei schicken, Frau Ulrich?«

»Er telefoniert mit Rotschilds Freundin«, informierte mich Peary und trat mit einem Foto von Melanie Aeckersberg vor das Whiteboard. Er heftete es an die Tafel und schrieb ihren Namen darunter. »Sie ist gelernte OP-Schwester und hat seit ihrer Ausbildung in der Berliner Klinik von Peter Aeckersberg gearbeitet. Sie hat eine Tochter und war zweimal verheiratet. Verwitwet von Oliver Sandner, geschieden von Peter Aeckersberg. Laut Presse bekam sie bei der Scheidung drei Millionen als Abfindung und eine Villa in der Königstraße obendrauf. Seitdem arbeitet sie nicht mehr.«

»Was gibt es noch zu ihr?«

»Keine Vorstrafen, nicht mal ein Punkt in Flensburg. Nur kleine Bußgeldbescheide wegen Falschparkens oder Geschwindigkeitsübertretungen. Seit der Scheidung, die ein ziemlicher Rosenkrieg gewesen sein soll, ist es in der Presse ruhig um sie geworden. Sie hat weder eine Facebook-Seite, noch ist sie auf Instagram oder Twitter aktiv.«

»Warum ging die Ehe mit Aeckersberg in die Brüche?«, fragte ich.

»Er hat sich ihre beste Freundin geangelt und sie vor einem Jahr geheiratet.«

Autsch! »Sagen Sie mir Bescheid, wenn Sie noch was finden.«

»Geht klar.« Peary drehte sich vor dem Whiteboard und wies danach auf das Foto von Haneke. »Er hat am ...«

»Ja?«, rief Schiefer so laut, dass wir alle zu ihm sahen. »Das ist super, haben Sie vielen Dank.« Mit einem breiten Grinsen warf er den Hörer aufs Telefon.

»Was ist los?«, fragte ich ihn.

»Macht erst mal weiter, ich muss noch auf die Mail von Rotschilds Freundin warten. Dann weiß ich mehr.«

»Sehr großzügig von dir«, grummelte Peary und wandte sich wieder mir zu. »Also, Haneke hat am Samstag vor einer Woche gegen neunzehn Uhr mit seiner Mutter telefoniert. Danach gibt's, außer dem Notruf, kein Lebenszeichen mehr von ihm.«

»Was ist mit SMS? Hat er welche geschrieben?«

»Wir warten noch auf die richterlichen Beschlüsse«, antwortete Peary mit einem Blick in meine Richtung, der irgendetwas zwischen Wut und Enttäuschung war.

Ich runzelte die Stirn. *Immer noch?* Das sah Anton gar nicht ähnlich. Normalerweise ließ er mich nie lange warten.

»Ich vermute, das Handy von Haneke ist noch ausgeschaltet?«, fragte ich, ohne auf Pearys Blick einzugehen.

Bauer war nicht mehr ganz so kratzbürstig wie zu Anfang,

nachdem ich die Leitung des Teams übernommen hatte. Sein Misstrauen hingegen, das sich vor allem gegen meine Ermittlungsmethoden richtete, schwelte nach wie vor in ihm. Wie diese kleine Flamme, die unbemerkt unter einem Holzstapel brannte, bis sie irgendwann genug Sauerstoff bekam und sich zu einem Inferno ausbreitete.

»Alle Smartphones sind ausgeschaltet.« Reuss nahm sich einen Kaffee. »Das vom Opfer ebenso wie die Handys von Grunenwald, Sandner, Carius, Haneke und Rotschild. Der Täter muss jedes einzelne mitgenommen haben.«

»Er kennt sich also aus«, sagte ich. »Und weiß, dass wir die Handys orten könnten.«

»Keiner der Fahrer bei Berlin Taxi Schmiedel hat Anna Carius erkannt«, sagte Reuss.

»Sie könnte auch ein anderes Unternehmen genommen haben.«

»Volker ist dran«, erwiderte sie und schrieb Grunenwalds Namen unter dessen Foto. »Der Taxifahrer hat Philipp Grunenwald wiedererkannt. Er sagt, er hätte beide, also Sandner und Grunenwald, gegen 2:12 Uhr in der Altensteinstraße abgesetzt.«

»Dann sind vier Minuten bis zu Sandners Notruf vergangen«, murmelte ich. »Ist dem Fahrer irgendwas aufgefallen?«

»Zuerst nahm er an, sie wären ein Pärchen, weil Grunenwald den Arm um Sandner gelegt und sie an sich gezogen hat. Aber dann hat er gehört, wie Grunenwald immer wieder gebeten hat, Sandner ins Haus bringen zu dürfen. Aus Sicherheitsgründen.«

»Ist Grunenwald näher darauf eingegangen?«, wollte ich wissen.

»Nein. Der Fahrer sagte nur, der Mann hätte auf ihn besorgt gewirkt, während die Frau nervös war.«

»Dann muss etwas vorgefallen sein, von dem Moment an, wo beide die Party verlassen haben, bis zu dem Augenblick, als sie ins Taxi gestiegen sind«, sagte ich und trank einen Schluck Kaffee. »Denn Mathias Röder und Hajo Pachali waren sich darüber einig, dass sich Sandner und Grunenwald während der Party normal verhalten hätten.«

»Nina Sandner hat vielleicht eine Todesdrohung ähnlich der von Rissmann erhalten«, mutmaßte Reuss.

Ich nickte. »Möglich. Aber wie? Denn wie wir wissen, verschickt der Täter die Drohungen nicht per SMS.«

»Das nicht, doch genau aus dem Grund muss er im Hotel gewesen sein.«

»Wir müssen die Aufnahmen der Hotelsicherheitskameras noch mal checken«, sagten Reuss und ich wie aus einem Munde.

»Und wisst ihr auch schon, nach wem wir suchen sollen?«, fragte Peary.

»Nach einem Südeuropäer, vermutlich einem Italiener, denn er trägt Juventus-Turin-Fanshirts«, antwortete ich.

»Da kann es viele geben. Wir müssen genau wissen, nach wem wir suchen.«

Ich nickte, Reuss hatte recht. »Bauer, wie weit sind Sie mit der Bloggerliste?«

»Ich habe zwei Namen gefunden«, erwiderte er, griff sich einen Edding und trat vor das Whiteboard. »Sandra Fermi und Dario Mangano.« Er schrieb die Namen an die Tafel. »Gegen beide liegt nichts vor. Fermi wohnt in Würzburg, Mangano in Berlin.«

»Wie ist seine Adresse?«, fragte ich, doch Peary schüttelte den Kopf.

»Er ist verheiratet, hat einen kleinen Sohn und liegt seit zwei Monaten in der Charité.«

»Warum?«

»Hirntumor, inoperabel. Die Ärzte geben ihm nur noch ein paar Wochen.«

Ich fuhr mir über die Augen. »Verdammt.«

»Ich habe eine Kopie der Liste Hauptkommissarin Brewitz gegeben. Sie wollte sie genauer unter die Lupe nehmen.«

»Okay«, murmelte ich in dem Moment, als das Konferenztelefon auf dem Besprechungstisch klingelte.

Ich aktivierte den Lautsprecher und nahm das Gespräch an. »Hauptkommissar Weinsheim.«

»Schäfter«, hallte es durchs Büro. »Die Kollegen haben an den möglichen Tatorten, an denen Rotschild und Haneke vermutlich verschwanden, bisher keine verwertbaren Spuren gefunden.«

»Shit«, murmelte ich fast lautlos, obwohl mich Schäfters Worte nicht überraschten.

»Ich gebe Bescheid, sollte sich das ändern. Aber es sieht nicht gut aus.« Er hustete kurz, als hätte er einen Frosch im Hals. »Laut der vorläufigen Tests stammt das Blut vom Hammer und das vom Teppich in Sandners Haus von zwei verschiedenen Personen«, fuhr Schäfter fort.

»Welches Geschlecht?«

»Jeweils von einem Mann.«

»Einer könnte Grunenwald sein«, sagte Reuss leise.

»Ruf Frau Grunenwald an und bitte sie, uns einen Kamm oder die Zahnbürste ihres Mannes vorbeizubringen.«

»Mach ich«, erwiderte Julie und eilte zu ihrem Schreibtisch.

»Habt ihr schon die Dateien auf dem Laptop des Opfers wiederherstellen können?«, fragte ich Schäfter unterdessen.

»Die Kollegin ist noch dran, aber es sieht nicht gut aus. Er hat ein Löschprogramm verwendet, und das hat alle Dateien in dem Ordner mehrfach mit Datenmüll überschrieben.«

»Ich habe da vielleicht was«, rief Schiefer und sprang von seinem Bürostuhl auf. »Seit sich Rotschild vor einem Jahr mal ein Virus eingefangen hat, schickt er jeden Tag ein Back-up seiner Arbeitsdateien per Mail an seine Freundin. Und die Datei hat mir Anja Ulrich gerade geschickt.«

»Was ist es?« Ich ging zu ihm.

»Ein Manuskript.« InStyle Man, der diesen Spitznamen aufgrund seiner Ähnlichkeit mit den Titelfotos der *GQ* verliehen bekommen hatte, tippte auf seinen Bildschirm. *»Die Maske des Todes.«*

»Wie war der Titel?«, hallte es aus dem Konferenztelefon.

»Die Maske des Todes«, wiederholte Schiefer. »Warum?«

»Das ist aber ein merkwürdiger Zufall«, erwiderte Schäfter.

»Wieso Zufall?«

»Wir haben doch in der Nachttischschublade des Opfers eine externe Festplatte gefunden.«

Ich nickte, denn ich erinnerte mich daran, wie Schäfter den Beweismittelbeutel mit der Festplatte zu den anderen Tüten gelegt hatte.

»Auf der Festplatte hat das Opfer alle paar Tage eine Sicherungskopie ihrer Manuskripte erstellt. Und unter diesen befindet sich auch ein Krimi mit dem Titel *Die Maske des Todes.*« Ein Rascheln drang aus dem Hörer, dann hörten wir im Hintergrund das Klappern einer PC-Tastatur. »Moment, ich schick es euch gleich per Mail.«

»Vielleicht hat das Opfer Rotschilds Manuskript testgelesen?«, mutmaßte Reuss, die ihr Telefonat mit Frau Grunenwald beendet hatte, und trat neben mich. »Was bedeuten würde, dass sich zumindest Rotschild und Rissmann kannten.«

»Das werden wir gleich wissen«, entgegnete ich, ging zu meinem Schreibtisch und aktivierte meinen Monitor. »Wer ist als Autor in deiner Datei angegeben?«, fragte ich InStyle Man.

»In der Fußzeile steht Copyright Tobias Rotschild, zusammen mit seiner Adresse und seiner Handynummer.«

Ich öffnete meinen E-Mail-Ordner und die Datei, die soeben von Schäfter in meinem Postfach gelandet war. Der Ordner enthielt fünf Dokumente, darunter eins mit dem Titel *Die Maske des Todes*. Ich öffnete die Word-Datei und scrollte bis zur Fußzeile. »Copyright Laura Rissmann«, las ich vor.

»Ich sag ja, das ist ein seltsamer Zufall«, murmelte Schäfter.

»Zufälle gibt's nicht«, entgegnete ich und sah auf die linke untere Ecke, wo die Seitenzahl des Dokuments angezeigt wurde. »Dreihundertzweiundachtzig«, sagte ich und sah zu Schiefer. »Wie viele Seiten hat der Krimi von Rotschild?«

»Vierhundertfünfundzwanzig. Anja Ulrich meinte, Rotschild hätte das Manuskript erst am Mittwoch beendet.«

»Die Seitenzahlen stimmen nicht. Womöglich sind nur die Titel gleich?«, mischte sich Peary ein. »Er ist ja für einen Krimi nicht unbedingt so außergewöhnlich.«

»Das vielleicht nicht. Aber es ist schon seltsam, dass zwei Autoren zur gleichen Zeit an einem Skript mit gleichem Titel schreiben«, erwiderte ich.

»Dann bleibt die Frage zu klären, wer plagiiert hat.«

»Du meinst, Laura Rissmann musste deswegen sterben?«, fragte Schiefer Reuss. »Weil sie das Manuskript von Rotschild geklaut hat?«

Reuss zuckte mit den Schultern. »So abwegig ist der Gedanke nicht. Kennst du den Film *Das geheime Fenster* mit Johnny Depp?«

»Ja, aber am Ende stellt sich doch raus ...«

»Ich unterbreche euch nur ungern, jedoch vergesst ihr, dass Rotschild bereits vergangenen Donnerstagmorgen verschwunden ist«, warf Peary ein.

»Er kann sein Verschwinden auch nur vortäuschen«, entgegnete Reuss.

»Zunächst einmal sollten wir feststellen, ob die Manuskripte tatsächlich identisch sind.« Ich verschränkte die Arme vor der Brust und setzte mich auf die Kante meines Schreibtischs.

»Schon dabei«, sagte Schiefer und ließ sich auf meinen Bürostuhl fallen. Zusammen mit dem Teamleiter der KT, der noch immer am Telefon war, überprüfte er stichpunktartig die Seiten der Manuskripte. Schiefer las das jeweils erste und letzte Wort einer bestimmten Seite vor und das rund eine Minute lang, bis Schäfter ihn unterbrach.

»Hier endet das Manuskript von Laura Rissmann.«

»Wo genau?«, fragte ich.

»Die letzten drei Kapitel von Rotschilds Krimi fehlen bei ihr«, antwortete Schiefer. »Alle anderen sind mit dem Text von Rotschild identisch.«

»Was passiert in diesen Kapiteln?«, wollte ich wissen.

»Moment«, nuschelte er und vertiefte sich in das Manuskript.

»Hast du Frau Grunenwald erreicht?«, fragte ich Reuss leise und ging mit ihr zum Besprechungstisch, um mir ein mit Ei belegtes Brötchen zu nehmen.

»Sie wollte wissen, wozu wir die Zahnbürste ihres Mannes brauchen.«

»Was hast du gesagt?«

»Die Wahrheit. Dass wir sie für einen DNA-Abgleich benötigen. Danach hat sie mir sofort versprochen, herzukommen.«

»Gut.« Ich biss in das Brötchen und sah zu Schiefer, der zur nächsten Manuskriptseite scrollte.

»Ich war übrigens vorhin bei Frau Aeckersberg.«

Ich horchte auf. »Okay. Und?«

»Sie lag am Pool und hat sich gesonnt.«

»Das ist kein Verbrechen, Julie.«

»Ich weiß, aber du sagst doch auch, dass sie etwas verbirgt. Und am Pool zu liegen, während ihre Tochter vermisst wird, ist irgendwie herzlos, meinst du nicht?«

»Mach die Sache nicht persönlich«, warnte ich sie.

Reuss warf mir einen ernsten Blick zu. »Dafür ist es wahrscheinlich zu spät. Was ich aber eigentlich sagen wollte, als mich Frau Aeckersberg wieder hinausbegleitet hat, habe ich einen Stapel Briefe von dem Inkassounternehmen Richter & Steinhart auf ihrem Küchentisch liegen sehen.«

»Ruf bei dem Unternehmen an und rede mal mit dem Chef.« Ich trank meinen Kaffee aus. »Möglicherweise ist er ja gesprächsbereit.«

Julie verdrehte die Augen. »Ohne richterlichen Beschluss wird er keine Aussage machen.«

»Das fürchte ich auch, nur haben wir nicht genug für einen Beschluss in den Händen.«

»Ich versuch mein Bestes.« Sie wandte sich ab und ging zu ihrem Schreibtisch.

»Das glaub ich jetzt nicht«, rief Schiefer. Ich trat hinter ihn und bemerkte, dass er zurückscrollte und einen bestimmten Textabschnitt noch einmal las.

»Was denn?«

Er markierte eine Textstelle gelb. »Ab hier ist zu lesen, wie der Bösewicht ein weiteres Opfer tötet. Und der Tathergang ist genau der, den Rotschild bei seinem Notruf am Donnerstagmorgen geschildert hat.«

Überrascht hob ich die Augenbrauen.

»Soll das heißen, dass Rotschild auf die gleiche Weise getötet worden ist wie eins der Opfer seines Krimis?«, keuchte Peary.

»Genau das soll es heißen.«

»Aber warum starb dann Laura Rissmann auf eine andere Weise?«

Mit verengten Augen trat ich vors Fenster und sah hinaus zu einer Rosskastanie, deren Blätter bereits braun wurden. »Schäfter, wir brauchen die gelöschten Dateien vom Laptop des Opfers.«

»Wir tun unser Bestes.«

»Gut. Was ist mit dem Computer von Nina Sandner? Wurde da auch der Dokumentenordner entfernt?«

Ich hörte ihn im Hintergrund ein paar Augenblicke mit einer Kollegin sprechen, ehe er sich wieder an mich wandte. »Soweit wir bisher sagen können, wurde er nicht manipuliert.«

»Befindet sich auch auf ihrem PC eine Datei mit dem Titel *Die Maske des Todes?*«

»Nein.«

»Habt ihr noch einen Laptop oder eine externe Festplatte für Sicherungen in Sandners Haus gefunden?«

Erneut hörte ich ihn im Hintergrund reden. »Ja, eine Festplatte. Auf ihr wurde das letzte Mal vor drei Tagen eine Back-up-Sicherung durchgeführt. Auf ihr gibt es auch keinen Krimi mit dem Titel *Die Maske des Todes.*«

»Habt ihr außer dem Blut noch etwas anderes gefunden?«

»Jede Menge Fingerabdrücke. Die meisten gehören zu Nina Sandner. Sie hat einen biometrischen Pass, daher konnten wir die dort hinterlegten Fingerabdrücke mit denen im Haus vergleichen. Daneben haben wir noch die Fingerabdrücke von drei verschiedenen Personen gefunden. Keine von ihnen ist in der Datenbank gespeichert.«

Julie trat neben mich, offenbar hatte sie ihr Telefongespräch mit dem Inkassounternehmen beendet. »Sie könnten von Frau Aeckersberg, Anna Carius und Philipp Grunenwald stammen.«

»Vermutlich.«

»Sonst nichts?«, forschte ich nach.

»Doch. Im Wohnzimmerschrank gab es in einer Schublade ein Geheimfach, aber das war leer.«

»Offenbar hat Frau Aeckersberg gefunden, wonach sie gesucht hat«, murmelte Reuss.

»Wenn ja, warum wollte sie dann auch nach unserem Eintreffen unbedingt noch mal ins Haus?«

»Weil sie noch nicht alles gefunden hatte?«, mutmaßte Julie.

»Schäfter, was könnte nach Ihrer Meinung in dem Fach gewesen sein?«

»Mh? Eine dünne Akte oder irgendwelche Papiere. Mehr Platz ist da nicht.«

»Danke. Melden Sie sich, wenn es neue Ergebnisse gibt.«

»Mach ich doch immer«, erwiderte er und legte auf.

»Was denkst du?«, fragte Julie.

Den Blick wieder auf die Kastanie gerichtet, fuhr ich mir

durchs Haar. »Dass wir zu viele lose Fäden in den Händen halten.« Fäden, die ins Nichts zu führen schienen, da wir keine konkreten Beweise hatten.

Dafür hatten wir jedoch zig Fragen, auf die ich mir einfach keinen Reim machen konnte.

»Wir übersehen etwas«, murmelte ich.

Auf Nina Sandners Rechner befand sich definitiv nicht dieses *Maske-des-Todes*-Manuskript, Fakt eins. Fakt zwei, Anna Carius hatte keinen Notruf getätigt und war auch keine Autorin. Irrte ich mich, und die Fälle gehörten doch nicht zusammen?

Die Bücher von Sandner waren kein echter Hinweis auf eine Verbindung. Auch nicht die Vermutung, dass Sandner möglicherweise die Letzte gewesen war, die das Opfer lebend gesehen hatte. Mein Bauchgefühl sagte mir zwar, dass ich einen Fehler machen würde, wenn ich die Fälle trennte. Aber eine Intuition konnte ebenso trügerisch wie Hoffnung sein.

»Was übersehen wir?«, fragte Reuss.

»Das weiß ich nicht.« Zumindest noch nicht. »Daher müssen wir zum Anfang zurückkehren«, erwiderte ich und ging zum Besprechungstisch.

18. Kapitel

Als wir alle am Tisch saßen, sah ich in die Runde. »Wie ist eure Meinung? Gehören die Fälle zusammen, oder sind sie zwei verschiedene Paar Schuhe?«

Peary war der Erste, der leise räuspernd das Wort ergriff. »Ich glaube, wir haben es mit zwei Tätern zu tun. Auf Sandners Computer befindet sich nicht dieses seltsame Manuskript. Dass der Täter Sandners Notruf unterbrochen hat, kann Zufall sein und muss nichts mit der Fantasie des Mörders von Laura Rissmann zu tun haben.«

Schiefer lehnte sich in seinen Stuhl zurück und betrachtete das Whiteboard. »Wir haben keine persönliche Verbindung zwischen Rissmann, Haneke und Rotschild gefunden. Möglicherweise, weil sie sich gar nicht kennen.«

»Aber der Täter kennt sie«, warf Reuss ein.

»Das denke ich auch. Dass er neben der Schreiberei und dem seltsamen Manuskript die einzige Verbindung zu ihnen darstellt.«

»Der Beweis fehlt, dass auch Haneke an diesem Skript gearbeitet hat«, warf Peary ein. »Für mich sieht es eher danach aus, dass Haneke, Rotschild und Rissmann zufällige Opfer waren. Denn Sandner, Carius und Grunenwald kennen sich. Schon allein deswegen denke ich, dass die Fälle nicht zusammengehören.«

Ich schüttelte den Kopf. »Das stimmt, aber sie alle haben etwas mit Literatur zu tun. Das ist gewiss kein Zufall.«

»Ich glaube, die Fälle gehören zusammen«, sagte Schiefer.

»Was ist mit Sandners Mutter?«, fragte Peary. »Was hat sie im Haus ihrer Tochter gesucht beziehungsweise dort gefunden?«

»Darauf habe ich vielleicht eine Antwort.« Reuss nahm sich einen Kaffee. »Ich habe mit dem Chef des Inkassounternehmens gesprochen, dessen Briefe mir in der Villa von Frau Aeckersberg aufgefallen waren. Ohne richterlichen Beschluss wollte mir Dr. Wolf keine Auskunft geben. Aber auf meine Frage, ob Frau Aeckersberg finanzielle Schwierigkeiten hätte, hat er gesagt, ich soll mir mal die Internetseite von Hollstein Immobilien ansehen. Das ist der Makler für Luxusimmobilien in Berlin.«

Auf Pearys Stirn tauchte ein dickes Fragezeichen auf, ehe er die Augen verdrehte. »Ich schätze, du hast dort Aeckersbergs Villa gefunden.«

»Hab ich.«

»Sie hat also finanzielle Probleme.«

»Gewaltige, wenn sie ihre Villa verkaufen muss.«

»Deshalb war sie bei ihrer Tochter«, sagte ich. »Nicht um zu frühstücken, sondern um sie um Geld zu bitten.«

»Bei dem Verhältnis zwischen Mutter und Tochter ist es vorstellbar, dass sich Sandner geweigert hat, ihrer Mutter zu helfen«, warf Peary ein.

»Hätte«, murmelte ich. »Denn soweit wir wissen, war Sandner zu dem Zeitpunkt, als ihre Mutter auftauchte, bereits entführt worden.«

»Angenommen, Aeckersberg hat die Ablehnung ihrer Tochter vorhergesehen«, grummelte Peary. »Möglicherweise haben sie sich darüber ja schon öfter unterhalten ...«

»Und lässt deswegen ihre Tochter entführen, um ihren Safe in Ruhe auszuräumen?«, warf Schiefer ein. »Ginge das nicht einfacher mit einem kleinen Einbruch?«

»Um das Geheimfach auszuräumen«, verbesserte Reuss. »Wenn, dann hat sie das Geheimfach ausgeräumt. Ich schätze allerdings, dass da nicht viel Geld reingepasst hat.«

»Und wenn da gar kein Geld drin war?« Ich trank ein paar

Schlucke des inzwischen kalt gewordenen Kaffees und verzog den Mund. Ich hasste kalten Kaffee.

»Was dann?«

»Da gibt's einige Möglichkeiten. Ich denke da an Inhaberobligationen oder …«

»Ein Testament«, erklang es hinter mir. Ich fuhr herum und sah Ilka im Türrahmen stehen. Sie hatte einen Stapel Papiere in den Händen. Die Zeugenaussagen von Sandners Nachbarn.

»Wie kommst du darauf?«

Ilka schloss die Tür hinter sich, kam zum Tisch und legte die Akten darauf. »Der Nachbar von gegenüber hat mir erzählt, dass sich Sandner und ihre Mutter vor drei Tagen heftig im Vorgarten gestritten hätten.«

»Hat Aeckersberg nicht gesagt, sie hätte ihre Tochter vor zwei Wochen das letzte Mal gesehen?«, fragte Reuss.

»Hat sie«, bestätigte ich.

»Hier«, murmelte Ilka und zog ein Blatt Papier aus den Akten. »Frau Aeckersberg hat ihre Tochter regelrecht angebrüllt«, las sie vor. »Ob sie noch bei Sinnen wäre, einer Freundin, die sie erst seit ein paar Jahren kennen würde, ihr Vermögen hinterlassen zu wollen.«

»Anna Carius«, mutmaßte ich.

»Aber was will Aeckersberg mit diesem Testament?«, fragte Reuss.

»Melanie Aeckersberg ist von Rechts wegen Nina Sandners einzige Erbin. Sollte Sandner jetzt ein Testament verfasst haben – vermutlich ohne Notar oder Rechtsbeistand –, in dem sie ihrer Freundin, abzüglich des Pflichtteils, ihr gesamtes Vermögen hinterlässt …«

»Dann könnte Aeckersberg schon ein klein wenig sauer auf Sandner und Carius sein«, warf Peary ein.

»Und wenn ihrer Tochter etwas passiert, solange das neue Testament nicht rechtskräftig ist, und Aeckersberg hat dieses neue Testament in die Hände bekommen und vernichtet, bleibt alles beim Alten«, fügte Ilka hinzu.

»Wir haben es also doch mit zwei unterschiedlichen Fällen zu tun«, schlussfolgerte Peary

Wirklich? Zweifel verursachten in meinem Magen ein heftiges Rumoren. Allerdings deutete alles darauf hin, dass Bauer recht hatte, mein Bauchgefühl hin oder her.

»Wir hätten damit ein mögliches Motiv für die Entführung von Nina Sandner und Anna Carius.« Dazu passte auch meine Vermutung, dass Grunenwald zur falschen Zeit am falschen Ort gewesen war.

»Aber wie passen da Rotschild, Haneke und Rissmann hinein, sofern die Fälle zusammengehören?«, hakte Reuss nach. »Was haben sie damit zu tun?«

Ihre Frage lenkte meine Gedanken zurück zu dem seltsamen Manuskript. Irgendetwas passte da nicht. »Wenn Rotschild oder Laura Rissmann plagiiert haben, warum fehlen dann die letzten drei Kapitel auf der externen Festplatte des Opfers?«, sprach ich das Problem aus, dessen Lösung uns meiner Meinung nach einen gehörigen Schritt nach vorn bringen würde.

»Anja Ulrich hat doch gesagt, Rotschild hätte das Manuskript erst am Mittwoch beendet. Möglicherweise fehlen die Kapitel, weil das Opfer noch keine Zeit hatte, sie zu kopieren«, warf Peary ein.

»Vielleicht«, murmelte ich. »Das setzt aber voraus, dass Laura Rissmann tatsächlich diejenige war, die plagiiert hat. Was, wenn sie das nicht getan hat?«

»Du meinst, dass Rotschild derjenige war, der das Skript geklaut hat?«, fragte Schiefer.

Ich schüttelte den Kopf. »Nein. Ich meine, was bedeutet das, wenn keiner von beiden geistigen Diebstahl begangen hat?«

»Vermutlich alle drei«, fügte Reuss an. »Wir dürfen Haneke nicht vergessen. Auch sein Laptop ist verschwunden.«

Ich sah zu Peary. »Haben Sie die Telefonnummer von Hanekes Mitbewohner?«

»Ja.«

»Fragen Sie ihn, ob Haneke seine Daten irgendwo gesichert hat. Und wenn es der Mitbewohner nicht weiß, dann vielleicht seine Eltern.«

»Okay«, erwiderte Peary, sprang auf und ging mit seinem Handy am Ohr zu einem der drei Fenster.

»Chef?«, fragte Schiefer.

Nachdenklich blickte ich zu meinem Computer. »Wenn du viel schreiben würdest, was würdest du dann tun?«

Sein Gesicht hellte sich auf. »Die Daten sichern, damit ich bei Verlust nicht alles noch mal tippen muss.«

»Genau. Rotschild hat seiner Freundin die Word-Dateien seiner Skripte geschickt, Rissmann hatte eine externe Festplatte. Ich bin davon überzeugt, dass Haneke auch auf Nummer sicher gegangen ist.« Aber was, wenn wir auch in Hanekes Datensicherungen auf das merkwürdige Manuskript stießen? Was bedeutete das in dem Fall?

Wenn die einzelnen Autorennamen nicht unter dem Titel angegeben wären, wäre ich erst einmal davon ausgegangen, dass zwei oder möglicherweise drei Schriftsteller an dem gleichen Projekt gearbeitet hätten. Nur wie? Nichts deutete darauf hin, dass sie sich kannten.

Über eine andere Plattform?

Bevor ich darüber nachgedacht hatte, streckte ich den Arm aus und wählte am Konferenztelefon Schäfters Nummer.

Als das Klingeln durch den Raum hallte, brachte ich den Gedanken zu Ende. Heutzutage konnte man nicht nur per Mail oder SMS kommunizieren. Es ging auch über Facebook oder …

»Schäfter.«

»Weinsheim hier. Hat Ihre Kollegin Hinweise darauf gefunden, dass das Opfer in einem Autorenforum Mitglied war?«

»Eine Sekunde«, entgegnete er. Diesmal hielt er anscheinend die Hand über die Sprechmuschel, denn ich hörte ihn nicht im Hintergrund sprechen. »Nein, nichts.«

Im gleichen Augenblick stand Reuss auf und eilte zu ihrem Schreibtisch.

»Was ist mit den E-Mails des Opfers? Tauchen da die Namen Haneke und Rotschild auf?«

Ich hörte ihn tippen. »Auch nicht.«

»Danke«, erwiderte ich und beendete das Gespräch. »Es muss noch einen Vierten im Bunde geben«, sagte ich zu Schiefer. Über den sie das Manuskript ausgetauscht hatten.

»Und genau der ist unser Täter«, schlussfolgerte Schiefer.

Oder er schwebte in Lebensgefahr. Beides war meiner Meinung nach möglich. »Hat Anja Ulrich noch etwas zu dem Manuskript gesagt?«

»Nur, dass Rotschild sie gebeten hat, es Korrektur zu lesen. Sie studiert Germanistik.«

»Hat sie das sonst nicht?«

»Doch, aber normalerweise liest sie ein paar Seiten seiner Romane, wenn sie mal Zeit hat. Diesmal hat er von ihr verlangt, dass sie es innerhalb von vier Tagen liest. Deshalb haben sie sich ja in der Nacht zum Donnerstag gestritten. Denn sie hat ihm gesagt, dass sie das unmöglich schaffen könnte. Da ist er wütend geworden und hat ihr vorgeworfen, dass sie ihm Steine in den Weg legen würde.«

»Warum hatte es Rotschild diesmal so eilig?«

»Weil er einen Abgabetermin für den Roman hatte?«, rief Reuss hinter ihrem Schreibtisch.

»Wenn ja, dann müsste es doch einen Vertrag mit einem Verlag geben, oder?«

»Ich denke schon.«

»Anja Ulrich hat keinen Vertrag erwähnt«, sagte Schiefer. »Und ich nehme an, dass Rotschild ihr den Termin nicht verschwiegen hätte. Denn dann wäre ihr ja klar gewesen, warum er es so eilig hat.«

»Also gut, ein Vertrag ist nicht der Grund«, sinnierte ich. »Weshalb könnte er es noch plötzlich so eilig hab...?«

»Nada, nichts«, fluchte Reuss. »Sie kennen sich auch nicht über Facebook, Instagram oder Twitter. Alle drei haben eine Facebook-Seite, Rotschild war zusätzlich noch auf Instagram unterwegs. Sie haben zwar ein paar gemeinsame Freunde, nur sticht mir da kein Name besonders ins Auge.«

Ein Gedanke bohrte sich wie eine Schraube durch meinen Kopf. »Aber da sie alle Autoren sind, sind sie sicherlich auch mit Bloggern befreundet, oder?«

»Ich nehme es ...« Reuss brach ab, dann lächelte sie kurz. »Du meinst diesen einen Blogger, der gerne mal in der Linde vor Sandners Haus sitzt und Fotos knipst?«

»Genau den. Vergleich die gemeinsamen Freunde mit der Bloggerliste.«

»Das haben wir gleich.« Julies Finger huschten erneut über die Tastatur, während Peary sein Telefongespräch beendete. Im selben Augenblick bemerkte ich den leeren Stuhl neben mir. Wann zum Henker war Ilka gegangen?

»Ich hab da vielleicht was«, sagte Peary von seinem Schreibtisch aus. »Der Mitbewohner meinte, dass Haneke seine Daten auf eine Dropbox hochgeladen hat, um von jedem internetfähigen Computer darauf Zugriff zu haben. Wer auf die Dropbox noch zugreifen konnte, wusste er nicht. Deshalb habe ich mit Hanekes Mutter gesprochen. Sie hat gesagt, dass sie sich nur eine Person vorstellen könnte, der er noch die Zugangsdaten gegeben haben könnte. Seiner Tante Tamara, die ihn bei seiner Schreiberei immer unterstützt hat.« Er lächelte, was bei Peary äußerst selten vorkam. »Ich hab sie angerufen, und weil ich so charmant bin, hat sie mir die Zugangsdaten gegeben.«

»Auf deiner Stirn steht viel geschrieben«, rief Schiefer.

»Charmant gehört nicht dazu. Eher griesgrämig, ehrgeizig und …«

Peary winkte ab. »Du bist nur neidisch.« Er gab etwas in seinen Computer ein. Vermutlich die Zugangsdaten. »Voilà, da hätten wir's ja.«

Ich stand auf, umrundete den Besprechungstisch und ging zu Peary.

»Das gibt's nicht«, murmelte er, als ich ihm über die Schulter sah. »Da, *Die Maske des Todes.*« Er bewegte den Mauszeiger über den Bildschirm zu einer Word-Datei mit dem uns bereits bekannten Titel.

»Eher die Maske der Fälschungen«, knurrte Schiefer und stellte sich neben mich.

»Ist es wirklich denkbar, dass gleich drei Autoren plagiiert haben? Das gleiche Manuskript?«, fragte Reuss von ihrem Schreibtisch aus.

»Ich glaube das nicht«, antwortete ich. »Aber möglich ist vieles.«

Reuss runzelte die Stirn. »Was glaubst du dann?«

»Ich denke, hier geht etwas anderes vor. Haneke und Rotschild wurden als gewissenhaft und ehrgeizig beschrieben. Klingt das danach, als würden sie betrügen?«

»Nein.«

Peary hatte unterdessen das Dokument geöffnet. Der Zähler am linken unteren Bildschirmrand benötigte noch ein paar Augenblicke, bis er die Gesamtseitenzahl anzeigte: vierhundertsiebenunddreißig.

»Scrollen Sie zum drittletzten Kapitel«, wies ich ihn an. »Und vergleichen Sie es mit dem Kapitel von Rotsch…« Das Zwitschern meines Handys ließ mich verstummen. Die Festnetznummer, die im Display aufleuchtete, war mir unbekannt. »Kriminalhaupt…«

»Mathias Röder hier«, unterbrach mich Sandners Verleger.

»Ich habe alle Unterlagen von Frau Carius durchgesehen, aber nirgendwo tauchen die Namen Rissmann, Rotschild und Haneke auf.«

»Okay, vielen Dank, Herr …«

»Allerdings«, unterbrach er mich zum zweiten Mal innerhalb von Sekunden, »erinnere ich mich jetzt, dass wir mal eine Kurzgeschichte von Tobias Rotschild in einer Anthologie veröffentlicht haben. Er und vierzehn andere Autoren hatten eine Ausschreibung zum Thema *Götterzorn* gewonnen.«

»Laura Rissmann und Patrick Haneke gehörten nicht zu den Gewinnern?«

»Nein.«

»Danke, Herr Röder«, sagte ich und wollte auflegen, als mir noch etwas einfiel. »Diese Ausschreibung war terminiert?«

»Natürlich. Das sind sie immer.«

»Und gibt es solche Ausschreibungen auch für Krimis?«

»Durchaus möglich.«

»Ihr Verlag hat derzeit nicht so eine Ausschreibung laufen?«

»Nein. Und bevor Sie fragen, mir fällt auch kein Verlag ein, der im Moment für eine Krimianthologie Projekte sucht.«

»Ich denke da nicht an Anthologien, sondern an Romane.« Eine terminierte Ausschreibung würde Rotschilds Eile erklären.

»Ach herrje.« Röder seufzte lautstark. »Die armen Lektoren. Wir haben damals über sechshundert Kurzgeschichten zugeschickt bekommen. Können Sie sich vorstellen, was das bei Romanen für eine Arbeit für die Lekto…« Er brach ab und nieste herzhaft. »Tut mir leid«, entschuldige er sich. »Ich hoffe, Ihnen ist jetzt nicht das Trommelfell geplatzt.«

Es schepperte noch in meinem Ohr, glücklicherweise schien mein Trommelfell jedoch keinen Schaden genommen zu haben. »Mir geht es gut, danke der Nachfrage.«

»Okay. Sie verstehen, was ich meine?«

»Ich denke schon. Vielen Dank für die Informationen.«

»Keine Ursache. Ich melde mich, wenn mir noch etwas einfällt.« Er verstummte erneut, und ich wartete auf den nächsten Nieser, der nicht kam. »Haben Sie schon etwas Neues herausgefunden?«

»Ich sage Ihnen Bescheid, sobald wir Sandner, Grunenwald und Carius gefunden haben.«

»Vielen Dank, Herr Hauptkommissar«, erwiderte Röder und legte auf.

»Ich schätze, eine Ausschreibung ist auch nicht der Grund für Rotschilds Eile«, fasste ich mein Telefongespräch zusammen.

»Wollt ihr wissen, was im drittletzten Kapitel von Haneke steht?«, fragte Peary.

Ich sah zu ihm. Sein verblüffter Gesichtsausdruck sagte mehr als seine Worte. »Der Mord, so wie ihn Haneke bei seinem Notruf geschildert hat?«

»Ja.«

»Kommen darin auch ein blutiger Hammer und eine weiße Rose vor?«, wollte Reuss wissen.

»Nein. Hanekes Romanopfer findet vor der Statue im Tiergarten eine tote Katze und ein kleines Päckchen.«

»Was ist in dem Päckchen?«, fragten Reuss und ich wie aus einem Munde.

Peary seufzte. »Hanekes Romanopfer weiß das nicht.«

»Dann lies weiter«, sagte Schiefer.

Kurz darauf erklang erneut Ilkas Stimme hinter mir. »Ich glaube, ich hab einen Namen für euch.«

»Welchen?«

Sie schloss die Tür hinter sich, ging zum Whiteboard und schrieb mit einem Edding den Namen Mario Schlüter drauf. »Er ist einunddreißig Jahre alt und alleinstehend. Sein Vater wurde in Neapel geboren. Er kam nach Berlin, um hier Medizin zu studieren, und hat sich in eine Flugbegleiterin verliebt. Ein

Jahr später wurde er Papa. Keine sechs Monate danach hat er sein Studium abgeschlossen und Berlin den Rücken gekehrt, um nie wieder zurückzukommen. Mario wurde von seiner Mutter allein großgezogen, die ihren Job an den Nagel hängte und ein Spielwarengeschäft eröffnete. Vor einem knappen Jahr starb sie an einer Blutvergiftung.«

»Das könnte der Auslöser für den Stalker von Sandner gewesen sein«, überlegte ich laut.

»Hast du eine Adresse?«, fragte Reuss.

Ilka schwenkte ihren Notizblock. »Steht alles hier.«

»Ihr fahrt beide zu ihm«, wies ich Julie und Ilka an. »Schiefer und ich werden noch mal mit Frau Aeckersberg reden.«

Das sanfte Lächeln, das in Ilkas Mundwinkeln auftauchte, ließ mich neben sie treten. »Nein, ich gehe dir nicht aus dem Weg, falls du das denkst«, flüsterte ich, während ich meinen leeren Kaffeebecher in den Papierkorb warf.

»Warum schickst du mich dann mit Julie zu Schlüter?«

»Weil du gar nicht hier sein dürftest.«

»Du weißt es noch nicht, oder?«

»Was denn?«

»Ich habe um Versetzung in dein Team gebeten.«

»Echt, das ist ja super«, rief Reuss, die unbemerkt von mir zu uns getreten war.

»Und was sagt Eisfeld dazu?«

»Noch nichts, aber er schien recht glücklich über meinen Versetzungsantrag zu sein.«

Mein Blick glitt zu Peary. Ich glaubte nicht, dass das K11 personell aufgestockt werden sollte. Daher war es nur logisch, dass einer von uns um Versetzung in ein anderes Team gebeten hatte. Reuss und Schiefer hätten mir das mitgeteilt, blieb also nur Oberkommissar Bauer übrig.

»Chef?«, fragte Peary, der wohl meinen Blick auf sich gespürt hatte.

»Melden Sie sich bitte, wenn Sie das Skript zu Ende gelesen haben. Beziehungsweise wenn Sie wissen, was sich in dem mysteriösen Päckchen befindet.«

»Mach ich«, nuschelte Peary und vertiefte sich wieder in *Die Maske des Todes*.

Als ich mich umdrehte, hatten Julie und Ilka den Raum bereits verlassen. Schiefer wartete an der Tür auf mich. Ich folgte ihm in den Flur und den Gang hinunter. Nach ein paar Schritten hielt er mich am Arm fest.

»Tut mir leid, Eric. Ich weiß, ich hätte damit erst zu dir kommen sollen.«

Verwirrt sah ich ihn an. »Mit was?«

»Peary war's nicht«, sagte er leise, »ich habe um Versetzung gebeten.«

Meine Verwirrung stieg. »Warum, Michael?«

»Ich war erst heute Morgen bei Eisfeld.«

»Was ist denn los?«

»Meine Schwiegermutter hatte drei leichte Schlaganfälle kurz hintereinander, seit dem dritten sitzt sie im Rollstuhl.«

»Das tut mir leid.«

»Meine Frau ist fast nur noch in Kühlungsborn, um ihre Mutter zu pflegen. Jetzt will Gabriela ein behindertengerechtes Haus suchen und ich …« Er brach ab und schob seine Fäuste in die Hosentaschen.

»Wie kann ich dir helfen?«

Schiefer schüttelte den Kopf. »Im Moment gar nicht. Ich muss …« Er zuckte mit den Schultern. »Ich sehe die Kinder kaum noch, und Gabriela wird das allein alles zu viel.«

»Sie möchte nicht nur für deine Mutter ein Haus suchen«, schlussfolgerte ich. »Sondern für euch alle.«

Schiefer nickte. »Bislang habe ich es noch nicht fertiggebracht, mir die infrage kommenden Häuser anzusehen.«

Ich horchte auf. »Warum nicht?«

Er sah an mir vorbei zur Wand hinter mir. »Wenn ich das wüsste.«

Ich hielt ihn auf, als er sich abwenden wollte. »Nimm dir ein paar Tage frei und fahr nach Kühlungsborn. Rede mit Gabriela. Ihr werdet eine Lösung finden, okay?«

»Sobald der Fall abgeschlossen ist«, entgegnete er und wandte sich ab.

Ich sah ihm ein paar Sekunden nach, ehe mich das Zwitschern meines Handys aus meinen Gedanken riss.

»Kriminalhauptkommissar Weinsheim.«

»Justizvollzugsanstalt Tegel, Mende mein Name«, sagte eine mir unbekannte Stimme. »Ich bin der Anstaltsleiter der JVA.«

»Was kann ich für Sie tun?«, fragte ich verblüfft.

»Der bei uns inhaftierte Jonas Berger hat Ihnen einen Brief geschrieben. Bevor ich diesen zustellen lasse, wollte ich mich bei Ihnen rückversichern, ob Sie das Schreiben haben wollen.«

Wieso das denn? »Was schreibt mir Berger?«

»Er bittet Sie, seine Tagebücher zu lesen und diese dann seiner Halbschwester zu übergeben. Deshalb wollte ich mich versichern, ob Sie die Post von ihm haben möchten.«

»Ja, das möchte ich.« Ich zweifelte zwar daran, dass Annika Ritter ihre Meinung über ihren Halbbruder ändern würde. Was ich ihr nach allem, was passiert war, auch nicht verdenken konnte. Dennoch war ich überzeugt davon, dass sie irgendwann einmal die Tagebücher von Jonas würde lesen wollen. Nicht heute, auch nicht nächsten Monat. Aber vielleicht in ein oder zwei Jahren.

»Gut, dann veranlasse ich die Zustellung«, erwiderte Mende und legte auf.

»Was war das denn?«, fragte Schiefer, der unbemerkt von mir zurückgekommen war.

»Berger will, dass ich seine Tagebücher lese.«

»Ach was? Soll das seine Art sein, sich zu entschuldigen?«

»Ich weiß es nicht.« Für mich stellte es sich eher so dar, als hätte er wenig Vertrauen zu seinem Anwalt. Damit dieser nicht die Nase in seine Tagebücher stecken konnte, schickte er sie lieber mir. Verrückt, oder?

19. Kapitel

Manchmal – wenn ich ganz still und mit geschlossenen Lidern dalag – konnte ich mich noch genau an den Tag erinnern, an dem ich verlernte zu träumen.

Eigentlich war es ein Tag wie fast jeder andere in meiner Kindheit. Und er begann wie fast jeder andere mit aufstehen, frühstücken und zur Schule gehen.

Meine Schwester mochte die Schule nicht. Anke hasste Mathe, Deutsch, Geschichte … einfach jedes Unterrichtsfach – bis auf Musik. Ich jedoch hätte lieber zehnmal Deutsch hintereinander gehabt als eine Musikstunde in der Woche.

Jeden Morgen, sobald wir den Weg hinter uns gebracht hatten, der sich durch die Felder von unserem Haus bis zur Schule schlängelte, musste ich allein weitergehen. Weil sich Anke für mich schämte und nicht wollte, dass ich an ihrem Rockzipfel hing, wenn sie vor der Schule noch mit ihren Freunden quatschte.

An vielen Tagen schaffte ich es, mit gesenktem Blick das Schulgebäude zu umrunden, es zu betreten und mich bis zum Stundenklingeln in einer Toilette einzuschließen. Aber es gab auch Tage, an denen es mir nicht gelang, mich vor Ankes Clique zu verstecken. Vor Sven, dem Ringer-Wunderkind unserer Schule. Oder vor Ute, deren Papa Richter am Bezirksgericht Potsdam war.

In meiner Familiengeschichte gab es einen schmuggelnden Opa, der sich im Gefängnis erhängt hatte. Als ich kleiner war, hatte ich aus ihm in meiner Vorstellung einen berühmt-berüchtigten Piraten gemacht. Aber die Wahrheit war, dass er von seinen Schmugglerkumpels verraten wurde und nicht einer bereit war, Opa aus dem Knast zu befreien. Viele Jahre später starb er schließlich einsam und ohne Hose, denn die benutzte er zum Knüpfen des Stricks.

Das Vermögen, das er vor und während des Zweiten Weltkriegs durch den Schmuggel verdient hatte, existierte auch nicht mehr. Mein Vater wurde 1939 in einem Haus mit vier Schlafzimmern und einem Garten so groß wie ein Fußballfeld geboren, erzählte mir Tante Karin manchmal. Dann kam die Teilung Deutschlands. Als Opa enteignet wurde, saß er bereits im Gefängnis, aber Papa arbeitete sich in der DDR hoch und eröffnete Jahre vor meiner Geburt ein Radioreparatur-Geschäft. Doch er vertraute falschen Freunden und bezahlte dafür mit jeder Mark, die er im Sparstrumpf versteckt hatte. Er verlor auch sein Geschäft und kaufte mit dem bisschen Geld, was übrig blieb, dieses baufällige Haus auf dem Lande, in dem wir jetzt wohnten. Später, nach der Wiedervereinigung, bekam mein Vater den enteigneten Besitz zurück, doch da existierte die Villa, in der er geboren worden war, längst nicht mehr.

Aber zurück zu jenem regnerischen Tag, an dem ich verlernte zu träumen. Ich schaffte es am Morgen, keine Aufmerksamkeit auf mich zu ziehen. Entweder, weil ich im Verstecken immer besser wurde, oder, weil Ankes Freunde ein anderes Kind in die Mangel nahmen. Der Vormittag verlief auch ohne weitere Zwischenfälle, aber wie hieß es so schön? Man sollte den Tag nicht vor dem Abend loben. Das tat ich selten, doch an jenem frühen Nachmittag sollte ich am eigenen Leib erfahren, dass dieser Spruch keine bloße Redensart war.

»Du willst wirklich das ausleihen?«, fragte Frau Klein und rückte ihre Lesebrille auf der Nase zurecht. »Hast du das nicht schon dreimal gelesen?«

»Viermal«, antwortete ich und legte Gullivers Reisen *vor sie auf den Tresen. »Ich mag es eben.«*

Sie lachte. »Natürlich magst du es.« Sie wuchtete ihren massigen Körper aus dem Stuhl und streckte wie jedes Mal die Hand aus.

Ich verstand nicht recht, warum sie Woche für Woche meinen Büchereiausweis sehen wollte, wusste sie doch, wer ich war. Trotzdem fischte ich ihn aus meiner Jacke und gab ihn ihr.

Säuberlich schrieb sie die Nummer meines Ausweises, die sie eigentlich schon auswendig kennen müsste, in das Kärtchen des Buches. »Du hast vier Wochen zum Lesen.«

Ich nickte, obwohl wir beide wussten, dass ich es spätestens übermorgen zurückbringen würde, um mir ein anderes Buch auszuleihen.

»Grüßt du deinen Papa von mir?«, sagte sie auch wie immer, als sie die Karteikarte des Buches in das Register links neben dem Tresen einsortierte.

»Mach ich, Frau Klein«, antwortete ich und biss mir auf die Zunge. Ich log nicht gern, weil mir dann jedes Mal Hitze ins Gesicht schoss.

Im vergangenen Jahr, an dem Tag, als ich mich in der kleinen Schulbücherei angemeldet hatte, sollte ich zum ersten Mal von ihr Grüße ausrichten. Dreimal hatte sie mich daran erinnert, aber das war gar nicht nötig. Denn ich war viel zu aufgeregt, um das zu vergessen. Manchmal sollte ich meinem Papa Briefe meiner Lehrerin geben, doch Grüße sollte ich noch nie überbringen.

Ich sputete mich, weil ich wusste, dass meine Schwester hinter der Schule an dem Weg wartete, der sich durch die Felder bis zu unserem Haus schlängelte. Damals ging Anke in die Zweite, ich in die Erste, deshalb glaubten ihre Freunde, sie hätte von Papa den Auftrag bekommen, mich nach Hause zu begleiten. Nur ich kannte ihr Geheimnis und hatte ihr schwören müssen, es niemals zu verraten. Da ich keine gebrochene Nase haben wollte, verriet ich niemandem, dass sie Tag für Tag dort auf mich wartete, weil sie Schiss vor Benni hatte. Benni war der Schäferhund vom verrückten Meier und büxte manchmal aus. Dann stromerte er über die Felder oder schlich sich durch die Hintertür in die Fleischerei von Frank Niendorf.

»Glaubst du, Papa hat eine Freundin?«, fragte ich sie damals und musste heftig schlucken. Denn mir lief das Wasser bei dem Gedanken im Mund zusammen, was Frau Klein alles auf den Tisch stellen könnte. Bestimmt etwas anderes, etwas viel Leckereres als die

halb rohen Kartoffeln und das angebrannte Fleisch, was es bei Papa am Wochenende immer gab.

»Wie kommst du denn darauf?«

»Frau Klein hat mich gebeten, Grüße auszurichten.«

Anke blieb stehen, was sie sonst nie tat. Weil sie Angst hatte, Benni könnte zwischen den Maispflanzen hervorspringen und ihr in die Waden beißen. »Die Fette aus der Bücherei?«

Ich nickte verträumt. »Stell dir vor, was sie alles für uns kochen könnte.« Und backen. Leckere Torten zum Beispiel. Erneut musste ich schlucken.

Anke lachte schallend und wischte sich anschließend die Tränen aus den Augen. »Du bist dumm«, schimpfte sie mich aus. »Jeder im Ort weiß, dass sie auf Papa steht, er sie aber hasst.«

Derart aus meinen Tagträumen gerissen, sah ich in Gedanken, wie die mit dicker Sahne bekleckste Erdbeertorte wie eine Seifenblase zerplatzte. »Warum denn?«, fragte ich, während mein Magen laut knurrte.

Anke ging weiter. »Die fette Kuh will doch kein anständiger Kerl haben.«

Aber sie wäre bestimmt eine tolle Stiefmama, *hätte ich fast gesagt, bremste mich jedoch, weil mein Magen laut knurrte.*

Abends, nach dem Abwaschen, ging ich ins Wohnzimmer, wo Papa die Nachrichten schaute. »Ich soll dich von Frau Klein grüßen«, sagte ich und blieb in der Tür stehen.

Zuerst glaubte ich, er hätte mich nicht gehört. Doch dann trank er sein Glas leer und reichte mir die leere Bierflasche. »Bring mir ein Neues.«

»Ja, Papa.«

Ich war schon fast im Flur, als er mich zurückpfiff. »Falls du je wieder diesen Namen in meinem Haus aussprichst, lasse ich dich ein Jahr lang die Fußböden mit deiner Zahnbürste schrubben, kapiert?«

Ich senkte den Kopf. »Ja, Papa.«

Fest Gullivers Reisen *an mich drückend, verbannte ich meine*

Erinnerungen aus meinem Kopf. Ich hatte bisher Wort gehalten und meinem Papa nie wieder Grüße ausgerichtet. Was ich mich jedoch nicht traute, Frau Klein zu sagen.

»Hat er je Grüße an mich ausrichten lassen?«, fragte sie in der Sekunde.

»Wer?«, entgegnete ich und spürte, wie mir heiß und kalt wurde. Weil ich natürlich wusste, wen sie meinte.

»Dein Papa.« Sie wies aus dem Fenster hinter mir. »Er ist jetzt schon so lange allein. Deine Mama ist vor vier Jahren gestorben, nicht wahr?«

Die Erwähnung von Mama verhinderte beinahe, dass ich die Geste von Frau Klein bemerkte. Erst einige Zeit später drehte ich mich um und sah aus den hohen Fenstern. Vor Schreck weiteten sich meine Augen, als ich Papa am Trabbi lehnend am Straßenrand entdeckte. Mit verschränkten Armen!

Augenblicklich wurde mir schlecht.

Warum ist er hier? *Er hatte mich noch nie von der Schule abgeholt.*

»Stimmt etwas nicht?«, fragte Frau Klein, als ich mich umdrehte. »Du siehst ganz blass aus.«

»Ich … ich muss los«, stammelte ich und legte Gullivers Reisen *auf den Tresen.* Vielleicht will er gar nicht mich, sondern Anke abholen? *Aber die hatte noch eine Stunde, deshalb war ich ja in die Bibliothek gegangen.*

»Willst du es nicht mehr ausleihen?«

»Ich hole es morgen ab«, rief ich und rannte aus der Bücherei.

»Aber morgen ist Samstag«, brüllte mir Frau Klein hinterher. »Und du hast deinen Ausweis hier liegen lassen.«

Morgen ist Samstag? *Was bedeutete, dass heute Freitag war.*

Oh nein!

Ich hatte ganz vergessen, dass mich Papa von nun an jeden Freitag zu dem bekloppten Ringen fahren wollte. Damit ich endlich begriff, dass das Leben nicht aus Tagträumereien bestand.

Schlitternd kam ich vor der hohen Eingangstür der Schule zum Stehen und stemmte mein ganzes Gewicht dagegen, um sie aufzuschieben. Dabei schossen mir vor Anstrengung und Panik Tränen in die Augen.

Seit mindestens fünfzehn Minuten war die Schule aus. Was bedeutete, dass Papa seitdem am Auto auf mich wartete.

Das war nicht gut. Überhaupt nicht.

Ich brauche eine Ausrede.

Und zwar schnell.

Eine, die er akzeptiert.

Während ich mir übers Gesicht wischte, lief ich die Stufen hinab.

Ich musste in der Bücherei noch was abgeben?

Nein, dann würde er mir wieder eine Standpauke halten und mir zum hundertsten Mal erzählen, dass wir nur deshalb jetzt den Kitt aus den Fenstern essen mussten, weil er einmal so gutgläubig wie ich gewesen war. Falschen Freunden vertraut hätte, die am Ende nur sein Geld wollten. Das Vermögen seiner Familie.

Ein neuer Gedanke schoss mir durch den Kopf. Könnte mich nicht eine Lehrerin aufgehalten haben?

Ja, das ist gut.

Aber warum hatte sie mich aufgeha…?

Ein Schatten fiel auf mich und stoppte mich, als ich die letzte Stufe erreichte.

Ich sah auf und fürchtete, im nächsten Augenblick in die Hosen zu machen.

Sven!

Oh nein.

»Du hast es ihr gesteckt, du Petze.«

Trocken schluckte ich, Schweiß sammelte sich in meinen Händen. »Ich hab niemandem was gesteckt. Wirklich nicht.« Dafür hatte ich zu große Angst vor ihm, um irgendetwas über Sven zu erzählen. Ich war eher damit beschäftigt, ihm aus dem Weg zu gehen.

Er packte mich an der Jacke und zerrte mich zu sich. »Du lügst.

Und weißt du, woher ich das weiß?« Er beugte sich zu mir. »Nur von dir kann die Weißkopf wissen, dass ich Geld aus der Kaffeekasse im Lehrerzimmer geklaut hab.«

Ich riss die Augen auf. Sven hatte Geld geklaut? Aus dem Lehrerzimmer? Oh scheiße.

»Davon weiß ich nichts, ich schwör's«, keuchte ich und versuchte, mich zu ducken. Eine Sekunde zu spät. Seine harte Faust traf mich am Auge. Dann in den Bauch und in die Rippen.

Ich schrie vor Schmerzen.

»So ergeht es jeder Petze, hast du kapiert?«, brüllte er.

»Papa!«, rief ich. »Hilf mir! Bitte, Papa!«

»Dein Alter kommt nicht, das weißt du doch«, stichelte Sven. »Er hat dir auch nicht geholfen, als wir dich in Ankes Zimmer beim Lesen ihres Tagebuchs erwischt haben.« Er grinste bösartig. »Erinnerst du dich, wo dein Alter da war?«

»Nein, nein, Papa war da nicht zu Hause.«

»Oh doch, das war er. Er stand rauchend in der Haustür, während wir dir eine Lektion erteilt haben.«

»Das glaub ich nicht. Das würde Papa niemals zulassen!«

»Ach ja? Wo ist er dann?« Sven drehte sich um und sah wie ich zur Straße. Wo mein Papa rauchend am Auto lehnte.

»Papa, hilf mir«, flehte ich, bevor sich Sven grinsend zu mir umdrehte und mir seine Faust erneut in die Rippen donnerte. »Ich sagte dir doch, dass er dir nicht hilft. Er hasst solche Petzen wie dich. Kapiert?«

Vor meinem Tränenschleier löste sich meine Welt auf. All meine Träume und all meine Hoffnungen. Warum nur konnte ich nicht wie Anke sein? Warum nannte Papa sie seine Sonne und nicht uns beide? Warum mochte jeder in der Schule Anke, selbst die Lehrer? Sie hasste die Schule und die Lehrer, sie schrieb ihre Hausaufgaben bei anderen ab und spickte bei Arbeiten – ich tat das alles nicht. Und dennoch half mir niemand. Nicht mal Papa oder Anke.

»Ich hab nichts verraten, ich wusste doch davon gar nichts.«

»Erzähl mir keine Lügen, du hast das in Ankes Tagebuch gelesen.«

»Hab ich nicht«, schwor ich, doch Sven glaubte mir nicht. Er zerrte mich zu Boden und trat mit den Füßen nach mir. Meine Tränen tropften in den Dreck, während Papa am Auto lehnte und zusah, wie ich verprügelt wurde.

Wieder einmal.

20. Kapitel

Eric Weinsheim
18. September, 15:53 Uhr

»Also, in dem besagten Päckchen befindet sich eine Vorratsdose mit Sand«, sagte Peary, während ich mein Handy auf Lautsprecher stellte. Schiefer parkte unterdessen den Wagen am Straßenrand in der Königstraße.

»Hat der Sand irgendeine Bedeutung?«, fragte ich.

»Wenn ja, steht davon nichts in den Kapiteln.«

»Wie fasst der Ermittler den Täter?«

»Das weiß ich nicht. Der Krimi ist hier noch nicht zu Ende.«

»Was? Aber ich dachte …«

»Dass es die letzten Kapitel sind, ja, ich auch.«

Ich sah zu Schiefer, der den Motor ausschaltete und sein Smartphone aus der Jackentasche fischte. »Ich rufe Rotschilds Freundin an«, sagte er und legte sein Handy ans Ohr. »Möglicherweise hat sie uns die falsche Version geschickt.«

Ich nickte und konzentrierte mich auf das Gespräch mit Bauer. »Steht in den Kapiteln, welche Verbindung der Killer zu seinen Opfern hat?«

Peary stöhnte. »Die Opfer sind allesamt Blogger, die verschiedene Gründe haben, den Täter zu hassen. Sie waren einmal befreundet, bis der Täter, ein Autor, ihre dunkelsten Geheimnisse in seinen Büchern verwendet hat. Daraufhin haben sich die Blogger zusammengeschlossen und dem Autor vorgeworfen, plagiiert zu haben. Dieser Vorwurf kostete ihn nicht nur seinen guten Namen, sondern auch seine Karriere.«

»Die Blogger haben dem schuldlosen Autor vorgeworfen, plagiiert zu haben, und wurden daraufhin von ihm ermordet?«

»Ja, nur so unschuldig war er nun mal nicht.«

»Aber die Anschuldigung der Blogger war falsch?«

»Das sagte ich doch«, knurrte Peary. »Alles völliger Nonsens, wenn Sie mich fragen.«

»Warum?«, wollte ich wissen und sah über den Fußgängerweg hin zu dem Grundstück, neben dem wir parkten. Reuss hatte nicht übertrieben, als sie Melanie Aeckersbergs Haus als Villa bezeichnet hatte. Ich würde sie jedoch eher in die Kategorie Residenz einordnen.

Das Gartentor wurde von zwei weißen römischen Marmorstatuen flankiert, während auf der Mauer aus schwarzem Naturstein zwei Engel mit filigranen Flügeln thronten. Das Gartentor selbst besaß vergoldete Efeuranken und war selbstverständlich verschlossen. Unter der Sprechanlage neben dem Tor konnte ich eine verschnörkelte Schrift ausmachen. Vermutlich stand dort Melanie Aeckersberg.

»Heutzutage kümmert doch so ein Vorwurf niemanden mehr«, antwortete Peary.

»Also mich würde das rasend machen«, erwiderte ich und schnallte mich ab. »Stellen Sie sich vor, Sie hätten monatelang an einem Roman geschrieben, da viel Zeit und Mühe reingesteckt, und dann werfen Ihnen irgendwelche Leute vor, den Text irgendwo abgetippt zu haben. Das ist furchtbar.«

»Und deswegen würden Sie morden?«

»Kommt drauf an, was aus mir nach dem Vorwurf wird. Aber sicher nichts Gutes. Denn schließlich wurde ich in aller Öffentlichkeit schwer belastet, obwohl ich mir nichts habe zuschulden kommen lassen. Das ist, als hätte man mich zu Freiwild erklärt.

»Sie übertreiben«, grummelte Peary.

»Wirklich? Jeder Mensch hat einen wunden Punkt, und

Schriftsteller sind davon nicht ausgenommen. Vor allem, wenn es sich dabei um ihr Gedankengut handelt.«

»Okay, schon gut, Sie haben mich überzeugt. Jetzt ist nur die Frage: Welcher der Autoren ist in unserem Fall der Killer?«

Mein Blick kehrte zu Schiefer zurück, der nach wie vor telefonierte.

»Gute Frage«, murmelte ich. Der Täter war in jedem Fall der eigentliche Urheber des Manuskripts. Ein auf Rache sinnender Autor, dessen Bücher sich nach einem unbegründeten Plagiatsvorwurf vermutlich nicht mehr verkauft hatten.

Laura Rissmann war Bloggerin, und sie war diejenige, deren Leiche der Mörder als einzige zurückgelassen hatte. Daher war es möglich, dass sie es war, die ihn belastet hatte.

»Bauer, sind die Beschlüsse endlich da?«

»Ja, und die Telefondaten auch.«

»Checken Sie die SMS und die Anruflisten des Opfers. Sie hatte keine Familie mehr, aber sie muss eine Freundin gehabt haben. Jemanden, dem sie vertraute.« Ich dachte dabei an das seltsame Telefongespräch, das die Nachbarin von Frau Rissmann belauscht hatte. »Machen Sie diese Person ausfindig und bestellen Sie sie aufs LKA.« Denn diese Person wusste vielleicht, wem Laura Rissmann Betrug vorgeworfen hatte.

»Geht klar. Übrigens, der Doc hat den Obduktionsbefund vorbeigebracht, kaum dass ihr weg wart. Keine neuen Erkenntnisse, aber der Tox-Befund steht noch aus.«

»Okay. Wir reden jetzt mit Frau Aeckersberg und kommen danach zurück ins LKA.«

»Bis dann«, sagte Peary und legte auf. Erst in der darauffolgenden Stille bemerkte ich, dass Michael nicht mehr telefonierte.

»Was ist los?«

»Frau Ulrich schaut noch mal nach, aber sie ist sich sicher, uns das fertige Manuskript geschickt zu haben. Das, was sie Korrektur lesen sollte.«

Ich runzelte die Stirn. »Was ist dann mit den letzten Kapiteln geschehen?«

»Ehrlich? Keine Ahnung. Ich tippe immer noch darauf, dass sich Frau Ulrich irrt.«

Nachdenklich fixierte ich einen Punkt auf Schiefers Lederjacke. »Und wenn nicht? Wenn ich der eigentliche Autor des Skripts wäre, würde ich dann den bisher unveröffentlichten vollständigen Text aus der Hand geben?«

Schiefer sah zu mir. »Na ja, die drei Autoren sollten …«

»… den Mord an ihnen selbst schreiben«, keuchte ich. »Mehr nicht. Nur dazu haben sie vom Täter das Manuskript bekommen. Um ihm die Vorlage zu liefern, wie er sie umbringen wird. Wie der Krimi endet, brauchten sie nicht zu wissen. Deshalb hat er ihnen die letzten Kapitel vorenthalten.«

»Warum sollten sie ihm die Vorlage liefern? Hat er so wenig Fantasie, dass er sich das nicht selbst ausdenken kann? Als Autor?«

»Oh nein.« Energisch schüttelte ich den Kopf. »Das Schwein hat die drei Autoren mit ihrer eigenen Schöpfung verhöhnt. Indem er sie auf die Weise ermordete, wie ihre jeweils tragischen Buchhelden sterben, hat er sie zu Opfern ihrer eigenen Fantasie werden lassen.«

Schiefer wurde blass. »Wir müssen diesen Drecksack einbuchten. So schnell es geht.«

»Ich bin ganz deiner Meinung.« Ich stieg aus dem Wagen und ging auf das von Statuen flankierte Gartentürchen zu. »Vielleicht hat Peary recht, und die Fälle gehören doch nicht zusammen.«

»Wie kommst du jetzt darauf?«

»Weil sich dieses Manuskript nicht auf dem Rechner von Nina Sandner befindet. Und Anna Carius ist keine Autorin.«

»Es scheint immer wahrscheinlicher zu werden, dass Peary recht hat«, murmelte Schiefer. »Nur kann es kein Zufall sein, dass ausgerechnet fünf Menschen entführt und eine Frau ermordet werden, die alle in irgendeiner Form mit Büchern zu tun haben.«

»Wohl kaum.« Aber wer von diesen fünf war dann der Urheber des Manuskripts?

Schiefer betätigte die Klingel. »Was schätzt du, was die Villa gekostet hat? Drei oder fünf Millionen?«

Ich lehnte mich an die Mauer. *Wie viel* war nicht unbedingt die Frage, die mich beschäftigte. »Würdest du dieses Haus kaufen, selbst wenn du es aus der Portokasse zahlen könntest?«

Schiefer verzog den Mund. »Mit ein paar Millionen auf dem Konto würde ich eher meine Zelte hier abbrechen und mit meiner Familie nach Kanada auswandern. Dort würde ich ein schönes Holzhaus mit Kamin kaufen und mir einen BMW X5 in den Vorgarten stellen. Selbstverständlich neben einen F-150. Und du?«

»Das interessiert mich jetzt auch«, meldete sich Frau Aeckersberg zu Wort.

Sie war unbemerkt von Schiefer und mir hinter das Gartentürchen getreten. »Also, Herr Kommissar, was würden Sie mit ein paar Millionen auf dem Konto tun?« Ihr Blick heftete sich auf mein Gesicht, ohne dass sie blinzelte. Sie lehnte sich lässig an das Türchen, goldene Armreifen klimperten an ihren Handgelenken, und ihre Frisur saß, als käme sie gerade vom Friseur. Und das, obwohl die Wassertropfen auf ihrer Haut der Beweis waren, dass sie gerade eben noch in ihrem Pool schwimmen gewesen war.

»Ich würde mir eine Segeljacht kaufen und eine Almhütte in Österreich.«

Sie lachte. »Wasser zieht Sie magisch an, egal in welcher Form, nicht wahr?«

»Dürften wir kurz hereinkommen?«, fragte ich statt einer Antwort und deutete zu Michael. »Das ist mein Kollege Oberkommissar Schiefer.«

»Unter einer Bedingung.«

Ich runzelte die Stirn. Irrte ich mich, oder müsste sie jetzt nicht eigentlich fragen, ob wir ihre Tochter gefunden hatten?

»Die da wäre?«, fragte Schiefer unterkühlt.

Sie schob sich eine Haarsträhne hinters Ohr, die sich aus ihrer Hochsteckfrisur gelöst hatte. Dabei blitzte ein Diamant in ihrem Ohrläppchen auf. »Warum so steif, meine Herren? Ich möchte nur, dass Sie einen Kaffee mit mir trinken, mehr nicht. Ich hasse es, allein am Tisch zu sitzen.«

»Kaffee klingt gut«, entgegnete Schiefer mit dem gleichen unterkühlten Ton in der Stimme wie zuvor.

»Wunderbar.« Melanie Aeckersberg strahlte und öffnete uns das Gartentürchen. »Bitte folgen Sie mir.«

Schiefer sah zu mir, und ich nickte ihm kaum merklich zu, während uns Aeckersberg vorbei an einem Springbrunnen durch den Vorgarten führte.

Michael war unser menschlicher Lügendetektor. Er spielte seit seiner Kindheit Poker und war geübt darin, Täuschungen zu erkennen. Ich ahnte, dass er sich noch nie darüber Gedanken gemacht hatte, warum er das konnte. Meiner Meinung nach hatte er gelernt, die Mikroexpressionen seines Gegenübers zu lesen. Diese flüchtigen Gesichtsausdrücke, die nur kurz andauerten. Normale Menschen wie ich nahmen diese Mikromimik zwar mitunter wahr, jedoch konnte ich sie nicht deuten. Schiefer war kein Täuschungsexperte, aber wenn er sagte, dass ein Verdächtiger log, dann glaubte ich ihm. Daher übernahm ich das Gespräch, damit Schiefer Gelegenheit bekam, Melanie Aeckersberg zu beobachten.

Nina Sandners Mutter führte uns über einen gepflasterten Weg um das riesige Haus herum zum hinteren Teil des Gartens. Dabei gingen wir an in Form geschnittenen Buchsbäumen und Koniferen vorbei, an Statuen, die nachts von kleinen Scheinwerfern angeleuchtet wurden, und passierten gepflegte Rosenbeete, in denen nicht ein Fitzelchen Unkraut wuchs.

Die Form der Villa erinnerte mich an das erste U, das meine Tochter je geschrieben hatte. Der untere Strich verlief noch parallel zur Linie ihres Heftes, die beiden linken und rechten Striche hingegen kippten jeweils nach außen hin zur Seite. Mich erinnerte ihr U eher an eine Schüssel. Dennoch war ich stolz wie Oskar, als sie einen Monat nach ihrem fünften Geburtstag das Alphabet zu Papier brachte.

Der Pool hinterm Haus überraschte mich nicht. Auch nicht dessen Größe, obwohl meine Wohnung dagegen klein wirkte. Was mich verblüffte, waren nicht nur die vielen Reitsport-Magazine, die neben einem Weinkühler und zwei Gläsern auf dem Terrassentisch lagen; sondern der Mann, der abseits von uns auf einer Liege lag und sich sonnte. Eine Reihe Koniferen verdeckte ihn, wodurch ich ihn nicht genau erkennen konnte. Dennoch bemerkte ich, dass er den Kopf in unsere Richtung drehte, jedoch stand er nicht auf.

Schiefer folgte meinem Blick und hob die Augenbrauen. »Interessant«, murmelte er und lächelte danach unbestimmt, als Melanie Aeckersberg zum Terrassentisch neben dem Pool wies.

»Sie reiten?«, fragte ich, während Schiefer und ich zum Tisch gingen und uns hinsetzten.

»Früher einmal«, antwortete sie. »Einen Moment, die Herren, ich hole uns Kaffee.« Sie wandte sich ab und wollte ins Haus gehen, doch meine nächsten Worte ließen sie mitten in der Bewegung erstarren.

»Wo waren Sie heute Nacht zwischen zwei und drei Uhr?«

Melanie Aeckersbergs Lächeln verschwand von ihren Lippen, kaum dass sie sich zu uns umdrehte. »Ich lag im Bett und habe geschlafen.« Röte breitete sich über ihre Wangen aus, die von einem zornigen Funkeln in den Augen begleitet wurde. »Stehe ich etwa unter Verdacht, mein eigenes Kind entführt zu haben?«

»Gibt es denn einen Grund, Sie zu verdächtigen?«, antwortete ich mit einer Gegenfrage.

»Da Sie hier sind und mir Fragen stellen, scheinen Sie dieser Meinung zu sein«, entgegnete Aeckersberg ausweichend.

»Kann jemand bezeugen, dass Sie im Bett gewesen sind?«
Zum Beispiel der Fremde hinter den Koniferen?

Sie lächelte gekünstelt. »Ich habe eine Alarmanlage im Haus, die jedes Öffnen und Schließen der Haustür registriert. Mit Datum und Uhrzeit selbstverständlich.«

»Auch die der Nebeneingangstür?«

Aeckersberg hob das Kinn. »Natürlich.«

»Das sind obligatorische Fragen, die ich stellen muss«, fügte ich hinzu und stellte fest, dass diese Floskel wie so oft die Wirkung erzielte, die ich mir wünschte.

»Ich verstehe.« Das Lächeln kehrte auf ihr Gesicht zurück, und sie setzte sich entspannt mir gegenüber auf einen Korbsessel. Offenbar war das Thema Kaffee durch das von mir begonnene Gesprächsthema nun vom Tisch. »Was wollen Sie noch wissen?«

»Können Sie sich jemanden vorstellen, der Ihrer Tochter schaden würde?«

»Die Frage habe ich bereits Ihrer Kollegin heute Morgen beantwortet.«

Ich beugte mich näher zu ihr. »Bitte, Frau Aeckersberg.«

»Na gut, von mir aus. Dann kauen wir eben alles noch mal durch.« Melanie lehnte sich zurück und schlug die Beine übereinander. »Nina hat Erfolg und verfügt über ein nicht unbeträchtliches Vermögen, was ihr sicher nicht jeder gönnt. Allerdings fällt mir niemand im Besonderen ein, der ihr würde schaden wollen. Sie hat kaum Freunde.«

»Also auch keine Feinde?«

Sie seufzte. »Darüber kann Ihnen Grunenwald sicher mehr sagen. Wie Sie vermutlich bereits bemerkt haben, ist sein Verhältnis zu Nina besser als meins.«

»Philipp Grunenwald wurde ebenfalls entführt.«

Aeckersberg riss die Augen weit auf, dann lachte sie schallend. »Glauben Sie das wirklich?«

»Warum sollte ich das nicht tun?« Nina Sandners Mutter war inzwischen die zweite Person, die eine Entführung anzweifelte. Konnte es tatsächlich im Bereich des Möglichen liegen, dass Sandner und Grunenwald einfach untergetaucht waren? Aber wozu dann das Blut auf dem Teppich? Und wo war dann Anna Carius?

»Wie ich Ihnen am Morgen schon gesagt habe, vermute ich seit Langem, dass Grunenwald und Nina ein Verhältnis haben. Grunenwald ist vollkommen auf meine Tochter fixiert. Er ist ihr nicht hörig, nein, das nicht. Aber wenn er könnte, würde er sie auf seinen Armen einmal um die Erde tragen. Er ist ein Kerl, den sich jede Frau in ihrem Herzen wünscht, denn er gibt Nina das Gefühl, die einzig wichtige Person in seinem Leben zu sein. Was natürlich Frau Grunenwald mehr als nur ein Dorn im Auge ist, Sie verstehen?«

»Also gibt es doch jemanden, der Ihrer Tochter schaden würde.«

Melanie Aeckersberg schüttelte den Kopf. »So meinte ich das nicht. Zum einen, weil ich denke, dass Elisa seit Jahren Bescheid weiß, zu wem ihr Göttergatte ins Bett hüpft. Trotzdem verlässt sie ihn nicht. Denn wissen Sie, Elisa spielt gern mit Philipp Spielchen. Durch Nina konnte sie ihn gefügig machen.«

»Wie das?«

»Mit der Androhung, das Verhältnis auszuplaudern. So konnte sie Philipp leicht ihren Willen aufzwingen. Heutzutage ist eine solche Affäre kaum eine Schlagzeile wert, aber Philipp ist altmodisch und ein Ehrenmann. Dass Nina in irgendeiner Form durch den Dreck gezogen werden könnte, wäre ein Albtraum für ihn. Nun ja, und dann gesellt sich Gleich und Gleich gern. Sie verstehen, was ich meine?«

»Elisa Grunenwald hat eine Affäre?«, schlussfolgerte ich.

»Selbstredend.«

»Mit wem?«

»Wenn ich raten würde, dann würde ich auf Mathias Röder tippen.«

»Den Verleger Ihrer Tochter?«

Aeckersberg lächelte, jedoch eisig. »Er hat mich bei mehreren Gelegenheiten abblitzen lassen, aber den Kopf anschließend immer wieder mit dem von Elisa zusammengesteckt.«

Schiefer und ich tauschten einen Blick. »Ist Röder verheiratet?« Mir war kein Ring an seiner Hand aufgefallen, auch kein Bräunungsstreifen. Was jedoch nichts bewies.

»Nicht mehr. Seine Ex wohnt seit einem Jahr in San Marino und ist mit einem erfolgreichen Investmentbanker verheiratet.«

Melanie Aeckersberg verstummte und sah zu einem Punkt hinter mir. Sie schwieg etliche Sekunden, dabei wurde ihr Blick nachdenklich, beinah traurig. »Ich weiß, dass Sie mich für gefühlskalt halten, aber da sind Sie nicht die Einzigen. Meine eigene Tochter hasst mich, weil sie denkt, ich hätte ihren Vater nie geliebt und ihn betrogen. Tatsache ist, dass mich Oliver im sechsten Monat sitzen gelassen hat und zu einer anderen gezogen ist. Ein halbes Jahr später stand er wieder vor meiner Tür und meinte, wir wären doch eine Familie.« Sie wandte den Kopf ab, und ich hörte ein leises Schluchzen. »Ich habe ihm geglaubt. Seinen Beteuerungen, mich und Nina zu lieben. Erst später habe ich erfahren, dass er nur zurückgekommen ist, weil ihn seine Geliebte vor die Tür gesetzt hat.«

Melanie sah zu mir und lächelte ein Lächeln, das wegen des bekümmerten Blicks in ihren Augen beinahe manisch wirkte.

»Oliver hat sich wirklich großartig um unser Baby gekümmert. Vom ersten Tag an war er ein toller Vater, aber er hat Nina auch viel zu sehr verwöhnt. Dadurch blieb mir nur die Rolle der strengen Mutter, um die Erziehungswaage im Gleichgewicht zu halten. Und ich habe diese Rolle, die er mir aufgezwungen hat, gehasst.«

Sie nahm die Weinflasche aus dem Kühler, goss sich ein Glas voll und trank ein paar Schlucke.

»Und so kam, was kommen musste. Nina hat in allem mehr ihrem Vater als mir vertraut. Habe ich zu etwas Nein gesagt, hat Oliver es ihr erlaubt. Immer wieder haben wir uns wegen Ninas Erziehung gestritten, und jedes Mal hat er mir versprochen, sich zu ändern. Um am nächsten Tag jedes seiner Worte Lügen zu strafen.« Sie nippte erneut am Glas. »Und jetzt fragen Sie sich sicher, warum ich ihn nicht verlassen habe. Ich wollte es, oft. Aber ich wusste, dass Nina ohne ihren Vater todunglücklich sein würde. Sie bei ihm zu lassen, habe ich allerdings nicht übers Herz gebracht. Also blieb ich, Jahr um Jahr. Bis ich glaubte, dass Nina alt genug wäre, alles zu verstehen. Nach einem heftigen Streit packte ich unsere Sachen, obwohl ich nicht wusste, wo ich hingehen sollte. Peter Aeckersberg war damals nur mein Chef, trotzdem hat er mir angeboten, dass wir ein paar Wochen bei ihm wohnen können. So lange, bis ich für Nina und mich eine Bleibe gefunden hatte. Doch dann …« Sie brach ab und versank in Schweigen.

»An jenem Tag starb Ihr Mann«, sagte ich schließlich leise.

»Ja. Nach jedem Streit setzte er sich auf sein Motorrad. Viele Male habe ich ihn gebeten, die Maschine zu verkaufen. Wenn er es schon nicht für mich tun wollte, dann für Nina. Aber er hat dieses Ding geliebt.« Melanie holte tief Luft. »Zwei Tage nach Olivers Tod stand ein Kerl vor unserer Tür. Er meinte, er wäre ein Freund meines Mannes, jedoch wollte er nur Geld. Oliver ist illegale Rennen gefahren und hatte Schulden bei dem Typen. Geld, das ich nicht hatte, was ich ihm auch sagte. Doch Ingo Sperlich kam wieder, jeden verdammten Tag, und tauchte sogar auf Olivers Beerdigung auf. Um mir am Grab meines Mannes zu sagen, dass er genau wüsste, in welche Schule Nina gehen würde.

Außer mir vor Sorge habe ich Peter alles erzählt. Er meinte, er würde sich darum kümmern, und sagte mir, ich solle Ninas und meine Sachen packen. Wir sollten erst einmal zu ihm ziehen, bis sich die Wogen geglättet hätten. Doch in der Nacht ist Nina abgehauen.«

»Warum waren Sie sicher, dass Ihre Tochter nicht entführt worden ist?«, hakte ich nach.

Melanie richtete ihren tränenblinden Blick auf mein Gesicht. »Das wussten wir nicht. Jedenfalls nicht am Anfang. Deshalb engagierte Peter einen Privatdetektiv, der Nina keine zehn Stunden später gefunden und von da an beschützt hat. Die gesamte Zeit über, die sie auf der Straße gelebt hat.« Melanie nickte. Wieder und wieder, als wäre sie tief in ihren Erinnerungen versunken. »Ich wollte Nina zurückholen. Jeden Tag wollte ich zum Bahnhof Zoo fahren und mit ihr reden. Doch Olivers angeblicher Freund Ingo war wie vom Erdboden verschwunden, daher glaubte Peter, dass sie dort, wo sie war, sicherer war als in meiner Nähe.«

»Warum sind Sie nicht zur Polizei gegangen?«

»Weil Ingo gedroht hat, Nina etwas anzutun, wenn ich das mache.«

»Was ist aus ihm geworden?«

»Peter hat ihn ausfindig gemacht und ausbezahlt. Aber zu dem Zeitpunkt lebte Nina schon bei den Grunenwalds.«

»Könnte Ingo Sperlich etwas mit Ninas Entführung zu tun haben?«

Melanie blinzelte, als hätte meine Frage sie aus ihren Erinnerungen gerissen. »Das kann ich mir nicht vorstellen. Ein Jahr nach Olivers Tod hatte er einen schweren Motorradunfall und ist seitdem querschnittsgelähmt.«

Ich lehnte mich im Sessel zurück und bemerkte, dass die Nachmittagssonne hinter einer hohen Kastanie verschwand. »Haben Sie Nina je die ganze Geschichte erzählt?«

»Nein.«

»Warum nicht?«

»Weil sie Oliver als liebevollen Vater in Erinnerung behalten soll.«

Schiefer hob die Augenbrauen, was Melanie nicht bemerkte, denn sie goss sich erneut ihr Weinglas voll.

»Was haben Sie heute Morgen wirklich im Haus Ihrer Tochter gesucht?«

Mit einem Ruck stellte Melanie die Weinflasche zurück in den Kühler. »Nina.«

Sie log, das sah selbst ich, obwohl ich nicht über Schiefers Lügendetektorfähigkeiten verfügte.

»Aus einem Geheimfach in der Anbauwand Ihrer Tochter sind Papiere verschwunden.«

Melanie Aeckersbergs Blick wurde eisig und schien mich zu durchbohren. »Und Sie glauben, ich hätte meine Tochter bestohlen?«

»Sie haben finanzielle Probleme«, brachte ich die Sache auf den Punkt. »Ihre Villa steht zum Verkauf.«

»Und daraus schließen Sie, dass ich Probleme habe?«

Ich deutete auf die vielen Magazine, die auf dem Tisch lagen. »Ich glaube, dass Sie gern Pferdewetten abschließen und in letzter Zeit dabei viel Pech hatten.«

Mit hochrotem Kopf sprang Melanie auf. »Wie können Sie es wagen?«

»Haben Sie Ninas neues Testament im Haus Ihrer Tochter gesucht?«

Melanie erbleichte. »Sie sollten jetzt gehen. Sofort. Und kommen Sie erst wieder, wenn Sie Beweise und einen richterlichen Beschluss haben.« Sie wandte sich ab und eilte auf die Terrassentür zu. Drei Schritte davor blieb sie stehen. »Roberto, würdest du die Herren Kommissare bitte hinausbegleiten?«

Der Mann, den ich vorhin bemerkt hatte, erhob sich von

seiner Liege. Er war höchstens dreißig, durchtrainiert, und sein ebenmäßiges Gesicht wies Züge auf, die durchaus an den italienischen Sänger Tiziano Ferro erinnerten.

»Natürlich, Melanie.«

Er streifte sich ein T-Shirt über und kam zu uns. »Hier entlang, bitte.« Roberto wies zu dem uns bereits bekannten Weg.

»Roberto …?«, hakte ich nach, als ich mich erhob.

»Keßler.« Er lächelte. »Ich bin Frau Aeckersbergs Gärtner.«

Und der Gärtner war es doch, fiel mir der Titel eines Krimis ein, den Kathrin vor ein paar Jahren mal gelesen hatte.

»Wie lange arbeiten Sie schon für Frau Aeckersberg?«, fragte ich, während wir Roberto um das Haus herum folgten.

»Ein Jahr und vier Monate.«

»Wohnen Sie auch hier?«

Er blieb mitten auf dem Weg stehen und drehte sich zu uns um. »Ich bleibe manchmal etwas länger, wenn es ihr nicht so gut geht.«

Eine direkte Antwort auf meine Frage war das nicht.

»Ist Frau Aeckersberg krank?«

Robertos Blick glitt zum Haus, wo sich eine Gardine hinter einem Fenster bewegte. Daraufhin schien er fest die Zähne zusammenzubeißen, denn ich hörte ein leises Knirschen. »Nein, Melanie ist nicht krank.« Er wandte sich brüsk um und lief weiter, ohne darauf zu warten, ob wir ihm folgen würden.

»Warum bleiben Sie dann länger?«

»Weil sie die Einsamkeit mitunter schwer erträgt.«

Roberto führte uns am Springbrunnen vorbei und öffnete das Gartentürchen.

»Haben Sie ein Verhältnis mit Ihrer Chefin?«

Seine Hand glitt von der Klinke. »Bitte, es ist nicht so, wie Sie denken.«

Sooft ich diesen Satz auch schon gehört hatte, war er meist eine Lüge. Aber irgendetwas an Roberto ließ mich ausgerechnet jetzt daran zweifeln, dass er mich angeflunkert hatte. »Wie ist es dann?«

»Gehen Sie«, erwiderte er und trat zur Seite, um Schiefer und mich hinauszulassen.

Ich griff in meine Jacke und nahm eine Visitenkarte heraus. Danach reichte ich Roberto die Hand. Kurz schüttelte er sie, um dann meine Karte in einer Tasche seiner Shorts verschwinden zu lassen.

»Sie können sich jederzeit bei mir melden, wenn Sie reden wollen.« Ich ging mit Schiefer zum Wagen.

»Was meinst du?«, fragte ich ihn und lehnte mich an den Kotflügel.

»Mit den Pferdewetten und dem Testament hast du voll ins Schwarze getroffen.«

»Und der Rest?« Ich hatte nicht das Gefühl, dass Melanie in Bezug auf Nina und Oliver gelogen hatte. Doch etwas sagte mir, dass ihre Geschichte nicht der vollen Wahrheit entsprach.

»Da verschweigt sie was.« Schiefer trat neben mich und sah hinauf in den wolkenlosen Himmel. »Mich lässt der Gedanke nicht los, dass Oliver Sandner einen Grund dafür hatte, seine Frau im sechsten Monat sitzen zu lassen.«

»Du meinst, sie hat ihn betrogen?«

»Was, wenn Oliver gar nicht Ninas Vater ist, und er hat es rausgefunden?«

Ich kniff die Augen zusammen. »Warum sollte er dann zu ihr zurückgehen?«

»Aus einem Grund, aus dem das viele Kerle tun. Er hat seine Frau und Nina geliebt.«

»Durchaus denkbar.« Ich schwieg kurz. »Mich lässt eine Sache nicht los. Beide Frauen, sowohl Aeckersberg als auch Grunenwald, haben die Theorie aufgestellt, die Entführung könnte nur vorgetäuscht sein. Die Spuren in Sandners Haus scheinen mir allerdings nicht fingiert zu sein. Doch was, wenn Grunenwald und Sandner jemanden beauftragt haben, sie zu entführen?«

Überrascht sah Schiefer mich an. »Es gab keine Lösegeldforderung.«

»Nein, die gab es nicht. Entweder, weil es dem Kidnapper nicht um Bares geht. Oder weil die Entführung tatsächlich gefakt war. Denn Geld haben Sandner und Grunenwald genug. Warum also welches fordern? Was sie hingegen nicht haben, ist ein gemeinsames Leben.« Falls sie denn eins zusammen haben wollten.

»Du meinst, sie könnten …?«

»Sich absetzen wollen, ja«, beendete ich seinen Satz und fischte mein Handy aus der Jackentasche. Das zu zwitschern begann, kaum dass es in meiner Hand lag.

»Ruf bei den Flughäfen an und lass sie überwachen«, sagte ich zu Schiefer und nahm Julies Anruf entgegen, als er nickte.

»Was hast du für mich?«

»Wir haben mit der Schwester von Mario Schlüter gesprochen. Der Blogger ist Berufssoldat und seit über fünf Monaten nachweislich in Afghanistan stationiert. Seine Schwester wohnt so lange bei ihm und füttert seine beiden Frettchen. Wir haben uns in der Wohnung umgesehen. Er ist zwar ein Büchernarr, aber nichts deutet auf einen krankhaften Hang zu Nina Sandner hin.«

»Gute Arbeit«, murmelte ich und strich Schlüter von der Liste der Verdächtigen. Auf der immer noch Melanie Aeckersberg ganz oben stand.

»Ilka und ich sind inzwischen im Amano und prüfen dort noch mal die Bänder vom Zeitpunkt an, wo Sandner im Hotel eingetroffen ist, bis zu dem Moment, wo sie das Amano verlässt.«

»Ist euch schon jemand aufgefallen?«

»Noch nicht.«

»Alles klar. Schiefer und ich fahren zurück zum LKA«, entgegnete ich, legte auf und wählte gleich darauf Pearys Nummer. Während es klingelte, stieg ich in den Wagen und startete den Motor, als sich Michael auf den Beifahrersitz fallen ließ.

»Sie haben keine Flugtickets gekauft«, informierte er mich, ehe Peary das Gespräch annahm, das ich auf laut stellte.

»Haben Sie die Freundin von Laura Rissmann ausfindig gemacht?«

»Es gab nur eine Nummer, die sie regelmäßig angerufen hat, beziehungsweise mit der sie gesimst hat. Sie gehört Sara Richter, der langjährigen Schulfreundin des Opfers. Sie sollte gleich hier sein.«

»Gut«, erwiderte ich und lenkte den Wagen auf die Straße.

»Frau Richter ist da«, sagte Peary und beendete das Gespräch.

»Falls Frau Richter den Namen des Autors nicht kennt, dann nimm den Blog des Opfers genauer unter die Lupe«, sagte ich zu Schiefer, während wir über die Wannseebrücke fuhren. »Irgendwo dort muss der Name des Täters auftauchen.«

»Und wenn wir uns irren?«

»Wie meinst du das?«

»Der Täter hat jedes Smartphone mitgenommen und den Laptop von Rotschild sowie den von Haneke. Vom Laptop des Opfers hat er Daten gelöscht, aber Sandners Computer ist unberührt. Warum hat er das gemacht, und weshalb hat er nicht an die Datensicherungen gedacht?«

Ich brauchte ein paar Sekunden, ehe ich begriff, worauf InStyle Man hinauswollte. »Wenn er selbst Autor ist, hätte er ahnen müssen, dass Rotschild, Haneke und Rissmann ihre Daten sichern.«

»Ganz genau. Weshalb also hat er die nicht auch verschwinden lassen?«

»Entweder, weil er wollte, dass wir sie finden. Oder ...?«

»Er wollte uns mit dem Manuskript und allem anderen auf

eine falsche Fährte locken«, vervollständigte Schiefer meinen Satz.

»Du denkst an Aeckersberg?«

»Du nicht? Sie ist zwar keine Autorin, allerdings ist ihre Tochter eine. Sie kennt sich also aus. Und was noch hinzukommt, Haneke, Rotschild und das Opfer waren Fans von Sandner.«

»Als Ninas Mutter sollte es ein Leichtes für Aeckersberg gewesen sein, mit den dreien in Kontakt zu kommen«, spann ich den Faden weiter. »Bei einer Lesung ihrer Tochter zum Beispiel. Und dann könnte sie unter einem Vorwand eine Verbindung zu ihnen aufgebaut haben.«

»Sie könnte es eingefädelt haben, dass alle drei an dem gleichen Skript arbeiten. Ein Gemeinschaftsprojekt, das sie den dreien versprochen hat, ihrer Tochter zu zeigen. Nina Sandner hat garantiert gute Beziehungen. Ihr könnte es sicher gelingen, es an einen Publikumsverlag zu vermitteln.«

»Was bedeutet, dass es möglicherweise gar keinen Plagiatsvorwurf gibt«, schlussfolgerte ich und hielt an einer Ampel. »Nur was ist dann ihr Motiv? Warum sollte sie diese drei Autoren in ihre Rache einbeziehen?«

»Und wenn es einfach nur um Geld geht, gar nicht um Rache?«

Ich drehte mich zu Schiefer. »Obwohl ihre Tochter vermögend ist, muss Aeckersberg ihr geliebtes Anwesen verkaufen. Das riecht mir verdammt nach Rache.«

Er seufzte. »Ja, mir auch.« Schiefer lehnte sich zurück und schloss die Augen. »Vermutlich geht es um beides. Um Geld und Rache.«

»Das denke ich auch. Das Rachemotiv könnte Melanies Komplize, wenn es denn einen gibt, in diese kriminelle Beziehung eingebracht haben.«

»Der Stalker?«

»Durchaus denkbar, dass er die Autoren kennt.«

»Und sie ihm wegen der plagiierten Rezension Vorhaltungen gemacht haben. Vielleicht haben sie ihn danach geschnitten oder Ähnliches, und er wollte sich deshalb an ihnen rächen.«

»Wenn es so gelaufen ist, muss mehr vorgefallen sein als ein paar Vorhaltungen«, erwiderte ich. »Aber du solltest überprüfen, ob und mit welchen Bloggern diese drei Autoren in den sozialen Medien befreundet waren.«

»Mach ich.«

Ein schmerzhaftes Ziehen breitete sich in meinem Magen aus und hatte einen Gedanken im Schlepptau, den ich laut aussprach. »Warum hat der Täter den Dokumentenordner von Nina Sandner nicht gelöscht?«

»Das frage ich mich auch die ganze Zeit.«

»Der PC schien mir relativ neu zu sein«, murmelte ich. »Vielleicht musste er ihn deshalb nicht *bereinigen*.«

Schiefer sah zu mir. »Worauf willst du hinaus?«

»Was wäre, wenn *Die Maske des Todes* aus Nina Sandners Feder stammt? Es könnte ein älteres Projekt sein. Eins, das sie vor Jahren begonnen hat zu schreiben, und nun hat es ihre Mutter von den anderen Autoren beenden lassen.«

»Zu welchem Zweck?«

»Dieses *Fertigschreiben* könnte eine Idee des Komplizen Schrägstrich Stalkers gewesen sein, der wegen des Plagiatsvorwurfs in Verruf geraten ist. Vielleicht hat er vor, die drei Autoren nun seinerseits des Abschreibens zu bezichtigen?«

»Nach dem Motto: Wie du mir, so ich dir?« Michael nickte. »Vorstellbar. Und da Grunenwald und Carius mit Nina gut befreundet waren, kennen sie das Skript natürlich und mussten deshalb verschwinden.«

Ich schüttelte den Kopf. »Für mich war Grunenwald noch immer zur falschen Zeit am falschen Ort.«

»Und Anna Carius?«

Ich verzog den Mund. »Momentan sieht es für mich so aus,

als hätte der Täter sie als Druckmittel entführt.« Und diese Befürchtung war einer der Gründe für das Ziehen in meinem Magen.

»Scheiße«, fluchte Michael.

Ich nickte erneut und gab Gas, als die Ampel auf Grün sprang. »Klemm dich ans Telefon und finde heraus, ob Aeckersberg noch ein Grundstück in oder um Berlin besitzt. Irgendwo hat sie die fünf Vermissten hingebracht.« Falls sie noch lebten. Doch die Möglichkeit schwand mit jeder verstreichenden Stunde.

21. Kapitel

»Weinsheim?«

Die Stimme meines Chefs ließ mich mitten im Flur stehen bleiben.

»Ja?« Ich sah über meine Schulter zu Eisfeld, der mit vor der Brust verschränkten Armen am Türrahmen lehnte. Wie immer war er akkurat gekleidet. Nur konnten der dunkelblaue Seidenschlips und der graue Einreiher nicht über die Blässe in seinem Gesicht hinwegtäuschen.

»Ein Wort unter vier Augen.«

»Natürlich«, erwiderte ich überrascht. Normalerweise sagte er mir mitten im Gang oder im Frühstücksraum, für was er mich hielt.

Ich folgte ihm in sein Büro. Beinahe lautlos schloss ich die Tür, drehte mich um und ging zu dem Stuhl, der vor seinem Schreibtisch stand. Da ich nicht lange bleiben würde, setzte ich mich gar nicht erst.

»Ich nehme an, Sie wissen von den beiden Versetzungsgesuchen?«

Aha, daher wehte der Wind. »Ja.«

Eisfelds Bürostuhl knarrte, als er sich hinsetzte. »Und Sie wissen sicher auch, dass ich im Fall von Hauptkommissarin Brewitz noch keine Entscheidung getroffen habe?«

»Das ist mir bekannt.«

Er stützte den Arm auf die Lehne, strich sich übers Gesicht und sah dann zu mir hoch. Mit einem Blick, der mich warnte, sein Büro sofort zu verlassen. Dass ich trotzdem blieb, hatte wahrscheinlich etwas mit Leichtsinn zu tun. Oder mit Sturheit.

»Was Sie nicht wissen: Brewitz ist Direktor Döllings Tochter.«

Verblüfft vergaß ich kurz zu atmen. Diese Neuigkeit war keine leichte Kost. »Warum sagen Sie mir das?«

»Weil es Ihre Entscheidung ist, ob Sie sie im Team haben wollen oder nicht. Dabei sollte Ihnen allerdings klar sein, mit wem Sie es zu tun bekommen, wenn Ilka Brewitz irgendetwas passiert.«

Jetzt zog ich den Stuhl doch zu mir und setzte mich. »Schiefer hat sich noch nicht für oder gegen einen Umzug entschieden.«

»Das ist sekundär, Ihr Team wird personell aufgestockt«, erwiderte Eisfeld und gab mir Ilkas Akte. »Und da sie bereits an Ihrem Fall mitarbeitet, ahne ich, wie Sie sich entscheiden werden.«

Da hatte er mir etwas voraus, denn ich wusste es noch nicht. »Danke«, murmelte ich, stand auf und ging zur Tür.

»Noch eine Sache«, hielt er mich auf, bevor ich die Hand auf die Klinke gelegt hatte. »Dölling hat Sie im Auge.«

»Warum?«

Ich könnte schwören, Eisfeld hinter meinem Rücken leise lachen zu hören. »Die Frage müssen Sie sich selbst beantworten, Weinsheim.«

Ich glaubte, den Geschmack von Single Malt auf meiner Zunge zu spüren, als ich das Büro verließ. Dass Ilka und Julie in dem Moment den Flur entlangkamen, machte die Sache nicht besser.

»Wir haben da vielleicht was«, informierte mich Julie und eilte vor mir her zum Büro, während ich Ilkas Akte so drehte, dass sie ihren Namen nicht lesen konnte. Natürlich war ihr klar, dass ich ihre Akte zu lesen bekommen würde. Nur wollte ich nicht, dass sie das Gespräch auf ihre mögliche Versetzung in mein Team brachte. Hier, mitten im Flur des LKA, wo die Wände Ohren hatten.

»Du siehst nicht glücklich aus«, stellte Ilka fest und ging neben mir durch den Gang.

Echt? »Was habt ihr?«, fragte ich, statt das auszusprechen, was mir auf der Zunge lag. *Warum hast du mir das nicht gesagt?*

Nicht, dass ein One-Night-Stand das Ausplaudern intimer Geheimnisse rechtfertigen würde. Aber offenbar waren ihre Wurzeln kein Staatsgeheimnis. Nur ich wusste scheinbar nicht, wer ihr Vater war, weil ich nichts auf den Klatsch im Pausenraum gab.

»Oh nein, ich werde doch Julie nicht den Auftritt versauen«, entgegnete Ilka grinsend. Sie schloss hinter mir die Bürotür, während ich zu meinem Schreibtisch ging und ihre Akte in einer Schublade einschloss.

»Beim Durchsehen der Überwachungsbänder des Amano ist uns dieser Mann wegen seines Shirts aufgefallen«, sagte sie und heftete ein Foto an das Whiteboard. Der Kerl war um die dreißig, hatte igelkurze schwarze Haare und trug ein Fanshirt von Juventus Turin. Auf dem Bild lehnte er an der Rezeption und sprach mit einer Angestellten.

»Das war gestern Nachmittag«, ergänzte Julie und heftete ein zweites Foto ans Board. »Und das hier war gestern Abend.« Auf dem Bild trug er ein dunkelblaues Hemd und eine Krawatte zu einer schwarzen Stoffhose. »Er hat fünf Minuten nach Nina Sandner das Hotel betreten, ist mit dem Fahrstuhl nach oben gefahren und verließ sechs Minuten und zehn Sekunden später wieder das Amano.«

»Kann sich die Rezeptionistin an das Gespräch mit ihm erinnern?«, fragte ich.

»Ja. Er hat sich ausschließlich für die Rooftop-Bar interessiert.«

»Findet raus, wer er ist«, sagte ich mitten hinein in das Klingeln meines Telefons. Ilka und Julie nickten, während ich das Gespräch annahm.

»Hauptkommissar Weinsheim.«

»Hier ist die Anmeldung«, hörte ich einen Kollegen sagen. »Eine gewisse Katja Knape ist hier und möchte Sie sprechen.«

»Weswegen?«

»Sie hat eine der Vermissten in der Abendzeitung erkannt.«

»Okay, sie soll raufkommen«, entgegnete ich und legte auf.

»Chef?« Pearys Stimme nah an meinem Ohr ließ mich zusammenfahren. Ich hatte nicht bemerkt, dass er hinter mich getreten war.

Ich wandte mich zu ihm. »Ja?«

»Die Freundin des Opfers sagt, Laura Rissmann hätte nie einen Autor beschuldigt, plagiiert zu haben.«

Das bestätigte Schiefers und meine Theorie, dass es hierbei gar nicht um Urheberrechtsverletzung ging. »Hat Frau Richter sonst noch etwas gesagt?«

Peary runzelte die Stirn. »Nur, dass ihre Freundin in letzter Zeit ziemlich geheimnisvoll getan hat. Am Anfang glaubte sie, Laura hätte einen Freund. Aber vor zwei Tagen hat sie gesagt, dass sie sich vielleicht bald ihren Kindheitstraum erfüllen kann. Sie wollte schon immer für ein Jahr als Backpackerin nach Australien gehen. Allerdings erst dann, wenn sie genügend Geld zur Seite gelegt hat.«

Was bedeutete, dass das Opfer die Hoffnung hatte, bald finanziell für diese Reise abgesichert zu sein. Und es bedeutete auch, dass Schiefers und meine Theorie immer wahrscheinlicher wurde.

»Das passt zusammen«, murmelte ich und setzte zu einer Erklärung an, als es an der Tür klopfte.

Ich stand auf. »Findet heraus, ob Aeckersberg noch ein Grundstück besitzt. Es muss abgelegen sein, aber jederzeit zugänglich«, rief ich und eilte zur Tür.

»Hauptkommissar Weinsheim?«, fragte eine junge Frau, die mir gerade einmal bis zu den Schultern reichte. Die eine Seite ihres Kopfes war beinah kahl rasiert, die andere Seite wies lange blonde Haare auf, in die sie bunte Perlen geflochten hatte.

»In Person«, entgegnete ich und gab ihr die Hand. Bis auf zwei Unterlippen-Piercings trug sie keinen Schmuck, dafür blitzten auf ihrem Einhorn-T-Shirt ein paar Glitzersteine auf.

Der uniformierte Kollege, der Katja Knape begleitet hatte, nickte mir zu und wandte sich ab.

»Bitte, folgen Sie mir«, sagte ich und öffnete eine Tür schräg hinter mir. Eigentlich war das mein Büro, doch ich nutzte es selten. Falls ich jedoch Ilka ins Team holte, würde ich hierher umziehen müssen.

»Ich arbeite am Wochenende im Sisal in der Mulackstraße als Kellnerin«, sagte sie und legte eine mitgebrachte Zeitung auf meinen leeren Schreibtisch. »Und dort habe ich diese Frau am Sonntagabend gesehen.« Sie zeigte auf das Foto von Anna Carius.

»Wann genau?«, fragte ich.

Katja Knape kaute nachdenklich auf einem Piercing herum. »Das muss so gegen drei viertel elf gewesen sein. Wir haben bis Mitternacht geöffnet.«

Carius war also vom Amano zum Sisal gelaufen. Um sich dort mit der Unbekannten zu treffen? »War sie allein?«

»Nein, sie kam mit einer anderen Frau ins Sisal«, antwortete sie und setzte sich auf den Stuhl vor meinem Schreibtisch.

»Können Sie die Frau beschreiben?«

Katja neigte den Kopf zur Seite. »Mitte vierzig vielleicht, blond und sehr gut gekleidet.« Sie schnalzte leicht missbilligend mit der Zunge. »Als wolle sie noch zu einem Geschäftsessen oder so gehen. Kostüm, High Heels und jede Menge Diamanten. Mehr, als ich je in einem Juweliergeschäft gesehen habe.«

Aeckersberg!

»Einen Moment«, bat ich und ging zum Whiteboard, um das Foto von Nina Sandners Mutter zu holen.

»War es diese Frau?«, fragte ich Katja, nachdem ich die Tür meines Büros wieder hinter mir geschlossen hatte.

»Genau die.«

Ich setzte mich ihr gegenüber auf die Kante meines Schreibtischs. Natürlich kam mir der Gedanke, dass Aeckersberg Carius entführt hatte. Aber warum der Umweg übers Sisal? Warum erst mit Anna in das Restaurant gehen?

»Sie haben gestritten«, sagte Frau Knape mitten hinein in meine Gedanken. »Die ganze Zeit über.«

»Haben Sie mitbekommen, worum es bei dem Streit ging?«

»Nicht wirklich. Doch ich weiß, dass die Juwelenlady ziemlich wütend war. Das war sie schon, als beide das Sisal betreten haben. Circa zwanzig Minuten später hat sie der Vermissten ihren Wein ins Gesicht geschüttet und das Restaurant im Eiltempo verlassen.«

»Sie ist vor ihr gegangen?«, fragte ich überrascht. »Nicht gemeinsam mit ihr?«

»Nein. Die Frau«, Katja tippte wieder auf die Zeitung, »blieb allein sitzen. Ich habe ihr ein paar Servietten gebracht, und dann ist sie auf die Toilette gegangen. Dort blieb sie fast zehn Minuten. Ich habe mir schon Sorgen gemacht und wollte nachgucken gehen, da saß sie plötzlich wieder am Tisch und hat die Rechnung verlangt. Sie muss auf der Toilette geweint haben, denn ihre Augen waren ganz rot.«

Ich runzelte die Stirn. »Die Frau hat also das Sisal nicht noch einmal betreten?«, fragte ich und deutete auf Aeckersbergs Foto.

»Nein.«

»Hat sie möglicherweise auf ihre Begleiterin vor dem Restaurant gewartet?«

»Das kann ich nicht sagen. Ich habe sie danach nicht mehr gesehen.«

Verdammt! »Haben Sie die Vermisste in ein Taxi steigen sehen? Oder in ein anderes Auto?«

Katja Knape runzelte die Stirn. »Ich glaub nicht. Ich habe ihr zwar nachgesehen, als sie das Sisal verließ, aber zu dem Zeitpunkt habe ich einen Vierertisch abkassiert.« Sie sah zu mir hoch. »Tut mir leid, mehr weiß ich nicht.«

»Das muss Ihnen nicht leidtun, Sie machen das toll. Waren in dem Augenblick Stammgäste im Sisal, die die Vermisste beim Verlassen beobachtet haben könnten?«

»Nein, um die Uhrzeit nicht mehr. Da war nur noch der Vierertisch besetzt, und die Gäste sind circa zehn Minuten, nachdem ich sie abkassiert hatte, gegangen.«

Also hatten sie auch nichts beobachtet. »Hat das Restaurant Überwachungskameras?«

»Nein.«

»Vielen Dank, Frau Knape«, sagte ich und erhob mich. »Sie haben uns sehr geholfen.«

»Gern.« Sie stand ebenfalls auf und reichte mir die Hand. »Ich wollte auch mal zur Polizei gehen, wissen Sie.«

»Was ist passiert?«

Sie lächelte. »Das Leben.« Sie ließ meine Hand los und zuckte danach mit den Schultern. »Jetzt studiere ich Mediendesign und bin glücklich.«

»Dann sollte es so sein«, entgegnete ich und brachte sie zur Tür. Dort gab ich ihr meine Karte. »Melden Sie sich bitte, falls Ihnen noch etwas einfällt.«

»Mach ich.« Sie ging in den Flur und stieß fast mit dem uniformierten Kollegen zusammen, der sie hochgebracht hatte.

»Das wurde gerade von einem Kurier für Sie abgegeben«, sagte er zu mir und drückte mir ein Päckchen in die Hände. *JVA Tegel*, las ich auf dem Einband.

»Danke«, entgegnete ich und verabschiedete mich mit einem Nicken von Frau Knape. »Der Kollege nimmt noch Ihre Zeugenaussage auf«, informierte ich sie und wandte mich um. Ich schloss die Tür hinter mir und sah zu Peary. »Schicken Sie Kollegen zu Aeckersberg, sie sollen sie hierherbringen.«

Peary trat neben mich. »Schon erledigt«, erwiderte er und sah zu dem Paket in meinen Händen. »Was ist das?«

»Die Tagebücher von Jonas Berger. Ich soll sie lesen und Annika Ritter geben.«

»Weiß er, dass Sie sich mit ihr angefreundet haben?«, fragte er und drückte mir einen Kaffee in die freie Hand.

»Ich denke nicht.« Ich ging zu meinem Schreibtisch und stellte die Tasse darauf, ehe ich das Päckchen danebenlegte. »Hattet ihr Erfolg?«

»Aeckersberg besaß noch ein Grundstück im Kreis Herzogtum Lauenburg in Schleswig-Holstein, nur hat es vor fünf Monaten den Besitzer gewechselt.«

Okay, das kam also nicht infrage. Außerdem war es zu weit von Berlin entfernt. »Und Nina Sandner?«

»Besitzt noch eine Almhütte in der Steiermark.«

»Sonst habt ihr nichts?«, fragte ich frustriert.

»Nach ihren Gesichtsausdrücken zu urteilen, haben die beiden eher nichts«, hörte ich Schäfter von der Tür her sagen. »Dann kann ich euch vielleicht etwas aufmuntern.«

»Mit was?«, wollte ich wissen und wandte mich ihm zu.

»Der Stalker von Nina Sandner hat definitiv Handschuhe getragen, als er die Briefe verfasst hat. Allerdings hat er zum Zukleben der Umschläge Spucke benutzt. Wir lassen die DNA noch durch die Datenbank laufen, bislang jedoch ergebnislos. Aber ich kann euch sagen, dass er unter Zöliakie leidet.«

»Das heißt, er ernährt sich glutenfrei?«, fragte ich und zog mein Handy aus der Tasche.

»Ja.«

Ich wählte die Nummer von Reuss und legte mein iPhone ans Ohr. »Danke, Schäfter.«

»Nicht so eilig. Ich hab noch zwei Sachen. Zum einen, im Hintergrund von Laura Rissmanns Notruf spricht tatsächlich eine weitere Person. Nur steht derjenige zu weit weg, um die

Worte verstehen zu können. Selbst wenn wir die Geräusche selektieren und die Stimme verstärken, bringt das nichts. Dann gehen seine Worte im statischen Rauschen unter. Wir versuchen, aus den Wortfetzen, die wir haben, sinnvolle Sätze zu bilden, das kann aber noch dauern.«

»Ich dachte, Sie wollten uns aufmuntern«, knurrte ich. »Ihre Ergebnisse erreichen eher das Gegenteil.«

»Mit dem Aufmuntern bin ich schon durch«, erwiderte Schäfter. »Und die zweite Sache: Das Blut auf dem Teppich stammt von Philipp Grunenwald. Wir haben die DNA mit der Haarprobe verglichen, die ihr von seiner Frau habt.«

»Reuss«, meldete sich meine Kollegin am Handy.

»Einen Augenblick, bitte«, bat ich Julie und nahm das iPhone vom Ohr. Also hatte sich Philipp gegen den Entführer gewehrt. »Und das Blut auf dem Hammer in Laura Rissmanns Flur?«

»Die DNA ist nicht in der Datenbank.«

»Vergleichen Sie die mit der DNA von Rotschild und Haneke«, sagte ich einer Eingebung folgend. »Ich werde veranlassen, dass die Kollegen Ihnen Vergleichsproben bringen.« Ich sah zu Peary, der mir zunickte und sich ans Telefon klemmte.

»Geht klar«, erwiderte Schäfter.

»Danke.« Ich sank auf einen Stuhl und strich mir müde über die Augen.

»Immer gern«, erwiderte er und verschwand in den Flur.

Ich seufzte und legte das Handy ans Ohr. »Julie?«

»Ja?«

»Der Stalker von Sandner leidet unter Zöliakie. Habt ihr dazu was gefunden?«

»Nein, und wir haben die Liste fast abgearbeitet. Keiner der darauf stehenden Blogger ähnelt dem Mann im Amano. Offenbar gehört er nicht zu denjenigen, mit denen Sandner immer zusammengearbeitet hat.«

»Sucht weiter«, entgegnete ich und legte auf.

»Sag nicht, dass wir wieder am Anfang stehen.« Schiefer trat neben mich und zog sich einen Stuhl heran.

»Sieht fast so aus. Das Blut auf dem Teppich stammt von Grunenwald. Nur, wie hat Melanie es geschafft, ihn auszuschalten?«

Michael hielt mir ein Foto von dem durchtrainierten Roberto Keßler unter die Nase. »Ich hab mir mal seine Facebook-Seite angesehen. Soweit ich das beurteilen kann, hat er keinen Blog, allerdings verfasst er auch Buchrezensionen, und er ist mit Sandner, Haneke, Rotschild und Rissmann befreundet. Abgesehen von seiner Leseleidenschaft und seinem grünen Daumen kocht er gern und postet Fotos seiner Kreationen im Internet. Eigenkreationen, die ausschließlich aus Obst, Gemüse, Nüssen und Fleisch bestehen. Alles glutenfrei, selbstverständlich.«

22. Kapitel

»Keßler ist aber nicht der Kerl vom Amano«, sagte ich.

»Nein, ist er nicht«, entgegnete Schiefer und legte zwei Fotos in eine Mappe. Das von Keßler und das von dem Unbekannten mit dem Juventus-Turin-T-Shirt. »Doch wir haben einen Zeugen, der Nina Sandners Stalker identifizieren könnte.«

»Ist Sandners Nachbar von der Geschäftsreise zurück?«

»Soweit mir seine Frau am Telefon gesagt hat, landet seine Maschine in zwanzig Minuten.«

»Worauf wartest du dann?« Ich grinste kurz, als Schiefer die Augen verdrehte und anschließend mit der Mappe unterm Arm zur Tür hinauseilte.

Ich sank auf den Stuhl hinter meinem Schreibtisch und fuhr den Computer hoch. Doch mein Blick blieb an dem Päckchen von Jonas Berger haften. Ich nahm es in die Hände und drehte es, ohne es zu öffnen. Ich hatte Berger mehrere Male in der Untersuchungshaft besucht, jedoch hatte er nie auch nur ein einziges Wort mit mir gesprochen. Er redete mit niemandem, hieß es von den Wärtern. Nicht einmal mit seinem Anwalt. Weshalb schickte er also ausgerechnet mir seine Tagebücher?

Falls er auf die Vergebung seiner Halbschwester hoffte, so würde ich nicht darauf setzen. Sebastian Suarek hatte sich zwar erholt, aber noch war er nicht der Alte und würde es vielleicht nie wieder sein. Berger hatte Annika zu viele Menschen genommen, die sie liebte.

»Chef?« Peary trat neben mich und setzte sich auf die Kante meines Schreibtischs. »Die Streife hat Aeckersberg nicht zu Hause angetroffen. Soll ich sie zur Fahndung ausschreiben?«

Ich schüttelte den Kopf. »Dafür haben wir zu wenig gegen sie in der Hand. Sprechen Sie ihr auf den AB. Sie soll sich mit uns in Verbindung setzen, sobald sie die Nachricht abgehört hat.«

»Okay.« Nachdenklich sah er mich an. »Was ist los?«

»Der neue Fall erinnert mich irgendwie an den von Annika Ritter«, sagte ich und öffnete das Päckchen. »Auch dieser Scheißkerl spielt Spielchen mit uns.«

»Das versuchen sie doch alle. Weil sie glauben, dass sie klüger als wir sind.«

»Ja, das denken sie.« Ich nahm die Tagebücher aus dem Umschlag und legte sie auf den Schreibtisch. »Ich bezweifle aus mir unerklärlichen Gründen, dass der Täter einen Komplizen hat, denn alles deutet darauf hin. Das blonde Haar an Laura Rissmanns Rücken, das von einer Frau stammt. Das Blut auf dem Hammer hingegen stammt von einem Mann. Die Kombi Aeckersberg und Keßler würde passen, aber ist es wirklich so einfach?«

Peary schüttelte den Kopf. »Ob einfach oder nicht, spielt keine Rolle. Wir müssen nur beweisen, dass es so ist.«

Ich lachte freudlos. »Wir haben nicht mal Indizien, sondern nur Behauptungen. Und die reichen nicht aus, um einen richterlichen Beschluss für Aeckersbergs DNA zu bekommen.«

»Wir haben den Fall erst seit knapp zwölf Stunden auf dem Tisch«, sagte Peary und legte eine Hand auf meinen Oberarm. »Erwarten Sie keine Wunder.«

»Die Vermissten brauchen aber eins«, entgegnete ich und sah auf, weil mich diese vertrauliche Geste von Peary überraschte. Doch der Umstand verschwand schnell aus meinem Kopf, weil Keßlers Stimme plötzlich wieder in meiner Erinnerung auftauchte.

»Ich bleibe manchmal etwas länger, wenn es ihr nicht so gut geht.«

»Haben Sie irgendwas darüber gelesen, dass Aeckersberg krank ist?«

»Nein, warum?«

Ich stand auf und ging zur Tür. »Ich denke, ich werde mal mit Roberto Keßler reden.«

Zwanzig Minuten später hämmerte ich vergeblich an Keßlers Wohnungstür. Mein Klopfen hallte durch das Altbauhaus, in dem die Zeit stehen geblieben war. Weiße Farbe blätterte vom Holzgeländer, sobald man es berührte, und die in die Wände geritzten Botschaften plus Strichmännchen konnten durchaus halb so alt wie ich sein.

»Er is nich da.«

Ich fuhr herum und sah einen etwa Achtzigjährigen mir gegenüber in der Tür seiner Wohnung stehen. »Und dat is auch jut so.«

»Warum?«, erkundigte ich mich.

Der alte Mann schlurfte in seinen braunen Pantoffeln näher. Er trug zu seinem weißen Achselhemd ausgewaschene grüne Cordhosen, die braune Hosenträger auf seinen knochigen Hüften hielten.

»Warum wollen Se dat wissen?«

»Kriminalhauptkommissar Weinsheim, LKA.« Ich zeigte ihm meinen Dienstausweis. »Und Sie sind?«

»Jürgen Tanner. Ick wohn hier schon mein halbes Leben, aber so wat wie der is mer noch nich unterjekommen. Macht nur Ärger, der Drecksack. Laute Geräusche und Musik mitten in der Nacht, dass die Gläser in der Anbauwand klirren. Und ständig gehen Kids in seiner Wohnung ein und aus. Die brauen hier bestimmt Drogen.«

Ich atmete tief durch die Nase ein. Nach einem Meth-Labor roch die Luft für mich nicht. Eher nach Bohnerwachs und dem billigen Fusel, den sich Tanner genehmigt hatte. »Wer sind diese Kids, die Keßler besuchen?«

»Woher soll ick dat wissen? Junkies eben. Verwahrloste

Schulabbrecher, die früher oder später im Knast landen. Wo se auch hinjehör'n.«

»Wissen Sie, wo sich Roberto Keßler noch aufhalten könnte, wenn er nicht zu Hause ist?«

»Bin ick die Auskunft?«, brabbelte er in seinen nicht vorhandenen Bart und schlurfte zurück in seine Wohnung. »Ick bin nur froh, wenn de Sau nich daheim is. Dann macht se keenen Ärger.« Er knallte seine Tür ins Schloss, und ich stieg nachdenklich die Treppe hinab. Was trieb Keßler mit den Kids in seiner Wohnung?

»Nehmen Sie es dem alten Griesgram nicht übel«, sagte plötzlich eine Frau eine halbe Treppe unter mir. »Tanner hasst alles, was sich seiner Meinung nach für dieses ehrenwerte Haus nicht gehört.« Sie lachte leise. »Er lebt noch in den Sechzigern, wissen Sie? Da wohnten hier Geschäftsleute und bessere Angestellte. Dass die Zeiten längst vorbei sind, will er nicht wahrhaben.«

Ich stieg die letzten Stufen zu ihr hinab. Die Frau war vielleicht ein paar Jahre jünger als Tanner. Eine rosa geblümte Schürze spannte sich unter ihren üppigen Brüsten, und in ihrem Dekolleté glitzerte ein Ehering an einer goldenen Kette.

»Weinsheim, LKA«, stellte ich mich vor und reichte ihr die Hand, die sie kräftig drückte.

»Hertha Lehmann.«

»Wissen Sie, wer diese Kids sind, die Keßler besuchen?«

»Nein, aber sie wohnen alle in der Gegend, möchte ich sagen. Ab und zu seh ich einen von ihnen beim Einkaufen. Es sind normale Teenager. Tanner glaubt nur, dass sie Junkies sind, weil sie Jeans mit Löchern an den Knien tragen.«

»Warum kommen sie zu Keßler?«

»Das weiß ich nicht, allerdings hat der Griesgram in der Beziehung recht. Wenn sie Roberto besuchen, ist es immer laut in seiner Wohnung. Es ist eben ein hellhöriges Haus. Man kann nicht wirklich was verstehen, nur hört man, dass sie viel reden.«

»Könnte er Nachhilfelehrer sein?«

»Möglich, keine Ahnung. Sie treffen sich aber regelmäßig. Jeden Dienstag, Freitag und Sonntag.«

»Immer abends?«, fragte ich verwirrt. Teenager gingen doch freitags eher aus, statt sich mit ihrem Nachhilfelehrer zu treffen.

»Immer«, bestätigte Hertha.

»Danke.« Ich gab ihr meine Karte. »Falls Ihnen noch etwas einfällt.«

Sie nickte, während ich zur Treppe ging. Einen Schritt später blieb ich stehen. »Wissen Sie, wo Keßler jetzt sein könnte?«

»Vielleicht bei seinem Freund.«

Ich hob die Augenbrauen.

»Roberto ist schwul«, fügte Hertha ob meines fragenden Gesichtsausdrucks an. »Deshalb nennt ihn der Griesgram«, sie zeigte zu Tanners Wohnung über uns, »Sau. Weil er ein verklemmter alter Stiesel ist.«

Nun, dann kam eine Affäre mit Aeckersberg wohl nicht infrage. Und Hertha lieferte mir mit der Information die Bestätigung für Keßlers Worte, dass es nicht war, wie es aussah.

»Wissen Sie, wo sein Freund wohnt?«

»Er kommt immer am Wochenende mit dem Wagen. Der hat ein OHV-Kennzeichen.«

Oberhavel. »Was für ein Auto fährt er?«

Hertha wiegte den Kopf. »Keine Ahnung. Es ist knallrot, und am Rückspiegel hängt ein komisches schwarz-weißes Plüschtier. Meine Urenkelin wollte auch mal so ein Teil haben. Saun oder so ähnlich nannte sie es.«

»Shaun, das Schaf?«, fragte ich und dachte an das fünfzig Zentimeter große Plüschschaf, das bei Nele auf dem Bett gelegen hatte, bis Luna kam. Seitdem hatte meine Tochter ihr Lieblingskuscheltier in eine Kiste verbannt. Denn Luna fand, dass es sich super zum Draufherumkauen eignete.

»Kann sein«, antwortete Hertha und neigte jäh lauschend den Kopf. Aus ihrer Wohnung drang ein durchdringendes Piepsen. »Oh Mist, mein Kuchen ist fertig.« Kaum hatte sie ausgesprochen, begannen ihre Augen zu leuchten. »Morgen kommen meine Urenkel nach der Schule zu mir. Die ganze Bande auf einmal. Fünf Jungs und ein Mädel. Die futtern was weg, das kann ich Ihnen sagen.«

»Das glaube ich Ihnen«, entgegnete ich. »Vielen Dank, Sie haben mir sehr geholfen.«

Hertha strahlte und verschwand in ihrer Wohnung, aus der es inzwischen nach frischem Pflaumenkuchen duftete.

Nachdenklich lief ich die Treppen hinab, verließ das Wohnhaus und ging zu meinem Wagen. Eine Affäre verband Aeckersberg und Keßler also nicht. Was dann? Geld? Davon hatte sie nicht mehr viel. Macht? Unwahrscheinlich, jedoch nicht auszuschließen.

Oder war es ein Geheimnis, wegen dem Aeckersberg Keßler an die Leine legen konnte?

Denkbar. Aber welches Geheimnis könnte das sein, wegen dem er für Melanie Aeckersberg einen Mord beging und fünf Menschen entführte?

Mein Handy zwitscherte, kaum dass ich im Auto saß.

»Ja?«

»Sandners Nachbar hat den Kerl vom Amano eindeutig erkannt«, sagte Schiefer.

»Hat er auch einen Namen oder ein Kennzeichen?«

»Nein.«

»Hatten Reuss und Brewitz mit der Identifizierung des Amano-Typen Erfolg?«

»Sie haben alle Personalien der Blogger von Pachalis Liste überprüft, er ist keiner von ihnen.«

Das hatte ich befürchtet. »Shit.«

»Und noch was, Chef. Das Handy von Aeckersberg war zur

Zeit des Notrufs ihrer Tochter nicht in der gleichen Funkzelle eingeloggt wie Sandners Handy.«

Was bedeutete, Aeckersberg hatte zur Tatzeit entweder ihr Handy zu Hause gelassen oder war an der Entführung ihrer Tochter tatsächlich nicht beteiligt gewesen.

»Okay, macht Feierabend. Fahrt nach Hause und schlaft euch aus. Wir sehen uns morgen früh.«

InStyle Man schwieg einen Augenblick. »Wir könnten ...«

»Bis morgen, Michael«, sagte ich mit Nachdruck und legte auf. Eine Minute später startete ich den Wagen und lenkte ihn in Richtung Keithstraße. Im LKA wartete noch ein Manuskript auf meinem Rechner. Ich glaubte zwar nicht, dass ich darin den Namen unseres Täters finden würde oder die Antwort auf die Frage, wer von den entführten Autoren der Urheber des Manuskripts war. Jedoch könnten sich darin Hinweise verstecken. Oder etwas, was ich derzeit noch übersah.

23. Kapitel

Nina Sandner

Verzweifelt ruderte ich mit den Armen, doch vergeblich. Etwas Hartes hatte sich zwischen meinen Beinen verfangen. Ich versuchte, es wegzukicken, und traf in der Dunkelheit mit meinen nackten Zehen einen Absatz meiner Slingpumps. Das Plastik schabte über meine Haut, ehe der Schuh über den Beton polterte. Ich keuchte vor Schmerz auf und verlor endgültig das Gleichgewicht. Bevor ich mich abfangen konnte, taumelte ich nach vorn und stieß mir den Kopf hart an einer Holzlatte. Die Tür klapperte im Schloss, während ich bunte Sterne vor den Augen sah.

Das Sternenkarussell stoppte abrupt, als ein Gurgeln, gefolgt von einem Röcheln, aus meinem Gefängnis drang.

»Nina!« In dem atemlosen Schrei schwang entsetzliche Todesangst mit und weckte in mir etwas, das ein Psychologe mit hoher Wahrscheinlichkeit Hysterie nennen würde.

»Philipp!« Ich musste ihm helfen, ich hatte es versprochen. Dass ich ihn hier rausbringen würde. Er durfte nicht für meine Fehler bezahlen. Das würde ich nicht zulassen. Niemals.

Ein Bild tauchte aus meiner Erinnerung auf. Es war nur ein Fetzen. Eine Momentaufnahme, die mir zeigte, wie ich mit zitternder Hand eine weiße Calla auf den Sarg meines Vaters legte.

Ängstlich schrie ich ein weiteres Mal den Namen des Mannes, durch den ich gelernt hatte, mit dem Tod meines Vaters umzugehen. Mit dem Schmerz, mit der Einsamkeit und der Leere in mir.

Philipp hatte mir geholfen, sie zu füllen. Mit dem, was mir von meinem Vater geblieben war. Mit den Erinnerungen an seine Erleichterung, als er mich damals in dem Keller fand. An seine heisere Stimme, mit der er mir im Krankenhaus hinter der Glasscheibe Aschenputtel vorgelesen hatte, obwohl er schrecklich erkältet war. An seine Hand, die meine hielt und nicht losließ, als der Schulpsychologe bei mir Legasthenie diagnostizierte.

»Halte durch, ich komme! Hörst du, Philipp, ich komme!« Ich rüttelte im selben Rhythmus an der Tür, in dem mein Herzschlag in mir hämmerte. Wieder und wieder. Quälende Sekunden, bis sich die Erkenntnis durch den Hysterie-Angst-Cocktail kämpfte, der statt Blut durch meine Adern floss. Unser Entführer hatte die Tür zu meinem Gefängnis verriegelt.

»Neeeein!«

Ein Quietschen, dem ein ohrenbetäubender Knall folgte, als die Stahltür ins Schloss fiel, zerriss meinen an den Wänden widerhallenden Schrei.

»Lass mich rein! Lass mich zu Philipp!« Wieder rüttelte ich ohne Erfolg an der Holztür. »Er hat dir doch gar nichts getan.«

Ich tastete seitlich zum elektronischen Schloss und begriff, als meine Finger den Streifen eines Paketbandes berührten, warum ich vorhin kein Licht gesehen hatte.

Ich riss den Klebestreifen ab und musste heftig blinzeln. Das Licht einer roten LED bohrte sich wie Nadeln in meine empfindlichen Augen.

»Du elendes Schwein«, schrie ich. »Nimm mich. Ich bin hier. Komm her! Na los, worauf wartest du?«

»Ich habe dich gewarnt«, kam es knisternd über mir aus einem Lautsprecher. »Dass ihr beide die Konsequenzen tragen müsst, wenn du das falsche Päckchen nach oben bringst.«

Woher wusste er, dass es das falsche war?

Weil er überall Infrarotkameras installiert hat, antwortete meine innere Stimme.

Gut möglich, nur wie unterschied er die Päckchen? Sie waren gleich groß und gleich schwer. Auch die Schnur fühlte sich wie die von dem anderen Kästchen an.

Mh? Gute Frage.

Ich hob den Kopf und sah nach rechts. Vielleicht befand sich dort im Gang irgendwo eine Kamera, vielleicht aber auch nicht. »Weshalb bestrafst du mich dann nicht?«, rief ich und löste meine Finger von der Tür, um sie gleich darauf zu einer Faust zu ballen. »Komm her.« *Hierher und mach das Licht an, du elender Feigling, damit ich dich sehe.* »Warum zögerst du es hinaus?« *Das Unvermeidliche! Das, weswegen du mich hergebracht hast.* »Bist du zu schwach dazu?«

»Pass auf, was du sagst«, drohte er mir.

Konnte es noch schlimmer kommen, wenn ich ihn weiter reizte? Vermutlich ja. Aber Angst, vor allem die Furcht um einen geliebten Menschen, war ein seltsamer Ratgeber. Extrem tückisch und bar jeder Logik. »Du fürchtest dich vor mir«, stichelte ich trotzdem. Vielleicht, um mir das einzureden. Dass er ebenso viel Schiss vor mir hatte wie ich vor ihm. Was, im Nachhinein betrachtet, völliger Stuss war. Jedoch schöpfte ich aus diesem Gedanken Kraft. Aus dem Glauben, dass ich ihm in irgendeiner Weise ebenbürtig sein könnte. Dass ich es mit ihm aufnehmen könnte.

»Du denkst, ich fürchte mich vor dir?« Er lachte. »Oh Schätzchen, du hast ja keine Ahnung, was ich empfinde, wenn ich dich ansehe. So, wie du mit schreckgeweiteten Augen mitten in meinem Keller stehst. Du glaubst gar nicht, wie sehr ich mich auf diesen Moment gefreut habe.«

Meine Fäuste lösten sich, weil mir die grauenhafte Erkenntnis in die Glieder kroch, dass wir uns doch besser kannten, als ich bisher glauben wollte. Wie oft hatte ich ihm – oder ihr – schon in die Augen gesehen, ohne auch nur zu ahnen, was mein Gegenüber mit mir plante? »Wie lange denn?«, fragte ich flüsternd. *Wie lange kennen wir uns schon? Wie viele Male habe ich dir die Hand gereicht, mit dir womöglich gelacht oder einen Kaffee getrunken?*

»Zu lange«, war die lakonische Antwort.

Sag es mir!, schrie alles in mir. *Wochen, Monate oder gar Jahre? Wie lange hast du mich hinters Licht geführt?* »Warum?« Ich brachte nur dieses eine Wort über die Lippen.

Er oder sie – die computerverzerrte Stimme ließ nicht einmal annähernd erahnen, ob sie einem Mann oder einer Frau gehörte – lachte. Schräger als die anderen Male zuvor. »Weil ich dich hasse.«

Meine Beine drohten einzuknicken, aber ich riss mich zusammen. Weil ich ihn fühlte. Diesen abgrundtiefen Hass. Der Computer verzerrte emotionslos die Stimme meines Entführers, und doch hörte ich ihn. Er rieb über meine Haut wie grobes Sandpapier. Bei jedem Wort, selbst beim Lachen.

»Was habe ich dir getan?«, flüsterte ich und spürte, dass sich bleischwere Müdigkeit in mir ausbreitete. Dabei hoffte ein kleiner Teil von mir noch immer, dass ich das alles hier nur träumte.

»Was du mir getan hast? Nichts.«

Rums.

Wie eine Ohrfeige erwischte mich dieses Wort. »Nichts?« Sprachlos starrte ich in die Dunkelheit. Er hatte mich wegen *nichts* entführt? Wegen *nichts* ließ er mich meine schlimmste Angst wieder und wieder spüren. Und wegen *nichts* hatte er Philipp jetzt verschleppt und tat ihm weiß Gott was an?

Er lügt.

Der Gedanke war logisch, dennoch fiel mir keine Erklärung ein, warum er mir die Wahrheit verschweigen sollte. »Du hast mich beobachtet.«

»Selbstredend.«

Mein Stalker! Er musste es sein, denn jemand anderes fiel mir nicht ein, der mich derart hassen könnte.

Außer vielleicht meine Mutter.

Auf der Suche nach dem Foto des Stalkers tastete ich an mir herab. Doch ich spürte nur die dreckverschmierte, feuchte Bluse, die ich zu einer eleganten schwarzen Stoffhose für die Geburtstagsparty meines Verlegers angezogen hatte. Erst jetzt registrierte ich, dass mein Mantel verschwunden war. Hatte ich ihn zu Hause ausgezogen?

Nein.

Ich fröstelte, als ich begriff, dass mich der Irre berührt haben musste, während er mir den Trenchcoat ausgezogen hatte. Meine Arme, meine Schultern, meinen Rücken, meinen …

Ich verwarf den Gedanken, der Ekel wie Gallensäure meine Speiseröhre hinaufschickte, mir jedoch im Augenblick nicht weiterhalf.

Konzentrier dich auf das Wesentliche, ermahnte mich meine innere Stimme, während mich ein weiterer Schauder überlief.

Tief atmete ich den modrig-süßen Gestank ein und wünschte mir einen verzweifelten Herzschlag lang, den Duft meiner Lieblingsblumen riechen zu können. Oder den meiner Bettwäsche. Oder das Aroma eines frisch gebrühten Kaffees.

Ich blinzelte. Einmal und dann noch einmal und fasste einen Entschluss. Worte konnten schärfer als eine Klinge sein. Ich hatte weder ein Messer noch irgendetwas anderes, mit dem ich mich wehren konnte. Mir blieben nur meine Stimme und mein Verstand. »Ich habe Durst.«

Stille.

»Hast du mich gehört? Ich habe Durst und Hunger.«

»Interessiert es dich gar nicht, was ich mit Philipp vorhabe?«, fragte er, und ich glaubte, so etwas wie ein Hohnlächeln herauszuhören.

Nicht antworten, wisperte meine innere Stimme. *Er will dich nur locken. Dir Angst einjagen.*

Ich verzog den Mund. *Das hat wunderbar funktioniert. Trotz meines Entschlusses.* Aber konnte ich ihn durchziehen und den Psychopathen reizen, solange Philipp in Gefahr schwebte? Nein. »Nimm mich statt ihm.«

»Das wäre ein schlechter Tausch, denn ich habe dich doch schon. Du musst mir schon etwas anderes anbieten.«

Er will handeln?

Mühsam schluckte ich, dabei hallte mein Versprechen in meinem Kopf wider. *Ich bringe dich in ein Krankenhaus, versprochen.* »Ich tue alles, was du willst«, wisperte ich.

»Das tust du bereits.« Er kicherte. »Na komm, streng dich ein bisschen an. Das kann doch noch nicht alles gewesen sein, was du mir anbieten willst.«

Verdammter Drecksack! »Ich hole das richtige Päckchen hoch. Jetzt gleich.« *Und ohne Licht.* Denn meine Streichhölzer lagen irgendwo unter mir.

Der Gedanke, erneut in die Schwärze hinabzusteigen, löste einen Panikschub in mir aus, der mir schweißnasse Hände und Atemnot bescherte. Nicht einmal wegen der Finsternis. Meine Achluophobie wurde von einer viel entsetzlicheren Vorstellung verdrängt. Der, dass ich erneut zu der Leiche hinabsteigen würde. Zu dem Toten, der dort unten in der Dunkelheit lag und verweste.

»Bitte«, wisperte ich und grub die Nägel in meine feuchten Handflächen. Ich zitterte allein bei dem Gedanken, nur wenige Meter neben dem Leichnam den Schlamm nach dem letzten Päckchen absuchen zu müssen. Dennoch flehte ich noch einmal, es hochholen zu dürfen, um damit meinen Fehler wiedergutmachen zu können.

»Bist du denn sicher, dass du das falsche Päckchen nach oben geholt hast?«

Ich runzelte die Stirn. Was sollte denn die Frage? »Wenn es das richtige ist, warum hast du dann Philipp verschleppt?« *Und tust ihm weh?*

»Weil ich es kann.«

Ich schnappte nach Luft. WAS? »Du verdammtes …«

Stopp, warnte mich meine innere Stimme. *Er will dich aus der Reserve locken.*

Wozu?

Um zu spielen und um dich zu demütigen.

Mein Herz schlug mir bis zur Kehle hinauf, als ich an meine Gesäßtasche fasste und das Päckchen herauszog. Es war eine Mischung aus Wut, Angst und entsetzlicher Sorge, die mich nach der Schnur greifen ließ, die mit einer einfachen Schleife um das Kästchen gewickelt worden war.

»Dann schau ich am besten mal nach, ob es das richtige oder das falsche ist«, sagte ich und zog an einem Ende der Schnur.

»Bitte, gern.«

Seine kurze, seltsam höfliche Antwort hätte mir eine Warnung sein müssen, aber ich war zu abgelenkt von dem Monolog in meinem Kopf. *Ich bringe dich in ein Krankenhaus, versprochen.*

Ich ließ den Strick fallen, wickelte das Päckchen aus dem Papier und tastete am Rand nach einem Verschluss. Kurz darauf begriff ich, dass ich natürlich nicht nachschauen konnte, was in dem Kästchen lag. Ich konnte es nur erfühlen.

Sein *Bitte, gern* erreichte meinen Hörnerv und machte sich zu meinem Gehirn auf, als ich den Deckel öffnete. Zu spät leuchtete in meinem Kopf ein Warnschild mit der Aufschrift *Achtung, nicht anfassen* auf.

Doch da berührten meine Finger bereits etwas metallisch Kühles. Etwas, das mich einen Sekundenbruchteil hoffen ließ, in dem Kästchen würde ein Schlüssel liegen. Ein Schlüssel in die Freiheit.

Wie falsch ich damit lag, bemerkte ich einen Wimpernschlag später. Denn da rutschte meine Fingerkuppe vom Metall ab, das viel zu klein und zu rund für einen Schlüssel war, und berührte etwas, das sich fleischig anfühlte.

»Was ist das?«, keuchte ich erschrocken.

»Wenn du mir die Frage beantwortest, dann überlege ich mir das mit Philipp vielleicht.«

Ich versuchte, die Vorfreude in der computerverzerrten Stimme zu überhören, doch ich konnte es nicht. Alle Härchen an meinem Körper richteten sich auf, als ich meine Erkundung fortsetzte. Mit der Gewissheit, dass das, was sich in dem Päckchen befand, ganz sicher Teil seines perfiden Spiels war.

Allein die Hoffnung, die der Irre in mir entfacht hatte, Philipp retten zu können, ließ mich weitertasten. Über das schmale runde Metall, das eine feine Rille fast in der Mitte besaß. Sie war nicht tief, höchstens ein paar Millimeter und …

Umlaufend!

Das ist ein Ring, dachte ich und hielt den Atem an, ohne recht zu wissen, weshalb. Ein Ring mit einer feinen Rille, wie sie Eheringe teilweis…

Entsetzt ließ ich das Päckchen fallen und taumelte rückwärts.

»Das hast du nicht getan«, wisperte ich immer wieder und legte würgend meine Hände auf den Bauch. »Sag mir, dass du das nicht getan hast. Dass du nicht Philipps Ehering in das Kästchen gelegt hast – samt seinem abgetrennten Ringfinger.«

Daher stammt die Blutspur bis zum Verschlag. Vom Stumpf.

»Doch, hab ich.« Mein Entführer lachte und lachte, und ich bekam vor Entsetzen keine Luft mehr, während ich noch immer rückwärtstaumelte.

»Was hast du mit ihm vor? Lebt er noch? Hast du seine Wunden versorgt?«, rief ich atemlos.

»Noch geht es ihm einigermaßen gut. Der Rest hängt ganz von dir ab. Spiel brav mit, und du kannst ihn retten.«

Ich träum das alles nur.

Bitte, lass mich das alles nur träumen.

Dass ich das nicht tat, bemerkte ich einen Augenblick später.

Unvermittelt spürte ich keinen Beton mehr unter meinen nackten Zehen.

In was auch immer ich vor einer kleinen Ewigkeit Glitschiges hineingetastet hatte, es riss mir jetzt die Füße vom Boden. Noch im Fallen ruderte ich mit den Armen, konnte jedoch nicht verhindern, dass ich der Länge nach auf den Beton knallte.

Der Aufprall trieb mir die Luft aus den Lungen, Schmerzen wühlten sich durch meinen Körper. Anscheinend hatte ich mir nicht nur einen Muskel bei meinem unglücklichen Sturz gezerrt.

Keuchend blieb ich liegen. Eine an Agonie erinnernde Erschöpfung breitete sich in mir aus, die vielleicht von den Schmerzen verursacht wurde. Vielleicht aber auch von den Stunden voller Angst, die mich entkräftet hatten.

Ich schloss die Augen und grub die Nägel in den rissigen Boden. Weil ich weinen wollte, bis dieser Albtraum vorbei war. Aber es waren keine Tränen, die hinter meinen geschlossenen Lidern hervorquollen. Stattdessen erschien dort ein makabres Blitzlichtgewitter aus Empfindungen und Bildern.

Wiederholt sah ich die Zeichnung des Sarges vor meinem inneren Auge und fühlte, wie ich über Philipps abgetrennten Ringfinger tastete.

Nein, bitte nicht, flehte ich inständig und riss die Augen wieder auf. Doch das war ein Fehler. Denn jetzt, hier in dieser Dunkelheit, konnte ich meine Tränen nicht mehr zurückhalten.

Ich weinte, bis die Zeit für mich stehen blieb. Bis die Tränen die schrecklichen Erinnerungen aus meinem Kopf spülten und ich keine Kraft mehr zum Aufstehen fand.

Obwohl mir die Kälte des Betons in jede Pore kroch und die vom Schlamm feuchte Kleidung an meinem Körper klebte, schmiegte ich meine Wange noch fester an den Boden und schloss die vom Weinen geschwollenen Lider.

Du musst aufstehen, Philipp braucht dich.

»Gleich. Nur noch eine Minute«, nuschelte ich. Es tat so gut, an nichts mehr zu denken. Keine Angst mehr zu haben.

Nein, jetzt!

»Ja doch«, murmelte ich und bettete meinen Kopf auf meinen ausgestreckten Arm.

Nur einen Moment später erwachte ich im nächsten Albtraum.

24. Kapitel

Eric Weinsheim
18. September, 22:53 Uhr

Ein Geräusch links neben mir riss mich aus *Die Maske des Todes*. Müde strich ich mir über die Augen und sah zur Tür.

»Ich wusste, dass ich dich hier finde.« Eine Frau lehnte am Türrahmen, die ich im ersten Moment nur an ihrer Stimme erkannte. Denn ich hatte Ilka noch nie in einem Kleid gesehen, schon gar nicht in einem kleinen Schwarzen. Normalerweise trug sie bei der Arbeit zu Jeans schlichte Blazer und einfarbige Businessblusen. Möglicherweise brauchte ich deshalb ein paar Sekunden, um sie zu erkennen.

»Was machst du hier?«, fragte ich. Offenbar war Ilka, anders als ich, zu Hause gewesen, hatte geduscht und sich umgezogen. Fürs TiER?

»Und warum liegst du nicht in deinem kuscheligen Bett?«, wollte sie wissen.

Täuschte ich mich, oder versteckte sie in ihren Worten eine gänzlich andere Frage? Die danach, weshalb ich vor meinem Computer saß, statt neben ihr im TiER an der Bar zu sitzen und Single Malt zu trinken?

»Ich lese nur noch das eine Kapitel fertig«, entgegnete ich und seufzte, als sie leise lachte. Ich hätte mir denken können, dass sie mir meine feige Antwort nicht durchgehen ließ. Ilka hatte mich zwar nicht direkt ins TiER eingeladen, aber wenn eine Frau sagte, dass sie am Abend dort sein würde, war das die Aufforderung, ebenfalls zu kommen. Und ich saß hier und las.

»Den Satz kenne ich von irgendwoher.« Noch immer lachend schob Ilka mit dem Fuß die Tür ins Schloss.

»Im Buch gibt es durchaus Parallelen zu unserem Fall«, nuschelte ich und überlegte kurz, ob ich das sagte, weil ich mich schuldig fühlte. »Der Täter entführt am Anfang eine junge Frau, sein eigentliches Ziel, und hält sie in einem Keller gefangen. Nina Sandner könnte also noch leben. Allerdings fehlen die letzten Kapitel, daher weiß ich nicht, wie der Ermittler dem Romankiller letztlich auf die Schliche kommt, oder wer er ist.«

»Und das macht dich verrückt.«

Ich verpasste einer Tür meines Schreibtischs einen Fußtritt. »Dieses Arschloch gehört hinter Gitter.«

»Ja, da gebe ich dir recht. Aber zu arbeiten, bis du umfällst, bringt ihn dort auch nicht hin.«

Ich fuhr mir durchs Haar und stand auf. »Es tut mir leid.«

Ilka kam zu mir, und ich konnte dabei nicht den Blick von ihren wiegenden Hüften nehmen. Nach dem ganzen Scheiß heute tat der Anblick richtig gut, musste ich gestehen. »Nein, tut es nicht. Aber das ist okay. Weil ich dich kenne.«

»Da hast du mir was voraus.«

»Das glaube ich nicht.« Sie legte mir die Hand auf die Brust und drückte dagegen, bis ich einen Schritt zurücktrat. Dann öffnete sie meinen Schreibtisch und nahm aus meiner untersten Schublade zwei Gläser.

»Woher weißt du …?«

»Zum einen bin ich Hauptkommissarin«, entgegnete sie und stellte die Gläser auf den Tisch. »Und zum anderen sagte ich doch, dass ich dich kenne.« Aus ihrer Handtasche, deren Größe für mich ausreichen würde, um eine Woche in den Urlaub zu fahren, nahm sie eine Flasche Highland Park und öffnete den Verschluss. »Nicht der beste Single Malt, aber was anderes konnte ich so schnell nicht auftreiben.«

Ich schenkte mir die Frage, was das wurde, als sie die Gläser vollgoss. Sie reichte mir eins, nahm sich das andere und ging damit zum Fenster.

»Ich dachte mir, wenn du nicht ins TiER kommst, kommt der Whisky eben zu dir.« Sie prostete mir zu und trank einen kräftigen Schluck. Danach setzte sie sich auf die Fensterbank und streifte die Pumps von den Füßen, die laut klappernd auf dem Fußboden landeten.

»Ilka, ich …«

»Probier mal. Er ist weiß Gott kein Ardbeg Mór, aber er tut gut.« Sie lächelte. »Vertrau mir.«

Ich setzte mich seitlich auf die Kante meines Schreibtischs, sodass sie mir gegenübersaß. »Warum hast du mich ausgerechnet heute gefragt, ob ich ins TiER kommen würde?« Ich trank ein paar Schlucke und stellte das Glas danach neben meinen leeren Kaffeebecher.

»Weil ich befürchtet habe, dass Eisfeld nicht die Klappe hält.« Ihr Blick auf meinem Gesicht wurde intensiver, als würde sie etwas darin suchen. »Und ich hatte recht, nicht wahr?«

»Warum hast du mir das damals nicht gesagt? Mit deinem Vater scheinst du über mich gesprochen zu haben, nur nicht mit mir über ihn.« Ihr Gespräch mit Dölling hatte dazu geführt, dass er mich seitdem im Auge behielt. Und das hatte er mir auch beim Annika-Ritter-Fall gesagt. Während seines Anrufs. Damals dachte ich, er wollte mir nur die Hölle wegen des Falls heißmachen. Das natürlich auch, aber normalerweise ließ er das sein Sprachrohr Eisfeld erledigen. Erst jetzt begriff ich, dass sein telefonischer Arschtritt eine Warnung gewesen war.

»Du irrst dich, ich habe nicht mit ihm gesprochen.« Ilka trank ihr Glas leer und reichte es mir zum Nachfüllen. »Ich rede seit drei Jahren kein Wort mehr mit ihm.«

Überrascht hielt ich inne, kaum dass ich die Whiskyflasche geöffnet hatte. »Warum nicht?«

Sie hob ihren Blick und sah mir in die Augen. »Diese Frage beantworte ich dir, wenn du mir die Wahrheit sagst.«

Ich goss ihr Glas voll und hatte plötzlich das Gefühl, auf dünnem Eis zu stehen, obwohl ich saß. »Worüber?« Eigentlich sagte man, dass Fragen nichts kosteten. Doch ich hatte plötzlich das Gefühl, dass mich meine unüberlegte Frage teuer zu stehen kommen könnte.

»Hast du je darüber nachgedacht, mich anzurufen?«

Wahrheit oder Pflicht? Ich verzog den Mund. Gern würde ich jetzt Pflicht wählen und mich ein klein wenig zum Deppen machen, indem ich irgendeinen Scheiß tat. »Ja, hab ich.«

»Warum hast du es nicht getan?«

»Weil ich dich nicht verletzen wollte.« Ich goss ihr Glas voll und reichte es ihr.

Ilka drehte es in den Händen. »Weshalb glaubst du, mich verletzen zu können?«

Ich trank mein Glas in einem Zug leer. Kommissare sollten dieses Spiel nicht spielen, auch wenn es eigentlich keins war. Sie hatten immer die passenden Fragen zur Hand. Die, die tiefer gingen als *»Wen hast du als Letztes auf den Mund geküsst?«*.

»Es war schön im TiER.« Und auch die Nacht danach.

»Das war es. Aber deswegen muss die Sache zwischen uns nicht kompliziert werden.« Ilka nippte an ihrem Whisky, lehnte sich danach an die Wand und schlug die Beine übereinander. »Nach dem Tod meines Mannes habe ich mich wochenlang gefragt, wie es jetzt wäre, wenn er neben mir sitzen würde. Wie es wäre, wenn er jetzt meine Hand halten würde und wenn ich ihm jetzt von meinem Tag erzählen könnte. Monate habe ich so auf der Couch bei mir zu Hause verbracht. Verzweifelt, traurig, einsam. Ich habe mich gefragt, warum er sterben musste und wieso nicht ich. Ich habe alles und jeden verflucht, bin glücklichen Liebespaaren aus dem Weg gegangen und jeden Abend zeitig unter die Bettdecke geschlüpft. In der Hoffnung, dann von Thomas zu träumen. Von uns. Von dem, was einmal war.« Sie nippte an ihrem Glas und sah zu mir. »Glaub mir, ich weiß, wie's dir geht. Besser, als du denkst. Du liebst deine Ex-Frau noch und hast deshalb Angst, mich zu verletzen. Aber das kannst du nicht. Denn in den vergangenen Jahren, seit dem Tod von Thomas, habe ich viel zu sehr in der Vergangenheit gelebt, um nach vorn blicken zu können. Und nun weiß ich nicht mehr, was sich vor mir befindet.« Ilka zog die Beine an, stellte die Füße auf die Fensterbank und schlang die Arme um ihre Knie. »Doch ich will es herausfinden, weißt du? Ob es da noch mehr als meine Vergangenheit gibt.«

Das gibt es, wollte ich sagen, aber gerade ich hatte nicht das Recht dazu, diese Worte auszusprechen. Denn noch immer lag das Scheidungsurteil in irgendeiner meiner Küchenschubladen, obwohl ich es in den Akten abheften sollte. Und noch immer standen in meinem Schlafzimmer nicht ausgepackte Umzugskartons. Weil da dieser Witzbold war, der sich Hoffnung nannte. Ich hatte nie ernsthaft darüber nachgedacht, die Kisten so zu belassen, wie sie waren. Es passierte einfach. Dass ich sie in eine Ecke verbannte, um sie danach nicht mehr anzurühren.

Ilka rutschte unvermittelt vom Fensterbrett und trat den einen Schritt zu mir, der uns trennte. »Du hast meine Handynummer«, sagte sie leise, beugte sich zu mir und küsste mich. Flüchtig, kaum spürbar, und doch war es diese Berührung, die einen Anflug von Bedauern in mir auslöste. Darüber, dass ich heute nicht ins TiER gegangen war.

»Schlaf gut«, sagte sie, sammelte ihre Pumps ein und ging aus dem Büro.

Und ich, ich fuhr fünf Minuten später den Computer wieder hoch. Jedoch brauchte ich eine gute halbe Stunde, um mich erneut in *Die Maske des Todes* zu vertiefen.

25. Kapitel

Nina Sandner

Noch bevor ich die Lider öffnete, roch ich es. Den Frühlingsduft meiner frisch gewaschenen Bettwäsche. Ich sog das Aroma tief in die Lungen und ließ mit einem Lächeln die Hände über die weiche kühle Seide unter mir gleiten.

Ich lag im Bett.

In *meinem* Bett.

Noch immer hielt ich die Augen geschlossen und lauschte dem Vogelkonzert vor meinem Fenster. Es war lange her, dass ich so spät aufgestanden war, um dieser Melodie im Bett liegend lauschen zu können. Meist erwachte ich vor dem ersten Hahnenschrei und nutzte die morgendliche Stille zum Schreiben.

»Herrlich«, murmelte ich noch immer schlaftrunken und öffnete die Lider. »Jetzt noch einen Kaffee im Bett, und ich nehme es mit dem durchgeknalltesten Psychopathen auf.«

Ich blinzelte.

Und lauschte in mich hinein. Wie zum Henker kam ich auf Psychopath?

»Liebling?«, hallte es aus meinem Badezimmer. »Hast du meinen Ring gesehen?«

Ich fuhr hoch. »Philipp?« *Liebling?*

»Ich bin gleich fertig, Schatz. Ich suche nur noch meinen Ring. Verflixt, ich habe ihn doch vor dem Duschen aufs Waschbecken gelegt.«

Mein Hals schnürte sich zu. »Was machst du in meinem Bad?«

Er lachte. Fröhlich. »Hast du gestern auf der Party zu viele Mai Tai getrunken? Seit über einem Jahr ist das auch mein Badezimmer, schon vergessen?«

Mich fröstelte es plötzlich. »Seit einem Jahr?«, hauchte ich und schlug die Bettdecke zurück. *Unmöglich!* Wir hatten uns nie auf die Weise geliebt.

»Ich kann ihn nirgends finden«, rief Philipp. »Hast du ihn genommen?«

»Wen denn?«, wisperte ich zerstreut.

Mit einem Handtuch um die Hüften und Wasserperlen auf der Haut trat Philipp ins Schlafzimmer. »Na, meinen Ehering, Liebling.« Er hielt die rechte Hand hoch, an der sein Ringfinger fehlte. Blut sickerte aus dem Stumpf, rann über seinen Unterarm und tropfte vom Ellbogen auf den cremefarbenen Teppich.

Mit einem spitzen Schrei rutschte ich ans Kopfende und presste den Rücken gegen die Wand. *Das kann nicht sein! Ich träum das nur.*

Hastig schlug ich die Hände vors Gesicht und presste ganz fest die Augen zu. »Das ist nicht real.« Dann brüllte ich fast: »Du bist nicht real. Nicht hier. Nicht so. Ich liebe dich wie einen Freund. Wie einen Vater.«

»Nina, was redest du da? Liebling, geht es dir nicht gut?«

Nenn mich nicht Liebling, schrie alles in mir. *Denn das hast du noch nie getan und wirst es auch nie tun. Weil ich deine Freundin bin. Und dein bestes Pferd im Stall, aber mehr nicht.*

»Was ist mit Elisa?« *Was ist mit deiner Frau?*

»Schatz, irgendetwas ist doch heute mit dir.« Philipp klang jetzt ganz nah. Als würde er neben mir stehen. »Soll ich einen Arzt rufen?«

Er musste sich über mich beugen, denn ich fühlte Feuchtigkeit auf meiner Stirn. Als wären mehrere Wassertropfen aus seinen Haaren auf mich getropft.

Ganz fest schlang ich die Arme um mich. Ich zitterte von der eisigen Kälte, die sich in mir ausbreitete. »Ich hätte dich nie geheiratet«, flüsterte ich mit einer Stimme, die ich noch nie im Leben gehört hatte. Die mir ebenso fremd war wie der Gedanke, mit Philipp ein Bett zu teilen.

»Was ist denn nur los?« Er klang jetzt verärgert. »Willst du mich verlassen?«

Nach zwei, drei tiefen Atemzügen schaffte ich es, die Augen wieder zu öffnen. Und sah direkt auf Philipp, der vor dem Bett stand. Vollständig bekleidet. Mit einer schwarzen Hose und einem weißen Hemd, aus dessen rechtem Arm dicke rote Tropfen quollen.

Entsetzt sah ich zu, wie sich aus dem stetigen Tropfen ein Blutsee bildete. Dabei konnte ich nicht atmen und nicht schreien. Wie hypnotisiert saß ich auf dem Bett, die Finger in kühle Seide verkrallt, und versuchte, eine logische Erklärung für das zu finden, was sich vor mir abspielte.

Philipp stand inzwischen bis zu den Knien in Blut. In seinem Blut. Und er sah nach wie vor erzürnt aus.

Wach endlich auf, Philipp braucht dich, hörte ich meine innere Stimme noch sagen, dann schoss das Blut aus dem Stumpf wie aus einem Geysir. Binnen Sekunden stieg der Pegel des roten Sees. Er schwappte über das Bett und bewegte sich wie ein Tsunami auf mich zu.

Schreiend wollte ich aus dem Bett springen, aber ich konnte die Beine nicht über den Rand schwingen. Meine Zehen knallten gegen ein hölzernes Hindernis, das mich bremste. Mit aller Macht trat ich dagegen, wieder und wieder, doch umsonst. Ich war gefangen.

In der gleichen Sekunde, in der ich das erkannte, erreichte mich die sich hoch vor mir auftürmende rote Welle. Wie zähflüssiges Öl glänzte sie auf der Oberfläche und spiegelte mein angstverzerrtes Gesicht.

»Neeeeein«, schrie ich und hob schützend die Arme. Das Letzte, was ich sah, bevor die Blutwelle über mir zusammenschlug, war die Umrandung des Sarges, in dem ich saß.

Mit den Beinen strampelnd wachte ich auf. Mein Herz raste, und ich atmete wiederholt modrig-süße Luft ein. Noch einmal und noch einmal, als wäre ich tatsächlich beinahe ertrunken.

In einem Blutsee!

»So was Verrücktes«, krächzte ich benommen und drehte mich auf den Rücken. Aber so grotesk der Albtraum auch gewesen war, die in meinem Kopf verbliebenen Reste jagten dennoch Schauder meine Wirbelsäule hinab.

Vermutlich war er auch daran schuld, dass ich noch immer ebenso müde wie am Abend war.

»Du solltest vor dem Schlafengehen nicht so viel Kaffee trinken«, brummelte ich und schlug die schweren Lider auf.

Und senkte sie wieder.

Alles um mich herum war schwarz.

Dunkel.

Ob so oder so, spielte keine Rolle.

Als ob …

»Nein«, wisperte ich und grub die Nägel in rissigen Beton. Erinnerungen fluteten meinen Kopf. Erinnerungen, von denen ich wünschte, sie wären ein Albtraum, der sich am Morgen wie Geister auflöste.

Wie lange hatte ich geschlafen? Mitten im Gang liegend, unweit des Schachtes, auf dessen Boden ein Mordopfer lag.

Vermutlich ein paar Stunden.

Ich fuhr hoch. Nein, unmöglich. Nicht, wenn Philipp in Gefahr schwebte.

Vielleicht befinden sich noch Reste von Chloroform in deinem Blut?

Unwahrscheinlich. Denkbar war eher, dass meine andauernde Angst einen Schalter in mir umgelegt hatte. Einen, der mich eine Weile aus dem Verkehr ziehen sollte, damit ich mich ausruhte.

Ob für Sekunden, Minuten oder Stunden, wusste ich nicht. Mein Zeitempfinden war mir in dieser Dunkelheit vollkommen abhandengekommen.

Ebenso wie mein Leben vor dem *Jetzt.* Die Fragen, die mir noch vor geraumer Zeit lebenswichtig vorkamen, waren in diesem Keller so unbedeutend wie die Frage: *Was koche ich morgen?*

Unseren Entführer interessierten meine Zweifel nicht, ob ich die richtige Entscheidung getroffen hatte, welche Dachziegel im kommenden Frühjahr mein Haus schmücken und schützen sollten. S-Pfannen statt Berliner Biber. Ihn interessierte auch nicht, dass ich mir in den vergangenen Wochen den Kopf darüber zerbrochen hatte, was ich Philipp in zwei Monaten zum Fünfzigsten schenken sollte.

An die Stelle dieser noch vor wenigen Tagen für mich unglaublich wichtigen Fragen war mein Überlebensinstinkt gerückt. Er holte den Gang, in dem ich mich befand, wieder in meine Erinnerung zurück.

Mit geschlossenen Lidern versuchte ich, mich an jeden Zentimeter der kahlen Wände zu erinnern, die vom Streichholz erleuchtet worden waren. Mir waren kein Lautsprecher und auch keine Kameras aufgefallen, was an dem Regal und der Zeichnung liegen konnte, die meine Aufmerksamkeit auf sich gelenkt hatte. Aber auch jetzt, als ich diese Momente Revue passieren ließ, entdeckte ich weder das eine noch das andere in meiner Erinnerung.

Hier sind definitiv Infrarotkameras.

Ich nickte kaum wahrnehmbar. Mindestens eine, wenn nicht gar mehr. Hier und im Schacht.

Die jeden meiner Schritte beobachteten und es mir unmöglich machten, unbemerkt von ihm nach einem Fluchtweg zu suchen.

Einer Tür, die vom Regal verdeckt wurde, oder einer, die ich nicht gesehen hatte, weil das Streichholz nur einen Teil des Gangs erhellt hatte.

Mit einem leisen Stöhnen rappelte ich mich vom Boden hoch. Meine Hoffnung, hier jemals lebend herauszukommen, tendierte inzwischen gegen null. Doch solange ich am Leben war, musste ich das Blatt für Philipp wenden. Ich musste ihn aus der Rechnung des Irren herausnehmen.

Aber wie brachte ich meinen Kidnapper dazu, seinen Trumpf – und nichts anderes war Philipp für ihn – gehen zu lassen?

Die kleine rote LED-Lampe neben der Holztür wies mir den Weg. Vorsichtig schob ich einen Fuß vor den anderen, bis ich die Tür erreichte. Ich lehnte mich mit dem Rücken dagegen und sah in die ungefähre Richtung, in der ich den Lautsprecher plus die Kamera vermutete.

»Bist du da?«, fragte ich krächzend, denn mehr gab meine Stimme wegen meines quälenden Dursts nicht mehr her. Dabei musste ich mich zwingen, nicht die Worte auszusprechen, die ich eigentlich sagen wollte. *Wie geht es Philipp, und wo ist er?* Was mich beinahe übermenschliche Kraft kostete, indes wollte ich meinem Entführer nicht noch mehr zeigen, was mir Philipp bedeutete. Er wusste es ohnehin und nutzte meine Gefühle als Waffe.

»Ich bin immer in deiner Nähe.«

Eine Gänsehaut kroch mir über die Unterarme. »Wie lange habe ich geschlafen?«

»Ein paar Stunden.«

Ich schluckte trocken. »Bekomme ich etwas zu trinken?«

Stille.

»Bitte, ich habe großen Durst. Könnte ich einen Schluck Wasser bekommen?«

»Natürlich kannst du das«, erwiderte er großmütig.

»Aber?«, hakte ich nach, als er nicht weitersprach. »Es kostet etwas?«

»So würde ich das nicht sagen.«

Scheißkerl! Jetzt sag mir schon, was du willst! Tief holte ich Luft. »Im Kästchen befinden sich Philipps Finger und sein Ehering.« Ich hatte ihm diese Antwort bereits gegeben. Kurz bevor ich weggetreten war. Kurz bevor mein Körper den Notschalter betätigt hatte.

»So weit waren wir schon«, hallte es von der Decke. »Und deshalb wird es Zeit für die zweite Spielrunde, nicht wahr?«

»Was ist der Hauptgewinn?«, fragte ich und straffte mich, obwohl ich vor Erschöpfung am liebsten an der Tür hinabrutschen und mich auf dem Beton zusammenrollen wollte. Nur hatte ich keine andere Wahl. Solange Philipps Leben in Gefahr war, musste ich brav mitspielen.

»Der gleiche wie bei der ersten Runde. Licht für dich und Freiheit für Philipp.«

»Wie geht es ihm?« Ich konnte meine Worte nicht zurückhalten. Meine Furcht sprach sie aus, obwohl mein Verstand nicht daran glaubte, dass mir der Irre wahrheitsgemäß antworten würde.

»Den Umständen entsprechend.«

Ich hasste diese Formulierung. Diese fadenscheinige Verbalisierung einer Skala, die von *Er stirbt in der nächsten Minute* bis *Er erholt sich und kann morgen das Krankenhaus verlassen* alles umfasste.

Philipp ist am Leben.

Er hatte nur gesagt, dass es ihm den Umständen entsprechend ging. Was alles Mögliche bedeuten konnte.

Ja, dass er am Leben ist.

Ich schüttelte den Kopf. Das hatte der Irre nicht gesagt.

Du musst daran glauben.

Was mir schwerfiel. Denn das setzte voraus, dass der Psychopath Philipps Wunden versorgt und ihn nicht kaltblütig ermordet hatte.

Ich schluckte erneut trocken. So, wie sich meine Kehle anfühlte, hatte ich vor drei Tagen das letzte Mal etwas getrunken. Jedoch ahnte ich, dass ich noch nicht so lange hier war. Durst in diesem Ausmaß kannte ich. Von meiner Zeit in diesem Keller. Zehn Stunden hatte ich um Hilfe gerufen, bis ich kein Wort mehr sagen konnte. Bis der Durst mich beinahe dazu verleitet hätte, Puuh für einen Schluck Wasser wegzugeben.

Jetzt gesellte sich zu dem entsetzlichen Durst auch noch Hunger. Ein nagender Hunger, wie ich ihn zuletzt auf der Straße erlebt hatte. Dieses schreckliche Gefühl, das sich erst durch den Magen und dann durch den gesamten Körper bohrte, würde ich nie vergessen.

»In einem der drei Päckchen befindet sich eine Flasche Wasser für mich?«, vermutete ich, weil mir seine Antwort von vorhin durch den Kopf spukte.

»Bingo.« Selbst der Stimmen verzerrende Computer vermochte es nicht, die Heiterkeit des Irren zu unterdrücken.

Also waren die Pakete diesmal größer und schwerer. Die Frage war nur, ob das Paket, das die Wasserflasche für mich enthielt, auch das war, das Philipp die Freiheit bringen würde. Also ob es das richtige war, was ich laut ihm nach oben holen sollte. Ich glaubte es nicht. Dazu spielte mein Entführer zu unfair.

»Ich bin bereit«, sagte ich trotz der Gedanken und trat einen Schritt von der Holztür weg.

»Das freut mich zu hören.« Täuschte ich mich, oder schwang Überraschung in seinen Worten mit? »Aber willst du nicht die Spielregeln wissen?«

»Natürlich.« Wie dumm von mir, anzunehmen, es könnten die gleichen wie bei der ersten Runde sein.

»Du hast drei Streichhölzer für drei Päckchen. Alles klar?«

Ich biss mir auf die Zunge und nickte. »Ich verstehe.« Bei jeder Spielrunde kam also ein Kästchen dazu, dafür verringerte er die Anzahl der Streichhölzer jeweils um eins. Was bedeutete, bei der übernächsten Runde müsste ich mit einem einzigen Streichholz aus fünf Päckchen wählen.

»Gut.« Er schwieg kurz. »Entscheide klug.«

War des Rätsels Lösung tatsächlich eine Frage von Intelligenz? Oder eher die von Glück?

Vielleicht trifft beides nicht zu, wisperte meine innere Stimme.

Was dann?

Beide Möglichkeiten setzen voraus, dass er fair spielt. Aber wenn das nicht der Fall ist?

Dann spielte ich das Spiel mit, ohne eine Siegchance zu besitzen. Denn ich würde jede einzelne Runde verlieren. Dass Philipp die Konsequenzen meines Versagens würde tragen müssen, versuchte ich auszublenden. Um mich konzentrieren zu können. Allerdings waren meine Schuldgefühle zusammen mit meiner Angst eine Kombination, die sich wie ein Dorn anfühlte, der sich in einen nackten Fuß bohrte. Bei jedem Schritt immer tiefer hinein in das empfindliche Fleisch, bis der Schmerz nicht mehr ausblendbar war.

Ich kniff die Augen zusammen, obwohl das in dieser Schwärze keinen Unterschied machte. Ich sah dadurch nicht besser oder schlechter, was sich vor mir befand. »Wo finde ich die Streichhölzer?«

»Bevor ich dir die Frage beantworte, bückst du dich brav, hebst das Paketband auf und klebst es wieder über die LED.«

Verdammter Dreckskerl! Ich tat, was er mir aufgetragen hatte, und tastete gleich darauf nach der Holztür, damit ich wenigstens diesen Orientierungspunkt in der Finsternis nicht verlor.

»Schon besser«, grunzte er zufrieden. »Die Streichhölzer findest du unter der Tür.«

Ich ging erneut in die Knie, tastete unter den Türspalt und fand die Schachtel mit den Maxi-Hölzern einen Augenblick später. Die Finger fest darum schließend, richtete ich mich auf.

Die drei Hölzer gaben mir nicht viel Zeit. Ich musste sie klug einsetzen, zum Beispiel dafür, einen möglichen Fluchtweg zu planen.

Falls es den gab.

Denn dieser Gang konnte durchaus eine Sackgasse sein. Abgesehen von dem Schacht, in dem früher Schmuggelware versteckt wurde.

Finde es heraus.

Was nicht so einfach war, solange er mich beobachtete. Wenn er mich dabei erwischte, wie ich den Gang untersuchte, könnte es durchaus sein, dass Philipp für meine Vermessenheit bezahlen musste. Und dieses Risiko wollte ich nicht eingehen.

Irgendwann wird er auch mal schlafen oder was essen, flüsterte meine innere Stimme. *Er kann doch nicht vierundzwanzig Stunden am Tag vor den Monitoren sitzen.*

Ich hoffte es nicht.

Obwohl sich alles in mir nach Licht sehnte, schob ich entschlossen die Streichhölzer an meinem Rücken in den Bund meiner Hose. Ich wollte sie aufsparen. Für die unbeobachtete Zeit, wenn es die denn gab.

Mein Mund trocknete noch stärker aus, als ich mich auf Hände und Knie fallen ließ und vorsichtig durch den Gang kroch. Leicht schräg nach links, wo sich die Schachtöffnung befand. Natürlich konnte ich die ungefähre Richtung nur ahnen. Daher war es vorstellbar, dass ich in der Finsternis an ihr vorbeikroch. Trotzdem hielt ich an meinem Entschluss fest und krabbelte ohne Licht weiter. Auf allen vieren, so konnte ich wenigstens nicht in den Schacht stürzen.

Ich fühlte die steinerne Umrandung der Öffnung unter meinen Fingern, als es über mir knackte.

»Übrigens, was ich dir noch sagen wollte, ich habe die Leiche extra wegen dir da unten liegen lassen.«

Ich erstarrte. »Warum?«, wisperte ich entsetzt.

»So hast du wenigstens die Möglichkeit, dich zu verabschieden.«

Ich wollte das nicht fragen, doch die Worte waren über meine Lippen, bevor ich darüber nachdenken konnte. »Warum sollte ich das tun?«

»Weil du ihn kennst und magst.«

26. Kapitel

Eric Weinsheim
19. September, 6:05 Uhr

»Guten Morgen, Chef.«

Ich fuhr hoch und blinzelte verschlafen. Verflucht, ich war über dem Manuskript eingeschlafen. Mit dem Kopf auf der Platte meines Schreibtischs. Dementsprechend dröhnte mir der Schädel, und meine Wirbelsäule fühlte sich an, als hätte ich drei Tage hintereinander einen Garten umgegraben.

Stöhnend drückte ich den Rücken durch und blinzelte erneut gegen das viel zu hell strahlende Licht der Lampen im Büro an.

»Kaffeedurst?«, fragte Reuss grinsend und hielt mir einen roten Becher unter die Nase, aus dem es verführerisch nach gerösteten Bohnen duftete.

»Moin«, knurrte ich. »Wie spät ist es?«

»Kurz nach sechs.« Julie trug Jeans, ein schwarzes Sweatshirt und Turnschuhe zu einem für diese Uhrzeit viel zu fröhlichen Gesichtsausdruck.

»Was zum Teufel machst du schon hier?« Ich stellte den Becher, den sie mir in die Hand drückte, auf dem Schreibtisch ab und kramte in einer Schublade nach meiner Waschtasche. Ich brauchte erst mal kaltes Wasser im Gesicht und einen anderen Geschmack im Mund, bevor ich Julies beschwingten Eifer ertrug.

»Ich glaube, ich habe da etwas gefunden.«

»Gleich«, murmelte ich und verschwand mit einer Zahnbürste und einem zerknitterten, aber sauberen Oberhemd, das ich in der gleichen Schublade gefunden hatte, in den Flur.

Zehn Minuten später fühlte ich mich zwar immer noch wie erschlagen, aber die Müdigkeit klebte mir nicht mehr die Augen zu.

Nach einem kräftigen Schluck Kaffee setzte ich mich zu Reuss an den Besprechungstisch. »Also, was hat dich so zeitig aus dem Bett getrieben?«

»Das hier.« Sie klappte ihren Laptop auf und klickte eine Datei in ihrem Bilderordner an. »Ich habe dir doch erzählt, dass ich vor etwa einem Jahr auf einer Lesung von Nina Sandner war.«

»Ich erinnere mich«, murmelte ich und entdeckte in dem Augenblick neben einem Pappkarton voller Kaffeebecher einen Pizzateller auf dem Tisch, auf den Julie Berliner, Streuselkuchen und Schweinsohren geschichtet hatte. Eigentlich stand ich am Morgen eher auf Eier mit Speck, aber etwas Süßes tat es auch, befand mein Magen.

»Die Lesung war im Kriminal Theater«, erzählte sie weiter, während ich hungrig in einen Berliner biss. »Und dort habe ich auch ein paar Fotos geknipst. Das ist mir heute Nacht eingefallen und hat mir danach keine Ruhe gelassen. Daher habe ich mir die Bilder noch mal angesehen und das hier entdeckt.« Sie klickte ein Foto an und vergrößerte es anschließend. »Erkennst du ihn?«

Sie umkreiste mit dem Mauszeiger einen Mann, der telefonierend neben dem Eingang des Theaters stand und ziemlich wütend aussah.

Ich verschluckte mich beinahe. »Das ist der Kerl aus dem Amano.« Ich beugte mich näher zum Laptop und deutete auf seine Brust. An seiner rechten Hemdtasche war so etwas wie eine Plakette befestigt. »Was ist das?«

»Ein Presseausweis, vermute ich, nur kann ich den Namen nicht lesen. Wenn ich das Bild noch mehr vergrößere, wird es unscharf.«

»Dann schick es Schäfter.«

»Schon erledigt.«

»Und?«, forschte ich nach und trank den Becher leer, obwohl ich mir dabei die Zunge verbrannte. Diese Tageszeit war einfach nicht meine. Zumindest nicht nach einer so kurzen Nacht. Irgendwann nach zwei musste ich auf dem Schreibtisch eingeschlafen sein, was nicht unbedingt an dem Krimi gelegen hatte. Der war gut, ohne Zweifel, nur gewann meine Müdigkeit einfach die Oberhand.

»Schäfter war nicht begeistert, als ich ihn um kurz nach fünf aus dem Bett gescheucht habe«, sagte Julie grinsend. »Aber er hat mir versprochen, sich gleich darum zu kümmern.«

»Verständlich«, murmelte ich kauend.

Sie stand auf, reichte mir einen neuen Kaffeebecher und ging mit dem leeren zu meinem Schreibtisch. »Hast du sie gelesen?«, fragte sie und warf den Pappbecher in den Mülleimer. »Bergers Tagebücher?«

»Nein, und das werde ich auch nicht.« Der Fall war abgeschlossen, und es lag nicht an mir, Berger Absolution zu erteilen. Er wollte sie auch nicht von mir, sondern von seiner Halbschwester. »Ich werde sie Annika heute noch geben.«

»Hältst du das für klug? Nach allem, was sie durchgemacht hat?«

»Gerade deswegen«, entgegnete ich. »Irgendwann, wenn Suarek gesund ist, will sie Antworten haben.«

»Vermutlich.« Julie warf noch einen Blick auf die Tagebücher, ehe sie ihr Handy aus der Jeanstasche zog und das Display aktivierte. »Er hatte lange genug Zeit, meinst du nicht?«

»Wer?« Ich stöhnte und entschied, dass ich dringend noch mehr Kaffee brauchte. Denn ich begriff erst mit einiger Verzögerung, dass sie Schäfter meinte. »Er wird sich schon melden.«

Reuss schüttelte den Kopf, kam zum mir und drückte mir

einen zweiten Kaffeebecher in die linke Hand. »Lass mich doch erst mal den hier austrinken«, protestierte ich.

»Der ist für die Fahrt zur KT«, sagte sie, verpackte einen Berliner in einer Tüte und ging entschlossen damit zur Tür. »Kommst du?«

»Bist du eigentlich jeden Morgen so nervig?«, grummelte ich und stand auf.

Sie lachte. »Nur zwischen fünf und sieben.«

»Was hab ich doch für ein Glück«, murmelte ich und folgte ihr in den Flur.

Fünfzehn Minuten später, wir hatten gerade den Rudolph-Wilde-Park passiert, wendete sie den Wagen. »Wie heißt er?«, fragte sie.

»Simon Wendt«, antwortete Schäfter via Handy. »Betreiber des Online-Blogs *Simons Bücherherz.* Laut Telefonbuch wohnt er in Kaulsdorf. Ich schick dir die genaue Adresse per SMS.«

»Danke. Du hast was gut bei mir.«

»Ich erinnere dich daran, wenn du mich das nächste Mal mitten in der Nacht aus dem Bett scheuchst.«

»Hab ich gar nicht. Du hast schon Kaffee geschlürft, das habe ich gehört.«

»Ich verweigere die Aussage«, entgegnete Schäfter und legte auf.

Desinteressiert aus dem Auto zu sehen fiel mir schwer. Die Frage, was das da zwischen Schäfter und Reuss war, lag mir zu kribbelnd auf der Zunge.

Julie heizte mit dem Wagen die B1 entlang Richtung Tiergarten. Sie sah mir ein bisschen zu krampfhaft auf die Straße, daher begnügte ich mich mit Kaffeetrinken, statt Fragen zu stellen. Schließlich hatte ich es ihr versprochen. Vor kaum vierundzwanzig Stunden. Dass ich sie nicht mehr analysieren würde.

Leider hatte ich beide Becher leer getrunken, kaum dass wir

die Fischerinsel und die Mühlendammbrücke hinter uns ließen. Ich hüllte mich in Schweigen, aber das viele Koffein in meinem Blut wurde mir letztlich zum Verhängnis.

Mein Kopf brauchte etwas zu tun, und dafür schien ihm Julies schwarzes Sweatshirt gerade gut genug zu sein. Es sah mir eher nach Freizeitmode aus, denn sonst trug meine Kollegin bei der Arbeit Blusen. Auch die Jeans gehörte meines Erachtens in die Freizeitkategorie, hatte sie doch Risse auf den Oberschenkeln und den Knien. In Turnschuhen hatte ich Julie außerhalb der Trainingshalle auch noch nie gesehen. Irgendwie passte das gesamte Outfit nicht zu der Frau, die seit zehn Wochen an meiner Seite war. Warum hatte sie die Kleidung am Morgen gewählt? Zum Joggen eignete sich die Hose nicht, zumal Julie sicher nicht laufen gegangen war, nachdem sie die Fotos von Sandners Lesung durchgesehen hatte.

Wer sagt denn was von morgens?

Die Frage zog eine Gedankenschleife nach sich, die mit der Feststellung begann, dass ihr Outfit zu einem gemütlichen Grillabend passen würde.

Was bedeutete, dass sie die vergangene Nacht ebenso wie ich nicht zu Hause verbracht hatte.

Ich sah zu ihr, als wir an einer Ampel hielten, und stellte fest, dass ihr Blick auf mir ruhte. Womöglich war es meine Überraschung, die meine Zunge lockerte, oder der Umstand, dass sie im gleichen Moment wie ich zu reden anfing.

»Wer ist Lucy?«, fragte ich, bevor mich der Gedanke bremste, dass Julie das Recht auf ein Privatleben hatte.

»Du analysierst mich schon wieder«, stellte sie fest, jedoch nicht verärgert. Dann seufzte sie. »Lucy hat vier Pfoten, weißes Fell, kastanienrote Ohren und einen ringförmig gemusterten Schwanz. Sie mag es nicht, allein zu sein, daher büxt sie ihrem Herrchen gern mal aus und klettert dann über meinen Balkon in meine Wohnung.«

Verblüfft drehte ich mich zu Reuss. »Lucy ist eine Katze?«

»Genau genommen ist sie eine Türkisch Van.«

Ich kannte die Katzenrasse nicht, aber ihr Rassename klang nach blauem Blut und einem stolzen Sofatiger mit herrschaftlichen Manieren.

Julie gab Gas, als die Ampel auf Grün sprang. Doch egal, ob Lucy brav auf ihrem Sofakissen thronte oder ihrer Abenteuerlust nachgab, sie war definitiv nicht an dem Outfit meiner Kollegin schuld.

Nein, aber vielleicht ihr Herrchen?

»Ihr Besitzer scheint sie oft allein zu lassen.«

Julies durchdringender Blick kehrte zu mir zurück. Natürlich hatte sie meine Frage durchschaut, was mich dazu brachte, mich erneut in Schweigen zu hüllen.

Für fünf Minuten.

»Lässt du dein Fenster absichtlich offen?«

»Bin ich eine Verdächtige?«, fragte sie und bog von der B1 auf die Chemnitzer Straße in Kaulsdorf ab.

»Nein, aber ich hasse Rätsel.«

Sie lachte. »Ich beantworte dir eine Frage, also überleg dir, welche Antwort dir am meisten unter den Nägeln brennt.«

»Mphf?«, grummelte ich. »Spielverderberin.«

»So sind die Regeln.«

Ich kramte den Berliner aus der Tüte und biss ab. Kauend sah ich aus dem Beifahrerfenster. Mittlerweile war es kurz vor acht. Beregner wurden angestellt, Hunde Gassi geführt und Brötchen vom Bäcker geholt. Kaulsdorf bestand zumeist aus Ein- oder Zweifamilienhäusern mit gepflegten Grundstücken, Baggerseen und vielen gepflasterten Straßen.

Julie war inzwischen ein paar Mal abgebogen, als ich die leere Tüte zusammenknüllte und in einen Kaffeebecher stopfte. »Gehört die Katze Schäfter?«

Sie seufzte. »Ja.«

Nachdenklich kniff ich die Augen zusammen. Denn soweit ich wusste, wohnte Schäfter in Charlottenburg, Reuss in Weißensee. Wie konnte sich seine Katze da in ihre Wohnung schleichen?

Ich öffnete den Mund, jedoch schüttelte sie den Kopf. »Du hattest deine Frage.«

»Habe ich morgen wieder eine frei?«

»Vielleicht«, entgegnete sie grinsend, setzte den Blinker und fuhr rechter Hand in eine Auffahrt.

Das Haus, vor dem sie parkte, war eingerüstet, und zerrissene alte Planen flatterten am Baugerüst im Wind. Zerbrochene rote Dachziegel lagen verstreut im Vorgarten zwischen Forsythien, dem Gehweg und wild wachsendem Unkraut herum.

»Nicht sehr einladend«, murmelte Reuss und betrachtete den verrosteten Container mit Schrott, der gleich hinterm Zaun in der Morgensonne stand.

Ich ging unterdessen zur Haustür, zu der fünf Stufen hinaufführten. Auf ihnen standen ebenso viele Steintöpfe, in denen halb vertrocknete Geranien ihr Dasein fristen mussten. Auf dem verschnörkelten Messingschild unter der Türklingel las ich *Rolf Wendt*.

Nach dem zweiten Klingeln öffnete uns eine etwa siebzigjährige Frau mit kurzen grauen Locken und lila Brille. Sie stützte sich auf einen hölzernen Wanderstock, wie ich ihn zuletzt in meiner Kindheit gesehen hatte. Uralte, aus dem Erzgebirge stammende Stocknägel mit unterschiedlichen Bildmotiven verzierten das Holz.

»Ich kaufe nichts«, sagte sie barsch und wollte uns im nächsten Moment die Tür vor der Nase zuschlagen.

»LKA Berlin«, erwiderte ich und zeigte ihr meinen Dienstausweis. »Ich bin Kriminalhauptkommissar Weinsheim, das ist meine Kollegin Reuss.«

Mit zusammengekniffenen Augen beugte sie sich näher zu

mir, um sich den Ausweis anzusehen. »Na schön«, sagte sie nicht minder freundlicher. »Was wollen Sie?«

»Wir möchten zu Simon Wendt. Ist er da?«

»Was hat mein Nichtsnutz von Enkel jetzt schon wieder angestellt?«

»Wir haben nur ein paar Fragen an ihn«, antwortete Reuss.

Die Frau deutete mit ihrem Daumen nach oben. »Er pennt in seinem Zimmer. Vor dem Mittag steht er nie auf.« Sie wandte sich ab, drehte sich dann aber wieder zu uns. »Haben Sie Handschellen dabei?«

»Wieso?«, wollte Reuss wissen.

»Tun Sie mir einen Gefallen und ketten Sie den faulen Mistkerl ans Dach. Das sollte vor vier Wochen fertig sein. Aber sehen Sie, wie das hier aussieht? Der Junge kann nur reden, arbeiten ist nicht sein Ding.«

»Bitte entschuldigen Sie die frühe Störung«, sagte ich statt einer Antwort und folgte ihr in einen langen schmalen Flur, von dem nicht nur mehrere Türen abgingen, sondern auch eine Treppe ins Obergeschoss führte. Der Flur war im Gegensatz zum Vorgarten fleckenlos sauber und aufgeräumt. Die Garderobe und die dazu passenden zwei Schuhschränke mochten zwar so alt wie ich sein, aber sie waren gepflegt und glänzten vor Sauberkeit.

»Solange Sie ihn ans Dach fesseln, ist mir das egal«, sagte sie zu mir. Dann ging sie ein paar Schritte in den Flur und blieb neben der Küchentür stehen. Um danach den Kopf in den Nacken zu legen. »Simon, schieb deinen Hintern aus dem Bett, die Polizei will mit dir reden.«

»Wer?«

»Herrgott, taub is er auch noch. Zwei Kommissare sind hier«, brüllte sie hinauf. »Mach, dass du runter…«

Ein lautes Poltern unterbrach Frau Wendt. Irgendetwas kullerte über unseren Köpfen über den Boden.

»Reuss«, rief ich und lief zur Treppe. »Er will durchs Fenster abhauen.«

Ich bemerkte, dass Julie zur Haustür hinausrannte, während ich zwei Stufen auf einmal nehmend ins Obergeschoss hastete.

»Die dritte Tür«, rief mir Frau Wendt hinterher. »Und nehmen Sie den Bengel gleich mit. Dieser Taugenichts macht mir nur Ärger auf meine alten Tage.«

Ich riss die Tür auf und konnte gerade noch durch einen Seitwärtssprung einem Geschoss ausweichen, das auf mich zukam. Ein dickes Buch flog an mir vorbei und krachte hinter mir gegen das Geländer.

»Das hat doch keinen Sinn«, rief ich genervt. »Bleiben Sie stehen. Wir haben nur ein paar Fragen.«

Meine Worte stoppten Wendt natürlich nicht. Er kletterte auf seinen Schreibtisch, der unterm Fenster stand, und warf mir einen wütenden Blick zu. »Verzieh dich, Alter.«

Ein weiteres Geschoss flog an mir vorbei, weil ich mich rechtzeitig duckte. Die Bluetooth-Tastatur verfehlte knapp meinen Kopf und traf den Türrahmen. Ein Bersten hallte zusammen mit einem Splittern durch den Raum, dessen Wände eigentlich eine weiße Raufasertapete zierten. Nur war von der Tapete kaum noch ein Fitzelchen zu sehen, weil Wendt auf jede freie Fläche Juventus-Turin-Poster und Bilder von Nina Sandner geklebt hatte.

»Fuck, muss das denn immer sein?«, stöhnte ich frustriert, als Wendt in blau gestreiften Boxershorts und mit nacktem Oberkörper aus dem Fenster kletterte.

Ich musste über ein am Boden liegendes Bücherregal springen, das vermutlich für das Poltern von vorhin verantwortlich war. Wendt hatte offensichtlich das Regal umgeworfen, um mich so auszubremsen.

Das Zimmer als unaufgeräumt zu bezeichnen war eine maßlose Untertreibung. Überall verstreut lagen Klamotten herum,

Bücher stapelten sich neben Tellern mit teilweise schon vergammelten Pizzaresten auf dem Fußboden. Dreckwäsche lag unter dem Bett, zusammen mit Wollmäusen und leeren Bierdosen.

Ich erreichte den Schreibtisch, als Wendt einen Teil der Plane vom Gerüst riss und runter auf den Boden sprang.

»Oh verdammt. Immer diese überflüssige Hetzerei, und das um diese Uhrzeit«, fluchte ich und setzte ihm nach. Von unten hörte ich Reuss rufen, als ich aus dem Fenster kletterte und mich unter den Gerüststangen hindurchduckte. Ich sprang wie Wendt noch vor wenigen Sekunden herunter und rannte ihm hinterher in den Garten. Rechts von mir überwucherte Efeu eine Garage, die in einem weit besseren Zustand war als der Schuppen, auf den Wendt zusteuerte. Dieser stand schräg hinter der Garage. Eingezwängt zwischen einer wild wuchernden Kirschlorbeerhecke auf der rechten Seite und einem Apfelbaum auf der linken.

Der Schuppen war etwa fünf Meter breit und doppelt so lang. Die Wände bestanden aus dünnen Baumstämmen, die beiden offen stehenden Türen aus Brettern, die vor ewiger Zeit die letzte Lasur gesehen hatten. Eine alte Deichsel für Pferdewagen und große Holzräder zierten die in die Jahre gekommene Bretterbude.

Reuss erreichte vor mir den Schuppen und zog ihre Dienstwaffe. Geduckt lief sie zur linken Tür, während ich zur rechten ging.

Ich lehnte mich an die Wand daneben und spähte ins Innere. Meine Augen benötigten einen Moment, um sich in dem Halbdunkel zu orientieren. Danach entdeckte ich die Berge.

Das, was sich im Schuppen heillos übereinanderstapelte, als Unrat zu bezeichnen, war eine weitere Untertreibung. Verschlissene Matratzen, alte Schuhschränke, denen Türen fehlten, zugeschnürte blaue Müllsäcke, Gartenschläuche, kaputte Lampenschirme, mehrere Tauchpumpen, Elektroschrott und allerlei undefinierbares Zeugs bildeten an den Wänden drei ineinander übergehende Müllberge.

Von der Decke hingen nicht nur Eisenketten in allen möglichen Größen und Längen herab. Was meinen Blick vorübergehend anzog, waren die in Deutschland verbotenen Tellereisen, von denen hier mindestens zwanzig von den blanken Dachbalken baumelten. Alle ausgestattet mit scharfen eisernen Zähnen, die sich in jedes Bein gruben, das die Falle auslöste.

»Simon Wendt?«, rief ich und zog meine SIG Sauer. »Polizei. Wir haben nur ein paar Fragen.« Stille und warme Luft schlugen mir aus dem Schuppen entgegen. Luft, die nach Terpentin, Schweiß und etwas, was seit einiger Zeit vor sich hin moderte, stank.

»Wir kommen jetzt rein«, rief ich und nickte Reuss zu.

Doch bevor ich einen Schritt gehen konnte, heulte ein Motor im Inneren auf. Reuss rettete sich mit einem Sprung zur Seite, als Wendt auf einer alten Suzuki-Cross-Maschine an ihr vorbei aus dem Schuppen brauste.

Ohne meine Aktion genauer zu überdenken, schob ich meine Dienstwaffe zurück ins Holster, nahm Anlauf und sprang. Als ich Wendt von der Maschine riss, heulte der Motor der Suzuki kurz auf, ehe sie zur Seite kippte und mit durchdrehenden Rädern liegen blieb. Wendt und ich krachten auf den staubigen Boden. Obwohl ihm der Aufprall den Atem aus der Lunge presste, holte er mit der Faust aus und traf mich am Kinn, bevor ich seinen Unterarm packen konnte. Danach schlug er mit dem anderen Arm wild um sich und versuchte, mich gleichzeitig zu treten, ehe es mir gelang, ihn auf den Rücken zu drehen und ihm Handschellen anzulegen.

»Sie sind vorläufig festgenommen«, keuchte ich und zog Wendt auf die Füße.

Er spuckte mir auf die Schuhe. »Dich Arschloch krieg ich wegen unrechtmäßiger Polizeigewalt dran.«

»Wo ist Nina Sandner?«

Herausfordernd grinsend sah er zu mir hoch. »Woher soll ick dat wissen?«

»Wo sind Patrick Haneke, Tobias Rotschild, Anna Carius und Philipp Grunenwald?«

»Alter, wer? Ick kenn die nich.«

»Bring ihn ins Auto«, sagte ich grimmig zu Reuss und schob Wendt in ihre Richtung. Fluchend zog ich danach mein iPhone aus der Jackentasche und rief die KT, damit sie das komplette Grundstück und Wendts Zimmer unter die Lupe nahm.

27. Kapitel

Nina Sandner

Immer schneller kletterte ich die Leiter hinab. Wohl wissend, dass mir ein falscher Schritt eine Verstauchung oder Schlimmeres einbringen könnte.

Lag ein Bekannter von mir erstochen am Schachtboden? Mit dem Gesicht im Modder?

Weggeworfen wie ein Stück Vieh?

Die Fragen drehten sich endlos in meinem Kopf. Ich wollte sie stoppen, weil ich mich nicht auf das heimtückische Spiel des Wahnsinnigen über mir einlassen wollte. Oh ja, sein leicht dahingesagtes *Übrigens, was ich dir noch sagen wollte …* gehörte definitiv dazu.

Bist du dir sicher?

Nein. Trotz der Finsternis beschleunigte ich mein Tempo weiter. Ich war kein Affe, daher grenzte meine Geschwindigkeit hart an Selbstmord.

Aber ich musste sie wissen.

Die Antwort auf die Frage, wessen Leiche ich vorhin berührt hatte.

Namen tauchten in meinem Kopf auf und verschwanden wieder. In der dunklen Unendlichkeit meiner Furcht, am Tod eines Menschen schuld zu sein.

Weil du ihn kennst und magst.

Mir wurde schlecht, und mein linker Fuß rutschte von einer Sprosse. Ich schaffte es, mich festzuklammern, prellte mir allerdings an einem Holm das Knie. Die Schmerzen ignorierend, kletterte ich weiter. Ein paar Sekunden später erreichte ich die zerbrochene Sprosse, und wenige Augenblicke darauf stand ich im Schlamm. Entschlossen fischte ich die Streichhölzer aus dem Bund meiner Hose. Licht flammte auf, als ich ein Hölzchen entzündete und es geblendet über meinen Kopf hielt. Und während sich meine Augen an die Helligkeit gewöhnten, wurde mir mit schmerzlicher Klarheit bewusst, dass ich entweder meinen Verstand verlor oder meinem Kidnapper in eine weitere Falle getappt war.

Das flackernde Licht strich über eine rund gemauerte Wand, über dunkle, schlammbedeckte Holzbohlen am Boden, drei gleich große Pakete und …

… eine Schaufensterpuppe, die Jeans, ein zerfetztes, blutverschmiertes Shirt und weiße Sneakers trug.

Das ist nicht möglich!

Bist du sicher, dass du Haut gefühlt hast?

Ja.

JA!

Tränen traten mir in die Augen. Ich war sicher. Ziemlich sicher. Was nur einen Schluss zuließ. Er musste die Leiche fortgebracht und durch die Puppe ersetzt haben.

Aber hier ist nichts weiter.

Rasch drehte ich mich um dreihundertsechzig Grad. Als ich die Bewegung beendet hatte, glaubte ich, mein Herz wollte sich einen Weg aus meiner Brust kämpfen, so rasend schnell klopfte es.

Nichts. Kein Tunnel. Kein Gang, keine Luke, durch die er den Toten weggebracht haben könnte.

Dann hat er ihn die Leiter hinaufgetragen. Er war hier unten, denn das erste Streichholzpäckchen, das du vorhin verloren hast, fehlt auch. Es müsste im Schlamm stecken, tut es aber nicht. Ergo muss der Irre hier gewesen sein und es mitgenommen haben, als er die drei neuen Päckchen gebracht hat.

Die Schlussfolgerung war logisch. Doch noch bevor ich einen Blick zur Leiter warf, schüttelte ich entschieden den Kopf. Einige, jedoch nicht alle Sprossen, hätten dem Gewicht von zwei Personen standgehalten. Der Tote war zwar schlank, aber relativ groß gewesen. Was bedeutete, der Entführer konnte ihn nicht auf der Schulter die Stiege hochgetragen haben. Unmöglich.

Er ist aber stark, durchtrainiert, denn er hat Philipp im Haus überwältigt.

Ich nickte und fragte mich gleichzeitig, ob mich meine inneren Selbstgespräche davor bewahrten, wahnsinnig zu werden. Oder ob sie schon Ausdruck meines beginnenden Wahnsinns waren.

Die Streichholzflamme näherte sich meinen Fingerspitzen. Rasch musterte ich die Schachtwand. Wo hatte er die Kamera angebracht?

Mein Blick flog über die Ziegel. Eine halbe Drehung später verbrannte mir die kleine Flamme erneut die Haut. Ich ließ das Hölzchen los und fluchte lautlos.

Du hast noch zwei.

Die brauche ich noch, erwiderte ich und stellte mich mit dem Rücken an die Leiter, bevor die Flamme zischend im Schlamm erstickte. Ich ging in die Knie und tastete nach den drei Päckchen. Sie waren diesmal etwa so groß wie die Geschenkverpackung für eine Flasche Wein oder Likör. Jedes einzelne hob ich an, legte es quer auf meine flache Hand und bewegte diese hin und her.

Was soll das denn?

Ich will etwas überprüfen. Ein einfaches physikalisches Prinzip. Nämlich, dass Luft leichter als Wasser war.

Sofern sich in einem Paket eine Wasserflasche befand, müsste die darin enthaltene Luftblase bei jeder Bewegung den höchsten Punkt in der Flasche anstreben. Dadurch würde das Päckchen auf der einen Seite etwas leichter und auf der anderen etwas schwerer werden. Aber das war bei keinem Paket der Fall.

Entweder, weil der Kidnapper gelogen hatte, was die Inhalte betraf.

Oder, weil die Wasserflasche von Hand mit Leitungswasser gefüllt worden war. Bis oben hin. Dann konnte ich auch die Bewegung der Flüssigkeit nicht auf meiner Hand spüren.

Ich legte alle drei Päckchen in der gleichen Reihenfolge wieder an ihren ungefähren Platz. Vom Gewicht her waren sie beinah identisch und könnten je eine kleine gefüllte Wasserflasche enthalten.

Aber mein Test, der mir helfen sollte, wenigstens eins der Päckchen auszusortieren, war gescheitert.

Auszusortieren?, wisperte meine innere Stimme. *Deine Zunge klebt dir fast am Gaumen, und Kopfschmerzen fangen an, hinter deinen Schläfen zu hämmern. Du musst etwas trinken.*

Ich seufzte. Bald. Erst einmal musste ich Philipp hier rausbringen. Und Licht wäre auch nicht schlecht, damit ich endlich herausfand, wo er die Kameras angebracht hatte.

Noch einmal legte ich jedes Päckchen auf meine flache Hand, kippte sie diesmal aber schneller nach links und rechts. Mit angehaltenem Atem schloss ich jedes Mal die Lider und konzentrierte mich auf das Gewicht der Pakete.

Nichts.

»Verdammt«, rief ich und spürte, wie mir Tränen in die Augen stiegen, während mein Fluch von den Ziegelsteinen widerhallte.

Wie hat er es gemacht?

Was meinst du?

Wie hat er es geschafft, dass die Pakete in etwa gleich viel wiegen? In jedem ist das Gleiche drin?

Ich verengte die Augen und schüttelte einen Augenblick später den Kopf. Nein, unmöglich. In den beiden ersten konnten nicht je Philipps Finger mit Ehering liegen.

Das nicht, aber ein Ehering wiegt nicht viel.

Ein Schauder rieselte mir den Rücken hinab. Ein einzelner Finger wog auch nicht viel.

Entscheide klug, hallte es in meinem Kopf wider.

Nur wie?

Nutze alle Sinne, wisperte meine innere Stimme. *Nicht nur die Augen oder die Ohren.*

Ein flaues Gefühl kroch mir durch den Magen. *Ich soll dran riechen?*

Genau.

Vor meinem inneren Auge sah ich, wie sich der Kidnapper vor Lachen auf die Schenkel klopfte, als ich an jedem einzelnen Paket roch. *Na, gefällt dir das, du Spinner?*

Schon beim ersten Päckchen stieg mir Galle die Speiseröhre hinauf und verätzte mir die Kehle. Wie es mir gelang, auch noch am zweiten und dritten zu riechen und erst danach zu würgen, verstand ich, als ich erschöpft gegen die Leiter sank.

»Ich komme hier nie raus«, wisperte ich beinahe lautlos. »Ich nicht und Philipp auch nicht.« Denn nun wusste ich mit ziemlicher Sicherheit, dass der Irre nicht fair spielte.

Aus jedem Paket kroch der Geruch des Todes.

Welches auch immer ich mit nach oben nahm, es war von vornherein das falsche.

Mein Atem stockte. Wenn es egal war, für welches ich mich entschied, weil keins das richtige war …

… könnte es sein, dass er hier unten gar keine Kamera installiert hat, beendete meine innere Stimme den von mir begonnenen Satz.

Ich sprang auf und zog entschlossen das Streichholzpäckchen aus meinem Hosenbund. Zum ersten Mal, seit ich hier aufgewacht war, hatte ich das Gefühl, das Richtige zu tun. Licht flammte vor mir auf, und ich ging rasch zur Wand, die ich systematisch untersuchte.

»Wurde einst Schmuggelware versteckt«, hörte ich dabei meinen Entführer in meiner Erinnerung flüstern.

Aber definitiv nicht hier im Schacht.

»Richtig«, entgegnete ich laut und tastete über die Steine. Irgendwo musste es einen Schließmechanismus mit einer Geheimtür geben. Durch die der Irre gelangt war, um die Pakete vor die Leiter zu legen und die Leiche mit der Schaufensterpuppe zu tauschen.

Die kleine Flamme hatte die Hälfte des Hölzchens erreicht, als ich eine Vertiefung unter meinen Fingern spürte.

Bist du sicher?

Ich hielt inne. Ich war sicher, aber was bedeutete das hier unten schon? Konnte ich mir nach all der Angst noch trauen?

Meinem Verstand, mit dem ich bereits seit Stunden Selbstgespräche führte?

Langsam drehte ich mich und sah im flackernden Schein zu den Paketen. Sie waren der Schlüssel. Wahrscheinlich nicht zu meiner Freiheit, jedoch waren sie Teil seines Spiels. Nur welche Rolle kam ihnen zu?

Die der Hoffnungsträger, wisperte meine innere Stimme. Gleichzeitig erreichte die Flamme meine Fingerspitzen. Ich ließ den Stummel des Zündhölzchens los und prägte mir die Richtung plus Entfernung zu den Päckchen ein, bevor es im Schlamm erlosch.

Mit der Dunkelheit kam auch die bittere Erkenntnis, dass meine innere Stimme recht hatte. Die Pakete sollten mich daran glauben lassen, dass ich Philipp retten könnte. Philipp und mich.

Und sie sollten mich dazu bringen, in der Finsternis in den Schacht runterzuklettern. Trotz meiner Phobie.

Und du hast es getan.

Das hatte ich. Und ich hatte festgestellt, dass es noch Schlimmeres als meine Achluophobie gab.

Aber letztlich war die Hoffnung eine Lüge. Das tödliche Messer, das er mir in den Rücken rammen wollte. Denn mit jeder weiteren Spielrunde, mit jedem weiteren Bestrafen von Philipp, wäre das Gewicht meiner Schuldgefühle schwerer geworden. So lange, bis sie mich gebrochen hätten.

Ich gab mir einen Ruck und zog mit den nackten Zehen im Schlamm einen Strich, um die Stelle zu markieren, an der sich der Öffnungsmechanismus befand. *Du hast keine Wahl, du musst das hier beenden*, sprach ich mir für das Mut zu, was ich im nächsten Augenblick tun wollte.

Den Weg in der Dunkelheit zu den Paketen zu finden, bereitete mir kaum noch Probleme. Auch das Schmatzen des Schlamms unter meinen Füßen überhörte ich geflissentlich. Nur meinen trockenen Mund und die Kopfschmerzen, die sich hinter meiner Stirn eingenistet hatten, konnte ich allmählich nicht mehr ignorieren.

Nicht mehr lange, und der Flüssigkeitsmangel würde mich schwächen. Mir die Konzentration rauben, und es würde mir zunehmend schwindliger werden. Ich musste jetzt handeln, bevor es so weit kam.

Aber wenn du die Pakete öffnest, um nach dem Inhalt zu sehen, und im Schacht ist doch eine Kamera, wird er Philipp bestrafen.

»Ich weiß«, hauchte ich unter Tränen und ging in die Knie. Direkt vor meinen Zehen befand sich ein Päckchen. Blind tastete ich nach den anderen und entschied mich schließlich, mit dem rechten äußeren zu beginnen.

Eine kalte Faust schien sich um mein Herz zu ballen, als ich die Schnur und das Einschlagpapier entfernte. Danach hielt ich inne. Hatte ich Philipps Todesurteil unterschrieben? Hier und jetzt? Mit meinem eigenwilligen Handeln, das ausschließlich auf den Vermutungen einer geistig gestörten Irren basierte?

Ich neigte den Kopf und lauschte in den Schacht, dessen Wände nur Stille zu mir zurückwarfen.

Jetzt oder nie!

Ich öffnete das Kästchen, ließ den Deckel fallen und tastete vorsichtig in die Öffnung. Etwas knisterte unter meinen Fingern.

Papier?

Wahrscheinlich Zeitungsfetzen, die der Kidnapper in den Karton gestopft hatte, um das darin enthaltene Objekt zu stabilisieren.

Ich riss die Seiten heraus, bis ich das Teil fassen konnte, das sich im Zentrum des Kästchens befand. Es war eindeutig aus Plastik und rund, aber es handelte sich dabei todsicher nicht um eine Wasserflasche. Dafür war es zu schwer und in der Form zu zylindrisch.

Wie eine Vorratsdose?

Von enthusiastischer Aufregung erfüllt, verschluckte ich mich fast. Ja, es könnte eine Dose sein, denn das Teil in meinen Händen besaß einen Schraubdeckel.

Ich öffnete ihn und schrie erschrocken auf, als etwas winzig Kleines in meine Finger rieselte und von dort in den Schlamm.

Sand.

Feiner Sand.

Du musst ihn mit den Fingern filtern, rief meine innere Stimme in dem Moment, als zwei Dinge gleichzeitig passierten. Ein kleiner metallischer Gegenstand landete in meiner Hand, und über mir im Gang ging das Licht an.

28. Kapitel

Eric Weinsheim
19. September, 10:53 Uhr

Gemeinsam mit Reuss betrat ich den Verhörraum. Wir hatten Wendt inzwischen in einen grauen Overall gesteckt und ihn hier ein bisschen schmoren lassen. Einerseits, um ihn zu überprüfen, andererseits, weil die KT Zeit brauchte, um das Grundstück inklusive Haus auf den Kopf zu stellen. Von den Vermissten fehlte jede Spur. Die Spurensicherung war noch nicht fertig, doch sie hatte inzwischen Wendts Kamera und die Speicherkarte sichergestellt und uns übergeben. Wendt hatte einundzwanzig Fotos geknipst, von dem Moment an, als Nina Sandner das Taxi verließ, bis sie und Grunenwald in ihre Villa gegangen waren. Danach gab es keine Bilder mehr. Peary glaubte, weil Wendt der Entführer war und dadurch keine Zeit mehr gehabt hatte zu fotografieren. Diese Theorie lag auf der Hand, denn Wendt war nachweislich in der Nähe des Tatorts gewesen. Allerdings hatten wir bislang noch keine Beweise dafür gefunden, dass er Rotschild, Haneke und Rissmann kannte. Auch zeigten die Daten seines Handys, dass sich sein Smartphone fünf Minuten nach dem letzten Foto in einen anderen Funkmast eingeloggt hatte. An uns lag es nun herauszufinden, wie er das Zeitproblem gelöst hatte.

Innerlich seufzend setzte ich mich Wendt gegenüber. Er hatte etwas, ohne Frage. Etwas, auf das Frauen standen, und ich schätzte, dass er – wenn er wollte – sehr charmant und gewitzt sein konnte. Doch seit meiner ersten Begegnung mit ihm zeigte er mir Trotz. Sein Zimmer war ein Tempel krasser Gegensätze.

Einerseits verwahrlost und zugemüllt, andererseits hatte die KT in seinen Bücherregalen Namen wie Emily Brontë, Oscar Wilde, Jane Austin und Leo Tolstoi entdeckt. Diese Bücher zeigten mir, dass mehr in ihm steckte, als auf den ersten Blick erkennbar war. Und er wertschätzte Dinge, die ihm etwas bedeuteten, alles andere war ihm offenbar egal.

»Auf einen Rechtsbeistand haben Sie verzichtet. Ist das richtig?«

»Weil ich unschuldig bin.« Er sah zu mir. »Wann kann ich gehen?«

»Wo sind Nina Sandner, Anna Carius, Philipp Grunenwald, Tobias Rotschild und Patrick Haneke?«

»Ich sagte doch schon, ich kenne die letzten beiden nicht«, erwiderte er, hielt jedoch meinem Blick nicht stand.

Eindeutig, er hatte etwas zu verbergen und … er war ein Feigling. Jetzt, wo er hier war, war von seiner Großkotzigkeit nicht mehr viel zu spüren.

»Was ist mit Sandner, Carius und Grunenwald?«

»Ich weiß nicht, wo die sind. Kann ich jetzt gehen?«

»Nein.« Wir konnten ihm noch nicht beweisen, dass er die Vermissten entführt und Laura Rissmann ermordet hatte. Aber er hatte Nina Sandner definitiv knapp ein Jahr gestalkt, wie die Fotos und ausgeschnittenen Zeitungsartikel in seinem Zimmer bewiesen. »Sie wissen, wie das hier läuft«, sagte ich und legte seine Akte auf den Tisch. »Sie haben schon mal eine Jugendstrafe wegen Körperverletzung und tätlicher Auseinandersetzung abgesessen.«

»Das war nur ein Missverständnis.« Er zuckte mit den Schultern. »Sie wissen schon, zu viele Hormone und zu viel Alkohol. Seitdem bin ich sauber, ich schwöre es. Kann ich jetzt gehen?«

»Das könnte eine Weile dauern. Sie haben Nina Sandner gestalkt, und Sie sind der Hauptverdächtige in zwei Entführungsfällen, die in Zusammenhang mit einem Mordfall und drei weiteren Entführungsfällen stehen. Sie waren fleißig, hm …?«

Wendt zuckte zusammen. »Was, ich? Fünf Entführungen und ein Mord? Damit habe ich nichts zu tun.«

Gelassen öffnete ich seine Akte. »Das hier haben wir in Ihrem Zimmer gefunden«, erklärte ich und legte mehrere Fotos von Nina Sandner auf den Tisch. Sie alle zeigten die Autorin in ihrem Haus oder im Garten. Teilweise trug sie nur Unterwäsche, auf einem stand sie unter der Dusche. »Sie sind in ihrem Haus ein und aus gegangen, nicht wahr? Woher haben Sie den Schlüssel?« Nicht von Nina selbst, da war ich sicher. Wendts Name stand nicht auf der Bloggerliste von Pachali, und auch sonst hatten wir keine Hinweise darauf gefunden, dass sie enger befreundet waren. Bis auf ihre Facebook-Freundschaft, aber die rechtfertigte es wohl kaum, dass Nina ihm einen Hausschlüssel ausgehändigt hätte.

»Na, woher wohl?«, knurrte Wendt. »Von ihrer Terrasse. Da hat sie einen Reserveschlüssel unter dem Blumentopf neben dem Grill deponiert.«

»Woher wissen Sie davon?«

Er zuckte lässig mit den Schultern. »Hab sie zufällig dabei beobachtet, wie sie dort einen hingelegt hat. Is ja nich verboten.«

»Ohne ihre Erlaubnis und ihr Wissen in ihr Haus einzusteigen, aber schon.«

»Sie wusste davon.« Wendt hob das Kinn und grinste. »Sonst hätte sie ja ein anderes Versteck gesucht, nicht wahr?«

Arroganter Mistkerl. »Wo waren Sie am Montagmorgen um Viertel nach zwei?«

»Da hab ich gepennt.«

»Sind Sie sicher?«

»Ja doch.«

Ich nahm ein Blatt Papier aus der Akte und legte es Wendt unter die Nase. »Ihr Handy sagt da aber was anderes. Es war zum

Zeitpunkt von Nina Sandners Entführung beim gleichen Mast eingeloggt wie das von Sandner. Können Sie mir das erklären?«

Er starrte hinter mir auf den venezianischen Spiegel.

»Hey, ich versuche, Ihnen zu helfen«, sagte ich und schob mich in sein Blickfeld. »Denn es sieht nicht gut für Sie aus. Daher wäre es besser für Sie, wenn Sie anfangen zu reden und uns die Wahrheit erzählen.« Ich nahm zwei Fotos aus der Akte. Fotos, die die KT auf der Speicherkarte von Wendts Kamera gefunden hatte und die zeigten, wie Sandner und Grunenwald am Montagmorgen ihre Villa betraten. Wir hatten alle einundzwanzig Bilder durchgesehen, ohne dass uns jedoch etwas Verdächtiges aufgefallen wäre. Wendt hatte sich auch auf Sandner und Grunenwald konzentriert, weshalb von der Umgebung nicht viel zu sehen war, außer Teile von Sandners Garten und der Straße.

Mit einem vernichtenden Blick musterte Wendt die Bilder, dann setzte er sich seitlich auf den Stuhl und sah demonstrativ zur Wand neben dem Tisch.

Ich hatte nicht damit gerechnet, dass er reden würde. Die Bilder, die er geknipst hatte, und seine Handydaten reichten aus, um ihn mit der Entführung der Autorin und ihres Agenten in Verbindung zu bringen. Aber laut seiner Handydaten war er nicht mal in der Nähe gewesen, als Rotschild, Haneke und Carius verschwanden. Und auch nicht, als Laura Rissmann in ihrem Haus ermordet wurde. Irrte ich mich, und die Fälle gehörten doch nicht zusammen?

»Diese Briefe haben Sie geschrieben«, sagte ich und legte ihm drei der Drohbriefe vor, die mir Pachali gegeben hatte. »Wir haben die Dateien auf Ihrem PC gefunden«, bluffte ich, und Wendt fiel auf meinen Schwindel herein. Er zog die Schultern zusammen und wurde auf seinem Stuhl ganz klein. »Weshalb haben Sie das geschrieben?«

»Irgendeiner musste ihr ja mal zeigen, wo's langgeht.«

»Und warum ausgerechnet Sie?«

»Is halt so.«

»Ich sag Ihnen mal, was ich denke. Sie hat Sie abblitzen lassen, nicht wahr? Und dann hat sie auch noch herausgefunden, dass Ihre Rezensionen Plagiate sind.«

»Das ist eine Lüge«, rief Wendt. »Sie hat alles ruiniert. Keiner meiner sogenannten Bloggerfreunde guckt mich noch an.«

Ungerührt beugte ich mich näher zu ihm. »Wo halten Sie Nina Sandner und Philipp Grunenwald fest?« Bislang hatte die KT keinen Hinweis darauf gefunden, dass sich die Entführten an Wendts Wohnort befanden beziehungsweise je im Haus oder auf dem Grundstück gewesen waren.

»Ich hab doch schon gesagt, ich weiß nich, wo die sind! Und die anderen kenn ich nich.«

»Sie hatten ein Motiv und die Gelegenheit«, entgegnete ich und stand auf, um meinen Stuhl neben Wendt zu stellen. »Sie hassen und lieben Nina Sandner, nicht wahr? Sie sieht verdammt gut aus und hat megamäßigen Erfolg. Und jetzt sehen Sie sich mal an. Abgebrochene Lehre als Maschinenschlosser, die Ausbildung zum Elektrotechniker haben Sie auch in den Sand gesetzt.« Wahrscheinlich eher aus Trotz als aus Dummheit. Oder, was auch im Bereich des Möglichen lag, er hatte alles dafür getan, um nicht zu den *Nerds* gezählt zu werden. Doch egal, warum: Wer klassische Literatur las, hatte vermutlich mehr auf dem Kasten, als Wendt der Welt zeigte. »Beim Fußball hat es genauso wenig hingehauen«, fuhr ich trotz meiner Überlegungen fort, weil ich ihn aus der Reserve locken wollte. »Da sind Sie mit elf aus dem Verein geflogen, damit andere, talentiertere Kids nachrücken könn…«

»Das ist lange her. Da war ich jung, dumm und wollte rebellieren«, unterbrach mich Wendt.

Dachte ich's mir doch. »Sie haben jeden Grund, sauer zu sein. Das wäre ich auch, ehrlich. Nina Sandner kannte Sie nicht mal, und dann behauptet sie, dass Ihre sorgfältig verfassten Rezensionen Plagiate sind. Echt, da würde ich auch aus der Haut fahren.«

»Bin ich aber nicht, weil sie recht hatte. Ich hatte diese eine Rezension abgeschrieben, aus Zeitgründen. Danach hab ich das nie wieder getan.«

»Ach kommen Sie.« Ich rückte mit meinem Stuhl noch näher zu ihm und legte ihm eine Hand auf die Schulter. »Mal so unter uns Kerlen, Nina Sandner hat Sie bloßgestellt, das roch doch verdammt nach Vergeltung, hab ich recht?«

»Das hatte ich verdient, und nein, so einer bin ich nicht.« Er rutschte auf seinem Stuhl weg von mir. »Mein Fehler, meine Verantwortung, nicht wahr?«

Ich hob eine Augenbraue. Wollte er mir etwa weismachen, dass er tatsächlich ein so verantwortungsbewusster Mensch war? Jemand, der zu seinen Fehlern stand? »Und wieso dann die Drohbriefe und die ganzen Fotos von ihr? Aus welchem Grund haben Sie sie beobachtet?«

Wendt drehte sich von mir weg. »Ich dachte, da läuft was zwischen uns.«

In seiner kranken Fantasie hatte er das ganz sicher gedacht. »Und da schreiben Sie ihr Drohbriefe?«, hakte ich nach.

»Ich wollte ihre Aufmerksamkeit erregen, ist das so schwer zu verstehen?«

»Ist es, denn ich hätte Pralinen oder Blumen geschickt. Oder sie ins Kino eingeladen.«

»Sie ist eine Krimiautorin.« Wendt fuhr sich durchs Haar. »Ich dachte, dass sie darauf eher reagiert.«

Ungläubig schüttelte ich den Kopf. »Und als sie Ihnen erklärt hat, dass zwischen euch nichts läuft, sind Sie sauer geworden. Verständlich, nachdem sie Ihnen Hoffnungen gemacht hat. Und dann, mit einem Mal, lässt sie Sie wie eine heiße Kartoffel fallen, an der sie sich die Hand verbrannt hat. Typisch Weiber, wa?«

Wendt sprang auf. »Sie posiert vor meiner Kamera, nur für mich und dann …« Er brach ab, drehte sich um und trat mit dem Fuß gegen die Wand.

»Und dann?«

»Dann legt sie mir keinen Schlüssel mehr unter den bescheuerten Blumentopf. Seit zwei Wochen schon nicht mehr.«

Aha. »Die Abfuhr tat weh, nicht wahr? Vor allem der Gedanke, dass sie nur mit Ihnen gespielt hat.«

Eine Mischung aus Wut und Trotz erschien auf Wendts unrasiertem Gesicht. Darunter jedoch sah er eigentlich nicht schlecht aus. Schwarze Haare, blaue Augen, ein voller Mund. Italienische Großmutter mütterlicherseits. Aber das gute Aussehen hatte ihn nicht vor den bitteren Schlägen des Lebens bewahrt. Seit dem Rauswurf aus dem Fußballverein war für ihn alles schiefgelaufen. Einmal Wiederholung der Siebenten, den erweiterten Hauptschulabschluss schaffte er mit Ach und Krach, um dann zwei Ausbildungen hinzuschmeißen. Kam mit Obrigkeiten nicht klar, konnte sich weder ein- noch unterordnen. Dabei war ihm offenbar seine narzisstische Veranlagung im Weg gewesen. Mit neunzehn schien er sich jedoch gefangen zu haben. Er beendete seine Ausbildung zum Geräte- und Systemtechniker und arbeitete seitdem stundenweise beim Arndt-Reparaturservice.

»Kann ich jetzt gehen?« Wendt schniefte. »Ich will nach Hause.«

»Wo sind Nina Sandner und Philipp Grunenwald?«

»Ich weiß es nicht.«

»Was ist am Montagmorgen im Haus von Nina Sandner passiert?«

»Nichts. Grunenwald und Nina haben das Haus betreten. Danach bin ich runter vom Baum und nach Hause gefahren.«

»Mehr nicht?«

Er linste zu mir. »Dachten Sie, ich guck mir noch an, wie die zwei rumknutschen? Nee, danke.«

»Sie haben doch bestimmt noch ein paar Fotos geknipst, als Sie vom Baum geklettert sind.«

»Hab ich nicht.«

Ich musterte ihn. Er hatte den Blick auf den Tisch gesenkt und die Finger ineinander verkeilt. Irgendetwas verschwieg er mir. »Ich glaube Ihnen nicht.«

»Nich mein Problem.«

»Ach, denken Sie? Haben Sie mir nicht zugehört? Hier geht es um fünf Entführungen und ein Tötungsdelikt. Ist Ihnen nicht klar, was das für Sie bedeu…?«

Ein Klopfen an der Tür unterbrach mich. *Verdammter Mist! Nicht jetzt!*

Ich versuchte, das Klopfen zu ignorieren, jedoch wiederholte es sich, bis ich zur Tür ging, diese öffnete und in den Flur trat.

Schiefer!

»Shit, du hättest dir …«

»Aeckersberg ist wieder aufgetaucht«, unterbrach er mich. Er lehnte mit verschränkten Armen an der Wand neben der Tür und sah nicht nur müde, sondern auch frustriert und besorgt aus.

»Wo war sie?«

»Mit ihrem Anwalt essen, dabei wurde es nicht nur spät, sie hat auch zu viel Wein getrunken und die Nachricht auf dem AB erst heute Morgen abgehört.«

»Überprüft das«, erwiderte ich. »Wo ist sie jetzt?«

»In deinem Büro.«

»Reuss soll weitermachen«, sagte ich und deutete zum Verhörraum. »Setz dich mit rein.«

»Alles klar«, murmelte er und stieß sich schlapp von der Wand ab.

»Was ist los?«

»Nichts.«

»Lass mich nicht noch mal fragen!«

Schiefer seufzte. »Meine Schwiegermutter hatte heute Nacht einen weiteren kleinen Schlaganfall.«

»Das tut mir leid. Aber warum bist du dann noch hier? Setz dich ins Auto und fahr …«

»Was soll ich im Krankenhaus?«

»Michael.« Ich hielt ihn auf, als er in den Verhörraum gehen wollte. »Du setzt dich jetzt in dein Auto und fährst nach Kühlungsborn. Deine Frau braucht dich, deine Kinder brauchen dich und deine Schwiegermutter auch.«

»Laura Rissmann und die Entführten brauchen mich auch.«

»Du bist mit deinen Gedanken ganz woanders«, sagte ich hart. »So nützt du niemandem etwas. Schieb ab, los!«

»Eric, mach das nicht.«

»Das habe ich gerade. Ich will dich hier bis nächste Woche nicht mehr sehen. Alles klar?«

Schiefers Faust krachte gegen die Wand. »Verdammt, du weißt, warum ich nicht ins Krankenhaus fahre.«

Ja, das wusste ich. Er war dabei gewesen, als sein Bruder vor zwei Jahren in der Charité starb. Seitdem hatte Michael kein Krankenhaus mehr betreten, nicht einmal zur Geburt seiner Zwillinge. »Es geht hier nicht um dich.« Ich packte ihn am Arm und zog ihn zu mir. »Du schaffst das. Und jetzt geh.«

Ilka kam aus dem Büro und blieb uns gegenüber stehen. Vielleicht war das der Grund, warum Michael nickte und sich abwandte. Doch ich hoffte, sein Einsehen lag darin, dass er an seine Schwiegermutter und seine Frau dachte.

»Reuss soll weitermachen«, sagte ich zu Ilka. »Du setzt dich mit rein.«

Sie nickte, danach verengte sie die Augen. »Hab ich gerade gestört?«

»Nein.« Ich wandte mich ab, ging ins Büro und prallte dort beinah mit Peary zusammen.

»Aeckersbergs Anwalt hat ihre Aussage bestätigt.«

»Natürlich hat er das«, murmelte ich. »Sonst noch was?«

»Ich habe Keßler überprüft. Er ist eigentlich Schauspieler und gibt den Kids in seinem Viertel kostenlosen Unterricht. Soll ich tiefer graben?«

»Nicht nötig«, entgegnete ich und holte tief Luft. »Danke, gute Arbeit.« Was eigentlich eine Entschuldigung für meine miese Laune sein sollte. Aber Peary schien an meiner Stimmung keinen Anstoß zu nehmen, denn er nippte seelenruhig an seinem Kaffee. »Ich habe InStyle Man beurlaubt.«

Peary hob die Augenbrauen. »Ich nehme mal an, dass er darüber nicht glücklich war.«

»Nicht wirklich.« Ich sah zu meinem Büro, wo Aeckersberg am Fenster stand und hinaussah. »Wir brauchen eine DNA-Probe von ihr, aber ich vermute, dass sie uns die nicht freiwillig zur Verfügung stellen wird. Sobald ich das anspreche, wird sie ihren Anwalt verlangen, uns läuft allerdings die Zeit davon.«

Mein Kollege grinste. »Dann werde ich mal meine gute Erziehung hervorkramen und ihr einen Kaffee anbieten.«

»Machen Sie das.« Ich schob mich an ihm vorbei und ging zu meinem Büro.

»Guten Morgen«, sagte ich und schloss die Tür hinter mir. »Und vielen Dank, dass Sie sich für uns Zeit genommen haben.«

Nina Sandners Mutter drehte sich zu mir um. Sie sah blass aus und wirkte irgendwie nervös. »Selbstverständlich, Herr Kommissar. Wie kann ich Ihnen helfen?«

»Bitte, setzen Sie sich doch«, erwiderte ich und deutete zu dem Stuhl vor meinem Schreibtisch. Aeckersberg trug auch heute wieder ein elegantes Kostüm, nur hatte sie diesmal passend zu dem hellgrünen Stoff ein Smaragd-Collier gewählt.

»Vielen Dank«, erwiderte sie, anstatt mich zu fragen, ob wir ihre Tochter gefunden hatten. »Wie kann ich Ihnen behilflich sein?«

Ich steuerte den Bürostuhl hinter meinem Schreibtisch an

und sank auf das abgewetzte Kunstleder. »Haben Sie sich am Sonntagabend mit Frau Carius im Sisal getroffen?«, kam ich ohne Umschweife zur Sache.

»Hab ich. Ist das verboten?«

»Sie waren möglicherweise die letzte Person, die Anna Carius vor ihrem Verschwinden gesehen hat.«

Melanie Aeckersberg hob abwehrend die Hände. »Ich habe damit nichts zu tun. Sie saß noch im Restaurant, als ich ging.«

»Das wissen wir.«

»Warum bin ich dann hier?« Sie sah zur Tür, als würde ihr ein wichtiger Termin unter den Nägeln brennen.

»Weshalb haben Sie sich mit Carius getroffen?«

»Das ist privat.«

»War das Treffen spontan?« Davon ging ich bisher aus, denn sonst hätte Anna Carius ihrem Mann das vorher sicher gesagt.

»Jein.« Aeckersberg zögerte. »Ich habe Anna in den vergangenen zwei Wochen öfter um ein Treffen gebeten, doch sie hat immer kurzfristig abgesagt. Am Sonntag waren wir im Amano verabredet, allerdings hat sie mich kurz vorher angerufen, um wieder abzusagen. Daraufhin bin ich etwas sauer geworden, und sie lenkte dann ein.«

»Also hat Frau Carius das Sisal vorgeschlagen?«

»Ja.« Aeckersberg sah erneut zur Tür und erhob sich halb. »Kann ich jetzt gehen?«

Offenbar hatte sie es eilig. Ich legte meine Unterarme auf die Schreibtischplatte und beugte mich näher zu ihr. »Frau Aeckersberg, Ihre Tochter ist spurlos verschwunden. Ebenso wie Philipp Grunenwald und Anna Carius. Des Weiteren gab es in dem Zusammenhang einen Mordfall und zwei weitere Entführungen, und Sie …«, sagte ich und machte eine Pause. »Sie sind eine unserer Hauptverdächtigen.«

Aeckersberg wurde noch blasser. »Was, ich? Wie kommen Sie dazu, mich zu verdächtigen?«

Im gleichen Moment öffnete sich die Tür. »Bitte, verzeihen Sie mein furchtbares Benehmen, Frau Aeckersberg«, flötete Peary. »Ich habe Ihnen nicht einmal etwas angeboten, während Sie auf Hauptkommissar Weinsheim warten mussten. Bitte, lassen Sie mich meinen Fehler wiedergutmachen.« Er trug ein Tablett – von dem ich nicht wusste, wo er das so schnell aufgetrieben hatte – zu meinem Schreibtisch. »Wie wäre es mit einem leckeren Cappuccino? Den habe ich selbstverständlich nur für Sie gemacht.«

Der Blick, den mir Sandners Mutter zuwarf, besagte deutlich, was sie dachte. Nämlich, dass wenigstens einer von uns Bullen Manieren besaß und wusste, wie man eine Frau von ihrem Format behandelte. »Ich danke Ihnen«, sagte sie. »Eigentlich habe ich gar keine Zeit, aber natürlich nehme ich den Cappuccino gern. Wenn Sie ihn schon extra für mich zubereitet haben.«

»Mit einem Hauch Kakao«, fügte Peary lächelnd hinzu und stellte eine vor Sauberkeit glänzende weiße Kaffeetasse mit passendem Unterteller vor ihr ab. Davon, dass in den Schränken unserer Kaffeeküche so etwas zu finden war, hatte ich ebenfalls keine Ahnung gehabt.

»Sie sind sehr nett«, sagte Aeckersberg geschmeichelt und warf mir einen wütenden Blick zu. »Ganz anders als Ihr Kollege.«

»Frau Aeckersberg, dürfte ich Ihnen eine Frage stellen?«, sagte Peary charmant und nahm sich den zweiten Stuhl, um sich neben Nina Sandners Mutter zu setzen.

»Natürlich.« Aeckersberg nippte am Cappuccino und schloss die Augen. »Sie sind ein Künstler.«

»Vielen Dank. Ihr Lob bedeutet mir sehr viel.« Er beugte sich näher zu ihr, und ich glaubte einen Moment lang, dass er ihre Hand in seine nehmen würde. Ich wusste, dass Peary weit ging, wenn er einmal angebissen hatte. Dass er über ein solch schauspielerisches Talent verfügte, hatte ich jedoch bisher nicht geahnt. »Ein Zeuge hat ausgesagt, dass Sie sich mit Anna Carius gestritten hätten, allerdings kann ich mir das bei einer Frau wie Ihnen gar nicht vorstellen.«

»Wir hatten eine Meinungsverschiedenheit, das ist wahr.« Aeckersberg nippte erneut an ihrer Tasse. »Über Nina. Haben Sie Kinder?«

Peary nickte. »Ich habe zwei Söhne. Zwölf und siebzehn. Sie leben beide bei ihren Müttern.«

Aeckersberg hob die Augenbrauen. »Dann wissen Sie ja, dass Kinder die Welt mit verträumten Augen sehen und blindlings in die Fallen des Lebens tappen, weil sie meinen, alles besser als wir zu können.«

»So wie wir einmal.«

Ich schlug die Beine übereinander, doch ansonsten verhielt ich mich still. Denn Peary hatte es geschafft, dass sich Aeckersberg rundum wohlfühlte, und ich wollte diese *Beziehung*, die er zu ihr aufgebaut hatte, nicht zerstören.

»Ja, so wie wir einmal«, bestätigte sie. »Aus dem Grund wollen wir unsere Kinder beschützen, nur lassen sie das ab einem bestimmten Alter nicht mehr zu. Anna und Philipp sind Ninas Familie, mehr als ich es je war. Natürlich schmerzt mich das, aber solange Nina glücklich ist, bin ich es auch.«

»Was ist passiert?«, fragte Peary, während ich über ihre Worte nachdachte. Weil ich geneigt war, ihr den letzten Satz zu glauben.

»Nina besitzt ein nicht unerhebliches Vermögen, von dem Anna schon immer einen gewissen Teil erben sollte. Ursprünglich hat Nina auch geplant, Philipp etwas zu hinterlassen, nur hat er das Erbe aus Stolz von vornherein ausgeschlagen. Und jetzt hat Nina ihr Testament geändert, zugunsten von Anna.«

»Das ist ein harter Schlag für Sie«, sagte Peary mehr als vorsichtig.

»Sie haben ja keine Ahnung.« Aeckersberg verzog den Mund.

»Wussten Sie, dass Tim Carius mit siebzehn wegen Drogenbesitz und Kokain-Dealerei verurteilt wurde?«

Peary und ich sahen uns an. Tim Carius war bisher kein Verdächtiger gewesen, daher hatten wir ihn auch nicht gründlich überprüft. Ein Fehler?

»Anna hat ihn erwischt und gedroht, ihn zu verlassen, wenn er mit dem Dealen nicht aufhört. Er hat sich dann selbst angezeigt und bekam Bewährung. Aber wer sagt, dass Ninas Geld nicht in Drogen fließen würde, sobald Anna es erbt? Verstehen Sie meine Sorgen?«

»Haben Sie sich darüber mit Anna gestritten?«

»Sie hat behauptet, das alles wäre viele Jahre her, das ist ja auch richtig. Richtige Beweise, dass Tim mit Drogen nichts mehr zu tun hat, hatte sie hingegen nicht.« Ninas Mutter seufzte. »Ich weiß, dass sich Menschen ändern können – manchmal.« Sie stellte die Tasse auf den Schreibtisch und sah Peary hilfesuchend an. »Aber bei der Summe, die Anna erben würde, darf ich einfach kein Risiko eingehen. Deshalb habe ich einen Privatdetektiv engagiert, der Tim beschatten sollte, als Nina mir das mit der Änderung ihres Testaments gesagt hat.« Sie kramte in ihrer Tasche und gab Peary einen Umschlag, der mehrere Fotos enthielt. »Sagen Sie mir, dass das auf den Bildern nicht das bedeutet, was ich vermute.«

Bauer sah die Fotos durch und gab sie mir dann. Auf ihnen waren neben Tim Carius ein paar Männer zu sehen. Es schien, als würde eine Tüte den Besitzer wechseln. Allerdings hatte der Privatschnüffler einen ungünstigen Platz zum Fotografieren gewählt. Äste und Sträucher verdeckten die Männer teilweise, und das Weiße, was den Besitzer wechselte, konnte durchaus auch eine Tüte mit Backwaren sein.

»Die Bilder haben Sie Anna im Sisal gezeigt?«

Aeckersberg nickte. »Genau deswegen wollte ich mich ja unbedingt mit ihr treffen. Und dann behauptet sie im Sisal, ich würde Gespenster sehen. Tim hätte sich nur mit seinen Kumpels getroffen, mehr wäre da nicht.«

»Wir überprüfen das«, sagte ich und gab Peary die Fotos zurück, als Aeckersberg zu mir sah. »Warum haben Sie uns das bislang verschwiegen?«

»Weil es gut sein kann, dass ich wirklich Gespenster sehe oder sehen will. Verstehen Sie?«

Ich verstand sehr gut. Von ihren finanziellen Problemen einmal abgesehen, ging es um ihre Tochter. Eine junge Frau, die ihr Vermögen lieber einer Freundin vererben wollte als der eigenen Mutter. »Frau Aeckersberg, ist Ihnen bewusst, dass wir wegen Ihres Schweigens eventuell in die falsche Richtung ermittelt haben könnten?«, fragte ich scharf. »Sie haben möglicherweise das Leben Ihrer Tochter aufs Spiel gesetzt, nur um den Anschein zu wahren.«

Sandners Mutter sah erschrocken zu mir. »Ich versichere Ihnen, ich habe das wirklich nur getan, weil ich glaubte, Nina hätte die Entführung vorgetäuscht.«

Seltsamerweise glaubte ich ihr. »Was hat Ihre Meinung geändert?«

»Das kann ich Ihnen nicht sagen«, flüsterte sie und krallte die Fingernägel fest in ihre Handtasche. »Bitte, ich muss jetzt wirklich gehen.«

Täuschte ich mich, oder waren da tatsächlich Tränen in ihren Augen?

»Frau Aeckersberg, bitte sagen Sie uns die Wahrheit.«

»Ich kann nicht.« Sie schluckte mehrmals. »Ich darf nicht.«

Irritiert sah ich zu Peary. Hier lief eindeutig etwas, von dem wir bislang keine Ahnung hatten.

»Bitte, Frau Aeckersberg. Hier geht es um Ihre Tochter«, sagte er. »Sie können uns vertrauen.«

Sie presste die Lippen fest aufeinander, dann nickte sie. Ihre Hand zitterte, als sie erneut in ihre Handtasche griff und einen

USB-Stick herausholte. »Der Stick hat meine Meinung über die Entführung geändert. Ich habe ihn vor zwei Stunden im Briefkasten gefunden.«

»Was ist drauf?« Ich ahnte es, so wie sie sich verhielt. Es musste ein Beweis dafür sein, dass ihre Tochter tatsächlich entführt worden war.

»Bilder von Nina und ein Erpresserschreiben.«

Ohne zu fragen, warum sie uns den Stick nicht gleich gegeben hatte, steckte ich ihn in den Computer und öffnete die Datei darauf. Die Fotos, durch die ich dann scrollte, kannte ich. Sie zeigten Nina und Philipp, wie sie vor ihrem Haus aus einem Taxi stiegen. Die Bilder waren kurz vor dem Verschwinden der zwei aufgenommen worden. Man sah, wie sie den Vorgarten betraten, redend auf dem Gehweg stehen blieben, um dann kurze Zeit später das Haus zu betreten. Ich sah auf die Datums- und Zeitangaben. Das letzte Bild war um 2:14 Uhr aufgenommen worden. Knapp zwei Minuten danach war der Notruf bei der Zentrale eingegangen.

Nachdenklich öffnete ich das Erpresserschreiben. Er wollte zwei Millionen in kleinen Scheinen, verpackt in einer Reisetasche. Frau Aeckersberg sollte die Tasche bis siebzehn Uhr im Hauptbahnhof in ein bestimmtes Schließfach einschließen. Sobald der Entführer das Geld hatte, wollte er Nina freilassen. Dick und rot hatte der Verfasser daruntergeschrieben, dass Aeckersberg keine Polizei einschalten sollte, ansonsten wäre Nina tot. Was erklärte, warum sie uns den Stick nicht gleich bei ihrer Ankunft hier ausgehändigt hatte.

Wut baute sich in mir auf, als ich den Stick ausstöpselte und ihn Peary gab. Weil ich genau wusste, wer ihn in Aeckersbergs Briefkasten geworfen hatte.

»Chef?«, rief mir Peary hinterher, als ich aus dem Büro hastete.

»Wir kümmern uns darum, Frau Aeckersberg, machen Sie

sich keine Sorgen. Und Sie können gehen«, erwiderte ich und eilte in den Verhörraum.

Reuss und Ilka sahen mich überrascht an, als ich Wendt vom Stuhl riss und an die Wand dahinter presste. »Ist der von Ihnen?«, fragte ich und hielt ihm den USB-Stick unter die Nase.

»Nein!«

»Doch. Denn die gleichen Fotos befinden sich auf der Speicherkarte, die wir in Ihrer Kamera gefunden haben«.

»Ich … ich hab damit nichts zu tun.«

»Mit was denn?«

»Mit der Erpressung.«

Aha. »Und woher wissen Sie dann davon?«

Wendt wurde blass um die Nase. »Ich sag nichts mehr.«

Ich wartete, doch er fügte nicht an, dass er nun auf einen Rechtsbeistand bestand.

»Dann werde ich reden und dabei versuchen, Ihre vergangenen Tage zu rekonstruieren. Laut den Überwachungsbändern des Amano Hotels waren Sie am Sonntagnachmittag und am Abend dort, warum?«

Er starrte stumm an mir vorbei.

»Ihr Schweigen reitet Sie nur noch mehr rein«, gab ich zu bedenken.

»Ich hab mir am Nachmittag die Bar angesehen«, nuschelte er.

»Und am Abend?«

Wendts Kopf sank herab. »Ich hab Nina ein Polaroid in die Manteltasche geschmuggelt. Danach hab ich in meinem Auto auf sie gewartet, bis sie das Hotel verließ.«

»Was für ein Polaroid?«, schnappte ich.

»Ein Scherz, mehr nicht.«

Daran glaubte ich weniger. »Sie haben ihr wieder gedroht?«

»Anders ging es ja nicht. Sie hat doch nie auf einen Brief von mir reagiert.«

»Sind Sie nicht auf den Gedanken gekommen, dass Nina Sandner deshalb nicht reagiert hat, weil sie nichts mit Ihnen zu tun haben wollte?«

Wendt schien in sich zusammenzusinken. »Sagen Sie das nich, bitte.«

Ich stöhnte lautlos. Ja, er hasste und liebte sie gleichermaßen. »Als Nina Sandner in Begleitung von Grunenwald das Amano verließ, sind Sie ihr bis zu ihrem Haus gefolgt, stimmt das soweit?«

»Ja.«

»Warum sind Sie ihr gefolgt?«

»Das musste ich doch, wegen ihres beschissenen Agenten. Der baggert sie doch ständig an. Ich musste sichergehen, dass da nichts läuft.«

Hab ich dich. »Und genau deswegen haben Sie sicher auch noch Fotos geknipst, als Sandner und Grunenwald das Haus betreten hatten.«

In Wendts Augen blitzte Zorn auf. »Nein, hab ich nicht, und das sagte ich auch schon. Und das kann ich auch beweisen, denn es gibt ja danach keine Fotos mehr, wie Sie selbst schon gesagt haben.«

»Warum sollte ich Ihnen das glauben?«

»Ich war zu wütend, um weiter fotografieren zu können. Ich wollte nur noch nach Hause und was trinken, nachdem Nina mit diesem Arsch in ihr Haus gegangen ist. Was denkt sie sich dabei, mit dem was anzufangen?«

Ich musterte Wendt. In seinem Gesicht stand Eifersucht so deutlich geschrieben wie die Leuchtreklame über einer Bar. Nachdenklich schob ich ihn auf seinen Stuhl zurück. Hatte ich hier das Motiv für die Entführung?

Ich schüttelte den Kopf. Nein, die Entführung war keine Tat im Affekt gewesen. Sie war gründlich geplant worden. Rasende Eifersucht konnte durchaus das Motiv für Nina Sandners Entführung sein, nur wie passten da Carius, Rotschild, Rissmann und Haneke hinein? Eigentlich gar nicht. Was jedoch nichts daran änderte, dass Wendt die Entführung geplant haben könnte oder mit drinsteckte. Die Eifersucht gärte bestimmt schon länger in ihm.

»Was ist passiert, nachdem Sie vom Baum geklettert sind?«

Ratlos sah er mich an. »Na, nichts. Was sollte da passiert sein? Ich hab meine Kamera geschultert, bin die Linde runter und in mein Auto gestiegen.«

»Wann?«

Er verdrehte die Augen. »Na, gleich nachdem Nina mit dem Kerl im Haus verschwunden ist. Denken Sie ernsthaft, ich knipse sie beim Knutschen mit dem?« Er schüttelte sich. »Nee, das wollte ich nicht sehen.«

»Kam Ihnen ein Passant oder ein Auto entgegen? Oder haben Sie jemanden beobachtet, der sich Nina Sandners Haus genähert hat?«

»Nee, da war alles ruhig. Nicht mal ein Hund hat gebellt.«

»Woher wussten Sie von Nina Sandners Entführung?«

»Aus der Zeitung.«

Ich nickte. »Und als Sie gestern Abend ihr Bild in der Zeitung gesehen haben, da dachten Sie bei sich, dass Sie doch aus der ganzen Entführungssache noch ein bisschen Kapital für sich schlagen könnten«, sagte ich, obwohl es mir schwerfiel, Wendt zu glauben. »Schließlich hatte Sandner Ihren Ruf ruiniert und sollte dafür bezahlen. Dann haben Sie die Fotos auf den Stick gezogen, die Sie kurz vor Ninas und Philipps Entführung geknipst haben. Als Beweis, dass sich die Autorin und ihr Agent in Ihrer Gewalt befinden. Zu guter Letzt haben Sie noch den dilettantischen Erpresserbrief aufgesetzt und alles zusammen in den Briefkasten von Frau Aeckersberg geworfen.«

»Haben Sie Nina gefunden?«, fragte Wendt den Tränen nahe.

»Wenn sie Ihnen etwas bedeutet, dann helfen Sie uns und sagen mir die Wahrheit.«

Wendt wischte sich über die Augen. »Ich gebe zu, ich hab ihr Drohbriefe geschrieben, und ich hab den Stick in den Briefkasten von ihrer Mutter geworfen, aber mit der ganzen Kidnapping-Scheiße hab ich nichts zu tun.«

Idiotischerweise regten sich auf einmal so etwas wie Zweifel in mir, dass er an der Entführung beteiligt gewesen war. »Nimm seine Aussage auf«, sagte ich zu Ilka und ging zur Tür.

»Finden Sie Nina«, rief mir Wendt hinterher. »Bitte.«

29. Kapitel

Nina Sandner

Vor Schreck hob ich die Hände, um sie auf den Mund zu pressen. In meinem Hals steckte ein Schrei, der sich noch nicht entschieden hatte, ob er ein Hilferuf oder ein Angstschrei werden wollte.

Zu spät registrierte ich, dass mir dadurch der metallische Gegenstand von der Handfläche rutschte. Ob es mein Glück war oder nicht, dass er lautlos im Schlamm versank, konnte ich noch nicht sagen. Aber angesichts des lang gezogenen menschlichen Schattens, den das Licht im Gang an die Mauerwand des Schachtes warf, war die Frage, die meinen Verstand beschäftigte, auch von zentralerer Bedeutung.

Wer stand da oben?

Mein Entführer?

Oder Hilfe?

Der Schatten bewegte sich nicht. Dafür hörte ich ein seltsames Piepsen.

Es klang, als würde jemand einen Code in ein Zahlenschloss eingeben.

Er öffnet die Tür zu meinem Gefängnis, war mein nächster Gedanke. Der von einem lauten Schrei über mir aus meinem Kopf gelöscht wurde. Ein Scheppern folgte, und ich glaubte, Glas splittern zu hören, was nur möglich war, weil der Schrei in ein gedämpftes Gurgeln überging und dann abrupt verstummte.

Was passiert da oben?

Da hatte eindeutig eine Frau geschrien. Erschrocken und

verängstigt. Und war der Schatten kurz vor dem Schrei nicht irgendwie angewachsen? Größer geworden?

Zögernd legte ich eine Hand auf eine Sprosse. Meine Gedanken überschlugen sich, und trotzdem kam mein Entschluss, die Leiter hochzuklettern und nachzusehen, einen Wimpernschlag zu spät. Das Licht erlosch plötzlich, und der Knall einer zuschlagenden Tür dröhnte durch den Gang.

Ich sank in den Schlamm. *Er hat sie.*

Die Frau, die entsetzt aufgeschrien hatte.

Du hättest nichts daran ändern können, erwiderte meine innere Stimme.

Doch, hätte ich. Wenn ich eher reagiert hätte.

Nein! Du wärst nie rechtzeitig oben gewesen, um das zu verhindern.

Was?

Um was zu verhindern?

Dass er sie sich schnappt.

In meiner Erinnerung spürte ich erneut einen starken männlichen Körper an meinem Rücken und ein weiches, mit Chloroform getränktes Tuch auf meinem Gesicht.

Kraftlos rutschten meine Hände in den Schoß, Tränen sammelten sich vor Fassungslosigkeit in meinen Augen.

Gab es noch andere wie mich? Waren Philipp und ich nicht die Einzigen, die der Dreckskerl entführt hatte? Und wenn ja, hatte diese Frau einen Weg aus ihrem Gefängnis gefunden, um dann in meinem zu landen? Wo der Kidnapper sie sich erneut geschnappt hatte?

Ich hatte keine Antworten auf diese Fragen, aber eine Schlussfolgerung, die wie eine Tonne Sand all meine Hoffnungen unter sich begrub.

Wir kommen hier nie raus.

Pessimismus schlug wie eine Welle über mir zusammen und riss mich mit sich fort. Mitten hinein in den Ozean, der Ausweglosigkeit hieß. Alles war sinnlos. Alles, was ich versuchen würde, um Philipp und mich zu retten, war von vornherein zum Scheitern verurteilt.

Solange du nicht die zur Verfügung stehenden Möglichkeiten überprüft hast, weißt du das doch gar nicht, mischte sich meine innere Stimme ein.

Zum ersten Mal seit meiner Entführung überhörte ich das Flüstern. Meine Verzweiflung hatte einen Tiefpunkt erreicht, an dem mir selbst die Kraft fehlte, meine Hände vors Gesicht zu schlagen und mich wie ein Baby mitten im Modder zusammenzurollen.

Hoffnung, und war sie noch so klein, konnte wie Liebe Berge versetzen. Allerdings hatte ich keine Hoffnung mehr.

Aber dafür hast du einen Schlüssel.

Beinahe hätte ich gelacht. Freudlos. *Ja, ich habe einen Schlüssel, mit dem ich jedoch höchstens ein Fahrradschloss öffnen kann.* Größer war er nicht, und deshalb war er zu klein für die Türen oben. Mal abgesehen davon, dass die Holztür ein modernes elektronisches Schloss besaß. Daher war es durchaus logisch, dass alle anderen Türen auch über solche Codeschlösser verfügten.

Solange du nicht nachgesehen hast, weißt du das nicht.

Doch, weiß ich. Denn bevor vorhin im Gang das Licht anging, wurde kein Schlüssel im Schloss herumgedreht. Das hätte ich gehört. Auch danach nicht, nachdem der Psychopath die Tür wieder zugeschlagen hat.

Stimmt, aber das würde bedeuten …

Dass die Frau den Code geknackt haben muss, vollendete ich in Gedanken. Den für die Türen. Nur wie?

Die Frage müsste anders lauten, warf meine innere Stimme ein. *Wofür ist dann der kleine Schlüssel, der in der Dose war?*

Ich sank in mich zusammen. *Der gehört nur zu seinem perversen Spiel. Nichts weiter. Er ist bedeutungslos.*

Er hatte einzig die Aufgabe, den Hoffnungsfunken in mir am Brennen zu halten. Wie Sauerstoff eine Kerze.

Das ergibt keinen Sinn.

Okay, ich beweise es dir, erwiderte ich stumm, griff in den Schlamm und durchsuchte ihn, bis ich den kleinen Schlüssel fand. Auch wenn ich ihn für einen weiteren Trick des Entführers hielt, schob ich ihn nach einer notdürftigen Reinigung in die Gesäßtasche meiner Hose. Danach tastete ich nach dem zweiten Päckchen. Ich riss es auf, nahm die Plastikdose heraus und ließ den Sand durch meine Finger rinnen. *Wetten, dass hier auch ein Schlüssel drin ist?*

Das glaube ich nicht.

Immer mehr Sand rieselte von meiner Hand, bis der letzte Krümel im Schlamm versank.

Unmöglich!

Wieder und wieder schloss ich die Finger, aber das erwartete Gefühl blieb aus. Das von Metall auf meiner Handfläche.

Er gibt Philipp und dir eine Chance, glaub mir.

Das passt nicht, schrie alles in mir. *Das passt nicht zu seinem idiotischen Spiel.*

In dem Moment, als ich das dachte, ahnte ich nicht, wie recht ich mit meiner Vermutung hatte. Was mich zu der Schlussfolgerung brachte, war nur dieses nagende Bauchgefühl in mir, dass sich auch hinter dem irren Plan des Kidnappers ein Sinn verbergen müsste. Ein perfider, wahnsinniger Sinn, der mit Sicherheit keine Fluchtmöglichkeit enthielt.

Rasch riss ich das dritte Päckchen auf und überprüfte auch dessen Inhalt. Nur Sand.

Glaubst du mir jetzt?

Es war kein Glaube, der mich die Leiter nach oben steigen ließ, sondern der Gedanke, dass der Drecksack auf meine Rückkehr wartete und dabei möglicherweise die Geduld verlor.

»Bist du da?«, fragte ich oben im Gang in die Dunkelheit.

Stille antwortete mir.

»Hallo?« Plötzliche Angst ließ meine Stimme kippen. Die Angst, ich könnte zu lange im Schacht geblieben sein, oder dass es dort unten doch Kameras gab. Durch die er mich beobachtet hatte, wie ich trotz seines Verbots die Päckchen geöffnet hatte.

Er ist bei Philipp. Um ihn für mein Fehlverhalten zu foltern, schoss es mir durch den Kopf.

Das weißt du nicht. Er könnte auch schlafen oder ...

Die Frau bestrafen. Der Druck von Tränen baute sich hinter meinen Augen auf, aber ich schluckte sie hinunter.

»Bitte antworte mir«, hauchte ich mit zunehmender Verzweiflung. *Damit ich sicher sein kann, dass du nicht bei Philipp bist.*

Ich weiß nicht, wie lange ich in der Dunkelheit stand und vergeblich um ein Lebenszeichen bettelte. Und sei es auch nur ein dreckiges Lachen. Drei Minuten, fünf, vielleicht aber auch zehn vergingen, ehe ich auf meine innere Stimme hörte. Die mich zur Eile drängte. Ich glaubte nicht an die Möglichkeit, Philipp retten zu können. Doch ich musste alles versuchen.

Als Erstes überprüfte ich meine Annahme, dass die Tür, durch die die Frau gekommen war, ein elektronisches Schloss besaß. Mir schienen Stunden zu vergehen, ehe ich mich vom Schacht über meine Gefängnistür bis hin zum anderen Ende des Gangs getastet hatte. Immer an der Wand entlang, damit ich in der Finsternis nicht die Orientierung verlor und ein Streichholz opfern musste, um zurückzufinden.

Das Bedienfeld unter meinen Fingern und der Klebestreifen über den LEDs bestätigten zumindest, dass ich noch nicht ganz den Verstand verloren hatte. Auch das große Schlüsselloch bewies meine Theorie, dass der kleine Schlüssel in meiner Hosentasche nicht in die Türen hier oben passte. Er öffnete irgendetwas anderes. Etwas, auf das ich den kümmerlichen Rest meiner Hoffnung setzte und damit so falsch wie noch nie in meinem Leben lag.

Auf dem Rückweg zum Schacht vergewisserte ich mich wiederholt, dass der Dreckskerl nicht vor seinen Monitoren saß. Einerseits schenkte mir sein permanentes Schweigen die Zeit, unbeobachtet nach einer Fluchtmöglichkeit zu suchen. Andererseits quälten mich die blutigen Bilder, die meine Furcht um Philipp heraufbeschwor.

Lebte er noch? Mein bester Freund, den ich wie einen Vater liebte?

Du musst daran glauben.

Der Gedanke ließ mich den Mund verziehen. Glaube war wie Hoffnung. Er verlieh ungeahnte Kräfte, konnte aber auch trügerisch sein. Was ich brauchte, waren Beweise. Unwiderlegbare Beweise, dass Philipp noch atmete und seine Wunden versorgt worden waren.

Du darfst jetzt nicht daran denken, warf meine innere Stimme ein, als ich an der Gefängnistür ankam und auf die Knie sank. Um auf allen vieren zur Öffnung zu kriechen. *Denk an die Geheimtür. Dahinter wartet die Freiheit auf dich und Hilfe für Philipp.*

Die Frau dachte das vermutlich auch, entgegnete ich stumm, während ich am Schacht ankam und mich an den Abstieg machte. *Die Frau, die der Perverse nun wiederhat.*

Und wenn du dich irrst? Wenn sie gar keine Entführte ist?

Wer sollte sie sonst sein? Sie hatte nicht einmal *Hallo* gesagt, geschweige denn etwas anderes. Sie war – bis auf das Piepsen (wenn es denn von ihr kam) – ebenso leise gewesen, wie ich es auf der Flucht sein würde. Um *ihn* nicht auf mich aufmerksam zu machen.

Vielleicht, so überlegte ich weiter, als ich am Schachtboden ankam, gehörte das alles zu seinem idiotischen Spiel. Den Gefangenen einen Fluchtweg zu bieten, den es im Grunde nicht gab.

Welchen Sinn sollte das haben?

Um die Entführten zu zermürben. Und es funktionierte. Die Szene von vorhin hatte mir deutlich vor Augen geführt, dass es kein Entkommen gab. Möglicherweise führte die Geheimtür raus aus dem Keller. Nur von dort gab es keinen Weg in die Freiheit.

Unsinn!, schimpfte meine innere Stimme. *Der Perverse muss ja auch irgendwie hier rein- und rauskommen. Und diese Tür musst du finden!*

Mit zwei Streichhölzern? Je nach Größe des Komplexes, könnte ich Stunden in der Finsternis umherirren, um am Ende wieder hier zu landen.

Oder um in einen Schacht zu fallen und mir bei dem Sturz das Genick zu brechen.

Und was ist mit Philipp? Willst du ihn etwa seinem Schicksal überlassen? Einem Schicksal, an dem du schuld bist?

Meine innere Stimme klang wütend, und ich glaubte, eine Menge Enttäuschung herauszuhören.

Womöglich war das der Auslöser, weshalb ich nun doch die Hände vors Gesicht schlug. Um im Verborgenen zu weinen. In der einzigen Abgeschiedenheit, die mir wegen der Kameras blieb. Die über mich hereinbrechenden Schuldgefühle flossen wie kleine Bäche aus meinen Augen, aber sie nahmen meine Hoffnungslosigkeit nicht mit.

Irgendein Idiot hatte mal gesagt, dass Tränen die Seele reinigen würden. Meine hingegen füllten meine Psyche mit Entsetzen, noch mehr Gewissensbissen und jeder Menge Angst. Die Angst davor, dass ich nicht die Kraft hatte, meinen besten Freund zu retten. Den Mann, dem ich so vieles im Leben verdankte.

Dann verkriech dich nicht in deinem Schneckenhaus, sondern tu etwas!

Schniefend wischte ich mir übers Gesicht. *Und was?*

Geh zur Geheimtür, öffne sie und such einen Weg hier raus.

Ich teilte die Entschlossenheit meiner inneren Stimme nicht. Aber da sie der kümmerliche Rest meines Verstandes war, den meine von Pessimismus und Angst durchtränkte Seele noch nicht unter sich begraben hatte, vertraute ich ihr.

30. Kapitel

Gab es Liebe überhaupt? Und wenn ja, woher wusste man, dass man geliebt wurde? Fühlte man sich dann anders, oder wurde man anders, wenn man wusste, dass man geliebt wurde?

Es waren genau diese Fragen, die mich Woche für Woche über Jahre hinweg in die Bücherei führten, auch wenn ich das damals nicht wusste. Ich wusste nur, dass ich etwas in den Büchern suchte. Etwas Unbekanntes, etwas nicht Greifbares. Etwas, das ich kennenlernen wollte. So sehnlichst, dass ich Buch um Buch verschlang. In meinem Bett. Mit einer Taschenlampe unter der Decke.

War es Liebe, wenn Papa in die Schule kam, um mir die zu Hause vergessenen Pausenbrote zu bringen? Dann klopfte er an der Tür und fragte mich quer durchs Klassenzimmer, ob ich auf dem Klo scheißen war, als Gott die Intelligenz verteilt hatte.

Vielleicht finden Sie das witzig – meine Klassenkameraden taten das jedenfalls. Und Papa strahlte übers ganze Gesicht, wenn die Klasse über seine Scherze lachte. Nur meine Lehrerin schaute erschrocken drein, und ich – ich wünschte mir, der Boden unter meinen Füßen würde sich öffnen.

Ja, es stimmt, er hat mich seit Mamas Tod nie mehr angefasst. Nicht, um mir übers Haar zu streichen, auch nicht, um mich nach dem Baden abzutrocknen oder um mir die Schuhe zuzubinden. Er hat mir auch nie eine Ohrfeige verpasst, nicht mal einen kleinen Klaps auf den Hintern.

Es waren seine andauernden Demütigungen, die meine Seele über Jahre hinweg aushöhlten wie Wassertropfen einen Felsen. Weil ich nicht über Leichen gehen wollte, um etwas im Leben zu erreichen. Ich wollte Freunde haben und daran glauben, dass die Welt eigentlich viel besser war als das, was ich jeden Tag erlebte.

Ich wollte kein Opfertyp sein – wer will das schon? –, doch auch kein Held. Wonach ich mich sehnte, war Unsichtbarkeit. Aber nach der Sache mit meiner Zuckertüte gab es über lange Zeit kein interessanteres Gesprächsthema in unserem kleinen verschlafenen Ort kurz vor Berlin als die faulen Eier in meiner Schultüte.

Ich wurde berühmter als so mancher Politiker, dessen Namen die einfachen Leute in unserem Ort noch nie gehört hatten. Plötzlich kannte mich jeder und deutete mit dem Finger auf mich. Und einige von ihnen flüsterten auch hinter vorgehaltener Hand, dass ich – der Mörder meiner Mutter – diese Schmach zu Recht verdient hätte.

Es dauerte Jahre, ehe die Eiersache in Vergessenheit geriet. Ehe es mir die Leute erlaubten, dass ich mir den fauligen Gestank aus der Kleidung, von der Haut und aus den Haaren waschen konnte. Aber zu dem Zeitpunkt glich meine Seele bereits einem Wrack. Einem Schiffswrack, das zum Dahinsiechen an einen Strand gespült worden war und dort zur Seite geneigt seit Jahrzehnten von Wind, Wetter und der See ausgehöhlt wurde.

Es soll keine Entschuldigung sein, wenn ich behaupte, dass der Weg, den ich viele Jahre später gehen sollte, zu dem Zeitpunkt für mich geebnet worden war. Ich war es selbst, der den Schalter in mir schließlich umlegte. Der beschloss, kein Opfertyp mehr zu sein, sondern das Gegenteil.

Nach all der Zeit wollte ich wissen, wie es sich anfühlte, ein Raubtier zu sein. Ich wollte wissen, ob meine gedemütigte und angstzerfressene Psyche noch zu heilen war.

All die anderen Wege, die ich bis dahin gegangen war, hatten mich in Sackgassen geführt. In manche war ich blindlings hineingestolpert, in etliche andere mit offenen Augen. Erfüllt von der Hoffnung, dass alles anders sein würde, wenn ich am nächsten Morgen die Lider öffnete.

Nur war es das nie. Deshalb redete ich mir ein, glücklich zu sein. Und es funktionierte. Über Jahre.

Ich sehnte mich so verzweifelt nach Liebe – und ja, auch nach

Anerkennung. Nur wusste ich das damals nicht. Ich wusste es auch noch nicht, als ich vierzehn wurde.

Geburtstage waren für mich normalerweise Tage wie alle anderen auch. Es gab für mich keine Torte und auch keine Geschenke. Dieses Privileg hatte sich nur Anke verdient, weil sie das Familienmotto hochhielt.

Trotzdem freute ich mich darauf, vierzehn zu werden. Nicht nur, weil vierzehn viel besser als elf oder neun klang. Nein, weil es nur noch vier Jahre bis zur Selbstbestimmung waren. In vier Jahren würde ich aus dem Haus meines Vaters ausziehen können. Ich – und nur ich – würde dann endlich darüber entscheiden dürfen, wer ich sein wollte. Und dann würde ich nicht mehr so tun müssen, als wäre ich eine Kopie von Anke.

Eine beschissene Kopie, die nie das Original würde sein können. Das lag nicht in der Natur einer Kopie. Und jeder – beginnend bei meinem Vater – wusste das.

Vielleicht hätte ich mir nicht so viele Gedanken über meine Zukunft machen sollen. Nicht so viel tagträumen sollen, während Anke meine Geburtstagsparty vorbereitete. Meine allererste. Ihr Geschenk für mich. Wohingegen unser Vater mir seine Abwesenheit schenkte. Einen Tag vor meinem Geburtstag fuhr er mit seinen Kneipenkumpels zu irgendeinem Konzert nach Dresden und wollte erst zwei Tage nach der Party meines Lebens – so nannte Anke sie – zurückkehren.

Als Anke am Nachmittag mit ihren Freunden die Bowle anrührte und das Büfett im Keller aufstellte, saß ich auf der Treppe und kämpfte mit den Tränen. Anke hasste es, zu kochen, doch für mich hatte sie eine große Schüssel Nudelsalat zubereitet und sogar einen Streuselkuchen gebacken. Als sie dann auch noch die selbst gebastelten Lampions und Girlanden aufhängte, konnte ich meine Tränen nicht mehr zurückhalten.

Weil ich begriff, wie sehr ich mich in ihr getäuscht hatte. Sie würde das alles schließlich nicht für mich tun, wenn sie mich nicht lieben würde. Und diese Erkenntnis war mir noch viel, viel wichtiger und wertvoller als die Party selbst. Ganz fest schloss ich sie in mein Herz ein und blieb dort sitzen, wo Anke mich hinverbannt hatte. Auf der Treppe – bis die ersten Gäste kamen.

Logischerweise waren es viele von Ankes Freunden, aber es waren auch ein paar aus meiner Klasse dabei. Und alle hatten mir etwas mitgebracht. Eine Tafel Schokolade, einen Füller, Filzstifte, Knusperflocken, Blumen vom nahe gelegenen Feld … und sogar ein Buch.

Glauben Sie das? Wenn ja, dann sind Sie ein ebensolcher Träumer, wie ich es war.

Denn niemand kam zu meiner Party.

Ich saß noch auf der Treppe, als die Kuckucksuhr neun Mal schlug. Allein, in der Dunkelheit und in der Stille, die aus dem Keller quoll.

Anke und ihre Freunde waren längst gegangen. Zu einer Party, bei der es Häppchen und Rotkäppchen-Sekt gab und von der noch Wochen später geschwärmt wurde.

Es war fast Mitternacht, als ich in den Keller ging, um wenigstens etwas von Ankes Nudelsalat zu essen. Aber erst als ich mir Löffel um Löffel auf einen Teller schichtete, sah ich es.

Dass er sich bewegte. Die Nudeln waren keine Nudeln, sondern Mehlwürmer. Und in der Bowle schwamm kein Dosenobst, sondern vergammelter Küchenabfall.

Ich weiß nicht mehr, wie es mir gelang, den Mehlwurm-Salat und die Abfall-Bowle auf unserem Komposthaufen zu entsorgen. Heute glaube ich, dass ich ruhig geblieben bin, weil mich ein richtiger Nudelsalat und eine leckere Bowle viel mehr überrascht hätten als das, was Anke schließlich für mich zubereitet hatte.

Erst viel später, als ich durch den Wald hinter Frau Müllers Haus rannte, kamen die Tränen. Die Enttäuschung tat so weh, dass sich der Schmerz wie Krämpfe durch mich hindurchbewegte. Dieses Gefühl, dass ich ganz allein auf der Welt war. Dass es niemanden gab, der mit mir meinen Geburtstag feiern wollte.

Auf einem Baumstamm sitzend, dachte ich nicht zum ersten Mal darüber nach, abzuhauen. All das hier hinter mir zu lassen. Wer würde mich schon vermissen? Wer würde nach mir suchen?

Niemand.

Ich könnte daheim ein paar Sachen packen und am Bahnhof auf einen langsam fahrenden Güterzug springen. Aber wie weit würde ich mit den hundertzehn Mark kommen, die ich gespart hatte, seit ich für die alte Frau Müller Woche für Woche einkaufen ging?

Nennen Sie mich einen Feigling oder von mir aus auch einen Schwächling, doch ich lief in dieser Nacht nicht weg. Auch nicht später. Weil ich das Elend von daheim nicht mitnehmen wollte. Ich wollte es vergessen, dann, wenn ich etwas aus mir gemacht hatte, und nicht auf der Straße vor mich hin vegetieren.

Anders als Anke, die für ihre Zukunft plante, sich einen Politiker oder Geschäftsmann zu angeln, wollte ich nach dem Abi studieren, um danach auf eigenen Beinen stehen zu können. Auf meinen Beinen.

Vielleicht war ich egoistisch. Vielleicht aber auch zu naiv, von einer Zukunft zu träumen, in der nur die Sonne für mich scheinen würde. Ich glaubte, ich hätte mir nach all den Jahren im Haus meines Vaters ein wenig Glück verdient. Frei nach dem Motto, dass jeder seines Glückes Schmied war.

Anke, die gerade so die Schule und ihre Lehre bestanden hatte, wohnte jetzt in einer schicken Villa, fuhr einen Mercedes, hatte zwei bildhübsche Töchter und einen Staatsanwalt als Ehemann.

Und ich?

Ich hatte fast alles verloren, was ich mir aufgebaut hatte. Weil ich zu dumm war, die Lehren meines Vaters – meiner Familie – zu akzeptieren.

Aber jetzt war ich das nicht mehr. Denn das Leben selbst hatte mich von meinen Tagträumereien geheilt.

31. Kapitel

Eric Weinsheim
19. September, 12:51 Uhr

»Du glaubst Wendt, dass er mit der Entführung nichts zu tun hat?«, fragte Reuss und biss in ihr viertes Stück Salamipizza während sie mir gegenüber am Besprechungstisch saß.

»Ich bin mir nicht sicher. Eigentlich ist er viel zu unorganisiert, um so etwas durchzuziehen«, entgegnete ich und starrte eine Minute lang auf das Telefon zwischen uns, bevor mir der Kragen platzte. »Zum Teufel, wie lange braucht denn Schäfter noch, um den Code von Wendts Laptop zu knacken?« Wendt behauptete, dass es keine weiteren Fotos geben würde, aber der Ermittler in mir musste auf Nummer sicher gehen. Es lag durchaus im Bereich des Möglichen, dass er im Baum abgewartet hatte, bis die Luft rein war, und dabei weitere Fotos geschossen hatte. Andererseits, von was? Sandner und Grunenwald waren im Haus, es gab also nichts mehr zu fotografieren. Eigentlich. Dennoch hoffte ich auf ein weiteres Foto. Eins, das uns vielleicht einen Hinweis auf den Entführer gab.

»Iss was.« Julie schob mir einen Teller mit Pizza vor die Nase. »Dein Zuckerspiegel ist im Keller.«

»Daran liegt meine miese Laune nicht«, knurrte ich. Sondern an dem Grummeln in meinem Magen. Irgendetwas übersah ich. Etwas Entscheidendes.

Ich blickte zu Pearys Schreibtisch, der leer war. Er sprach gerade mit Tim Carius bei ihm zu Hause, Ilka war unterdessen zum Drogendezernat gefahren. Vielleicht befanden sich unter Carius' *Freunden* Dealer, die dem LKA 43 bekannt waren.

Schweigend aß ich die Pizza, bis mein Teller leer war. Doch die Antwort darauf, was ich übersah, blieb weiterhin hinter einem dichten Nebel verborgen.

Da halfen nur zwei Dinge. Entweder zum Anfang zurückgehen oder etwas ganz anderes machen. Etwas, das meine Gedanken in eine andere Richtung lenken würde.

Ich nahm mein Handy aus der Tasche und tippte Annika Ritter eine WhatsApp. Ich bat sie um ein Treffen, damit ich ihr die Tagebücher ihres Halbbruders geben konnte. Allerdings brauchte ich keine Minute zum Tippen der Nachricht.

Frustriert schob ich mein iPhone zurück in die Jackentasche, nachdem mir Annika geschrieben hatte, dass sie am Nachmittag bei Sebastian Suarek im Rehazentrum sein würde. Danach stand ich auf. Also doch zum Anfang zurückgehen?

Normalerweise fuhr ich in solchen Fällen noch einmal zum Tatort. Aber die Spurensicherung hatte weder im Tiergarten noch an der Straßenbahnhaltestelle Marzahner Promenade etwas gefunden. Sollte ich noch mal zu Laura Rissmanns Haus fahren und danach zu Nina Sandners Villa?

Ich ging zum Fenster und sah hinaus. Vor die Sonne hatten sich dicke Wolken geschoben, die nach Regen aussahen. »Was übersehen wir?«, fragte ich Julie und wandte mich zu ihr um. Ich lehnte mich an die Fensterbank und schob die Hände in meine Jackentaschen. »Fakt eins, die Fälle gehören zusammen, oder?«

»Ja.« Sie schob ihren leeren Teller neben das Telefon. »Ich denke schon, obwohl sich die Tatmuster unterscheiden.«

»Was Absicht war, vermute ich.«

»Warum?«, stellte Julie die Frage, auf dich ich keine Antwort, sondern nur Spekulationen hatte.

»Normalerweise bleiben Serientäter bei dem gleichen Modus Operandi. Entweder, weil ihr Tatmuster genau den irren Kick bei ihnen auslöst, den sie sich wünschen. Oder, weil sie sich sicher fühlen – oder, weil sie etwas Ähnliches erlebt haben. Fakt ist, Serientäter wechseln normalerweise nicht ihr Muster. Es gibt wenige Ausnahmen wie zum Beispiel den siebenfachen Mörder Jean Hollister. Aber nur deshalb, weil seine ersten beiden Morde dazu dienten, sein Vorgehen zu verfeinern.«

»Das ist nicht der Grund für sein verändertes Vorgehen«, murmelte Reuss, und ich stimmte ihr nickend zu.

»Ich glaube, es geht ihm nicht allein ums Töten.«

»Sondern um Rache«, sprach Julie meinen Gedanken aus. »Es ist seine Art, zu bestrafen. Und die hat er an die jeweiligen Opfer angepasst.«

»Die Frage ist nur, wofür bestraft ...?« Ein Klopfen an der Tür unterbrach mich.

»Ja?«

Ein uniformierter Kollege öffnete die Tür. »Hauptkommissar Weinsheim? Hier ist eine Frau Grunenwald für Sie.«

Ich ging zur Tür und nickte dem Beamten zu. »Danke.«

Elisa Grunenwald erinnerte mich stark an Nina Sandners Mutter, als sie in Kostüm, High Heels und mit Hochsteckfrisur ins Zimmer schneite. Eine blumige Parfümwolke umgab sie, die meine Nase reizte.

Ich reichte ihr die Hand und deutete zum Besprechungstisch. »Bitte, setzen wir uns doch.«

Sie schüttelte den Kopf. »Ich wollte nur fragen, ob Sie schon etwas Neues wissen.«

»Die Ermittlungen gehen voran«, sagte ich zögernd und wich damit auf eine Plattitüde aus. Eine, die schnell gesagt war und so gut wie alles bedeuten konnte. Nur war sie kein wirklicher Trost für die Angehörigen.

Elisa Grunenwald wurde blass, und ich bemerkte unter ihrem Make-up die dunklen Augenringe. Wie es schien, hatte sie die vergangene Nacht nicht gut geschlafen. Sorgte sie sich doch mehr um ihren Mann, als es anfangs den Eindruck gemacht hatte?

»Können Sie mir versprechen, dass Sie ihn und Nina bald finden?«, hauchte sie und sank nun doch auf einen Stuhl am Konferenztisch. Sie presste ihre prall gefüllte Handtasche an sich und sah mit feuchten Augen zu mir auf. »Lebend?«

»Wir geben unser Bestes.« Immer dann, wenn ich diesen Satz sagte, fühlte ich, wie er sich durch die Eingeweide der Angehörigen bohrte. Weil ich mir vorstellte, wie ihn jemand zu mir sagte. Dass er sein Bestes tun würde, um Nele oder Kathrin zu finden.

»In unserer Ehe lief es die vergangenen Jahre nicht gut«, wisperte Elisa Grunenwald. »Und daran war ich schuld. Ich wollte nicht, dass er sich mit der zweiten oder dritten Reihe begnügt, sondern ganz vorn mitmischt. Weil er großartig schreibt, wissen Sie? Aber er war gern Agent, nur ich hatte damit Probleme.«

Schreibt? Für Verlage? »Ich dachte ...«

»Möchten Sie etwas Wasser, Frau Grunenwald?«, unterbrach mich Julie.

Sie reichte Elisa ein Glas, die mehrere Schlucke daraus trank. Danach stellte sie es auf den Tisch, blinzelte Tränen aus den Augen und kramte in ihrer Handtasche. Dabei rutschten eine Schachtel mit rotbrauner Haarfarbe und eine Tüte mit Bonbons heraus und fielen zu Boden. Ich bückte mich und hob beides für sie auf, jedoch bekam Elisa davon gar nichts mit. Leise vor sich hin weinend, fischte sie aus einer Packung ein Taschentuch und schnäuzte hinein. »Bitte entschuldigen Sie, ich war shoppen, um mich abzulenken.« Ein schmales Lächeln tauchte auf ihren Lippen auf. »Dabei hab ich einfach irgendetwas in meinen Einkaufswagen gelegt, ohne genau darüber nachzudenken.«

Ich nickte zögernd. Wie es schien, machte sie sich doch große Sorgen um ihren Mann. Sein Verschwinden hatte ihr womöglich die Augen über ihre Gefühle für ihn geöffnet.

Sie tupfte ihr Gesicht mit dem Taschentuch trocken. »Ich wollte, dass er im Mittelpunkt steht. Wir«, verbesserte sie sich und putzte sich noch einmal die Nase. »Ich hatte doch den Autor Philipp Grunenwald geheiratet, nicht den Agenten.«

»Er schreibt für Verlage?«

Elisa winkte ab. »Oh nein. Das ist beinah drei Jahrzehnte her. Nach der Wende erschien sein erster Thriller, der wochenlang auf der *Spiegel*-Bestsellerliste stand. Seine beiden nachfolgenden Bücher konnten leider nicht an den Erfolg anknüpfen, daher entschied er sich, als Agent zu arbeiten.«

Ich verengte die Augen und konkretisierte die Zahl der entführten Autoren von drei auf vier. Wobei man bei Grunenwald Ex-Autor sagen könnte, oder? »Er hat einfach so aufgehört zu schreiben?«, fragte ich überrascht. Ich hatte immer gedacht, zu schreiben sei eine Berufung und kein simpler Job in einem stickigen Büro.

Sie schluchzte wieder. »Er hat es für mich getan, das ist mir nun klar geworden. Um mir ein finanziell abgesichertes Leben bieten zu können. Als Agent hat er jeden Monat ein festes Einkommen, als Autor nicht.«

Ich nickte und setzte mich zu ihr. Plötzlich eine Frau zu haben, für die ein Mann sorgen wollte, konnte Prioritäten gehörig auf den Kopf stellen. Bücher, die sich nicht verkauften, ernährten keine Familie, ein monatliches Einkommen schon. »Wir finden ihn. Und Nina Sandner, Anna Carius und die anderen beiden Vermissten.«

Sie nickte. »Das müssen Sie. Denn ich muss Nina und Philipp um Verzeihung bitten.« Mit einem kleinen dankbaren Lächeln nahm sie die Bonbons und die Haarfarbe und steckte beides zurück in die Handtasche. »Es gibt so vieles, was ich ihm nie gesagt habe, weil ich Dummkopf wütend auf ihn war.«

Ich erhob mich, half ihr beim Aufstehen und brachte sie zur Tür. Offenbar hatte sie nun, wo ihr Mann in Lebensgefahr schwebte, ihre Gefühle für ihn auf die Reihe gebracht und festgestellt, dass sie ihn und nicht den Autor – oder dessen Ruhm – liebte.

Als ich mich von Elisa Grunenwald verabschiedete, hoffte ich, dass sie die Gelegenheit bekommen würde, ihrem Mann all das zu sagen.

Hinter mir klingelte das Telefon, während ich zusah, wie ein uniformierter Kollege Elisa zur Treppe brachte. Ihre Schritte wirkten schleppend, und sie ließ beim Gehen den Kopf hängen. Die Schuldgefühle, die auf ihr lasteten, schienen schwer zu wiegen.

»Was, nichts?«, hörte ich Reuss sagen, als ich die Tür schloss und mich umwandte. »Dann sieh alles noch mal durch!«, rief meine Kollegin und sah mit einem Gesichtsausdruck zu mir, der unmissverständlich auf schlechte Nachrichten hindeutete. »Da *müssen* noch Fotos sein!«

Julie aktivierte den Lautsprecher des Telefons.

»... alle Bilder durchgesehen. Sowohl die auf seiner Kamera als auch auf seinem Laptop«, sagte Schäfter. »Wendt hat sie nach Datum sortiert abgespeichert. Aber es gibt keine weiteren – bis auf die, die wir schon kennen – vom Montag.«

»Und vom Siebzehnten?«, fragte ich. »Vielleicht hat er sie aus Versehen in einem anderen Ordner gespeichert?«

»Da hat er während der Lesung Fotos geknipst. Die sind alle da, aber da sind keine von ihrem Grundstück dabei.«

»Er war also auch schon auf ihrer Lesung?« Diese Info fehlte mir bisher.

»Ja.«

Ich eilte zum Konferenztisch, stützte die Arme auf die Tischplatte und beugte mich zum Telefon. »Gehen Sie jeden Achtzehnten durch. Irgendwo müssen noch Fotos vom Montag sein.« Wenigstens eins. Eins, auf dem wir sehen konnten, was sich bis zu Nina Sandners Notruf im Haus abgespielt hatte.

»Wissen Sie, wie viele Bilder das sind?«, keuchte Schäfter entsetzt. »Hunderte! Wendt hat Frau Sandner fast ein Jahr gestalkt.«

»Mir egal«, brüllte ich. »Tun Sie's einfach.«

Stille drang aus dem Lautsprecher, der schließlich ein entnervtes »Ja, Sir!« folgte.

»Sofort!«, rief ich, bevor Julie das Gespräch beendete.

Sie kam zu mir und setzte sich neben mich auf den Tisch. »Was ist los?«

»Wir kommen zu spät«, flüsterte ich und wandte mich ab.

Sie hielt mich fest. »Das kannst du nicht wissen.«

Doch, ich wusste es. Genauso, wie ich damals gewusst hatte, dass meine Eltern tot waren, noch bevor der Polizist an unsere Tür klopfte.

»Schalt mal ab und komm auf andere Gedanken.« Julie sprang vom Tisch und schob mich zur Tür. »Bring Annika die Tagebücher. Ich gehe mit Schäfter die Bilder durch. Okay?«

»Nein, ich muss …«

»Runterkommen«, beendete sie meinen Satz. »Du bist zu wütend und zu frustriert, um klar zu denken.« Reuss öffnete die Tür und schob mich in den Flur. »Nimm dir mal eine kurze Pause. Ich melde mich, sobald wir neue Erkenntnisse haben. Versprochen.«

Sie schloss die Tür vor meiner Nase, ehe ich etwas erwidern konnte.

Hatte sie recht?

Vermutlich. Aber konnte ich einem Küken gestatten, mich derart vor die Tür zu setzen?

Meine Hand lag bereits auf der Klinke und eine Zurechtweisung auf meiner Zunge, als mich ein Gedanke innehalten ließ.

Der, dass Reuss recht hatte. Ich musste mich beruhigen.

32. Kapitel

Nina Sandner

Ich musste ehrlich gestehen, dass mich ein Gewitter bei strahlendem Sonnenschein ebenso überraschen würde, wie es das kaum wahrnehmbare Knirschen tat, nachdem ich in die Vertiefung zwischen den Steinen gedrückt hatte.

Tief in mir hatte ich damit gerechnet, dass nichts passieren würde, obwohl die Überlegung, dass es im Schacht eine Geheimtür geben müsste, durchaus logisch war.

Aber was hatte all das, was mir seit der Entführung widerfahren war, mit Logik zu tun? Gab es die in dem irren Spiel des Psychopathen überhaupt?

Auf eine kranke Art vermutlich schon.

Ein kalter Luftzug strich mir über das erhitzte Gesicht und trug einen Geruch mit sich, den ich nie wieder vergessen würde.

Das süße Aroma unzähliger Duftbäumchen.

Vermischt mit dem Gestank von verwesendem Fleisch.

Der üble Geruch war jetzt so stark, dass mir nach nur einem Atemzug Tränen in die Augen schossen. Hastig schlug ich eine Hand vor die Nase, atmete flach durch den Mund und neigte lauschend den Kopf. Wegen des sich wiederholenden Plongs, das danach klang, als befände ich mich in einer Tropfsteinhöhle.

Irgendwo vor mir gab es Wasser.

Mit nur einer Hand tastete ich in die entstandene Öffnung in der Wand, von deren Größe ich keine Vorstellung hatte. Auch nicht davon, ob sich direkt dahinter ein Tunnel oder ein bodenloser Abgrund befand.

Auch auf die Gefahr hin, dass ich mir Knochenbrüche oder

Schlimmeres zuzog, ließ ich die Streichhölzer im Hosenbund. Sie könnten vielleicht irgendwann den Unterschied ausmachen, ob ich aus meinem Gefängnis entkam oder nicht.

Nach meiner Einschätzung war die Öffnung etwa anderthalb Meter hoch und ebenso breit. Was auch immer einst hier durchgeschmuggelt worden war, war scheinbar recht groß gewesen.

Ich ging in die Knie und tastete den Boden hinter der Geheimtür ab. Einen weiteren Schacht konnte ich nicht entdecken, dafür einen kleinen Absatz. Dahinter fühlte ich nackte Steine, die mich an altes, von vielen Füßen abgeriebenes Pflaster erinnerten.

Vorsichtig kletterte ich in die Öffnung, hielt die Luft an und kroch auf allen vieren weiter. Worin auch immer ich mich befand, schien rund wie eine Röhre zu sein. Ein Verbindungstunnel vielleicht.

Zur Kanalisation?

Was denkbar wäre, denn durch die alten Abwassertunnel war sicher so manche Schmuggelware transportiert worden.

Wachsam krabbelte ich weiter und lauschte nach jedem zurückgelegten Meter in die Finsternis. Ich war nicht klaustrophobisch veranlagt, dennoch überkam mich ein unheilschwangeres Gefühl. Womöglich, weil mein Kopf unentwegt Teile von Horrorfilmen abspulte, die mir zeigten, was am Ende des Tunnels auf mich warten könnte. Verborgen in der Dunkelheit und bereit zum Töten.

Mehrmals musste ich trocken schlucken und mich dazu zwingen, kein Streichholz zu entzünden. Das Einzige, was mich vorwärtstrieb, war das stetig lauter werdende Plätschern. Es wirkte sich auf meinen Durst aus wie eine lästige Fliege im Schlafzimmer auf den Schlaf. Egal, was man anstellte, man konnte das Summen und Brummen einfach nicht ignorieren. Ebenso wie mein Durst das beständige Tropfen von Wasser vor mir.

Am Ende des Tunnels.

Mit dem Gedanken, bald etwas trinken zu können, kroch ich weiter. Ich hatte etwa drei Meter zurückgelegt, als ich Veränderungen spürte. In der Luft und bei den Geräuschen, die ich verursachte. Meine visuelle Wahrnehmung hatte mein Entführer durch die Dunkelheit ausgeschaltet. Ohne Licht war ich blind und auf meine anderen Sinne angewiesen. Die nun wesentlich empfindsamer auf meine Umwelt reagierten als jemals zuvor.

Daher überraschte mich der Absatz nicht, den ich kurz darauf erreichte. Der Tunnel wurde breiter und schien in einen Schacht oder Gang überzugehen.

Vermutlich ist das der Keller, in dem die Schmuggelware versteckt wurde.

Es war nicht die einleuchtende Schlussfolgerung meiner inneren Stimme, die mich im Tunnel verharren und nach den Streichhölzern tasten ließ. Sondern das immer stärker werdende Gefühl einer Bedrohung. Die Finsternis war seit meiner Entdeckung der Leiche zu einer Art Verbündeten geworden. Doch jetzt spürte ich sie wieder drohend und beklemmend auf jedem Zentimeter Haut.

Was war vor mir?

Ich hielt den Atem an und lauschte angestrengt. Was ich hörte, sorgte nicht dafür, dass ich mich besser fühlte.

Ein Wummern dröhnte durch die Schwärze. Leise, als hätte jemand zwei Wohnungen über mir die Bässe aufgedreht. Ich spürte die Vibrationen unter meinen Händen und hatte das Gefühl, dass sie stärker wurden.

Kam da jemand mit schweren Stiefeln auf mich zugelaufen?

Jemand, den ich aufgrund der Finsternis nicht sah?

Mit zitternden Fingern fischte ich ein Streichholz aus der Packung und zündete es an. Meine Fantasie überschlug sich, als ich die kleine Flamme über den Kopf hielt. Das Licht durchbrach die Dunkelheit, flackerte über gemauerte Wände und spiegelte sich in zwei weit aufgerissenen Augenpaaren, die mich anstarrten.

33. Kapitel

Meine erste Reaktion war Flucht. Eine Hand schützend vor das brennende Streichholz haltend, drehte ich mich um und rannte gebückt durch den alten gemauerten Tunnel in Richtung des Schachts, aus dem ich gekommen war.

Ich hatte etwa die Hälfte der Röhre hinter mich gebracht, als mich etwas erstarren ließ, mit dem ich hier unten nicht gerechnet hätte.

Licht.

Den schmalen Streifen hatte ich nur im Augenwinkel wahrgenommen. Im gleichen Moment, in dem ich die zwei Leichen entdeckte. Die beiden jungen Männer, die gegenüber der Tunnelöffnung mit dem Rücken an der Wand des Ganges lehnten. So, als würden sie sich nur ausruhen. Allerdings waren sie voller Modder, und einer trug nur eine Boxershorts. Selbst bei meinem kurzen Blick zu ihnen hatte ich nicht übersehen können, dass die Körper bereits verwesten. Blasen hatten sich auf ihrer grünlich marmorierten Haut gebildet, Flüssigkeiten traten aus Mund und Nase. Beim einen mehr als beim anderen.

Fest biss ich mir auf die Unterlippe und wagte einen Blick über meine Schulter. Natürlich stürzte sich von dort Dunkelheit auf mich, der jedoch eins fehlte, das Wummern.

Es war verstummt, ebenso wie das Plätschern.

Alles in mir sehnte sich danach, die Geheimtür zwischen mich und die beiden erstochenen Männer zu bringen, deren Blicke aus toten Augen mich vermutlich bis an mein Lebensende verfolgen würden. Diese anklagenden, von blankem Entsetzen erfüllten Blicke, die alles in mir auf Fluchtmodus geschaltet hatten.

Ich schniefte und wischte mir über die Augen. *Ich kann sie so nicht liegen lassen.*

Hier unten, in dieser Dunkelheit. Im Dreck.

Dann beeil dich. Das Streichholz brennt nicht ewig.

Die Mahnung meiner inneren Stimme im Ohr, blieb mir nicht viel Zeit für die Entscheidung, die ich im Grunde längst getroffen hatte. Auch wegen des schmalen Lichtstreifens, der nach meiner Meinung unter einer Tür hindurchgefallen war.

Mit einer Hand die Streichholzflamme schützend, drehte ich mich um und ging zurück. Zurück zu dem Gang mit den beiden Toten.

Je näher ich dem Tunnelende kam, desto mehr begannen meine Augen von den Leichenausdünstungen zu tränen. Flach durch den Mund atmend sah ich mich so schnell wie möglich um. Ich wollte keine Sekunde länger hier verweilen als nötig. Denn mein Magen rebellierte unablässig und schickte Säure meine Speiseröhre hinauf, die mir den Rachen verätzte.

Im Licht der verglühenden Streichholzflamme sah ich mich im Gang um. Er war etwa zweieinhalb Meter breit und verlor sich links von mir ebenso in der Dunkelheit wie eine dunkle Spur aus getrockneten Schlammbrocken am Boden. Sie wirkte, als wäre dort etwas entlanggezogen worden, aber der Tränenschleier vor meinen Augen konnte mich da auch täuschen.

Auf der anderen Seite des Tunnels, circa einen Meter neben den Leichen, folgte der Gang einer Biegung. Und von dort kam der Lichtschein.

Dieser schmale helle Streifen, der sich durch die Ritze zwischen einer Tür und dem Boden zwängte, ließ mein Herz voller Sehnsucht im Brustkorb aufgeregt hüpfen.

Ich komme hier raus und kann Philipp retten.

Wie sehr ich die Situation falsch einschätzte, sollte ich nur wenige Minuten später erfahren. Im gleichen Augenblick, in dem meine Welt komplett in Teile zerbrach. In so viele Einzelstücke, dass ich sie nie wieder würde zusammensetzen können.

Obwohl mich das Licht magisch anzog, trat ich zuerst vor die beiden jungen Männer und ging in die Hocke. Ich kannte sie nicht, dennoch wollte ich irgendetwas für sie tun. Sie waren etwa so alt wie ich und würden durch ihren gewaltsamen Tod nie mehr erfahren, was die Zukunft für sie bereitgehalten hätte.

Gern hätte ich ihnen die Augen geschlossen, aber der Zustand der Toten wies darauf hin, dass sie schon vor einiger Zeit ermordet worden waren. Während ich das verbrannte Streichholz fallen ließ, konnte ich ihnen nur leise versprechen, dass ich sie zu ihren Familien bringen würde. Zu den Menschen, die sie einst geliebt hatten, damit sie sich verabschieden konnten.

Mit fest aufeinandergepressten Lippen richtete ich mich auf. Dabei spiegelte sich der schmale Lichtstreifen, der unter der Tür hindurchfiel, in etwas Metallischem am Boden.

In etwas Herzförmigem, was der rechts neben mir halb sitzende, halb liegende Tote in der Hand hielt.

Eine Kette?

Ich trat neben den Toten und ging erneut in die Hocke. Schaudernd tastete ich nach dem metallisch-silbernen Gegenstand.

Lass das liegen, bat meine innere Stimme, und ich erstarrte tatsächlich für einen Moment. Denn nur zu gern hätte ich auf sie gehört. Aber ich konnte nicht.

Meine Atmung beschleunigte sich schlagartig, als meine suchenden Finger den Toten berührten. »Bitte, vergib mir«, wisperte ich und riss ihm die Kette aus der Hand. Danach schnellte ich hoch und hastete zur Tür. Dabei umklammerte ich fest die Halskette, deren Anhänger ich zu kennen glaubte.

Das Medaillon.

Weil ich es Tim empfohlen hatte. Als Geschenk zum einjährigen Hochzeitstag für Anna.

Unter den Fingerspitzen fühlte ich die feinen Linien auf der Vorderseite des Medaillons. Trotzdem sank ich vor der Tür auf die Knie und hielt die Kette ins Licht. Weil ich die Ungewissheit einfach nicht mehr ertrug. Und die Fragen, die mich bestürmten.

Ich blinzelte – und blinzelte noch einmal. *In Liebe, Tim.*

»Anna«, flüsterte ich und schloss die Faust um die Halskette, die meine Freundin nicht einen Tag abgenommen hatte, seit sie sie geschenkt bekommen hatte.

Wie kam die Kette in die Hand des Toten?

Und wo war Anna?

Erst jetzt, nach dieser Frage, spulte mein Kopf zurück zu dem Moment im Flur bei mir zu Hause. *»Tim hat angerufen, Anna ist nicht nach Hause gekommen«*, hörte ich Philipp erneut sagen. Entsetzt begann ich zu weinen.

Ich hatte nicht mehr daran gedacht.

Nicht eine Sekunde.

An Anna.

Du bist entführt worden und wurdest mehrfach mit deiner schlimmsten Angst konfrontiert, versuchte mich meine innere Stimme zu beruhigen. *Du musstest an Philipp und an dich denken. Und um euer Überleben kämpfen!*

»Das ist keine Entschuldigung«, erwiderte ich und richtete mich entschlossen auf. Ohne zu zögern, legte ich die Hand auf die Klinke. Ich musste jetzt Hilfe holen und herausfinden, was mit meiner besten Freundin geschehen war.

Zielstrebig drückte ich die Klinke herunter, schob die Tür auf und schloss geblendet vom Licht die Augen. Doch das, was sich in dem Raum hinter der Tür befand, brauchte keine Zehntelsekunde, um sich für immer in meine Netzhaut zu brennen.

34. Kapitel

Eric Weinsheim
19. September, 16:54 Uhr

Nach dem Besuch im Rehazentrum betrat ich das LKA. In der einen Hand jonglierte ich einen Karton mit dampfenden Kaffeebechern. In der anderen hielt ich eine Tüte vom Bäcker, die randvoll mit köstlich gefüllten Windbeuteln war.

Die Tür des Büros flog auf, noch bevor ich sie erreicht hatte. Schäfter stürmte ohne Gruß an mir vorbei.

»Das von vorhin tut mir leid«, rief ich ihm hinterher. »Das ging nicht gegen Sie.«

Er blieb stehen und drehte sich zu mir. Sein fragender Gesichtsausdruck verwirrte mich.

»Kennen wir uns?«

Irritiert runzelte ich die Stirn, während er stöhnte und sich an den Kopf griff. »Tut mir leid. Ich habe vergessen, wo ich bin.« Er kam zu mir und schüttelte kurz meinen Ellbogen. »Sie haben mich vermutlich mit meinem Bruder verwechselt. Ich bin André Schäfter. Der Zwillingsbruder von Marc.«

»Oh«, brachte ich verblüfft heraus, als Reuss neben mir auftauchte.

»Eric Weinsheim«, sagte sie und deutete zu mir. Dabei wirkte sie nicht sonderlich glücklich.

»Dein Chef also.« Er nickte in meine Richtung. »Sehr erfreut. Julie erzählt viel von Ihnen.«

Ein Umstand, der weder ihm noch mir besonders gefiel. Denn ich war sicher, dass er sich mit Reuss lieber über andere Themen unterhalten wollte.

»Sie sind Lucys Besitzer?«, fragte ich ihn. André Schäfter sah seinem Bruder unglaublich ähnlich. Erst als ich ihn genauer musterte, erkannte ich winzige Unterschiede. Sein schwarzes Haar war etwas kürzer, und um den Bizeps seines rechten Arms spannte sich ein Tribal-Tattoo.

»Ja.«

»Das erklärt einiges.«

»Ich sollte jetzt besser gehen.« Erneut schüttelte er meinen Ellbogen. »Hat mich gefreut, Sie kennenzulernen.«

»Mich auch.«

Er wirkte recht niedergeschlagen, als er sich umwandte und den Gang entlanglief.

»Stimmt was nicht?«, fragte ich Reuss.

»Lucy ist verschwunden. Er hat sich meinen Wohnungsschlüssel geholt, um nachzusehen, ob sie wieder bei mir ist.« Sie hielt mich am Arm fest. »Marc ist nicht erfreut über ... na ja, du weißt schon.«

»Warum nicht?«

Sie presste die Lippen aufeinander, dann atmete sie tief ein. »André ist viel auf Reisen. Er ist Fotograf und ...« Sie brach ab und sah an mir vorbei zur Wand. »Marc fürchtet, dass er mich verletzen wird, weil er zum einen nicht gewillt ist, Verantwortung zu übernehmen.«

Aha. Übersetzt bedeuteten ihre Worte, dass nicht Marc, sondern André derjenige war, der seine Freundinnen öfter wechselte als ein Model die Garderobe an einem Abend.

»Und zum anderen?«, fragte ich und steuerte unseren Konferenztisch an, um meine Last darauf abzustellen.

»Marc meint, André wäre mit seinem Job verheiratet und hätte mehr Gefühle für seine heiß geliebte Kamera als für einen einzigen Menschen ...«

Heiß geliebte Kamera? Die Worte begannen seltsamerweise, in meinem Kopf zu kreiseln, zwischen ihnen hörte ich immer wieder, wie Wendt mich bat, Nina zu finden. Ich stöhnte und griff mir an die Schläfen. »Er würde seine Kamera schützen, nicht wahr?«

»Wie bitte?« Reuss wirkte verwirrt.

Ich griff nach ihren Oberarmen. »Wendt. Falls er wirklich vom Baum geklettert ist, als Sandner und Grunenwald das Haus betreten hatten.«

»Was bedeutet …«

»Es gibt tatsächlich keine Fotos mehr.« Aber das hatte ich ohnehin nicht mehr angenommen. Zumindest seit Schäfters Anruf. Warum also drehten sich Julies Worte von vorhin wie ein Kreisel in meinem Kopf? Zwischen einer schnellen Abfolge verschiedener Erinnerungen. Nichts schien zusammenzupassen und schon gar nicht zur Aufklärung dieses Falls beitragen zu können. Oder warum sah ich in meinem Geist wiederholt, wie Elisa Grunenwald die Haarfarbe aus der Tasche fiel? Oder den Augenblick, als Julie den Krimi von Sandner in Laura Rissmanns Schlafzimmer in die Hand nahm. Was hatten eine Haarfarbe und ein Krimi gemeinsam?

Ich schnappte nach Luft. Danach fügten sich plötzlich viele kleine Puzzleteile in meinem Kopf zu einem einheitlichen Bild zusammen. »Eine Täuschung.«

»Wie bitte?«, fragte Julie.

»Natürlich. Genauso muss es gewesen sein.«

»Von was redest du?«

»Dass alles nur eine Täuschung war.« Logischerweise, denn der Täter war ein Schriftsteller.

»Ich weiß nicht, worauf du hinauswillst.«

»Auf die Nacht, in der Sandner entführt worden ist«, erwiderte ich und eilte zu meinem PC. Ich rief den Ordner mit Wendts Fotos vom Montagmorgen auf und begann, die ersten durchzuscrollen. Sie zeigten, wie Nina Sandner aus dem Taxi stieg, und einen Teil des Fußwegs. In dem Bildausschnitt war auch zu sehen, dass neben dem Fußweg drei Autos parkten. »Julie, überprüf die Kennzeichen«, wies ich sie an und sprang von meinem Platz auf. Zwei waren deutlich zu sehen, vom dritten nur ein Teil.

Sie nickte und ließ sich auf meinen Stuhl fallen. »Klärst du mich auf?«

»Später«, erwiderte ich und ging vor meinem Schreibtisch auf und ab. Bevor ich meine Theorie laut aussprach, brauchte ich noch ein paar Beweise.

»Der rote Honda gehört Ninas Nachbarin«, sagte Julie, während die Tür aufging und Ilka ins Zimmer kam.

»Sie glauben, der Entführer hat im Auto gesessen und dort abgewartet, bis die Luft rein ist?«, fragte Peary mit einer gehörigen Portion Zweifel in der Stimme. »Die Zeit wäre aber arschknapp gewesen.«

Ich schüttelte den Kopf. »Nein, er hat nicht im Auto gesessen.«

»Dann war es doch Wendt, und in dem Auto am Straßenrand saß sein Komplize.« Peary holte zischend Luft und wedelte mit der Hand in Julies Richtung, die noch immer die Kennzeichen überprüfte.

»Wendt ist zwar ein Mistkerl, doch ich glaube ihm. Er weiß weder, wo die Vermissten sind, noch hat er sie entführt.«

»Und warum glaubst du ihm das?«, wollte Ilka wissen.

»Weil seine Reaktionen ehrlich waren. Als ich ihn gefragt habe, wo die Entführten sind, hat er geantwortet, dass er weder Haneke noch Rotschild kennt. Und im Verhörraum, als er erfuhr, dass er zur Tatzeit vor Sandners Haus gewesen ist, erschrak er sichtlich. Nina Sandner bedeutet ihm etwas. Seine Gefühle für sie sind krank und verdreht, doch entgegen seiner Drohbriefe glaube ich nicht, dass er geplant hat, ihr tatsächlich etwas anzutun. Er hat die Briefe wirklich nur in der Hoffnung geschrieben, dass sie endlich Kontakt zu ihm aufnimmt. Als das nicht geschah, wurde er immer patziger. Und jetzt ist sein Dreh- und Angelpunkt in dieser Welt unter seiner Nase weg entführt worden.«

»Du meinst, er hätte Hilfe geholt, wenn er die Entführung beobachtet hätte?«

»Wohl eher nicht. Ich glaube, er hätte selbst eingegriffen. Denn Sandner gehört in seiner Einbildung ihm, und dieser Umstand hätte ihn wahrscheinlich dazu gebracht, den Entführer mit einem Stein oder Ähnlichem unschädlich zu machen.«

»Der blaue Peugeot ist auf Ninas Nachbarn zwei Häuser weiter angemeldet«, rief Julie. »Nur den schwarzen BMW kann ich nicht zuordnen. Von ihm kann ich auch nur einen Teil des Kennzeichens erkennen und …«

»Welche Autos sind auf die Grunenwalds zugelassen?«, warf ich ein, denn die Zeit drängte.

Ich hörte, wie Julies Finger über die Tastatur flogen. »Ein silberfarbener Mercedes, der auf Elisa zugelassen ist, Philipp fährt einen …«

»… schwarzen BMW?«

Julies Finger flogen erneut über die Tastatur, dann atmete sie scharf ein. »Das könnte tatsächlich Philipps Wagen sein. Aber wieso stand das Auto vor Nina Sandners Haus?«

»Dafür kann es zig Erklärungen geben«, rief Peary. »Zum Beispiel, dass er von dort aus mit seinem Auto nach Hause fahren wollte.«

»Und wie ist es dann nach Nina Sandners Lesung dort hingekommen?«, fragte ich und sah zu ihm. »Ich habe gesehen, wie Elisa Grunenwald ihre Facebook-Privatnachrichten checkt. Rufen Sie ihren Account auf, und prüfen Sie vor allem ihre Profilbilder.«

»Warum?«, wollte Peary wissen und eilte an mir vorbei zu seinem Schreibtisch.

»Haarfarbe«, sagte ich und versank in meinen Gedanken. Mit

dieser verdammten Farbe stand oder fiel meine Theorie. »Wir waren uns einig, dass der Täter der Urheber des Manuskripts ist, oder?«

»Ja. Und deshalb kann es Elisa nicht sein. Sie ist keine Autorin, oder?«

»Und was genau ist der Job eines Autors?«, fragte ich, ohne auf Pearys Frage einzugehen. Wieder sah ich im Geist, wie Julie Sandners Krimi in Rissmanns Schlafzimmer in die Hand nahm.

»Illusionen auf Buchseiten zu erschaffen«, antwortete meine Partnerin prompt.

»Ganz genau.« Normalerweise tat das ein Autor. Aber diesmal hatte er die Illusion nicht nur auf Papier gebracht, sondern sie auch Wirklichkeit werden lassen. Wie ein Film in der Realität, nur war mir das Motiv für seine Taten noch unklar. Neid schien mir am wahrscheinlichsten zu sein, denn seine Zielperson war die Bestsellerautorin Nina Sandner. Neid oder Hass oder beides zusammen.

»Aber was hat Wendt mit Elisa Grunenwald zu tun?«, fragte Ilka.

Überrascht sah ich auf. »Nichts.«

»Aber …?«

»Elisa hat vergangenen Donnerstag ihr Profilbild geänd…«, rief Peary und stockte dann. »Schaut euch das an. Die Grunenwald war bis zu dem Tag blond.«

Theoretisch bestätigte Peary mit diesen Worten meine Ahnung, wer der Täter war, doch dieses Indiz, zusammen mit dem schwarzen BMW, war mir noch etwas zu dünn, um darauf einen Mordfall aufzubauen. »Ist das Glas noch da, aus dem Elisa getrunken hat?«, fragte ich und sah mich um.

Julie deutete zu einem Tablett, das seitlich neben dem Whiteboard auf einem kleinen Aktenschrank stand. »Ja, warum?«

»Ilka, das muss sofort in die KT. Sie sollen die DNA mit dem gefundenen Haar auf Laura Rissmanns Rücken abgleichen. Und

Bauer, bitte rufen Sie Elisa an, sie soll so schnell wie möglich herkommen.«

»Okay«, sagten beide wie aus einem Munde. Während Ilka das Glas in einem Plastikbeutel verpackte und zur Tür ging, um es einem uniformierten Beamten zu geben, hängte sich Peary an die Strippe.

Ich ging unterdessen zu ihm, Julie folgte mir. Mit einem verwirrten Gesichtsausdruck trat sie neben mich und betrachtete wie ich Elisa Grunenwalds vormaliges Facebook-Profilbild. Auf dem sie goldglänzende Haare hatte. »Du glaubst, dass das Haar auf Laura Rissmanns Rücken von ihr stammt?«

»Ja.«

Mit einem Knall schloss Ilka die Tür und sah zu mir. »Wenn ich denke, was du denkst, dann ist die ganze Sache noch abgedrehter, als ich bislang geglaubt habe«, sagte sie und zog ihr Handy aus der Hosentasche. Sie wählte eine Nummer und eilte zu Schiefers Schreibtisch, um sich auf den Stuhl fallen zu lassen.

»Weiht ihr uns endlich ein?«, beschwerte sich Julie. »Glaubt ihr etwa, dass Elisa die Täterin ist?«

»Sie ist nicht zu Hause«, informierte mich Peary und wählte eine weitere Nummer. »Ich versuche es jetzt auf ihrem Handy.«

»Machen Sie das.«

»Eric, ist sie die Täterin?«, wiederholte Julie ihre Frage.

Statt ihr zu antworten, sah ich zu Schiefers Schreibtisch. »Ilka?«

»Ich kenne da jemanden beim Grundbuchamt. Nun macht schon.«

Ich verengte die Augen. War sie etwa zu dem gleichen Schluss gekommen wie ich?

»Worauf wartet ihr? Schwingt eure Ärsche schon mal ins Auto. Ich finde schon irgendwie heraus, ob die Grunenwalds noch ein Grundstück besitzen.«

Wie es aussah, war sie tatsächlich zu dem gleichen Schluss gelangt.

»Frau Grunenwald geht auch nicht ans Handy. Ich habe ihr auf die Mailbox gesprochen«, informierte mich Peary, während ich Julie zur Tür schob. »Aber ihr wollt mir doch nicht ernsthaft weismachen, dass ihr sie für die Täterin haltet, oder?«, fragte er und folgte uns.

»Ich erkläre es euch unterwegs«, erwiderte ich und hörte beim Schließen der Tür, wie Ilka mit jemandem sprach.

35. Kapitel

Nina Sandner

Ich wollte die Augen schließen. Ganz fest. So wie damals, nach meiner Rettung aus dem Keller. In jener Nacht, nachdem mein Vater den Riegel geöffnet hatte, konnte ich den Kopf an seine Schulter legen und in der Sicherheit seiner Umarmung weinen.

Unter Umständen war es diese Erinnerung, die mich hatte glauben lassen, dass der schmale Lichtstreifen unter der Tür meine Rettung bedeutete. Oder Sicherheit. Oder beides. Denn nach dem Erlebnis von damals war die Dunkelheit für mich zu einem immerwährenden Albtraum geworden. Zu einer Angst, die ich nicht kontrollieren konnte.

Nie wäre ich durch meine Achluophobie auf die Idee gekommen, dass Licht einmal ein schlimmeres Grauen in mir hervorrufen könnte als pechschwarze Finsternis.

Geblendet von den beiden nackten Glühbirnen, die in ihren Fassungen an der gewölbten Decke hingen, blieb ich im Türrahmen stehen. Es war der Schock, der jeden Muskel in meinem Körper lähmte – ebenso wie meine Gedanken.

Gedämpft, wie durch Watte, hörte ich die Tür an die Wand donnern. Der Knall rollte durch den Raum, in den ich jetzt einen weiteren Schritt hineinschwankte. Nicht, weil mich das Geräusch aus der Schreckstarre geholt hätte, sondern weil ich das Gleichgewicht verlor.

Wie ich es schaffte, die Balance danach wiederzufinden, konnte ich später nicht mehr rekonstruieren. Alles in mir war damit beschäftigt, zu verstehen, was die beiden Konstruktionen hier zu suchen hatten, die sich vor mir befanden.

Der aufgebockte Sarg.

Und der Glaswürfel dahinter.

Der sieht aus wie ein luftdichter Büchertresor à la Dan Browns Illuminati, war alles, was mir zunächst zu dem gläsernen Würfel im Zentrum des länglichen Raums einfiel. Er war zwar kleiner als die angeblichen Büchertresore im Vatikan, aber das war es nicht, was meinen Vergleich ins Wanken brachte.

In einem Büchertresor befanden sich in der Regel Bücher. Und kein Wasser.

Wasser, das immer höher stieg und durch einen dicken Schlauch seitlich in das Innere geleitet wurde. Das Ende des nur teilweise in den Würfel hineinreichenden Schlauchs befand sich bereits unter der Wasseroberfläche. Deshalb war das Plätschern vorhin verstummt. Genau in dem Moment, als der Wasserspiegel das Schlauchende erreichte.

Soll das ein riesiges Aquarium sein?

Jetzt, da meine innere Stimme diese Annahme aufstellte, taumelte ich einen weiteren Schritt in den Raum. Denn es befand sich tatsächlich etwas im Wasser.

»Philiiipp!«, schrie ich und schwankte nach vorn. Hin zu dem Glaswürfel, der fast vollständig mit Wasser gefüllt war.

Und in dem mein bester Freund bald ertrinken würde.

Sein Kopf stieß an den Glasdeckel, den er mit aller Macht aufzudrücken versuchte.

Ich rannte um den Sarg, der aussah wie der auf der Zeichnung im Gang, und stolperte über Schläuche, die Sarg und Glaswürfel miteinander verbanden oder im Boden verschwanden.

»Philipp!«, schrie ich erneut schockiert und trommelte mit den Fäusten gegen die Glaswand.

Blut vermischt mit Wasser rann von seiner Stirn. Sein rechtes Auge war unter einem blauen Veilchen zugeschwollen, und auf seinen aufgeplatzten Lippen hatten sich mehrere Blutkrusten in unterschiedlichen Heilungsstadien gebildet.

»Oh Gott, Nina«, schrie er panisch. »Hilf mir. Bitte!«

Du musst das Wasser abstellen!

»Halte durch!«, rief ich und folgte mit dem Blick dem Schlauch, durch den Wasser in den Glaswürfel geleitet wurde. Meiner ersten Eingebung folgend, versuchte ich, den Schlauch einfach aus der Öffnung zu ziehen, doch er steckte fest. In einer metallischen Vorrichtung, die am Boden des Würfels befestigt worden war.

Närrin, schimpfte ich stumm. Mit Sicherheit hatte Philipp bereits versucht, den Schlauch Stück für Stück durch die Öffnung nach draußen zu schieben, und ich hatte mit meinem Versuch wertvolle Zeit vertrödelt. Aber irgendwo, am anderen Ende, musste der dicke Schlauch an einen Wasserhahn angeschlossen sein. Doch er verschwand zwischen Sarg und Würfel in einem Loch im Boden, das vorher ein kleiner Gullydeckel bedeckt haben musste. Denn jetzt lag der Deckel links neben dem Schlauch.

»Nina, bitte …«, gurgelte Philipp und spuckte Wasser. Er musste den Kopf immer weiter in den Nacken legen, um nicht zu ertrinken. »Beeil dich.«

»Ich kann das Wasser nicht abstellen«, brüllte ich mit wachsendem Entsetzen und sah mich gehetzt um. Ich entdeckte Regale an den Wänden, in denen sich jedoch nur diverse Kabel, Platinen, mehrere Lötkolben und leere Schachteln aus einem Baumarkt befanden. Aber kein Messer und auch keine Säge, mit der ich den Schlauch hätte durchtrennen können.

Ich konnte nur noch eins tun, um Philipp zu retten. Irgendwie musste ich es schaffen, den Glasdeckel zur Seite zu schieben.

»Nina«, rief Philipp erstickt und hustete Wasser aus seinen Lungen. »Der … der Deckel … Anna hat ihn fixiert … mit Silikon.«

»Anna?«

Der Name meiner Freundin detonierte wie ein Sprengsatz in

meinem Kopf. Die Wucht der Erkenntnis schüttelte alles, woran ich glaubte, durcheinander.

»Nina!« Philipp hustete gequält und strampelte immer schneller mit den Beinen im Wasser. »Um Gottes … willen, hilf mir.«

Annas Halskette glitt aus meinen Fingern. Die Kette, die ihr eins ihrer Opfer vermutlich in der Sekunde vom Hals gerissen hatte, als sie den jungen Mann erstach.

»Wie? … Was?« Hilflos hämmerte ich an das Glas.

»Hast du … Schlüssel?«

Schlüssel? Mit Verzögerung fiel mir ein, welchen er möglicherweise meinte. Rasch tastete ich zu meiner Hosentasche. »Den hier?«, fragte ich und zeigte ihm den kleinen silbernen, den ich in der Vorratsdose gefunden hatte.

»Ja, ja.« Er keuchte. »Anna sagte, er … öffnet Sarg.« Ein Schwall Wasser schwappte in seinen Mund. Spuckend und hustend kämpfte er um den nächsten Atemzug. »Im … Druckplatte. Sie stellt … Wasser ab.«

Druckplatte? Sarg? WAS?

»Du musst … hineinlege…« Die Wasseroberfläche erreichte seinen Mund, obwohl er das Gesicht so fest es ging an den Glasdeckel presste.

Gehetzt drehte ich mich um und sah zu dem auf einer steinernen Plattform stehenden Sarg. Ich musste an meinen Albtraum im Gang denken, als ich darauf zulief. An Philipps Blut, das sich zu einer Welle vor mir aufgetürmt hatte.

Welche Schlussfolgerung mein Geist im Traum auch immer gezogen hatte, er ähnelte auf bizarre Weise der Realität. Es war nicht Philipps Blut, in dem er jeden Moment ertrinken würde, sondern Wasser. Aber das war letztlich sekundär.

Ich bring dich hier raus, echote es in meinem Kopf, während ich auf die Plattform stieg und nach dem Sarg tastete. Der sich seltsam kühl für Holz anfühlte.

Tränenblind schob ich den Schlüssel in das kleine Schloss an der Längsseite. Ein Klicken erklang, und der Deckel sprang auf. Ich benötigte beide Hände, um ihn vollständig hochzuklappen, denn der Sarg war nicht aus Holz, sondern aus Metall.

Beinahe hätte ich den Mund verzogen. Nicht nur Truhen besaßen aufklappbare Deckel, auch Särge. Ich hatte zwar auf der Zeichnung oben im Gang keine Befestigungsmöglichkeit für den Deckel gesehen, was nichts daran änderte, dass sie vorhanden war.

»*Du musst … hineinlege…*« Wie einen Jingle, den man nicht wieder aus dem Kopf bekam, wiederholte mein Geist Philipps Worte. *Hineinlegen. Du musst dich hineinlegen.*

Mein Herzschlag hallte dumpf durch meinen Körper, während ich in den Sarg kletterte, mich umdrehte und mich mit Blick zu Philipp hinsetzte. Die Arme fest an die Seiten gepresst, war das Letzte, was ich sah, bevor ich mich hinlegte, wie das Wasser über seine Nase stieg.

Etwas knackte unter mir. Fast der gesamte Sargboden war eine Platte, die sich senkte, als mein Gewicht auf sie drückte. Hoffentlich reichte es, um die Wasserzufuhr im Glaswürfel zu stoppen.

Bitte, oh bitte. Philipp darf nicht ertrinken!

Als Nächstes wollte ich nachsehen, ob der Wasserspiegel im Würfel sank. Jedoch wagte ich es nicht einmal, den Kopf zu heben und somit einen Teil meines Gewichts von der Platte zu nehmen. Aus Furcht, ich könnte dadurch den Wasserzulauf im Würfel erneut in Gang setzen.

»Sinke«, betete ich und schniefte. Mein Herz hämmerte wie verrückt in meiner Brust. Es war so knapp gewesen. Wenn ich nur ein paar Momente später …

Nein, stopp. Daran darfst du nicht denken.

Es gelang mir tatsächlich, den beängstigenden Gedanken aus dem Kopf zu verbannen. Allerdings schaffte ich dadurch Platz für eine ebenso entsetzliche Frage.

»Warum, Anna?«, flüsterte ich fassungslos. *Warum hast du das getan?*

Tränen quollen unter meinen Lidern hervor, als ich sie schloss.

Weshalb hast du die jungen Männer ermordet und Philipp und mich entführt?

Verzweifelt ballte ich die Hände zu Fäusten und riss die Augen wieder auf. Ich dachte, dass ich sie kennen würde. Meine sanftmütige beste Freundin, die nur einen einzigen Fehler hatte. Sie konnte nicht Nein sagen.

Keine gute Voraussetzung für ihren Job. Als Lektorin musste sie viel mehr Absagen an Autoren verschicken als Zusagen. Ihre Gutmütigkeit führte dazu, dass sie keine simplen Standardabsagen verschickte, sondern Schreiben, in die sie ihr Herzblut steckte. Um sich danach abends in den Schlaf zu weinen.

Anna könnte niemals zwei Menschen töten, schrie mein Inneres verzweifelt. Auf gar keinen Fall.

Plötzlich erfasste mich ein Zittern. Ich spürte, dass meine Lippen bebten, und schob das auf die Kälte, die zusammen mit bleischwerer Erschöpfung in meine Glieder kroch.

»Anna, wo bist du?«, wisperte ich und kämpfte nicht mehr gegen die Tränen an.

Das Zittern erreichte meine Arme und schließlich meine Beine. Und für den Bruchteil eines Augenblicks begriff ich, dass nicht meine Müdigkeit daran schuld war. Nicht einmal das Entsetzen, das mit eisigen Händen nach mir griff.

Doch dann drückte ich meine Nägel immer tiefer in meine Handflächen. Der Schmerz fuhr wie eine Windböe in meine Gedanken-Nebelbank und zerfaserte die Antwort auf all meine Fragen, bevor ich sie zu fassen bekam.

Meine Finger waren ganz steif, und jeder Muskel darin schmerzte, als ich die Fäuste löste. Ein Grund mehr, weshalb ich ruhig daliegen wollte. Zu Tode erschöpft von den vergangenen

Stunden und dem Gewicht der Wahrheit – doch ich konnte nicht. Das Zittern wurde immer heftiger, und ich hörte mein Zähneklappern an den Wänden des Sarges widerhallen.

Viel zu spät begriff ich, warum ich zitterte.

Außer mir befand sich noch etwas anderes im Sarg – eiskaltes Wasser. Und das stieg allmählich höher und höher.

Ich keuchte auf und wollte hochfahren, doch ein Schatten, der auf mich fiel, stoppte mich mitten in der Bewegung.

»Philipp?«

»Wie er leibt und lebt.« Er trat auf die Plattform und lächelte breit.

»Oh Gott!«, rief ich erleichtert, und eine gigantische Welle aus Endorphinen flutete durch meinen Körper. In dem Moment hätte ich vor Freude die ganze Welt umarmen können. »Es ist so schön, dich zu sehen. Geht es dir gut? Hat sie dir etwas getan?«

Sein Lächeln reichte jetzt bis zu den Ohren. »Ich fühle mich wie neugeboren«, erwiderte er und strich sich Wassertropfen aus dem Gesicht, während ich versuchte aufzustehen. Um ihn zu drücken. Wieder und wieder. Vor lauter Freude wollte ich Philipp nie wieder loslassen – doch meine klatschnasse Kleidung wog für meine erschöpften Muskeln auf einmal Tonnen. »Ist das Leben nicht herrlich?«

»Ja … jaaaa«, lachte ich und reichte ihm meine Hand. »Hilf mir bitte hier raus. Wir müssen verschwinden, bevor sie zurückkommt.«

»Sie wird nicht zurückkommen.« Sein Lächeln wurde noch breiter.

Überrascht blinzelte ich. Und dann verstand ich schließlich, warum er keine Eile an den Tag legte. »Du hast Anna überwältigt? Willst du mir das damit sagen, ja?«

Endlich nahm Philipp meine Hand in seine, und ich wollte mich lachend an seine Brust werfen, nachdem er mir aufgeholfen hatte. Doch schon im nächsten Augenblick wollte ich nur noch sterben.

»Ich habe gelogen. Tut mir leid.«

»Was … was meinst du damit?«

Er beugte sich zu mir, legte meine Hand in den Sarg und strich mir eine nasse Haarsträhne aus dem Gesicht. »Du musst ganz ruhig liegen bleiben, dann ist es bald vorbei.«

Wie bitte? »Was … was sagst du da?« Ich stotterte inzwischen, weil meine Zähne immer heftiger klapperten. »Bitte, jetzt ist keine Zeit … für Scherze, okay?«

»Aber ich würde doch in so einer Situation nie scherzen.« Er drückte mich hinab in den Sarg. Mit seiner rechten Hand, an der nur eins fehlte: sein Ehering.

Im gleichen Moment schien sich eine Falltür unter mir zu öffnen und mich mit Haut und Haaren zu verschlingen. »Wie … wie bist du aus dem Würfel entkommen?« *Bitte, bitte, sag, dass du den Deckel doch noch aufdrücken konntest. Dass es dir am Ende irgendwie gelungen ist, ihn aufzustemmen.*

»Genauso, wie ich hineingekommen bin. Durch eine verborgene Öffnung im Deckel.«

Alles um mich herum begann sich zu drehen. »Durch eine Öffnung?«

»Natürlich habe ich mir eine Fluchtmöglichkeit gelassen, als ich den Sarg und den Würfel gebaut habe«, entgegnete Philipp und fuhr sich lachend mit seiner gesunden rechten Hand übers Gesicht, während er mit der linken in den Raum deutete. »Nur für den Fall, dass du nicht bereit bist, für mich zu sterben.«

Als Philipp den Deckel des Sarges über mir schloss und den Schlüssel umdrehte, traf mich die tödliche Erkenntnis mitten ins Herz. Dort, wo es am meisten schmerzte. Dort, wo die Wahrheit für immer bluten würde.

36. Kapitel

Eric Weinsheim
19. September, 18:05 Uhr

»Hast du noch mal versucht, Elisa Grunenwald zu erreichen?«, fragte ich Ilka, mit der ich gerade telefonierte, und sah durch die Windschutzscheibe nach oben. Aus den dunklen Wolken über unseren Köpfen prasselten erste dicke Regentropfen auf den Dienstwagen.

»Ja, aber sie geht weder zu Hause ans Telefon noch ans Handy.«

»Solange die DNA von dem gefundenen Haar auf Laura Rissmanns Rücken nicht mit der von Elisa Grunenwald übereinstimmt, beweist das gar nichts«, knurrte Peary neben mir.

»Sie ist nicht die Täterin.«

Er zog die Stirn in Falten. »Wer denn dann?«

»Philipp Grunenwald«, sagten Julie und ich wie aus einem Mund. Sie saß hinter mir und tippte auf ihrem Handy, während ich das Gaspedal durchtrat.

»Wendt hat um 2:14 Uhr das letzte Foto vor Nina Sandners Haus geknipst. Keine zwei Minuten später hat Sandner den Notruf gewählt. Etwa zu dieser Zeit ist Wendt mit seinem Auto losgefahren, und er hat ausgesagt, dass ihm niemand anderes auf der Straße aufgefallen ist. Das heißt, dass zu diesem Zeitpunkt nur Sandner und Grunenwald im Haus waren«, erklärte ich.

»Der Kidnapper kann auch über die Terrasse reingekommen sein«, grummelte Peary leise, sodass ich ihn wegen des Regens, der aufs Auto trommelte, kaum verstehen konnte. »Dort lagen umgekippte Blumentöpfe.«

»Die waren nur Ablenkung, genau wie das Durcheinander

im Haus. Es sollte so aussehen, als hätten sich Grunenwald und Sandner einen Kampf mit dem Entführer geliefert. Ich glaube aber, dass er das Blut bereits vor ihrem Eintreffen auf dem Teppich verteilt und das Chaos in ihrem Haus angerichtet hat.«

»Wann soll Grunenwald das denn alles gemacht haben?«, fragte Peary. »Er war doch auf der Party und davor bei Sandners Lesung.«

»Das stimmt so nicht ganz«, warf Ilka via Handy ein. »Ich habe im Schlosspark Theater angerufen und mit der Frau von der Garderobe gesprochen. Sie kennt Grunenwald seit Jahren und hat bestätigt, dass er zwar gemeinsam mit Sandner kam, doch wieder gegangen ist, als die Lesung begann. Und dann tauchte er erst wieder auf, als die Gespräche mit den Bloggern fast vorbei waren. Das war kurz vor halb elf. Grunenwald hatte also reichlich Zeit.«

»Vom Theater bis zur Altensteinstraße braucht man mit dem Auto etwa eine halbe Stunde«, meldete sich Reuss zu Wort, die ihr Smartphone in der Hand hielt, wie ich im Rückspiegel sah.

»Wenn er etwas mehr Gas gegeben hat, kann er es – je nach Verkehrslage – auch in fünfundzwanzig Minuten geschafft haben«, sagte ich. »Und für das Chaos im Haus benötigte er höchstens fünf Minuten.«

»Und wie ist er in die Villa gekommen?«

»Auf die gleiche Weise wie Wendt. Mit dem Schlüssel unterm Blumentopf. Nur dass es Grunenwald und nicht, wie Wendt annimmt, Nina Sandner war, der den Schlüssel vor zwei Wochen einkassiert hat. Grunenwald hat ihn wahrscheinlich an sich genommen, damit er nicht aus Versehen verloren geht. Somit war gewährleistet, dass er jederzeit ihr Haus betreten konnte.«

»Mpf«, brummte Peary wenig überzeugt. »Das sind alles nur Vermutungen.«

»Ich habe auch noch nicht auf alles eine Antwort«, erwiderte ich.

»Aber Grunenwald hatte immerhin die Mittel und die Möglichkeiten«, kam es hinter mir von Reuss.

»Und was ist mit Wendt? Hätte ihm nicht etwas auffallen müssen, als er vom Baum geklettert ist?«

»Nicht unbedingt.« Ich überholte einen langsam fahrenden Ford, der unser Blaulicht nicht für voll nahm. »Er war wütend, weil er glaubte, Nina und Grunenwald würden im Flur stehen und sich küssen. Wendt wollte von dieser Szene keine Fotos machen, daher nehme ich an, dass er nicht mal mehr zurück zum Haus gesehen hat, als er zu seinem Auto ging.«

»Aber wie hat Grunenwald das alles geschafft?«

»Spielen wir das Ganze mal durch. Nach den Gesprächen mit den Bloggern ist Grunenwald mit Sandner zur Party gefahren«, erklärte ich und bog nach links auf die Wasserstraßenallee ab. Diesen Moment nutzte der Himmel, um seine Schleusen vollständig zu öffnen. Ein Blitz durchzuckte rechts von mir das dunkle Grau des Platzregens. »Nach der Geburtstagsfeier hat er sie nach Hause begleitet, was laut seiner Frau und Herrn Röder öfter vorgekommen ist. Daher wusste Grunenwald auch, dass Nina an seiner Begleitung keinen Anstoß nehmen würde. Allerdings hat der Taxifahrer ausgesagt, sie hätte nervös gewirkt. Vermutlich hat sie beim Verlassen der Party das Polaroid von Wendt in ihrer Jackentasche gefunden, und Grunenwald hat die Situation für sich ausgenutzt, indem er Nina getröstet hat. Sie vertraute ihm, daher war es ein Leichtes für ihn, sie ins Haus zu begleiten. Dort haben sie sich vermutlich die Nachricht von Tim Carius auf dem Anrufbeantworter angehört, und dann hat Grunenwald das Blut auf dem Teppich *entdeckt* und Sandner befohlen, den Notruf zu wählen.«

»Aber warum hat sie nicht ihr Handy benutzt?«, fragte Peary, während ich ein paar Radfahrer überholte. »War der Akku leer?«

»Ich vermute, Grunenwald hat dafür gesorgt, dass sie das schnurlose Telefon benutzt«, entgegnete ich, bremste scharf und bog nach links auf die Regattastraße ab. »Er wusste, dass dort die Rufnummer unterdrückt ist. Aber ich denke, letztlich war es ihm egal, ob Nina bei der Polizei durchkommt und ihren Namen nennt. Der Anruf war nur dazu gedacht, sie kurz abzulenken.«

»Wozu?«

Darauf hatte ich nur eine plausible Antwort. »Sie sollte nicht wissen, wer ihr Entführer ist. Vermutlich hat er ihr vorgeschlagen, dass er im Wohnzimmer nach dem Rechten sieht, während sie telefoniert.«

»Genau. Aber noch mal zurück zum Tathergang«, sagte Reuss hinter mir. »Während Sandner in der Küche telefoniert hat, ist Grunenwald in den Keller geschlichen, um den Strom abzuschalten. Dabei hat er ein bisschen rumgeschrien, um sie noch mehr in Panik zu versetzen. Und dann hat er sie einfach überwältigt, als das Licht ausging. Durch ihre Achluophobie muss sie vor Angst wie erstarrt gewesen sein.«

»Okay, das klingt alles einigermaßen logisch«, murmelte Peary, als mich ein Taxi aufhielt, das mit zwanzig auf der Regattastraße entlangzuckelte. »Aber habt ihr auch ein Motiv für mich?«

»Du musst hier gleich rechts abbiegen«, informierte mich Reuss.

Ich überholte das Taxi und lenkte den BMW gerade noch rechtzeitig zurück auf die rechte Spur, ehe wir mit einem Transporter kollidierten.

»Hier«, schrie Reuss und deutete zu einer schmalen Straße, die hinter einem Discounter entlangführte.

Ein älterer Mann, der in der einen Hand eine Einkaufstüte und in der anderen einen Schirm trug, sprang erschrocken zur Seite, als ich auf den asphaltierten Weg abbog, auf dem sich bereits Pfützen bildeten. Nach ein paar Metern schälte sich ein gigantischer Baukran aus dem grauen Regenvorhang, wegen dem ich irritiert die Augenbrauen hob. »Bist du sicher, dass wir hier richtig sind?«

»Ja. Halte dich rechts vom Kran, und dann fahr bis zur Dahme.«

»Ich hatte überlegt, hier eine Wohnung zu kaufen«, murmelte Peary neben mir und deutete nach links. Hin zu einer großen Freifläche, auf der Unkraut zwischen nackten Betonblöcken wuchs, an denen sich Graffitikünstler ausgetobt hatten.

»Hier ist doch nichts außer Bauschutt«, kam es von Reuss.

»Auf dem Grundstück entsteht eine anspruchsvolle Wohnanlage. Ein paar Wohnkomplexe stehen schon«, erklärte ich und deutete nach vorn zur Dahme. »Nur die paar alten Häuser rechts von uns wurden noch nicht abgerissen.«

»Und genau dort befindet sich das ehemalige Spirituosengeschäft von Heinrich Grunenwald«, sagte Reuss.

Ein Blitz durchdrang den immer dichter werdenden Regen. Donnergrollen hallte übers Wasser.

Kurz darauf fuhr ich den Wagen auf den Hinterhof eines halb verfallenen Gebäudekomplexes aus dem vorletzten Jahrhundert. Überreste der zweiten Etage des Haupthauses ragten wie mahnende Zeigefinger in den schlammgrauen Himmel.

»Verteilt euch«, rief ich und schnappte mir mein Handy aus der Ablage. »Grunenwald ist hier irgendwo. Seid vorsichtig, er ist unberechenbar und möglicherweise bewaffnet.«

»Das SEK ist unterwegs«, informierte mich Ilka, während ich aus dem Wagen stieg und das Handy in meine Jackentasche schob.

Peary und Reuss liefen zum Hauptgebäude, über dessen Eingangstür noch die Reste des Wortes *Spirituosen* zu lesen waren. Auf halbem Weg zu ihnen blieb ich stehen, schirmte meine Augen vor dem Regen ab und sah nach links. Hin zu einem kleineren Nebengebäude, das relativ gut erhalten war.

Zu gut?

»Chef?«, schrie Reuss über ein weiteres Donnergrollen hinweg. Sie lehnte inzwischen mit gezogener Dienstwaffe an der

Wand neben der Eingangstür des Geschäfts. Peary lief um das Haus herum und verschwand im grauen Regenschleier.

»Nehmt euch das Haupthaus vor«, rief ich. »Ich sehe mich im Nebengebäude um.« Wegen einer Eingebung und weil dieser Anbau viel besser in Schuss war als der Rest auf dem Gelände.

Ich rannte los, nachdem Reuss genickt hatte. Bei jedem Schritt versanken meine betagten Sneakers im Schlamm, Wasser spritzte nach allen Seiten und durchnässte meine Schuhe. Vor mir entdeckte ich in der Erde Reifenspuren. Mehrere parallel verlaufende Rillen, die sich allmählich mit Regenwasser füllten.

Ich zog meine SIG Sauer und folgte den Spuren um das rechteckige Nebengebäude herum, bis ich zur Stirnseite gelangte. Hier parkte vor der nur angelehnten Eingangstür ein silberner Mercedes neben einem schwarzen BMW.

Regenwasser rauschte neben der Tür aus der lecken Dachrinne, aber im Gegensatz zum Hauptgebäude bröckelte vom Anbau nicht der Putz ab. Die Fensterscheiben waren von innen weiß gestrichen worden, als würden sich dahinter Duschräume oder Toiletten verbergen.

Der Wind drückte die Tür weiter auf. Seltsam flackerndes Licht erhellte die Dunkelheit im Inneren des Anbaus, und ich hörte eine leise Stimme.

Rasch zog ich mein Handy aus der Tasche. »Ilka, bist du noch da?«

»Ja. Was ist los?«

»Reuss und Bauer sollen sofort zum Nebengebäude kommen. Grunenwald ist hier«, sagte ich über den Regen hinweg und trennte die Verbindung.

Ich schob die Tür noch ein weiteres Stück auf und betrat den Anbau. Das gespenstische Licht stammte von sechs Monitoren, die gegenüber von mir auf einem großen Eckschreibtisch standen. Im Halbdunkel des Raums konnte ich noch diverse Regale ausmachen, die mit allerlei Werkzeugen gefüllt waren. Der Rest verlor sich in erdrückender Schwärze.

Ich ging noch einen Schritt in den Raum hinein und wusste plötzlich, dass ich nicht allein war.

Irgendjemand war noch bei mir.

Ich hörte denjenigen nicht atmen. Ich hörte auch keine Bewegung, kein Rascheln, nichts.

Aber ich wusste es.

Und dann zuckte ein Blitz hinter mir über die Dahme, dem ein markerschütterndes Donnergrollen folgte.

Meine Nackenhärchen richteten sich auf, als das Licht des Blitzes für einen kurzen Moment die Dunkelheit aus dem Raum vertrieb.

Er beleuchtete neben den Regalen eine Matratze, die auf dem bloßen Betonboden lag, eine halb leere Flasche Scotch auf einem Campingtisch und eine Gestalt in einem schwarzen Ledermantel, die in der Mitte des Raums stand.

»Wenn Sie noch einen Schritt näher kommen«, sagte sie und drückte mit der linken Hand die Klinge eines Teppichmessers an ihren Hals, »schlitze ich mir die Kehle auf.«

Ich hob die Hände. »Bitte, tun Sie das nicht, Frau Grunenwald«, sagte ich ruhig. Dabei kehrte mein Blick zu einem der Monitore zurück. Mit Entsetzen sah ich, wie Philipp Grunenwald den Deckel eines Sarges schloss, in dem Nina Sandner lag.

37. Kapitel

Nina Sandner

Nicht Anna … sondern Philipp.

Er hat die beiden jungen Männer getötet und mich entführt.

Wie ein an mich geketteter Betonklotz zog mich der Schock hinab zum Grund eines dunklen Sees. Immer tiefer und tiefer hinein in den pechschwarzen öligen Schlamm, der um mich herum aufwirbelte und sich wie Fesseln um mich schlang. Um meine Gedanken, meine Glieder und meine Lebensgeister.

Irgendwo in mir wusste ich, dass ich strampeln müsste. Dass ich gegen den Sargdeckel hämmern müsste – aber ich tat nichts von beidem.

Denn mit jedem Klopfen sandte mein Herz endlosen Schmerz durch meinen Körper. Dumpf in meiner Brust pochend trieb es die Pein durch meine Adern und ätzte in jede meiner Zellen die Gewissheit, dass ich dem falschen Menschen vertraut hatte.

All die Jahre, die ich geglaubt hatte, dass wir Freunde waren. All die Momente, die ich mich an seiner Seite sicher gefühlt hatte. Beschützt und geliebt – eine Lüge.

Meine Tränen waren das Erste, was ich wieder spürte. Und dann kam die bittere Erkenntnis, dass Philipp recht hatte. Wenn ich still liegen blieb, würde es schneller gehen.

Das Ertrinken.

Ein paar Sekunden, dann war es vorbei.

Das Sterben.

Die Leere danach würde ihn mit sich fortreißen. Diesen perversen Schmerz in mir.

Ich öffnete den Mund, doch kein Laut kam über meine Lippen. Nicht einmal ein Schrei. Weil ich es jetzt begriff. Aus freien Stücken war ich in den Sarg geklettert und hatte damit mein Todesurteil unterschrieben. Die Druckplatte, auf der ich lag, war nie dazu bestimmt gewesen, die Wasserzufuhr im Glaswürfel zu stoppen. Nein, im Gegenteil. Durch die entstandenen Ritzen beim Hinabdrücken der Platte strömte nun unaufhörlich Wasser in den Sarg.

Vermutlich hatte Philipp nach dem Hinausklettern aus dem Würfel einfach irgendwo einen Hahn zugedreht, damit das Wasser nicht dort herauslief.

»Willst du es nicht wissen?«

Ich öffnete die Augen und entdeckte wenige Zentimeter über mir im Sargdeckel ein kleines Gitter, durch das ich gerade mal die Kuppe meines kleinen Fingers stecken konnte.

Allerdings war es groß genug, um Ausschnitte der gewölbten Decke zu sehen und um Philipp zu verstehen.

»Nein.« Ich war nicht bereit, mir noch mehr von dieser Wahrheit anzuhören, von der mich bereits ein Bruchteil zerstört hatte.

Die Frage nach dem *Warum* tauchte zwar in meinem Kopf auf, doch sie ging in dem Getöse unter, mit dem meine Welt einstürzte. Die Mauern, die mir Philipp geholfen hatte aufzubauen, nachdem er mich auf der Straße fand, fielen donnernd in sich zusammen. Übrig blieben Staubwolken, die alles verschlangen.

»Natürlich, die große Nina Sandner steht ja auch über allem.« Der Sargdeckel ruckelte, und ich begriff, dass sich Philipp draufgesetzt haben musste.

»Glaubst du das wirklich?«

Ein Teil seines Gesichts tauchte über dem Gitter auf. Hassverzerrt. »Du hast mein Leben zerstört«, sagte er mit einem grauenhaften Lächeln. »Du konntest mir diesen kleinen Erfolg nicht gönnen, nicht wahr? Oh nein, nicht Nina Sandner.«

»Was meinst du?« Ich begriff nicht, worauf er hinauswollte.

Unvermittelt kehrte das Zittern zurück. Aber schon bald würde ich die eisige Kälte des Wassers nicht mehr spüren. Mir blieben vielleicht noch zwei Minuten, wenn überhaupt.

»Das weißt du nicht mal.« Er schüttelte den Kopf, danach lachte er höhnisch. »Existieren für dich überhaupt noch andere Menschen, oder bist du so arrogant, dass du dich für die Größte hältst?«

Tränen rannen mir über die Schläfen und tropften in das kalte Wasser. »Nein, das tue ich nicht.« Aber er schien es zu glauben. *Warum*?

»Du warst nicht mal bereit, mit Bernstein für mich essen zu gehen.« Er lachte hart. »Weil du den Gedanken nicht ertragen konntest, dass er meinen Thriller verfilmen will und nicht deinen.«

»Ich verstehe nicht«, wisperte ich.

Philipp beugte sich weiter zu mir hinab. »Du erinnerst dich an den Tag, als du bei ihm warst? In seiner Villa?«

»Ja, natürlich. Das weißt du doch. Ich habe ihn gebeten, deinen Thriller zu verfilmen statt meinen Krimi.« Ich hatte Bernstein angefleht, gebettelt, ihn beschworen – aber umsonst. Seine Entscheidung wäre jetzt endgültig, meinte er. Danach bot er mir ein Glas Champagner an, setzte sich zu mir aufs Sofa und fragte mich, ob ich mit ihm essen gehen würde.

»Du hättest mit ihm nur ein paar Austern essen müssen, um seine Meinung zu ändern.« Philipp lächelte. Kalt. »Danach hätte er dich in einem schicken Hotelzimmer aus dem Kleid geschält. Das alles hätte vielleicht drei Stunden gedauert. Drei simple Stunden, die du nicht bereit warst, für mich zu opfern.«

»So war das nicht«, wollte ich rufen, doch mein Hals war wie zugeschnürt. Weil Philipp die Wahrheit verdrehte. Nicht verstand, wie Bernstein tickte.

»Einen Abend, Nina. Bernstein wollte nur einen Abend mit

dir. Doch den war ich dir nicht wert. Unsere Freundschaft, all das, was ich für dich getan hatte, hast du mir so gedankt.«

»Nein!«, krächzte ich. »Du machst einen Fehler. So war das nicht.«

»Der Film war meine Chance. Meine allerletzte, und das wusstest du«, fuhr er fort, ohne auf meinen Einwand einzugehen. »Seit über fünfundzwanzig Jahren habe ich auf diese Möglichkeit gewartet. Und du, du warst zu selbstgefällig, um auch nur ein einziges Mal an jemand anderen als an dich selbst zu denken.«

»Du irrst dich«, flüsterte ich, entsetzt von dem Wahn in seinen Augen. »Bernstein wollte diesen Abend nur, um mich seiner Liste hinzufügen zu können. Seiner Eroberungsliste.«

»Du weißt nicht, wie das ist, wenn man nur Absagen von Verlagen erhält. Sie zerstören nach und nach alles, woran man glaubt. Worauf man hofft – bis sie deine Seele durchlöchern. Alles hätte sich für mich zum Guten wenden können. Nach so vielen Jahren voller Schmerz und Leid«, sagte Philipp plötzlich völlig ruhig. »Und dann braucht man einmal einen Freund – und dieser Freund, für den man alles gegeben hat, dreht einem eiskalt den Rücken zu.« Er lachte auf. »Und weißt du, was das Verrückte ist? In den vergangenen zwei Tagen hast du gegen deine größte Angst angekämpft, nur um mich zu retten. Du warst bereit, für mich zu sterben. Dabei wollte ich nie deinen Tod, ich wollte nur drei beschissene Stunden von dir mit Bernstein.« Philipp beugte sich so weit hinab, dass seine Nasenspitze fast das Gitter berührte. »Nun, ich bin mit dem Tausch einverstanden, den du mir angeboten hast. Stirb für mich, Nina Sandner – und wir sind quitt.«

In diesem Augenblick öffnete mein Unterbewusstsein eine Tür, von der ich gedacht hatte, dass der Schmerz der Wahrheit sie für immer verriegelt hätte. Meine Finger zuckten im Wasser, als würden meine paralysierten Lebensgeister im Todesschlaf krampfen. Überrascht keuchte ich, als meine Fäuste in die Höhe schossen und gegen den Deckel hämmerten.

Die Sinnlosigkeit meines Befreiungsversuchs schickte seltsamerweise noch mehr Kraft in meine Arme. Als würde gerade die Unsinnigkeit meines Tuns eine Flutwelle aus Nervenimpulsen auslösen, die meine Muskeln durchströmten.

Aber vielleicht war es auch die simple Wahrheit, die jetzt über meine Lippen kam. »Nichts hätte Bernstein von seiner Entscheidung abgebracht.« Kein Essen, auch keine Nacht in einem schicken Hotelzimmer. Weil ihn seine Assistentin davon überzeugt hatte, dass ein so alter Thriller nie die gleichen Einschaltquoten bringen würde wie mein Krimi. Die Gründe, aus denen er sich anfänglich für den Thriller entschieden hatte, wurden letztlich von einer bloßen Kosten-Nutzen-Analyse seiner Buchhalterin ausradiert.

Plötzlich schluchzte ich. Innerlich zerrissen von der Frage, ob ich wirklich alles versucht hatte. Oder ob ich den Lizenzvertrag nicht doch hätte verhindern können.

Ebenso abrupt, wie meine Überlebensinstinkte zurückgekehrt waren, verschwanden sie in den unendlichen Tiefen meiner Schuldgefühle. Denn es gab etwas, was ich hätte tun können.

»Es tut mir leid«, wisperte ich bestürzt. Warum war ich nicht auf den Gedanken gekommen, mit Hajo zu reden? Oder meinen Vertrag beim Verlag zu kündigen? Anschließend wäre der Lizenzvertrag mit Bernstein natürlich nicht zustande gekommen.

Du hast daran gedacht, erinnerte mich meine innere Stimme. *Mehr als einmal. Doch dann hast du den Gedanken verworfen, weil eine Kündigung nicht so einfach gewesen wäre und es keine Garantie dafür gab, dass Bernstein nach deiner Kündigung Philipps Thriller verfilmt hätte.*

Aber ich hätte …

Es hätte nichts gebracht. Denn die Chance für eine Verfilmung war so gering, dass sie gegen null tendierte, und das weißt du auch.

Ich schluchzte erstickt. »Es tut mir unendlich leid.« Dieser Schmerz, den Philipp in all den Jahren erlitten hatte und von dem ich nicht einmal etwas geahnt hatte. Und das, obwohl ich wusste, dass er noch immer Bücher schrieb. Nachts, in seinem Arbeitszimmer. Ich hatte geglaubt, dass er sie für sich allein schrieb. Um die Geschichten in seinem Kopf zu Papier zu bringen.

»Oh ja, na klar doch.« Philipp lächelte. Ein Hohnlächeln, aus dem Sarkasmus tropfte wie zäher Honig. »Jetzt tut es dir auf einmal leid. Wie passend.«

Der Wasserpegel erreichte meine Ohrläppchen. Ich wollte ruhig liegen bleiben, es geschehen lassen. Aber ein törichter Teil von mir entschied sich für einen sinnlosen Kampf. Einen Kampf, den ich in wenigen Augenblicken verlieren würde. Trotzdem stemmte ich mich auf die Ellbogen und presste meine Stirn an den Sargdeckel, obwohl ich wusste, dass meine Zeit fast abgelaufen war.

»Warum hast du nie mit mir oder mit Anna gesprochen?«

»Das habe ich. Und weißt du, was Anna gesagt hat, als ich meinen neuen Krimi bei ihr eingereicht habe?«

Ich schüttelte den Kopf, unfähig, ein Wort zu sagen. Jeder Muskel in mir brannte von dem unaufhörlichen Zittern.

»Wenige Stunden, bevor Anna mir schrieb, dass der Plot zu weit hergeholt wäre und in etwa über so viel Spannung wie ein Kinderfilm verfügen würde, erreichte mich die Nachricht, dass Bernstein einen Rückzieher gemacht hat. Und weißt du was? Seine Assistentin hat mir gleich noch mit aufs Auge gedrückt, dass er deinen Krimi für Erfolg versprechender hält als meinen alten Schinken.«

Anna? Unmöglich! »Du musst dich irren! Das hätte sie nie geschrieben«, hauchte ich fassungslos. Die Anna, die ich kannte, hätte nie eine derart direkte und herzlose Absage formuliert.

»Und jetzt meine Frage: Hast du die letzten zwei Tage langweilig gefunden?«

Was zum Henker meint er damit?

Philipp lachte. Stolz. Und irgendwie fanatisch. »Du hast mein Buch in den vergangenen zwei Tagen durchlebt. Meinen Krimi. Genau wie meine Protagonistin wurdest du von dem angeblich besten Freund entführt. Und danach in einen dunklen Keller gesperrt.« Er grinste und klopfte auf den Sargdeckel. Wieder und wieder. »Ich hab an dich gedacht, liebste Nina, als ich meine Heldin mit ihrer Achluophobie erschuf. Wie passend, findest du nicht?«

Wasser drang in meine Ohren und dämpfte jedes Geräusch. Nur nicht das blanke Entsetzen, das mich packte, als ich begriff, was Philipp meinte. Er hatte mit mir in der Hauptrolle seinen Krimi *verfilmt.* Den, den Anna abgelehnt hatte, weil sein Plot angeblich zu weit hergeholt war und er über keine Spannung verfügte.

Hier, in diesem Keller, hatte Philipp das Setting für seine ganz private Buchverfilmung erschaffen und gleichzeitig die Rolle des Regisseurs und des Antagonisten übernommen. Und mir – mir zwang er aus Rache die Rolle des Opfers auf. Und das alles, um der Welt zu beweisen, dass sein Plot spannend war und er noch immer zu den besten Thrillerautoren gehörte.

Das ist doch verrückt! Wahnsinnig!

»Und warum hast du die beiden jungen Männer getötet? Was haben sie dir getan?«

Philipp zuckte mit den Schultern. »Sie haben sich an jenem Tag, als ich die Ablehnungen erhalten habe, mit Krimis bei mir beworben. Es waren drei, um genau zu sein. Von drei jungen Autoren, die so eingebildet waren zu glauben, ihre Schreibe wäre gut genug für einen Publikumsverlag. Und weißt du was, vermutlich hätte einer von ihnen, vielleicht sogar alle drei, einen Vertrag bekommen. Sie ja, aber ich nicht.« Wut, Wahnsinn und Hass verzerrten sein Gesicht. »Das konnte ich nicht zulassen. Und schließlich musste ich noch die drei Nebenrollen meiner

Verfilmung besetzen.« Er lachte kalt. »Mir war eigentlich egal, wer diese Rollen am Ende bekommen würde. Aber mit ihren Bewerbungen haben mich Haneke, Rissmann und Rotschild praktisch mit der Nase darauf gestoßen. Auf ihre Namen.«

Gott, wann war Philipp zu dem Menschen geworden, der er jetzt war?

»Durch eine Lüge habe ich die drei glauben lassen, an einer Art Schreibwettbewerb teilzunehmen. Und sie so dazu gebracht, die Kapitel meines Krimis zu schreiben, in denen die Nebencharaktere ermordet werden. Und dann habe ich alles so arrangiert, wie sie es beschrieben haben, als ich sie umgebracht habe.« Er kicherte. »Sag nicht, dass das nicht gut war. Ich glaub, das war einer meiner bisher besten Einfälle.«

Oh Himmel. Er ist wirklich völlig durchgeknallt!

»Was ist mit Anna?«, schrie ich zitternd und musste husten. Wasser schwappte in meinen Mund, obwohl ich Stirn und Nase so fest es ging an den Sargdeckel presste. »Was hast du mit ihr gemacht?« Sie hatte sein Werk abgelehnt. Ob mit den Worten, die er mir gesagt hatte, oder nicht, war letztlich sekundär.

Denn der Auslöser für all das hier – für Philipps Rachegedanken – war dieser Tag vor vielen Wochen gewesen. An dem ihn Bernsteins Entscheidung und gleichzeitig Annas Ablehnung erreicht hatten. Sein Schmerz darüber musste so groß gewesen sein, dass der Philipp, den ich glaubte zu kennen, aufhörte zu existieren.

Anstatt mich um Hilfe zu bitten, entschied er sich für diesen Weg. Für seinen Racheplan.

Ich schob die kleinen Finger durch das Gitter und nahm einen letzten Atemzug.

Gedämpft durch das Wasser hörte ich Philipp etwas sagen. Etwas, was meine Seele derart folterte, dass sie sich freiwillig in die Leere stürzte, die auf mich wartete.

»Und weißt du, was Anna gesagt hat, kurz bevor ich ihr die

Kehle durchgeschnitten habe?«, fragte er lächelnd. Glücklich. »Dass du niemals mein schriftstellerisches Format haben würdest.«

Ich wehrte mich nicht, als der Tod mit kalten Händen nach mir griff. Wie ein Freund legte er seine Arme beschützend um mich, und ich ging mit ihm. Schritt für Schritt – ohne zurückzublicken.

In meiner Lunge befand sich noch Sauerstoff, den mein Körper im zuckenden Todeskampf rasend schnell verbrauchte.

Du musst ganz ruhig liegen bleiben, dann ist es bald vorbei, hallten Philipps Worte durch meinen Kopf.

Vorbei, es ist gleich vorbei, flüsterte meine geschundene Seele, die nach den Stunden der entsetzlichen Angst und der psychischen Folter endlich einen rettenden Ausweg gefunden hatte.

38. Kapitel

Eric Weinsheim
19. September, 18:53 Uhr

»Legen Sie das Messer weg, bitte«, bat ich Elisa. Noch immer stand sie in der Mitte des Raums. Nur zwei Schritte vom Schreibtisch entfernt und etwa drei von mir.

Sie lachte freudlos. Das flackernde Licht der Bildschirme spiegelte sich in ihren Augen und machte etwas sichtbar, was mir vorher entgangen war. Fanatismus. »Hören Sie, was er sagt?«, wisperte sie in die plötzliche Stille hinein. Scheinbar hatte der Regen nachgelassen.

Sie wies zu einem der Monitore, auf dem Philipp Grunenwald zu sehen war. Er saß an einem Schreibtisch in einem Zimmer, das ich nicht kannte. Offenbar war das, was dieser Bildschirm übertrug, eine Aufzeichnung. Denn Philipp konnte schließlich nicht gleichzeitig neben dem Sarg stehen und an einem Schreibtisch sitzen.

Ich hörte ein paar Augenblicke dem zu, was er sagte, und begriff, dass er ein Geständnis abgelegt hatte. Per Video.

»Mein Vater hatte recht. All die Jahre. Man bringt es im Leben tatsächlich nur dann zu etwas, wenn man über Leichen geht. Fünfzig Jahre habe ich mich zu Boden treten lassen, weil ich an das Gute im Menschen geglaubt habe. Glauben wollte. Und wo hat mich dieser Irrglaube hingebracht?« Er lachte hart. »Kein einziger Verlag hat mir noch eine Chance gegeben. Nicht mal mein ach so guter Freund Mathias Röder. Und warum nicht? Weil eine kleine Lektorin behauptet hat, meine Bücher würden heutzutage keinen Leser mehr vom Hocker reißen. Sie hat meinen neuen Krimi abgelehnt. An jenem Tag, als mir dieser schmierige Dreckskerl Bernstein durch seine Sekretärin hat sagen lassen, dass ich mich verpissen soll.« Grunenwald schwieg kurz, um dann lächelnd mit den Schultern zu zucken. »Nun ja, und da habe ich die Verfilmung meines neuen Buches – des Krimis, den Anna abgelehnt hat – eben selbst in die Hand genommen. Mit Nina Sandner in der Hauptrolle. Und die Nebenrollen haben Patrick Haneke, Tobias Rotschild und Laura Rissmann übernommen.« Er brach ab, kratzte sich an der Schläfe, dann lächelte er. »Nun ja, natürlich wusste keiner von ihnen, dass sie sterben werden.«

»Elisa, hören Sie, was er sagt? Verstehen Sie es?«, fragte ich eindringlich, mit der verzweifelten Hoffnung, dass sie erkennen würde, wie krank ihr Mann war.

Sie sah mich an, als gehörte ich in die Psychiatrie. »Sehen Sie es nicht? Endlich, nach so langer Zeit, ist er aufgewacht. Jetzt wird sich jeder um sein neues Buch reißen. Sein Name wird wieder die Bestsellerlisten anführen. So wie schon einmal.«

Ich stöhnte lautlos. Denn offensichtlich war auch in Elisas Geist etwas kaputtgegangen. »Woher wussten Sie, wo Ihr Mann ist?«

»Ich wusste es nicht, es war nur eine Vermutung«, wisperte sie mit fiebrig glänzenden Augen.

»Also hat er Sie in seine Pläne nicht eingeweiht?«

»Nein.« Heftig schüttelte sie den Kopf, dann sah sie erst traurig, gleich darauf jedoch freudig erregt zu mir. »Er wollte mich überraschen, ja, ja. So muss es gewesen sein.«

Sie gluckste, was mir vor Entsetzen eine Gänsehaut über den Rücken jagte. Langsam schob ich mich näher zu ihr. Mein Blick pendelte zwischen Elisa und dem Monitor hin und her, auf dem ich vor wenigen Augenblicken gesehen hatte, wie Grunenwald Nina Sandner in einen Sarg gesperrt hatte.

Ich wusste nicht, wozu. Aber ich bemerkte, wie sie ihre Fingerspitzen durch das Gitter im Deckel steckte.

Tu was, ihre Uhr tickt!

Ich schob mich noch einen Schritt näher zu Elisa. »Philipp wird im Gefängnis sitzen, wenn sein Krimi die Bestsellerlisten anführt«, sagte ich, kurz bevor ein weiteres Donnergrollen den Boden erschütterte.

Während Elisa aus ihrem Tagtraum gerissen wurde, nutzte ich die Gelegenheit, näher an sie heranzukommen.

»Bleiben Sie stehen«, schrie sie und presste die Klinge fester an ihren Hals.

»Tun Sie das nicht«, bat ich, doch sie drückte nur noch entschlossener das scharfe Metall in ihre Haut.

»Ich werde nicht zulassen, dass Sie Philipp einsperren und uns diesen Moment ruinieren. Wenn Sie ihn wollen, müssen Sie erst an mir vorbei.« Blut sickerte aus einer kleinen Schnittwunde und tropfte auf den Kragen ihrer weißen Bluse. »Nie konnte ich etwas für ihn tun. Ich war immer nur das schöne Kleinod an seiner Seite. Aber jetzt kann ich ihm beweisen, wie sehr ich ihn immer noch liebe.«

»Elisa, bitte, lassen Sie das Messer fallen.« Der Regen setzte wieder ein, aber bevor er lautstark aufs Dach des Anbaus zu prasseln begann, hörte ich Reuss meinen Namen rufen.

Im gleichen Augenblick sah ich, wie Wasser aus der Öffnung im Sargdeckel rann.

Instinktiv handelte ich.

39. Kapitel

Es war eher ein Reflex und keine logisch durchdachte Reaktion, durch die ich nach vorn sprang. Auf Elisa zu. Ich riss sie von den Beinen und packte im gleichen Moment ihr rechtes Handgelenk, doch ich war einen Tick zu langsam.

Als sie mit dem Rücken auf den Beton krachte, glitt die Klinge des Teppichmessers in ihre Haut und schnitt ihr die Halsschlagader auf. Augenblicklich spritzte Blut aus der Wunde und durchtränkte Elisas Haar.

»Reuss«, schrie ich entsetzt und riss mir die Jacke vom Leib, um sie auf Elisas Hals zu pressen. »Ruf einen Notarzt.«

Statt Julies typischem *»Okay, Chef«* hallten hinter mir schwere Stiefelschritte über den Boden. Das SEK-Team war endlich eingetroffen. Die Lichtkegel der LEDs ihrer Maschinenpistolen zuckten in jeden Winkel.

»Sicher«, riefen zwei von ihnen, die das Ende des Raums erreicht hatten, und senkten ihre Heckler & Koch MP5. »Keine weiteren Türen.«

Ein Dritter trat neben Elisa und kickte mit dem Fuß das Teppichmesser zur Seite, das sie fallen gelassen hatte. »Hier!«, brüllte ich ihn an und drückte ihm meine Jacke in die Hand. »Fest auf die Wunde pressen.«

»Alles klar.«

Ich sprang auf und sah mich nach Julie um. Sie stand telefonierend in einer Ecke und hob den Daumen, als sie meinen Blick bemerkte. »Der Notarzt kommt gleich«, formten ihre Lippen.

Erleichtert drehte ich mich um und hockte mich wieder neben Elisa. »Wo ist Ihr Mann?«, fragte ich sie, während sich die SEK-Leute im Raum verteilten.

»Er liebt mich«, wisperte sie. Wieder und wieder. »Er hat das alles nur für mich getan.«

Es verbot sich von selbst, sie an den Oberarmen zu packen und zu schütteln. Aber ich hatte Mühe, den Gedanken nicht in die Tat umzusetzen.

»Wo ist Philipp?«, schrie ich und bemerkte, dass sie trotz der provisorischen Wundpresse noch immer viel Blut verlor. Im gleichen Moment begriff ich, dass sie nicht reden würde.

»Seht euch um«, wies ich das SEK-Team an. »Irgendwo muss es hier noch eine Tür geben.« Denn wenn nicht, kam jede Hilfe für Nina Sandner zu spät.

»Ihr habt ihn gehört«, rief der Einsatzleiter. Ich erkannte ihn an der Stimme. Kai Wildner und ich waren nicht die besten Freunde, aber wir kamen einigermaßen miteinander klar. »Dreht alles um. Na macht schon!«

Ich war auf den Beinen, bevor Wildner ausgesprochen hatte. »Reuss, hilf ihm«, rief ich und deutete zu dem SEK-Kollegen, den ich zum Sanitäter gemacht hatte. Mit zwei langen Schritten war ich am Schreibtisch. Grunenwalds Geständnis begann unterdessen von vorn.

Wildner trat neben mich und wies zu den übrigen fünf Monitoren. »Sieht wie ein Keller aus.«

Ich hatte keinen Blick für die anderen Bildschirme, sondern nur für einen. Für den, wo noch immer Sandners Fingerspitzen aus dem Sargdeckel schauten.

»Das Schwein ist unter uns«, keuchte ich. »Sucht den Boden und die Wände ab. Hier muss es eine versteckte Tür geben.«

»Er versucht abzuhauen.« Wildner deutete auf einen Bildschirm, auf dem ich gerade noch so eine Bewegung ausmachen konnte. Die Kamera filmte einen schmalen Gang, dessen Wände aus blanken Ziegeln bestanden.

Ich ging in die Knie und sah nach den Kabeln, die rechts neben dem Schreibtisch in einem Bündel im Boden verschwanden.

Ich rutschte zu der Stelle zwischen Schreibtisch und Werkzeugregal und …

»Leuchten Sie hierher«, befahl ich Wildner und sprang auf.

Der Lichtkegel seiner Maschinenpistole streifte über den Boden und erfasste eine halbkreisförmige Rille im Beton.

»Das Regal. Helfen Sie mir.«

Gemeinsam schoben wir das Metallregal zur Seite und legten eine schmale Tür frei, die sich durch Druck nach innen öffnen ließ.

»Beeilt euch«, rief Peary, der inzwischen vor den Monitoren stand. »Ich sehe ihn nicht mehr.«

Wildner drückte Peary ein Funkgerät in die Hand. »Behalten Sie die Bildschirme im Auge.«

»Alles klar«, erwiderte Peary, als ich die Sirene eines Notarztwagens durch das Trommeln des Regens hindurch hörte.

Mein letzter Blick, bevor ich dem SEK-Team in den dunklen Gang hinter der Tür folgte, galt dem Gitter im Sargdeckel. Aus dem noch immer Wasser drang, doch die Fingerspitzen waren verschwunden.

40. Kapitel

Der kurze Gang führte zu einer beinahe antiken eisernen Wendeltreppe, die so eng und schmal war, dass wir nur einzeln die Stufen hinabrennen konnten. Reuss folgte mir auf den Fersen mit ihrer SIG Sauer in den Händen.

»Oh Gott, was stinkt hier so?«, hörte ich sie hinter mir keuchen.

Und tatsächlich, mit jedem Meter, den wir in die Tiefe stiegen, wurde der Gestank, der uns entgegenschlug, schlimmer.

»Duftbäumchen«, knurrte ich. Vermischt mit einem Geruch, den ich schon viel zu oft in meinem Leben gerochen hatte. Dem von verwesenden Leichen.

»Jäger, Mertens und Schrader, ihr nehmt euch diese Etage vor und beeilt euch«, hörte ich Wildner von unten rufen. »Die anderen folgen mir.«

»Zwei Etagen?«, fragte Reuss entsetzt.

Ich wollte, doch ich konnte nicht antworten. Das Bild mit dem leeren Sarggitter, aus dem Wasser strömte, trieb mich immer schneller vorwärts. Ich lief an der ersten Etage vorbei und sah noch, wie die LEDs der drei SEK-Leute in dem Gang verschwanden, der von der Wendeltreppe wegführte.

»Ausschwärmen«, befahl Wildner. »Tempo!«

Halte durch, Nina!

Ein Funkgerät knackte. »Grunenwald ist in einem Tunnel«, hörte ich Peary schreien.

Das Wort Spirituosen blitzte in meinem Kopf auf. Alkohol, neunzehntes Jahrhundert? Ich könnte mein Leben darauf verwetten, dass dieser Keller einst zum Schmuggeln verwendet worden war. »Der will zur Dahme!«, rief ich. »Dort muss es noch einen Ausgang geben.« Einen, durch den die Schmuggelware hier reingebracht worden war.

»Sucht ihn!«, befahl Wildner.

Ich erreichte die zweite Etage und damit einen langen schmalen Gang, der links und rechts von mir wegführte.

Auf der rechten Seite gab es mehrere Türen, die Wildners Team nach und nach öffnete.

Die reine Logik sagte mir, dass sich Nina Sandner wahrscheinlich dort befand und nicht in dem Gang links von mir, den Reuss soeben mit ihrer Taschenlampe ausleuchtete. Er führte in die Dunkelheit, und dennoch beharrte meine Intuition darauf, dass Nina Sandner irgendwo dort war. Eisfeld nannte meine Ahnungen Wahnvorstellungen. Aber ich befürchtete, wenn ich meinem Bauchgefühl nicht nachging, hatte Nina gar keine Chance mehr zu überleben. Wenn überhaupt …

Ich rannte los, dicht gefolgt von Reuss. Nach etwa zehn Metern schälte sich vor uns eine Biegung aus dem Halbdunkel, hinter der der Gang nach rechts wegführte.

Links von mir befand sich eine Tür, vor der ich schlitternd zum Stehen kam.

»Hier liegen zwei Leichen«, informierte mich Reuss und leuchtete nach rechts. In die Gesichter der Toten. Haneke und Rotschild.

»Verdammter Drecksack«, fluchte ich und schob die Tür auf.

»Julie, der Notarzt soll hier runterkommen«, rief ich, als ich den Sarg vor dem gläsernen Würfel im Hintergrund entdeckte.

Hinter uns erklangen schwere Schritte, die sich durch den Gang auf uns zubewegten.

»Nina, halten Sie durch!«, keuchte ich und rannte los, während meine Kollegin ein Funkgerät aus der Jacke fischte. Ich hörte sie mit Peary reden, während ich den Schlüssel umdrehte, der den Deckel des Sarges öffnete.

Das Wasser, aus dem ich Nina Sandners leblosen Körper zog,

war eiskalt. Behutsam legte ich sie auf den Boden und fühlte nach ihrem Puls.

Nichts.

»Der Notarzt ist gleich da«, brüllte Reuss und trat hinaus in den Gang, um mit ihrer Taschenlampe zu leuchten.

Ein unheilvolles Donnergrollen, das hier unten nur als dumpfes Wummern wahrnehmbar war, folgte ihren Worten.

Und ich begann mit der Herzdruckmassage.

41. Kapitel

Ich lehnte an der Mauer des Anbaus, als die Leiche in den Transporter geschoben wurde.

Flutlicht leuchtete die Umgebung aus, gelbes Absperrband flatterte im Wind. Uniformierte Beamte rannten durch den Regen, der auf das Dach des Nebengebäudes prasselte und rundherum den schlammigen Boden weiter aufweichte.

Reuss bog um die Hausecke und lehnte sich neben mich an die Mauer. Ihre nassen Haare klebten ihr am Gesicht und am Hals. »Es ist vorbei.«

Sie lächelte nicht, als sie das sagte, weshalb ich die Augen schloss.

»Eric.« Sie schob ihre Hand in meine und drückte sie. »Nina Sandner wird es schaffen. Ich hab gerade mit dem Arzt telefoniert.«

Ich sah zu ihr. »Er ist sich sicher?«

»Ja. Genau wie bei Elisa Grunenwald. Sie hat zwar viel Blut verloren, doch ihr Zustand ist inzwischen stabil.«

Minutenlang starrte ich in den Regen, bis der Transporter mit Grunenwalds Leiche davonfuhr. Wildner und seine Männer hatten ihn erwischt, als er mit einem Boot über die Dahme setzen wollte. Er zog eine Waffe – eine Schreckschusspistole, wie sich im Nachhinein herausstellte. Doch das wussten die SEK-Beamten zu dem Zeitpunkt nicht. Aber Philipp Grunenwald wusste, was passieren würde, wenn er eine Waffe zog. Er starb durch zwei gezielte Schüsse in die Brust.

»Fünf Tote«, murmelte ich und stieß mich von der Wand ab. »Fünf Tote für Ruhm und Ehre.« Laura Rissmann, Tobias Rotschild, Patrick Haneke, Anna Carius und Philipp Grunenwald.

»Er war wahnsinnig«, sagte Peary und trat neben uns.

Grunenwalds Aufzeichnungen zufolge, die ich mir in der vergangenen Stunde im Schnelldurchlauf angesehen hatte, schon. Er hatte sich gefilmt, während er Patrick Haneke und Tobias Rotschild erstach. In seinem Keller. Wie ich vermutet hatte – und wie das Fehlen jeglicher Blutspritzer an den Tatorten bewies –, waren beide während ihrer Notrufe entführt worden. Nach den Morden an den jungen Männern filmte Grunenwald jede einzelne Minute, die Nina Sandner in diesem beschissenen Keller verbringen musste. Und auch den Mord an Anna Carius.

Grunenwald hatte Anna ebenfalls entführt und sie in einem der oberen Räume eingesperrt. Laut KT war die Codefolge für die Zahlenschlösser an den Türen Nina Sandners Geburtstag. Im Gegensatz zu Nina wusste Anna, wer sie entführt hatte, denn sie bat in ihrem Gefängnis Philipp mehrfach, sie freizulassen. Als das nicht geschah, probierte sie verschiedene Kombinationen von Zahlen aus und hatte Erfolg. Ihr gelang die Flucht aus ihrem Gefängnis, um dann in dem von Nina Sandner zu landen. Was kein Wunder war, denn die beiden Kelleretagen entpuppten sich als ein Labyrinth aus Gängen, Tunneln, Schächten und Räumen.

Anna hätte es fast geschafft. Fast wäre sie bei Nina gewesen, doch Philipp hatte sie vorher erwischt. Er betäubte sie, trug sie die Wendeltreppe hinab, schleifte sie durch den Gang, in dem wir Rotschild und Haneke gefunden hatten, hin zu dem Tunnel, der zur Dahme führte. Dort schnitt er ihr die Kehle auf, stach elf Mal mit einem Messer auf sie ein und ließ sie anschließend einfach liegen.

»Lasst uns gehen.« Reuss hakte sich bei mir unter und zog mich zum Wagen. »Ich lade euch auf ein Bier ein.«

»Bin dabei«, erwiderte Peary.

Nur ich schüttelte den Kopf. Ich brauchte jetzt was Stärkeres. Single Malt zum Beispiel.

Ich löste mich von Julie, nahm mein Handy aus der blutverschmierten Jacke und wählte Ilkas Nummer. »Fahrt nur.«

»Und du?«

Lächelnd legte ich mein iPhone ans Ohr. »Ich lass mich abholen.«

»Gute Nacht«, wünschte Julie und stieg in den Wagen.

»Euch auch.« Es klingelte dreimal im Hörer, ehe Ilka abnahm. »Ich könnte einen Whisky vertragen«, sagte ich. »Du auch?«

Sie schwieg beinah zehn Sekunden. »Ich habe noch eine Flasche Glenlivet zu Hause.«

»Klingt verlockend.«

»Bist du noch am Tatort?«

»Ja.«

»Gut, ich hol dich ab.«

Ich beendete das Gespräch, legte den Kopf in den Nacken und schloss mitten im Regen stehend die Augen. Das flaue Gefühl in meinem Magen ließ nun, da wir Nina Sandner gefunden hatten und ich wusste, dass sie überleben würde, langsam nach. Doch Freude wollte sich nicht einstellen. Weil wir keinen Sieg errungen hatten. Aber so war unser Job. Es gab keine wirklichen Siege. Denn der Tod war uns fast immer einen Schritt voraus.

42. Kapitel

29. September, 15:12 Uhr

»Setzen Sie sich«, sagte Eisfeld, als ich die Tür seines Büros hinter mir geschlossen hatte. »Kaffee?« Er stand auf und ging zu einem Sideboard, auf dem sich eine Espressomaschine befand.

»Danke, ja.« Ich sank auf den Stuhl vor seinem Schreibtisch, auf den ich im gleichen Atemzug eine dicke Akte legte.

»Sie sehen nicht glücklich aus, Weinsheim.«

Ich lehnte mich zurück und sah zu ihm, während er sich auf seinen Bürostuhl setzte. »In unserem Job gibt es keine Gewinner.«

»Sie haben Nina Sandner gerettet.«

Hatte ich das? Sie war am Leben, zumindest medizinisch betrachtet. Aber sah sie das nach allem, was sie erlebt hatte, auch so?

»Warum bringen Sie mir die erst heute?«, fragte Eisfeld und stellte eine volle Kaffeetasse neben die Akte Laura Rissmann. »Ich weiß, dass sie seit einem Tag kein einziges Wort mehr an dem Bericht geschrieben haben.«

Manchmal vergaß ich, dass er früher einer unserer besten Ermittler gewesen war. Dann gab es jedoch wieder die Momente, in denen er seine Schnüfflernase zu tief in Dinge steckte, die ihn nichts angingen. Und meine seltsamen Gefühle in diesem Fall gingen ihn nichts an.

»Ich habe noch auf den Rückruf von Dr. Dehnert gewartet.« Ich erwartete, dass Eisfeld jeden Moment explodieren würde. Denn genau genommen hatte er mich beauftragt, die Videoaufzeichnungen, die wir in Grunenwalds Haus gefunden hatten, dem Polizeipsychologen zu geben. Was ich auch getan hatte beziehungsweise tun wollte. Doch als Dr. Hensler erfuhr, dass die Aufzeichnungen eine Gesamtlänge von etwa neunhundert Minuten hatten, vertröstete er mich auf November. Oder Dezember, da wollte er sich noch nicht festlegen. Früher wäre es ihm nicht möglich, sich Grunenwalds *Filme* anzusehen.

Eisfeld lächelte dünn. »Ich weiß, was Dr. Hensler zu Ihnen gesagt hat.«

Aha, deshalb war mein Chef also recht zahm.

»Und zu welcher Diagnose ist Dr. Dehnert gekommen?«

Eine Woche lang hatte sich der Psycho-Doc in jeder freien Minute Grunenwalds Aufzeichnungen angesehen, so wie ich. Seit der Beerdigung seines Vaters im Januar hatte Grunenwald eine Art Videotagebuch geführt. Manchmal nahm er nur zwei Minuten pro Tag auf, dann wiederum eine Stunde oder länger.

»Der Auslöser für Grunenwalds Taten war der tödliche Schlaganfall seines Vaters.« Ich trank ein paar Schlucke Kaffee und stellte die Tasse wieder auf den Tisch.

Eisfeld runzelte die Stirn. »Ist er nicht von seinem Vater schikaniert worden?«

»Ist er.« Soweit Dr. Dehnert durch die Aufzeichnungen sagen konnte, wurde der kleine Philipp seelisch bis aufs Blut von seinem Vater gefoltert. »Aber all das kam mit dem Tod seines Vaters wieder hoch. All das Erlebte, was er versucht hatte zu vergessen.« Grunenwald hatte mit dem Erscheinen seines Thrillers kurz nach der Wende jeglichen Kontakt zu seinem Vater und seiner Schwester abgebrochen. Weil er ausschließlich in die Zukunft sehen wollte. Doch seine Träume von einem Leben in Glanz und Glorie erfüllten sich nicht.

»Hätte er nicht trotzdem erleichtert sein müssen? Schließlich war nun der Mann, der ihn so gequält hatte, tot.«

Das war auch meine Meinung gewesen, bis mich Dr. Dehnert über die komplizierten Reaktionen unserer Psyche aufgeklärt hatte. »Wenn sich Grunenwalds Träume von einem Leben im Rampenlicht erfüllt hätten, dann ja. Nur hatten sie das nicht. Laut Dr. Dehnert litt Grunenwald durch die ständige psychische Folter in seiner Kindheit wahrscheinlich unter einer komplexen PTBS, die durch eine Trauma-Reaktivierung zurückgekehrt ist. Grunenwald versuchte, gegen die Symptome anzukämpfen, doch als sich dann Bernstein gegen die Verfilmung seines Bestsellerthrillers entschied, wurden Hoffungslosigkeit und eine anhaltende Leere zu seinen ständigen Begleitern. Er vertraute niemandem mehr, und nach und nach wurden alle Menschen für ihn zu Feinden. Vor allem Nina Sandner, bis er in ihr die ultimative Bedrohung für sich sah.«

»Und niemand hat davon etwas mitbekommen?«

Ich schüttelte den Kopf. Elisa Grunenwald hatte seit dem Tod ihres Mannes kein Wort mehr mit mir gesprochen, aber die getrennten Schlafzimmer in ihrem Haus sprachen Bände. »Laut seiner Aufzeichnungen hat er, sobald er sein heimisches Büro verlassen hat, geschauspielert.« *Du musst deinen Feind kennen, schlauer sein als er.* Mit solchen Sätzen hatte er sich motiviert, den Menschen in seiner Umgebung den alten Weichei-Philipp vorzuspielen. »Elisa und Philipp gingen sich aus dem Weg, jeder lebte sein Leben.« Bis Elisa nach dem Verschwinden ihres Mannes bemerkt hatte, dass sie ihn doch noch liebte. »Und Pachali meinte, dass Philipp schon immer seinen eigenen Kopf gehabt hätte. Aber weil er ihm vertraute, ließ er ihm in seinem Job völlig freie Hand. In den vergangenen Monaten wäre Philipp zwar noch ernster als früher gewesen, manchmal auch jähzorniger, doch das schob er auf die Sorgen wegen Ninas Stalker.«

Nachdenklich sah Eisfeld an mir vorbei. »Sandner hat keine Anzeige gegen Wendt erstattet?«

»Nein.« Und Wendt schien ernsthaft in sich gegangen zu sein. Das Dach vom Haus seiner Oma glänzte im Sonnenschein durch die neuen Ziegel, und im Garten wuchs kein Fitzelchen Unkraut mehr.

Ich war überrascht, dass mich Eisfeld nicht fragte, warum ich mit Nina Sandner nicht über Grunenwalds Verhalten in den letzten Monaten gesprochen hatte. Ihr Zusammenbruch nach der Beerdigung von Anna Carius wäre für ihn normalerweise kein Grund gewesen, keine Nachforschungen zu betreiben. Doch er blieb mehrere Sekunden still und griff dann zu der Akte, die ich vorhin auf seinen Schreibtisch gelegt hatte. Er blätterte sie eine Weile durch und vertiefte sich schließlich in eine Seite.

»Was ich noch nicht verstehe: Woher wusste Grunenwald, was in den Manuskripten von Haneke, Rotschild und Rissmann steht?« Eisfeld lehnte sich in seinem Bürostuhl zurück und blickte zu mir.

»Jeder von ihnen hat sein Manuskript in eine Dropbox hochgeladen, auf die nur die jeweiligen Autoren und natürlich Grunenwald Zugriff hatten.«

Verwirrt sah mich Eisfeld an. »Auf eine Dropbox? Wie hat Grunenwald die Autoren dazu gebracht, ihre Werke dort für andere lesbar hochzuladen?«

»Grunenwald vertrat Nina Sandner, was Rissmann, Rotschild und Haneke bekannt war. Wir vermuten, dadurch bekam er von den Autoren einen gewissen Vertrauensvorschuss. Zum anderen hat mir Pachali bei unserem Treffen gesagt, dass Philipp sein bester Agent wäre. Er muss also charismatisch und überzeugend gewesen sein, anders hätte er wenig Erfolg in seinem Brotjob gehabt. Das zusammen mit der Tatsache, dass Philipp diese Manuskriptbeendigung den Autoren als ›Workshop‹ verkauft hat, bei dem für den Besten von ihnen ein Agenturvertrag herausspringen könnte, überzeugte sie wohl, bei der Sache mitzumachen.«

»Workshop?«

»Ja. So ähnlich wie in einer bekannten Kochsendung, bei der

die Teilnehmer an einem bestimmten Tag das Rezept des Starkochs nachkochen.«

Eisfeld grummelte etwas Unverständliches, das nach *»Diese Welt wird immer verrückter«* klang.

»Durch das Hochladen wusste Grunenwald, was die Autoren geschrieben haben, und konnte die Entführungen sowie den Mord genau planen.«

»Aber warum hat keiner von ihnen über diesen *Workshop* gesprochen?«

»Weil sie alle eine Stillschweigevereinbarung unterschrieben haben.«

»Das soll wohl ein Witz sein.«

»Ich fürchte nicht. Grunenwald hat sie mit einem möglichen Agenturvertrag und der Aussicht auf einen Bestseller gelockt. Und der Aussage, dass Geheimhaltung in Verlagen durchaus üblich ist. Nach meiner Meinung haben sich Haneke, Rissmann und Rotschild von dem großen Nina-Sandner-Agenten blenden lassen. Weil sie jung und unerfahren waren und große Träume hatten.«

»Vorstellbar«, murmelte Eisfeld. »Das erklärt aber nicht, warum keiner von ihnen auf den Gedanken gekommen ist, dass nur Grunenwald ihr Mörder sein kann. Schließlich hat keiner von ihnen seinen Namen genannt. Haben sie ihm so sehr vertraut?«

»Möglicherweise, das kann ich im Nachhinein nicht sagen. Wir wissen allerdings, dass Grunenwald auf Nicknamen bestanden hat. Keiner der Autoren hat sich mit seinem realen Namen in der Dropbox angemeldet, und Grunenwald selbst hat unter zwei weiteren falschen Identitäten Manuskripte hochgeladen.«

Eisfelds Augen wurden groß. »Haneke, Rotschild und Rissmann glaubten also, dass ihre Gruppe aus fünf Autoren besteht?«

Ich nickte. »Ja. Und jeder dieser *fünf* hätte theoretisch der Täter sein können. Da sie aber nur die jeweiligen Accountnamen kannten, eine Folge aus Buchstaben und Zahlen, wen wollten sie da verdächtigen?«

»Grunenwald hat wirklich alles genau geplant«, zischte Eisfeld und stand auf.

»Im Prinzip hat er das getan, als er seinen Thriller geschrieben hat«, erwiderte ich und deutete zur Akte. »Da hat er die Rahmenbedingungen geschaffen, er musste nur noch die Details ausarbeiten und sie auf seine jeweiligen Opfer zuschneiden.«

Eisfeld fuhr sich durch sein schütteres Haar. »Woher wusste er, dass Rotschild in jener Nacht einen Streit mit seiner Freundin gehabt hat und danach ihre Wohnung verließ?«

Ich fühlte mich unwohl in meiner Haut, als ich mich nach vorn lehnte. »Wir wissen, dass Grunenwald die drei Autoren vor den Morden genau beobachtet hat. Er kannte ihre Vorlieben und Verhaltensmuster.«

»Das beantwortet nicht meine Frage.«

Das war mir bewusst. »Eine bessere Antwort haben wir nicht. Anhand einer in seinem Portemonnaie gefundenen Tankquittung wissen wir, dass er zehn Minuten vor Rotschilds Notruf gegenüber der Wohnung seiner Freundin getankt hat. Ich vermute, dass er Rotschild in jener Nacht wieder einmal gestalkt und ihn dann beim Verlassen des Wohnhauses beobachtet hat.«

»Mpf«, grummelte Eisfeld und sank zurück auf seinen Stuhl. »Das ist alles? Nicht sehr befriedigend.«

»Nein.«

»Was ist mit Grunenwalds Frau?«

»Elisa?«

»Wusste sie von alldem?«

»Darauf haben wir keine Hinweise gefunden. Sie war völlig ahnungslos.«

»Aber wenn ihr Mann öfter nachts das Haus verlassen hat, um die Opfer zu beobachten, muss sie sich doch gefragt haben, was er treibt.«

»Sie hat gedacht, dass er zu Nina Sandner fährt. Deshalb war sie ja wegen dieser angeblichen Affäre derart aufgebracht.« An jenem Tag, als ich ihr zum ersten Mal in der Agentur Pachali begegnet war.

Eisfeld schloss die Akte. »Fahren Sie nach Hause, Weinsheim, und lächeln Sie mal. Sie haben den Fall gelöst.«

Ein seltsamer Laut kam mir über die Lippen. Wie Peary vor ein paar Tagen zu mir meinte, hatte ich Grunenwald wegen meines verdrehten Hirns gestellt. Doch eigentlich war es Grunenwalds Bitte an Elisa gewesen, sich doch die Haare mal wieder blond zu färben. Warum sie der Bitte ihres Mannes nachgekommen war, würden wir vielleicht nie erfahren. Doch ich ahnte, dass ihr bereits da irgendwo in den Tiefen ihrer kranken Seele klar war, wie viel sie noch für ihn empfand. Sie wollte ihm gefallen.

Auch bei dieser Bitte hatte sich Grunenwald genau an einen der Thrillerplots gehalten, die er für seine Morde als Vorlage benutzt hatte. Letztlich erwiesen sich diese blonden Haare als sein Stolperstein und nicht, wie er gehofft hatte, als Täuschung für uns.

Ich nickte Eisfeld zu, wandte mich ab und ging zur Tür. Grunenwald hatte alles unternommen, um an seinen einstigen Erfolg anzuknüpfen. Unter unzähligen Pseudonymen hatte er seine unveröffentlichten Thrillermanuskripte als Agent an Verlage geschickt und war wieder und wieder gescheitert.

Ich konnte nicht sagen, was die Lektoren bewogen hatte, die Romane abzulehnen. Er hatte nur einen Fehler gemacht, der so dünn und klein wie ein Haar gewesen war. Ohne das hätte ich Nina Sandner nicht retten können.

Epilog

Nina Sandner
Fünfzehn Monate später

… seit einem Monat und vier Tagen führt Im Keller *die Bestsellerliste an, und der Strom der Mails deiner Fans reißt nicht ab. Sie alle schreiben, wie sehr sie dich für deinen Mut bewundern, und freuen sich, dass du wieder gesund bist …*

Ich ließ die Weihnachtskarte meines Verlegers sinken und sah gedankenverloren in die brennenden Kerzen des Adventskranzes.

Gesund … was hieß das?

»Sie ist körperlich vollständig genesen«, hörte ich Dr. Dehnert zu Hauptkommissar Weinsheim sagen. Das war vor einem Jahr, zwei Monaten und drei Wochen gewesen. Nach meiner ersten Therapiesitzung bei dem Psychologen, den mir Weinsheim empfohlen hatte. *»Aber ihre Seele …«*, fügte Dr. Dehnert leiser hinzu, damit ich ihn nicht hörte – doch ich tat es trotzdem, *»ihre Seele befindet sich in einem Gefängnis, dessen Gitter aus grauenvollen Albträumen, Schuldgefühlen und Trauer bestehen.«*

Dr. Dehnert hatte mir geraten, meine Erlebnisse aufzuschreiben. Alles. Schonungslos und ohne Schnörkel. Als Therapie. Als Pflaster für meine traumatisierte Psyche, die weder enge Räume noch Menschen ertrug.

Und ich schrieb. Tag und Nacht. Und wartete geduldig Tag und Nacht darauf, dass ich mir das Trauma von der Seele geschrieben hatte. Ich wartete auf dieses sanfte Kribbeln. Es setzte immer dann ein, wenn eine Wunde heilte. Natürlich war mir klar, dass meine Seele nicht kribbeln würde. Aber vielleicht – so hoffte ich – würde sie langsam aufhören, mich jedes Mal, wenn ich die Augen schloss, die Stunden im Keller noch einmal durchleben zu lassen.

Vor vierhundertsiebenundfünfzig Tagen wollte Philipp mich töten. Und seitdem war ich in meinen Albträumen vierhundertsechsundfünfzig Mal in diesem Metallsarg gestorben.

Viele Male hatte ich mich seitdem gefragt, warum ich nicht einmal im Keller an Philipps Beruf gedacht hatte. Er hatte Elektrotechnik studiert, um irgendwann einmal, so wie sein Vater früher, ein Elektronik-Fachgeschäft zu eröffnen, wozu es nach Philipps Bestseller nicht mehr gekommen war.

Akribisch hatte er an seinen Konstruktionen gearbeitet und den kompletten Keller verdrahtet. Selbst den Verschlag, von dem ich glaubte, dass er dort liegen und verbluten würde. Doch es war nur ein Lautsprecher gewesen, mit dem ich mich unterhalten hatte. Was ich in meiner Panik und wegen der guten Qualität der Boxen nicht bemerkt hatte.

»Die Zeit heilt irgendwann alle Wunden«, hatte Dr. Dehnert zu mir gesagt, als wir uns das zweite Mal sahen. Er klang ruhig, bewegte keinen Muskel im Gesicht, und dennoch hörte ich die Lüge, die er benutzte, um mir Mut zu machen.

Aber wir wussten es beide.

Dass die Zeit manchmal nicht beim Vergessen helfen konnte. Sie war allenfalls dazu imstande, uns noch deutlicher vor Augen zu führen, was wir verloren hatten.

Meine beste Freundin Anna, die sterben musste, weil sie sich am Abend, bevor sie Philipp die Absage schickte, wieder stundenlang in den Schlaf geweint hatte. Ihr Mann Tim riet ihr daraufhin, am nächsten Tag Standardabsagen an Autoren zu verschicken. Als Probe. Nur, um zu sehen, wie sie sich danach fühlen würde. Anna versprach Tim, es einen Tag lang zu versuchen, und erstellte mehrere Standardabsageschreiben. Eins davon schickte sie an Philipp, in dem stand, dass der Plot zu weit hergeholt sei und keine Spannung enthalten würde. Genauso gut hätte Philipp auch die Mail erhalten können, in der sie schrieb, dass der Roman derzeit nicht ins Verlagsprogramm passte.

Anna hielt einen einzigen Tag durch, doch sie fühlte sich danach noch elender als zuvor. Daher – so erfuhr ich später von Tim – hatte sie ihren Job bereits gekündigt, als Philipp sie ermordete. Sie wollte neu anfangen und einen kleinen Blumenladen eröffnen.

Bis zum Tag von Annas Beerdigung konnten Weinsheim und sein Team nicht genau ermitteln, wie Philipp meine Freundin in seine Gewalt gebracht hatte. Fest stand, dass Anna ihm eine SMS mit der Bitte um Rat geschrieben hatte, als sie nach dem Gespräch mit meiner Mutter im Sisal saß. Vermutlich hatte sie sich nicht an mich gewandt, weil es meine Mutter war, mit der sie sich gestritten hatte. Philipp schrieb zurück, dass er Anna vom Sisal abholen würde, danach verlor sich ihre Spur, bis er sie zur gleichen Zeit wie mich in seinem Keller eingesperrt hatte. Weinsheim und sein Team vermuteten, dass er Anna bei dem Treffen, genauso wie mich, mit Chloroform ausgeschaltet hatte. Wo sie danach gewesen war, konnten die Ermittler nicht herausfinden, allerdings vermutete Weinsheim, dass Philipp sie einfach in einer dunklen Ecke liegen gelassen hatte, um sie von dort später abzuholen.

Laut Philipps Aufzeichnungen hatte er nicht geplant gehabt, Anna in jener Nacht zu entführen. Eigentlich wollte er sie am Montagmorgen überwältigen, bevor sie zur Arbeit fuhr. Ihre SMS hatte ihn jedoch dazu gebracht, seine Pläne kurzfristig zu ändern.

Ich schaffte es, auf Annas Beerdigung zu gehen und eine weiße Calla auf ihren Sarg zu legen. Wie ich anschließend in Dr. Dehnerts Klinik gekommen war, wusste ich nicht mehr. Ich erinnerte mich auch nicht mehr an die nachfolgenden drei Tage. Als die Calla Annas Sarg berührte, kehrte meine Seele zurück an jenen Ort, den ich niemals im Leben wieder betreten wollte.

In den Keller.

Dr. Dehnert ließ nichts unversucht, mich aus meinen Albträumen zu befreien. Aus meinem immerwährenden Todeskampf. Er bat sogar meine Mutter um einen Besuch, sah aber seinen Fehler ein, als sie mit einer Mappe unterm Arm in der Klinik auftauchte. Darin befand sich mein neues, von ihr aufgesetztes Testament, das natürlich zu ihren Gunsten ausfiel. Was noch fehlte, war meine Unterschrift. Sie flehte Dr. Dehnert an, meine psychische Erkrankung zu bestätigen, um eine Betreuung vor Gericht erwirken zu können. Damit sie sich danach ganz offiziell um meine vermögensrechtlichen Angelegenheiten kümmern könnte – nicht etwa, um mich gesund zu pflegen.

Letztlich war es Hauptkommissar Weinsheim, dem es gelang, meine Seele aus dem Kellergefängnis zu befreien.

Durch das Gefühl unter meinen Händen. Das Gefühl des weichen Fells, das ich zwischen meinen Fingern spürte, als er mir einen elf Wochen alten Dobermannwelpen in den Schoß legte.

Blinzelnd schob ich die Karte meines Verlegers in den Stapel der Weihnachtspost, die auf dem Couchtisch lag, pustete die Adventskerzen aus und sah zum brennenden Kamin. »Na komm, Süßer. Wir gehen ein Stück.«

Schwanzwedelnd sprang Apollo auf und folgte mir zur Tür. Ich musste ihm diesen durch die Serie *Magnum* berühmt gewordenen Namen geben. Schließlich stammte sein Name vom römischen Gott Apollon ab, der unter anderem der Gott des Lichts, der Heilung und des Frühlings war.

Apollos Erziehung hatte mich Schritt für Schritt ins Leben zurückfinden lassen. Es war die Herausforderung, diesen mutigen und temperamentvollen Rüden zu erziehen und dabei sein Vertrauen zu gewinnen, die sich als das Pflaster erwies, das sich Dr. Dehnert für meine Seele gewünscht hatte.

Ich streifte meine Daunenjacke über und öffnete die Haustür. Sonnenstrahlen brachen sich in der weißen Schneedecke, die die Wiesen und Wälder um die einsam gelegene Almhütte bedeckte.

Apollo hob den Kopf und schnupperte. »Na, alles klar?«, fragte ich, schloss den Reißverschluss meiner Jacke und setzte die Kapuze auf.

Sein Blick fand meinen. Dieser Blick aus treuen braunen Augen, der damals in der Klinik mein Herz berührt hatte. Denn ich begriff durch ihn, dass mich Apollo nie wie Philipp hintergehen würde. Und niemals enttäuschen würde, so wie es Menschen konnten.

Apollo bellte und stürmte los. Den Pfad entlang, der sich von der Berghütte hinab zum Millstätter See schlängelte. Stück für Stück hatten wir in den vergangenen Monaten unsere neue Heimat in Kärnten erkundet, wo ich für uns diese neue Hütte gekauft hatte. Und irgendwann, das wusste ich, würde ich durch Apollo den Mut finden, mich der Welt, der ich hier in dieser Einsamkeit den Rücken gekehrt hatte, erneut zu stellen. Irgendwann, wenn meine Albträume zu hellgrauen Bleistiftzeichnungen verblasst sein würden.

Ein skrupelloser Entführer
Ein perfides Psychopuzzle
Eine wilde Jagd durch Berlin

Thea Falken
SO NAH DER TOD
Thriller
DEU
400 Seiten
ISBN 978-3-404-17801-8

„Bye Mama" formen die kleinen blutigen Handabdrücke auf der Tapete. Neben dem leeren Bettchen liegt ein Brief des Entführers mit einem Rätsel – wird dieses nicht rechtzeitig gelöst, stirbt Annika Ritters Tochter! Panisch ruft Annika ihren besten Freund Sebastian Suarek zu Hilfe.

Zur gleichen Zeit findet Hauptkommissar Eric Weinsheim vom LKA Berlin unter einer grausam verstümmelten Leiche den Bibliotheksausweis von Sebastian Suarek. Weinsheim erfährt, dass dieser gerade eine Kindesentführung gemeldet hat, und ahnt, dass die Fälle zusammenhängen ...

Ungeklärte Todesfälle, eine verschworene Dorfgemeinschaft und eine dunkle Vergangenheit

Julia Hofelich
NEBELJAGD
Kriminalroman
DEU
400 Seiten
ISBN 978-3-404-17911-4

In einem kleinen Dorf auf der schwäbischen Alb wird die betagte Ines Schneider ermordet. Hauptverdächtiger: ihr Pflegesohn Jo Haug. Jo ist vorbestraft, außerdem geistern seit Jahren Gerüchte durchs Dorf, dass Haug auch seine vor 15 Jahren verschwundene Jugendfreundin Vanessa skrupellos und qualvoll getötet haben soll. Für die Dorfgemeinschaft steht fest: Nur er kann der Täter sein. Jos Verteidigerin Linn Geller hält jedoch nichts von solchen Vorurteilen und recherchiert unabhängig von der örtlichen Polizei. Ihre Ermittlungen rütteln an gefährlichen Geheimnissen, die die eingeschworene Dorfgemeinschaft lieber auf ewig in Schweigen gehüllt hätte …

Wenn alle Hoffnung stirbt ...

Sara Larsson
DEIN STUMMER SCHREI
Thriller
Aus dem Schwedischen
von Corinna Roßbach
464 Seiten
ISBN 978-3-404-17923-7

Die 16-jährige Andreea hofft auf eine bessere Zukunft, als sie aus Bukarest nach Spanien aufbricht. In Spanien erwartet sie jedoch nicht der versprochene Job als Putzhilfe, sondern ein Martyrium. Gleich nach ihrer Ankunft wird sie in einer kleinen Wohnung eingesperrt und unzählige Male vergewaltigt. Als sie nach einigen Wochen wie eine Ware nach Schweden weitergereicht wird, entschließt sie sich, ihrer Hölle ein Ende zu setzen und nie mehr zuzulassen, dass man ihr Gewalt antut. Sie greift zur Waffe ...

»Eine atemlose Lektüre.« SYDSVENSKAN